ANTONIA WESSELING

was wir uns *versprechen*

ROMAN

Forever

Forever by Ullstein
forever.ullstein.de

Wir verpflichten uns zu Nachhaltigkeit
- Papiere aus nachhaltiger Waldwirtschaft und anderen kontrollierten Quellen
- Druckfarben auf pflanzlicher Basis
- ullstein.de/nachhaltigkeit

MIX
Papier
FSC® C083411

Originalausgabe bei Forever
Forever ist ein Verlag der Ullstein Buchverlage GmbH Berlin
1. Auflage Oktober 2023
2. Auflage 2023

Umschlaggestaltung: zero-media.net, München
Titelabbildung: © FinePic®
Gesetzt aus der Quadraat Pro powered by *pepyrus*
Druck- und Bindearbeiten: CPI books GmbH, Leck
ISBN 978-3-95818-727-6

Für Toja & Sarah

Mit ein wenig Mut
kann man sein, wer man möchte.
Und mit noch etwas mehr Mut
kann man sogar sein, wer man ist.

Jun Hao Hung

Playlist

Alleine Bin – Wincent Weiss
Was mir gefällt – AYLIVA
Von jetzt an – Madeline Juno
Grund genug – Madeline Juno
Automatisch – Madeline Juno
Don't Need to Be Perfect – Miricalls
Verlierer – LUNA
Apologize – OneRepublic
Waste My Time – LUMRY
Unvergleichlich – Batomae
Another Love – Tom Odell
Ohne Fallschirm – Ambre Vallet
Lüg mich an – Ambre Vallet
Wenn Du die Augen schließt – SOPHIA
Grapefruit – Julia Engelmann

1. Kapitel

3. März 2007

Liebe Alicia,

ich habe dir versprochen, diesen Brief zu schreiben, deshalb versuche ich es jetzt einfach. Es ist das erste Mal, dass ich einen Brief schreibe. Wundere dich also nicht, dass das Papier nicht so schön ist. Ich habe es aus einem Schulheft ausgerissen, denke aber, dass ich mir bald richtiges Briefpapier kaufen werde.

Du bist erst ein paar Tage weg, aber ich finde die neuen Nachbarn jetzt schon ganz schrecklich. Sie haben keine Kinder, und der Mann wirft mir immer böse Blicke zu, wenn ich durchs Fenster in dein altes Zimmer schaue. Bei uns hat es die letzten Abende viel geregnet und gewittert. Gerade poltert und grollt der Donner wieder laut über unserem Dach, und dabei muss ich daran denken, was du mir mal gesagt hast. Dass der Donner vielleicht wütend ist. Stinkewütend, sodass er ganz laut brüllen muss, um die Wut rauszulassen. So wie mein Papa, wenn ihm irgendetwas nicht gefällt.

Jetzt donnert es schon wieder. Ich habe die Sekunden nach dem

Blitz gezählt. Dreizehn. Das heißt, dass das Gewitter näher gekommen ist.

So wie die Stimmen von Mama und Papa. Eben haben sie schon wieder gestritten. Es ging um die neue Schule und darum, dass die beiden die Anmeldung vergessen haben. »Hätte ich einen Mann, der mir mal unter die Arme greifen würde, wäre so was nie passiert«, meinte Mama zu mir, während Papa danebensaß. »Vielleicht wäre ich dann auch so eine Supermommy.«

»Wäre das jetzt auch noch meine Aufgabe gewesen? Hättest du nicht das ganze Geld versoffen, hättest du diese Dinge auch mal auf dem Schirm!« Papas wütendes Brüllen ist noch ganz laut in meinem Kopf.

»Soll das ein Witz sein? Ich gebe alles, um unser Leben am Laufen zu halten. Und du ... du warst schon wieder bei dieser ... dieser ... N...«

»Na, sag's doch! Sag, was du über sie denkst.«

»Bei dieser Frau!«

»Du wolltest Nutte sagen, was?«

»Reiß dich wenigstens vor dem Jungen zusammen.«

»Warum? Damit der Junge ein ebensolches Weichei wird wie seine Mutter?«

Ich habe alles mitgehört. Irgendwann bin ich auf mein Zimmer geschlichen, aber die Stimmen waren so laut. Ich wünschte, ich hätte bei euch klingeln und warten können, bis die beiden fertig sind mit Streiten.

Jedes Mal, wenn das Zimmer von einem Blitz erhellt wird, blinkt die silberne Folie der Schokolade auf, die ich gestern in die Ecke gedonnert habe. Mama hat sie mir gegeben, weil sie ein schlechtes Gewissen hatte.

Sie liegt jetzt immer noch neben dem Playmobilritter mit seiner Rüstung.

Ich wünschte, ich hätte auch so eine Rüstung. Einen Helm, eine

Weste und vielleicht sogar eine Art Schutzschild, den ich mir vor die Brust halten könnte. Bestimmt würde mir das Gewitter dann weniger Angst machen.

Oh, Alicia. Es blitzt schon wieder. Diesmal ist der Donner gekommen, bevor ich bis neun zählen konnte. Ich beiße die Zähne zusammen und kneife so fest in die Bettdecke, dass mir heiß wird. Und ich versuche, mich auf die Wanduhr zu konzentrieren. So, wie du es mir gesagt hast. Es gibt Abende, an denen mich das Ticken beruhigt. Heute funktioniert das nicht. Mein Herz schlägt immer noch so laut und wild. Vielleicht versucht es, gegen den Donner zu gewinnen.

Ich überlege, ob ich aufstehen und mich zu Mama schleichen soll, aber meine Beine zittern. Ich wünschte, Mama könnte einfach spüren, dass ich sie brauche. Wirklich, wirklich brauche.

Denkst du, dass ich Papa genau das sagen kann? Dass ich ihm Mama nicht stehlen möchte, sondern sie mir nur für ein paar Minuten ausleihen will?

So lange, bis das Gewitter vorbei ist. Höchstens noch ein paar Sekunden länger.

Alicia, ich vermisse dich so.

Weißt du schon, ob du mich im Sommer besuchen kommst?

Ich freue mich auf deine Antwort.

Dein Juli

Alicia

Ich tigere seit fast zwanzig Minuten durch den Flur und ernte mittlerweile verwunderte Seitenblicke. Dabei wünsche ich mir nur, der große Zeiger auf der Wanduhr würde sich ein wenig schneller Richtung zehn bewegen.

Unser Gespräch ist für zehn Uhr angesetzt. Spüre ich deshalb schon seit Tagen ein nervöses Flattern in mir? Vielleicht. Bin ich heute Morgen viel zu früh zur Arbeit losgegangen? Schon. Habe ich den Ärmel meiner weißen Bluse in den Becher Himbeertee getunkt? Fuck. So was von. Das musste ja passieren.

Johannes ist als Chef eigentlich entspannt. Er ist eher so der *Wir-sind-alle-eine-große-Familie*-Typ. Aus diesem Grund ist es noch schwieriger abzuschätzen, ob er mit meiner Arbeit hier zufrieden ist.

Ich weiß noch genau, dass ich meinen Augen kaum trauen konnte, als ich vor ein paar Wochen in unserer WG-Küche saß und einen Umschlag in der Hand hielt, auf dem dick und fett das Logo von CGN prangte, der erfolgreichsten Werbeagentur hier in Köln. Meine Hände haben so gezittert, dass Maggie mir den Umschlag am liebsten aus der Hand gerissen hätte.

»Zusage.«

Ich weiß noch genau, wie leise und ungläubig dieses Wort aus meinem Mund kam.

»Ich hab's dir doch gesagt!«, hat Maggie gejubelt, während sie mir aufgeregt um den Hals gefallen ist. »Du wirst das so was von rocken! Daran zweifle ich keine Sekunde.«

Seit acht Wochen bin ich Teil des Teams. Und in drei Minuten beginnt mein erstes Feedbackgespräch. Drei Minuten, bis ich erfahre, wie gut ich den Einstieg tatsächlich gemeistert habe. Drei Minuten, die ausreichen, um mir zig Horrorszenarien auszumalen.

Was ist, wenn alle hochgradig enttäuscht sind? Wenn ich mir von Anfang an zu viel zugetraut habe?

»Du setzt dir deine Ziele immer viel zu hoch«, habe ich Timons Stimme im Ohr. Was ist, wenn er recht hat? Was, wenn ich wirklich kleiner hätte anfangen sollen? Zum Beispiel bei einem Start-up. Das hätte es für den Anfang auch getan, oder?

Die Tür springt auf. Zwei Minuten zu früh und damit genau richtig, um mich vor einem Nervenzusammenbruch zu bewahren.

»Alicia!« Johannes lächelt, als ich mit Wackelpuddingbeinen auf ihn zukomme und nervös einschlage. »Ich dachte schon, du läufst uns einen Trampelpfad in den Boden.«

Schlagartig schießt mir die Hitze in die Wangen.

Bleib ruhig und gelassen, sage ich mir. Tu wenigstens so, als wärst du es.

»Gibt es hier magische Wände, durch die man als Chef hindurchschauen kann?«

Jetzt muss Johannes lachen. Er ist selbst erst Mitte dreißig, hat kurze braune Haare und ein charismatisches Auftreten. Vermutlich ist Letzteres aber auch eine Voraussetzung, die man erfüllen muss, um sich in der Branche zu etablieren.

»Leider nicht. Man kann aber einiges von innen hören.« Bevor ich etwas erwidern kann, winkt er amüsiert ab. »War nur Spaß, mir ging es damals nicht anders. Willst du reinkommen?«

Mit hochrotem Kopf nicke ich und folge meinem Chef ins Innere seines Büros. Es ist nicht das erste Mal, dass ich hier bin. Seit dem Bewerbungsgespräch habe ich schon ein paar Mal Unterlagen hergebracht. Doch heute kommt mir der Raum größer vor. Oder ich mir einfach kleiner?

»Setz dich!« Johannes lässt sich auf seinen Bürostuhl sinken und beobachtet, wie ich ihm gegenüber Platz nehme.

»Danke.«

»Ich kann dir versprechen, dass deine Aufregung vollkommen überflüssig ist.«

Mein Herz macht einen Sprung. Ich versuche, meine Gesichtsmuskeln zu entspannen.

»Wir sind sehr zufrieden mit deiner Arbeit. Du bist zuverlässig, kooperativ und lieferst gute Ideen. Auch das restliche Team findet, dass du dich hervorragend einbringst. So engagierte Praktikanten haben wir hier selten.«

»Das ... das ist ... toll.«

»Puh! Ich bin erleichtert, dass du das sagst. Für einen Moment dachte ich, du brichst mir hier in Tränen aus.« Johannes wischt sich theatralisch über die Stirn.

»Höchstens in Freudentränen«, werfe ich schnell ein und beiße mir im nächsten Moment auf die Lippe. Hoffentlich war das nicht eine Spur zu ehrlich.

»Sehr gut!« Er greift auf die Ablage neben seinem Schreibtisch. »Du weißt, dass uns Ende des Jahres zwei Kollegen verlassen?«

Ich nicke sofort. Klar, Carina geht in den Mutterschutz, und Kevin zieht mit seiner Familie in die Schweiz.

»Wir müssen diese Stellen neu besetzen. Deshalb sind wir auf der Suche nach einem geeigneten Nachfolger für Kevin sowie einer Vertretung für Carina. Ich kann dir noch nichts versprechen, aber du stehst definitiv in der engeren Auswahl. Natürlich nur, wenn du dir überhaupt vorstellen kannst, weiter für uns zu arbeiten.«

Auf die Zunge beißen. In den Unterarm kneifen. Den Rücken gegen die kühle Sitzlehne pressen. Atmen. Das hier ist kein Traum. Ich sitze in dem Büro und werde gerade ernsthaft gefragt, ob ich weiterhin an meinem Job interessiert sei. An meinem *Traum*job, wohlgemerkt.

»Ich?«, rutscht es mir ungläubig über die Lippen.

»Kannst du dir das vorstellen?« Johannes' Nachfrage reißt mich aus den Gedanken.

»Oh mein Gott. Ja!« Irgendwo habe ich mal gelesen, dass man seine Begeisterung in Vorstellungsgesprächen zurückhalten soll.

Allein schon aus verhandlungstaktischen Gründen sei es sinnvoller, gemäßigt zu reagieren. Aber Holy Moly, wie zur Hölle soll das gehen, wenn man gleichzeitig die ganze Welt umarmen möchte?

»Ich dachte mir, dass du dich freust. Gleichzeitig will ich deine Erwartungen auch nicht zu hoch schrauben ... Ich hoffe, dass sich die Entscheidung in den nächsten zwei Monaten fällen lässt.«

»Das ist okay. Natürlich.« Die Vorstellung, acht Wochen in Unsicherheit und Aufregung zu leben, beschert mir ein heftiges Kribbeln auf der Haut. Andererseits habe ich vor wenigen Sekunden nicht einmal mit dieser Chance gerechnet. »Ich werde mein Bestes geben! Mein Allerbestes!« *Und noch viel mehr.*

»Daran habe ich keinen Zweifel. Die Alicia, die wir bisher kennengelernt haben, gefiel uns schon außerordentlich gut!« Johannes lächelt, steht dann von seinem Stuhl auf. Offenbar ist unser Gespräch bereits beendet. Bemüht ruhig folge ich seinem Beispiel.

»Dann kann ich jetzt gehen?«

»Ich weiß nicht, ob du kannst. Aber ich hätte jedenfalls nichts dagegen. – Entschuldige, so was sagt man wahrscheinlich erst ab vierzig.« Er lacht herzlich auf. »Richte dem Team aus, dass ich niemanden beiße. Zumindest nicht, wenn der Pitch für die Sneakers heute noch fertig wird. Wenn wir das Projekt nicht noch mit ins Wochenende ziehen wollen, sollten wir uns jetzt noch ranhalten. Die Konkurrenz schläft nicht. Auch nicht bei CGN.«

...

Als ich zurück in unser lichtdurchflutetes Großraumbüro gehe, laufe ich wie auf Watte.

Niemals hätte ich damit gerechnet, dass es so gut laufen würde. Ein fester Job bei CGN? Das glaubt mir niemand.

»Praktikanten werden da niemals einfach so übernommen«, hat Timon gesagt, als ich ihm einmal von meiner heimlichen Hoffnung erzählt habe. Damals hatte ich noch nicht einmal den Vertrag für das Praktikum unterschrieben.

Was er wohl sagen wird, wenn ich ihm die Neuigkeiten verrate?

Für einen Moment gerate ich in Versuchung, meinen Freund sofort anzurufen, entscheide mich dann aber dagegen. Wenn ich diese einmalige Chance nicht vergeigen möchte, darf ich mir nun erst recht keine Fehler erlauben.

»Deinem Gesichtsausdruck nach zu urteilen, bist du weder gekündigt noch komplett zur Sau gemacht worden?« Emily steht von ihrem Platz auf und winkt mich zu sich heran. Sie ist nur wenige Jahre älter als ich, höchstens Ende zwanzig. Und doch ist sie für mich gleich zu Beginn so etwas wie ein sicherer Hafen in der Firma geworden. Vielleicht, weil sie bereits seit über vier Jahren für die Agentur arbeitet.

»Kann man so sagen.« Ich spüre, wie sich ein aufgeregtes Kribbeln in mir ausbreitet.

In wenigen Worten fasse ich Emily und den anderen, die natürlich neugierig mithören, den Inhalt meines Gesprächs zusammen.

Ich bin so froh, hier mit offenen Armen empfangen worden zu sein. Vor allem, weil ich weiß, dass Teamwork in vielen Agenturen nicht unbedingt selbstverständlich ist.

»Das ist ja super!«, kreischt Emily, als ich kurz Luft hole und mich auf den Schreibtischstuhl neben ihr setze. »Du hast das alles so verdient! Bald bist du eine von uns!«

Emily wirft die schwarzen Haare nach hinten. Während sie

sich geschickt einen Zopf bindet, lächele ich nur stumm in mich hinein.

»Das ist sie doch eh schon«, meint Henri. Im Vorbeigehen klopft er mir kumpelhaft auf die Schulter.

»Natürlich ist sie das. Aber wenn sie hier richtig anfängt, ist es trotzdem was anderes.«

Emily sieht sich um. »Wer käme denn sonst noch infrage?«

Oh! Dieser Gedanke, dass es jemand von hier sein könnte, ist mir noch gar nicht gekommen. Aus irgendeinem Grund bin ich davon ausgegangen, dass die Stellen extern ausgeschrieben werden. Mit Sicherheit wird es einen Haufen qualifizierter Bewerber geben.

»Beispielsweise Nicolas.« Susan deutet zur Tür, die gerade schwungvoll aufgestoßen wird.

Nicolas Hohenfeld ist der Sohn eines Kölner Unternehmers und hat zwei Monate vor mir sein Praktikum in der Agentur begonnen. Er ist genau das, wonach sich Hollywoods Regisseure die Finger lecken würden: der Sonnyboy aus gutem Hause. Attraktiv. Intelligent. Charismatisch.

»*Hola chicas y chicos*«, flötet er und lässt sich gegenüber von mir auf einen Platz fallen. Noch eine Eigenschaft, die Nicolas von mir unterscheidet. Abgesehen davon, dass ich weder eine Menge Kohle noch den richtigen Nachnamen vorzuweisen habe, fehlt mir viel zu häufig das nötige Selbstvertrauen, um die Aufmerksamkeit so auf mich zu ziehen.

»Und? Haben sie dich endlich fristlos gekündigt?«, fragt Henri verächtlich.

»Stell dir vor, sie waren kurz davor, mich zu deinem Boss zu machen«, kontert Nicolas und wirft ein Lächeln in die Runde. Susan hat recht. Dieser Typ könnte mich ohne Weiteres aus dem Rennen werfen.

»Erzähl schon!«, fordert Emily ihn auf.

»Gibt nicht viel zu sagen, denke ich.«

»Nicht viel?«

Er zuckt mit den Schultern. »Sie sind zufrieden und können sich vorstellen, mit mir weiterzumachen.«

Durch meine Brust geht ein heftiges Ziehen. Nicolas und ich kämpfen also um dieselbe Stelle. Schnell beiße ich mir auf die Unterlippe und gebe mein Bestes, mir die Panik nicht ansehen zu lassen. Dabei habe ich keine Ahnung, wie ich mich jetzt bis zur Mittagspause auf die Arbeit konzentrieren soll. Vor allem, wenn das eigene falsche Grinsen so dermaßen schmerzhaft auf den Lippen brennt.

In dem Moment erinnere ich mich an Johannes' Bitte, den Pitch für die Sportschuhe noch einmal durchzugehen. Eigentlich fand ich meinen bisherigen Text okay. Doch die Entwicklungen der letzten halben Stunde haben mich angetrieben, erst recht das Beste herauszuholen. Ich werde die nächsten Wochen all meine Energie und jeden Funken Inspiration in die Arbeit stecken und beweisen, dass ich das Zeug dazu habe, das hier durchzuziehen. Eine exzellente Texterin zu werden.

Alicia Hanser, Mitarbeiterin von *CGN viral. Clear. Great. Near.* Ich glaube, an die Vorstellung könnte ich mich gewöhnen.

Als ich in der Mittagspause versuche, Timon zu erreichen, geht nur seine Mailbox dran. Weil ich sicher bin, dass mein Freund das Ding sowieso nie abhört, mache ich mir erst gar nicht die Mühe, etwas draufzusprechen. Dafür habe ich Glück, und Maggie ist sofort online, als ich eine Nachricht in unseren Chat schreibe.

Statt einer einzelnen Antwort regnet es einen Sturm voller Nachrichten von meiner besten Freundin.

WDghwedfiugweuifdgquzwgedhwe!!!
Oh mein Gott.
!!!
Ich kanns nicht glauben!
Ok. Eigentlich wusste ich, dass du das rockst!
ICH FREUE MICH TROTZDEM SO SEHR!
Du musst das feiern!
Verdammt.
Ich bin heute Abend nicht da!
Wir holen das nach, ja? Am besten gleich morgen.
Oder Sonntag?
Versprich mir, dass du dich trotzdem feierst!

Ihre überschwängliche Reaktion zaubert mir ein Lächeln ins Gesicht. Alles an diesem Chat ist so *typisch Maggie.*

Na klar! Das mache ich.

Das mache ich wirklich.

Und sollte ich es wirklich schaffen, diesen Job zu ergattern, werde ich vermutlich nie mehr damit aufhören können.

Ich schreibe Timon eine kurze WhatsApp mit der Frage, ob er für später schon Pläne hat. Vielleicht könnten wir zur Feier des Tages mal wieder etwas essen gehen … Oder gemeinsam etwas kochen? Das haben wir viel zu lange nicht gemacht.

Als ich keine Antwort bekomme, lege ich das Smartphone zur Seite und setze mich wieder zurück an den Schreibtisch.

Der restliche Arbeitstag vergeht wie im Flug. Wir können den

Pitch für die Sportschuhe rausschicken und sogar ein neues Projekt beginnen. Obwohl ich bei Feierabend ganz schön müde bin, schlägt mein Herz wild und glücklich, als ich die Agentur verlasse.

Nur die Tatsache, dass Timon noch immer nicht auf meine WhatsApp reagiert hat, frustriert mich.

Auf dem Weg zur Bahn wähle ich erneut seine Nummer. Als am anderen Ende der Leitung ein Rascheln zu hören ist, weiß ich im ersten Moment nicht, was mich mehr überrascht: dass ich ihn tatsächlich erreiche oder dass ich schon nicht mehr damit gerechnet habe.

»Ja?«

Das Lächeln auf meinem Gesicht wird – wenn überhaupt möglich – noch breiter.

»Ich bin's!« Wahrscheinlich bin ich eine der wenigen Personen, die, abgesehen von seiner Mutter, überhaupt bei ihm anrufen. Mit seinen Freunden kommuniziert er hauptsächlich beim Zocken.

»Babe?«

»Ja.« Meine Stimme zittert vor Aufregung, und ich drohe jeden Moment überzulaufen, wenn ich nicht endlich von dem Feedbackgespräch erzählen kann. »Was machst du gerade? Bist du zu Hause?« Kaum ist die Frage gestellt, merke ich, dass sie ziemlich überflüssig ist. Wo soll Timon sonst sein?

»Rufst du an, um mich zu kontrollieren?«

Ich zucke zusammen.

»Kontrollieren? Nein. Natürlich nicht«, stammele ich. »Sorry, so war die Frage nicht gemeint.« Ich hole tief Luft und presse die Lippen fest aufeinander.

»Na dann.«

Verdammt. Ich hätte vorher nachdenken sollen. Eigentlich

müsste mir klar sein, dass das Thema einen wunden Punkt berührt. Zwar hat Timon die letzten Wochen mehrere Bewerbungen rausgeschickt, doch bisher haben wir nichts gehört.

Gerade als ich die Haltestelle erreiche, fährt die Bahn ein.

»Ich bin auf dem Heimweg. Magst du gleich noch vorbeikommen?«, frage ich vorsichtig und spüre schon wieder, wie meine Muskeln sich verhärten. Um nicht noch mehr Öl ins Feuer zu gießen, beschließe ich, von dem Gespräch mit Johannes erst später zu erzählen. Jetzt scheint mir nicht der richtige Zeitpunkt zu sein. Ich weiß, dass ich gerade auf einem sehr dünnen Seil tanze. Eine einzige falsche Bemerkung kann in einem riesigen Streit zwischen uns enden. Einem Streit, den ich auf keinen Fall riskieren möchte.

Schnell husche ich durch die geöffneten Türen in die Bahn und schnappe mir einen freien Sitzplatz.

»Mal sehen.«

Ganz langsam lasse ich Luft aus meiner Lunge entweichen und wiederhole im Kopf seine Antwort. *Mal sehen?*

»Was soll das heißen?«, rutscht es mir heraus.

»Was ist daran so schwer zu verstehen? *Mal sehen* heißt halt *mal sehen* ... Ich hatte eigentlich nicht geplant, noch mal rauszugehen.«

Die Enttäuschung bohrt sich wie ein spitzer Pfeil durch meine Brust. Aber ich schaffe es, zu atmen. Wahrscheinlich hat meine Frage ihn wütend gemacht.

»Kannst du denn ungefähr sagen, wann du dich entscheiden wirst?«

Ich werde mir sonst einfach etwas anderes vornehmen.

»Mal sehen.«

Dann eben erst mal keine Pläne. Auch okay. Mir ist wichtiger, dass zwischen uns alles gut ist. Und noch stehe ich auf dem Seil.

Ich bin nur für einen kurzen Moment ins Schwanken geraten, kann jedoch noch verhindern, dass ich falle.

»Okay. Dann bis später?«

»Bis später.«

Wir legen auf. Ich lasse das Smartphone in meinen Schoß sinken, sehe aus dem Fenster und ... balanciere einfach weiter.

2. Kapitel

Julian

In der fünften oder sechsten Klasse wurden bei uns in der Schule ständig Freundschaftsbücher herumgereicht. Vorrangig bei den Mädchen, doch auch wir Jungen wurden ab und an um einen Eintrag gebeten. Warum sich diese Erinnerung ausgerechnet jetzt in meinen Kopf drängen muss? Weil ich in dem Moment, in dem ich hinter die Frage »Was willst du später werden?« mit krakeligen Buchstaben »Lehrer« geschrieben habe, mein Schicksal besiegelt habe. Wie hätte ich als Kind auch erahnen können, was es heißt, eine Meute Teenager im Zaun zu halten? Selbst zu Beginn des Studiums hatte ich noch keine Vorstellung davon.

»Haben Sie keinen Unterricht?« Eine Stimme in meinem Rücken lässt mich zusammenzucken. Hastig drehe ich mich um. Es mag absurd klingen, aber für einen kurzen Moment fühle ich mich wie damals zu meinen eigenen Schulzeiten: auf frischer Tat beim Schwänzen ertappt. Mit nur einem klitzekleinen Unterschied …

»Oh, entschuldigen Sie, Herr Rock. Ich habe Sie von hinten gar nicht erkannt.« Die Stimme gehört zu Frau Dietrich. Mathe- und Englischlehrerin in der Unterstufe. Ziemlich tough. Zumindest habe ich mitbekommen, dass sich das unter den Schülern erzählt wird. Gerade wirkt sie eher verlegen, vielleicht auch nur überrascht. So oder so ... Jetzt wäre der richtige Zeitpunkt, um etwas zu sagen. Mich zu erklären. Beispielsweise, warum ich nicht bei meiner Klasse bin, sondern wie bestellt und nicht abgeholt vor dem Unterrichtsraum stehe und die Wand anstarre.

»Warten Sie hier auf jemanden?«

Habe ich es nicht gesagt? Wie bestellt und nicht abgeholt.

Reflexartig schüttele ich den Kopf und bringe mich dadurch natürlich erst recht in Erklärungsnot.

»N-n-n-nein«, bringe ich über die Lippen und spüre, wie mir augenblicklich die Hitze in die Wangen schießt. Reiß dich zusammen, Julian! Oder willst du es auch noch vor den Kollegen vergeigen?

»Nein?« Aus ihrem Mund klingt alles so viel leichter. Kein Wunder. Sie hat das eine Wort wahrscheinlich gerade mal so viel Anstrengung gekostet wie ein einziger Atemzug.

»Ich ...« Gerade als ich zu einem Satz ansetzen möchte, dringt aus dem Klassenzimmer lautes Geschrei. Mein Herz macht einen Satz, und ich fühle mich für einen kurzen Augenblick so, als würde ich mit dem Gesicht direkt gegen eine Fensterscheibe knallen.

»Was ist denn da los?« Frau Dietrich sieht mich irritiert an und schaltet keine zwei Sekunden später in einen anderen, besorgten Modus um. »Sind da Schüler drin?«

Mein Puls schnellt in die Höhe. Ich öffne den Mund, um endlich etwas Vernünftiges zu sagen, ahne jedoch im selben Moment, dass die Blockade eher schlimmer geworden ist. In Stressmomenten habe ich noch nie ein Wort rausbekommen.

Als Frau Dietrich die Tür zum Klassenzimmer aufdrückt und mit entschlossenen Schritten in den Raum stapft, glaube ich kurz, die Demütigung habe nun endgültig ihren Höhepunkt erreicht. Es ist, als hätte jemand von der einen auf die andere Sekunde den Stecker gezogen. Wie bei einer Lampe, die auf einen Schlag in vollkommene Dunkelheit springt. Obwohl ein Lautsprecher hier vielleicht der bessere Vergleich wäre, denn der Ton ist abgedreht. Von hundert auf null. Von »alles scheißegal« auf »hier ist eine Respektsperson anwesend«.

»Kann mir mal bitte jemand erklären, was hier los ist?«, donnert die Stimme der Lehrerin durch das Klassenzimmer.

Ich mache stumm einen Schritt hinter ihr in den Raum und lasse meinen Blick kurz über die Sitzreihen schweifen. Einige Stühle sind umgeworfen, und der Inhalt eines Stiftetuis hat sich auf dem Boden verteilt. Direkt vor dem Pult liegen noch immer die kleinen Papierflieger. Während Frau Dietrich nach Luft schnappt, wandern meine Augen zielstrebig zur Tafel. So, als wüsste ein Teil von mir, dass das Chaos nur ein läppischer Anfang gewesen ist. In Großbuchstaben hat jemand folgende Worte an die Tafel geschrieben: »Was ist lächerlicher als ein Rock, der sein Röckchen vermisst? Nur ein Lehrer, der seine Sprache vergisst.«

Ich warte darauf, dass sich in mir etwas regt. Dass ein Gefühl explodiert. Angst. Wut. Traurigkeit. Scham. Dass ich zu schwitzen beginne, hektisch versuche, die Kreideschrift zu entfernen, oder einfach nur auf der Stelle vor Scham ohnmächtig werde. Doch stattdessen stehe ich wie angewurzelt da und fühle nichts. Absolut nichts außer einer unendlichen Leere.

Es ist still im Raum. Dann dringen dumpfe Stimmen zu mir hinüber. Eine davon muss Frau Dietrich gehören. Vermutlich hat sie den frechen Spruch nun auch entdeckt und erwartet, dass ich etwas sage. Doch ich kann nicht. Nicht, solange ich an diesem Ort bin.

»Niemand bewegt sich aus diesem Zimmer, bevor ich nicht weiß, wer diese Schmiererei zu verantworten hat.«

Wahrscheinlich will sie damit irgendwas besser machen. Vielleicht glaubt sie auch, mir einen Gefallen zu tun. Oder aber sie mag einfach nur nicht so tatenlos rumstehen wie ich. Ich, der Referendar, der die letzten vierzig Minuten die Aufsicht über diese Klasse hatte. Ich, der nur zu gut weiß, wer für diese Kritzeleien verantwortlich ist.

»Also?«, wiederholt Frau Dietrich an die Klasse gewandt und beginnt, abwartend durch die Stuhlreihen zu gehen. Im Klassenzimmer ist es noch immer so mucksmäuschenstill, dass man fast anfangen könnte, Mitgefühl mit den Schülern zu haben. Schnell erinnere ich mich an die Horde wild gewordener Teenager, die ich noch vor wenigen Minuten selbst erlebt habe – bis ich die Flucht ergriffen habe. Man könnte es auf meine Unerfahrenheit schieben. Darauf, dass Teenager wirklich grausam sein können, oder darauf, dass ich aus irgendeinem Grund bisher einfach nur Pech gehabt habe. Mit dem falschen Fuß aufgestanden bin. Oder mit dieser Klasse einen Härtefall erwischt habe ...

Ich könnte noch zig solcher Gedanken auflisten. Schließlich habe ich mir jede einzelne Ausrede davon bereits selbst erzählt, um mich nicht dem Offensichtlichen zu stellen.

»Ist Stottern eigentlich ansteckend?«

»Wie kommen Sie eigentlich auf die Idee, uns etwas b-b-b-beibringen zu können? Könnte es nicht sein, dass wir dann am Ende auch st-st-stottern?«

»Wieso heißen Sie eigentlich Rock mit Nachnamen, wenn Sie keine Röcke tragen? Oder ist das nur eine Abkürzung, damit Sie den Namen besser aussprechen können?«

Die Demütigungen sind das eine. Wie eine schmerzhafte Ohrfeige, die zwar noch minutenlang nachglüht, gegen die man sich aber mit der Zeit eine Art Polster zulegen kann. Spätestens dann, wenn man jeden einzelnen dummen Spruch bereits gehört hat.

Schlimmer ist die Arroganz.

Die Gruppe Mädchen, die sich trotz mehrfacher Ermahnung mitten im Unterricht die Nägel lackiert, der vorlaute Kalle aus der letzten Reihe, der die Sache mit den Papierfliegern gestartet und zuletzt die Klassenkameraden aufgestachelt hat, das Spektakel zu filmen. Mit Kalle hat alles begonnen. Es ist, als hätte er meine Angst gerochen und Spaß daran gehabt, die anderen auf mich anzusetzen.

»Haben Sie vielleicht eine Ahnung, wer für dieses unterirdische Chaos verantwortlich ist, Herr Rock?«

Ein leises Kichern dringt aus der Ecke der Mädels und erstickt im nächsten Moment, als Frau Dietrich sich zu ihnen umdreht. Ich weiß, dass es nur eine richtige Antwort gibt. Eine Antwort, die Karl Julius, von allen Kalle genannt, in das Büro der Direktorin und mich im besten Fall zurück ans Pult versetzt. Eine Antwort, die Frau Dietrich befriedigen und den Schülern zeigen würde, dass ich bei diesen Spielen nicht mehr lange zusehen werde.

»Ich w-w-weiß n-n-nicht.« Irgendwie schaffen die Worte es, ihren Weg aus meinem Mund zu finden.

Frau Dietrich sieht aus, als koste es sie unheimlich viel Kraft, ein Seufzen zu unterdrücken. Zum Glück ertönt in diesem Moment die Klingel zur Pause, und wenige Sekunden später wird der Flur von lautem Getrampel und Rufen erfüllt.

Ich ertappe mich bei dem Wunsch, so schnell wie möglich aus diesem Schulgebäude zu stürmen.

»Also hat niemand hier etwas zu sagen? Niemand?« Frau Dietrich kehrt zurück zum Pult, klappt die Tafel zu und baut sich mit verschränkten Armen vor der Klasse auf. »Na schön! Wenn ihr meint, dass Feigheit etwas mit kollegialem Zusammenhalt zu tun hat … bitte, dann könnt ihr die Konsequenzen mit Sicherheit ja auch gemeinsam tragen.«

Es ist halb vier, als ich mit zügigen Schritten das Lehrerzimmer verlasse. Mein Unterricht ging heute nur bis zur sechsten Stunde, und obwohl ich genug Gründe gehabt hätte, sofort danach das Schulgebäude zu verlassen, lohnte es sich nicht, schon nach Hause zu fahren.

Um vier bin ich mit den Jungs verabredet, und von der Schule aus ist der Weg zu Tarek kürzer. So konnte ich immerhin die Zeit nutzen, um die Vorbereitungen für die nächsten Stunden abzuschließen.

Ich erreiche die Fahrradständer und verziehe nicht einmal das Gesicht, als ich meinen alten Drahtesel am Lenker vom Boden hochziehe und den Dreck vom Sattel klopfe. Es ist bereits das dritte Mal, dass er mutwillig umgestoßen wurde. An einen Zufall glaube ich schon längst nicht mehr.

Die Luft hat sich in den letzten zwei Wochen abgekühlt, und es kommt mir deutlich frischer vor als im vergangenen Oktober. Vielleicht bilde ich mir das aber auch nur ein, weil die Erinnerungen an die lauen Sommernächte mit meinen Kumpels am Rhein noch ziemlich frisch sind. Es wird eine Weile dauern, bis ich mich wieder an lange Hose und Mantel gewöhnt habe.

Ich radele durch die Straßen und komme entgegen meiner Erwartung als Letzter bei Tarek an.

»Wir dachten schon, du lässt deine Schüler nachsitzen!«, ruft Philipp mir feixend entgegen, als ich noch im Treppenhaus bin.

Zwei Stufen auf einmal nehmend, erreiche ich schnell die Wohnungstür. »G-ganz sicher nicht.«

»Kaum zu glauben, dass du jetzt so einer geworden bist … *Nicht der Gong beendet die Stunde, sondern der Lehrer*«, doziert Tarek und bringt die anderen zum Lachen. »Bitte sag mir, dass du solche Sprüche nicht bringst.« Die Jungs und ich haben uns über den Unisport kennengelernt, und ich bin der Einzige von uns, der Lehramt studiert hat.

»Und ob er das tut. Das ist eine Krankheit, die man spätestens dann bekommt, wenn man den ersten Fuß ins Lehrerzimmer setzt.« Leo grinst.

Ich boxe ihm in die Seite. »Ihr seid so witzig.«

»Wissen wir.« Tarek deutet zum Kühlschrank. »Willst du was trinken?« Als ich nicke, reicht er mir eine Flasche Limo. »Noch fünf Grad weniger, und ich beginne auf Tee umzustellen. Ich würde mich lieber wieder draußen treffen«, seufzt er.

»Wenn wir nicht ab und an vorbeikommen, hast du aber keine Motivation mehr, deine dreckigen Unterhosen zu waschen«, entgegnet Philipp und lässt sich schwungvoll aufs Sofa fallen.

»Als würde ich euretwegen irgendwas hier wegräumen.«

»Es würde der Wohnung jedenfalls nicht schaden. Kein Wunder, dass die Frauen nie lange bleiben. Bei dem Chaos braucht man Google Maps, um das Klo zu finden.«

Tarek greift nach einer leeren Pfandflasche und zielt in Philipps Richtung.

»Das nächste Mal kannst du uns ja zu dir einladen, Mr. Achtzig-Quadratmeter-in-der-Innenstadt.«

»Genau das habe ich auch vor. Ihr seid herzlich eingeladen. Einunddreißigster Oktober bei Linda und mir.«

Tarek stößt einen Pfiff aus. »Sag bloß!«

»Ist eine Halloweenparty. Ziemlich spontan, aber wir haben ja noch drei Wochen. Linda wollte in der neuen Wohnung unbedingt was feiern. Ist zwar nicht so viel Platz wie bei meinen Eltern, aber genug, dass wir einen geilen Abend haben.«

»Wenn es eine Kostümparty wird, bin ich sofort dabei. Dann

habe ich endlich mal wieder die Gelegenheit, den alten Captain Jack Sparrow aus dem Schrank zu kramen«, erklärt Tarek.

»Natürlich mit Kostüm. Wer ohne kommt, darf sich am Aufräumen beteiligen.«

»Dann bereite dich schon mal d-darauf vor, alles allein sauber zu machen«, werfe ich ein. Feiern und Verkleiden ist nun mal *das* Ding in Köln, das sich niemand entgehen lässt.

»Ihr könnt natürlich auch wen mitbringen. Linda hat ausdrücklich nach Maggie gefragt. Tareks Mundwerk zählt bereits für zwei, und Julian ... wenn du willst, kannst du auch wen aus der Schule mitbringen.« Philipp lacht, bevor er einen großen Schluck seiner Limo trinkt. Ich hingegen spüre, wie sich mein Kiefer anspannt.

»Genau. Die meisten Beziehungen ergeben sich durch Jobs«, stimmt jetzt auch Leo zu.

»Na ja. Es muss jetzt nicht unbedingt eine Schülerin sein«, feixt Philipp.

»Wie läuft es eigentlich?« Ich weiß, Leo meint es nur gut, wenn er sein Interesse bekundet. Doch kaum ist seine Frage ausgesprochen, sehen die anderen mich abwartend an.

Verdammt! Ich kann es nicht ausstehen, im Mittelpunkt eines Gesprächs zu stehen. Schon gar nicht nach so einem Tag wie heute.

Wann hat es angefangen, dass mein Zukunftsplan so aus der Bahn geraten ist? Die Frage kann ich mir direkt selbst beantworten: gleich in der ersten Woche, in der ich auf mich selbst gestellt unterrichtet habe.

»Stimmt. Bisher hast du kaum etwas erzählt. Wie viele Zwerge hast du schon zum Nachsitzen verdonnert?«

»Nicht alle Schüler sind so ungehorsam wie du, Tarek!«

Auf einmal reden die Jungs komplett durcheinander.

»Läuft!«, sage ich dazwischen und hoffe, das Thema damit erst einmal zur Seite schieben zu können.

»Also ist es so, wie du es dir vorgestellt hast?«, hakt Leo nach.

Achselzuckend greife ich nach meiner Limo. »Mal sehen. Muss mich erst mal z-zurechtfinden.« Die ersten Monate habe ich nur unter Anleitung unterrichtet oder als Hospitant beim Unterricht zugesehen. Erst als ich allein mit den Schülern war, ist es eskaliert.

Ein Nicken geht durch die Runde. »Der Anfang ist immer hart. An meinem ersten Tag im Krankenhaus war ich so durcheinander, dass ich dem falschen Patienten Blut abgenommen hab.« Philipp greift nach der Fernbedienung.

Schnell zwinge ich mich zu einem Lachen und richte den Blick zum Fernseher, auf dem sich gerade die Konsole verbindet.

»Aber du, du hast unsere Zukunft direkt in den Händen. Stellt euch vor, alle Kinder werden wie Tarek. Wir wären am Ende.« Philipp grinst frech in dessen Richtung.

»Du bist ein Arschloch.«

»Ein Arschloch, das zumindest seine Wäsche im Griff hat.«

»Ich werde Linda an Halloween danach fragen«, droht Tarek.

»Tu dir keinen Zwang an.«

Leo stößt mich von der Seite an. »Und was das eigentliche Thema angeht ... Das wird schon. Lass dir bloß nicht zu viel gefallen, und zieh dein Ding durch. Aller Anfang ist schwer.«

Ich nicke halbherzig. In einem mögen die Jungs sogar recht haben: Schlimmer kann es wohl kaum noch werden.

4. März 2007

Hallo Alicia,

bitte wundere dich nicht, dass gleich zwei Briefe in dem Um-

schlag sind. Weil ich gestern Abend so plötzlich aufgehört habe, wollte ich dir noch mal schreiben. Mama sagt aber, dass ich mit den Briefmarken etwas sparsamer umgehen muss. Gestern Abend bin ich bei dem Gewitter zu Mama ins Schlafzimmer gegangen. Es hat ziemlich nach Wein gerochen. Ich finde diesen Geruch abscheulich.

Immerhin war Papa nicht da. Mama meinte, er würde auf dem Sofa schlafen.

Sie meinte, dass Papa eine andere Frau lieb hat.

Ich hab sie gefragt, wie sie das genau meint. Wieso Papa eine andere Frau liebt, wenn er doch eigentlich schon eine Familie hat. Uns, meine ich. Wir sind doch seine Familie, oder?

Vielleicht hast du aber auch recht, und ich habe das mit der Familie bisher immer falsch verstanden. Wenn deine Mama deine Mama ist, ohne dass sie dich geboren hat, dann kannst du vielleicht auch meine Familie sein? Meinst du, dass das geht? Das wäre schön.

Mama hat gesagt, dass Papa ein Arschloch ist. Ich habe gesagt, dass man das Wort doch nicht benutzen soll, aber sie hat behauptet, dass es diesmal eine Ausnahme ist. Weil Papa wirklich ein Arschloch ist. Weil er ein Mann ist und Männer Frauen wehtun.

Was ist, wenn ich als Mann auch ein Arschloch bin?

Das habe ich Mama gefragt, und sie hat versucht, mich zu beruhigen.

»Du bist der einzige Mann, der Mama niemals das Herz brechen würde.«

Genau das hat sie gesagt, und ich habe ihr versprochen, dass das für immer so bleibt. Dass ich niemals einer Frau wehtun werde.

Wie geht es dir? Bitte schreib schnell zurück.

Julian

3. Kapitel

Alicia

»Ich bin die beste beste Freundin der Welt. Okay, der Kuchen ist nur mit einer Backmischung gemacht. Singen werde ich unter keinen Umständen, und streng genommen muss ich in achtunddreißig Minuten die Bahn nehmen. Vergiss, was ich gesagt habe, ich bin wahrscheinlich die schlechteste beste Freundin der Welt. Willst du trotzdem ein Stück haben?«

Ich habe die Tür gerade erst aufgeschlossen und stehe noch mit meinen Schuhen im Wohnungsflur, da hat Maggie mich bereits mit einem ganzen Wortschwall überschüttet.

Als ich sie ein wenig überrascht ansehe, lässt sie den Teller mit Muffins (Verzeihung, der auseinandergefallene Teig soll anscheinend einen Kuchen darstellen) sinken.

Ich muss schmunzeln.

»Sind das etwa Rosinen?« Ich trete mir die Sneakers von den Füßen und grinse.

»Schokostreusel gab's nicht mehr. Also habe ich nach einer Alternative gesucht.«

»Und da sind dir ausgerechnet Rosinen eingefallen?«

»Wenn es das nächste Mal etwas zu feiern gibt, melde das vorher bitte an!« Maggie pustet sich eine Haarsträhne aus der Stirn.

»Sorry, wie viele Wochen im Voraus sollte ich meinen Chef fragen, ob er vorhat, mich vielleicht zu befördern?«

»Ich hätte ihm schon vor eurem Kennenlernen sagen können, dass du die Beste für den Job bist.« Maggie nimmt ein Stück Kuchen vom Teller und beißt herzhaft hinein. »Also? Willst du mich die nächsten vierunddreißig Minuten allein feiern lassen, oder nimmst du auch was?«

Rasch folge ich meiner Freundin in die Küche. Eigentlich habe ich keine Lust auf Feiern und noch weniger auf Kuchen, mein Magen fühlt sich viel zu voll und schwer an. Ihr zuliebe nehme ich trotzdem ein Stück.

»So, und jetzt musst du alles noch mal von vorn erzählen! Also ab dem Moment, in dem er es dir gesagt hat.«

»Wer was gesagt hat?«, frage ich ein wenig verdutzt nach.

»Ähmmm? Dein Chef? Das Gespräch?«

Zögernd nicke ich. »Sorry! Ich stand gerade auf dem Schlauch. Eigentlich habe ich doch schon alles erzählt.«

Maggie mustert mich mit einer Mischung aus Überraschung und Unglauben. »Dann erzähl es noch mal! Hey, was ist denn los? Du freust dich ja gar nicht.«

Schnell winke ich ab. »Doch, doch. Natürlich. Aber erst mal steht ja noch gar nichts fest. Es ging heute nur um die Möglichkeit, die rein theoretisch besteht. Wahrscheinlich wird am Ende sowieso nichts draus.«

Maggies Blick verfinstert sich. »Sag mir, dass es nicht das ist, was ich denke.«

»Was denn?« Natürlich weiß ich sofort, worauf sie hinauswill.

»Ich meine ja nur ... Es wäre nicht das erste Mal, dass Timon dir einen ordentlichen Dämpfer verpasst.«

Eine dicke Faust bohrt sich in meinen Magen.

»Das stimmt so überhaupt nicht.«

»Ach nein?«, hakt Maggie nach.

Maggies Kommentare gehen mir tiefer unter die Haut, als ich zugeben will. »Du kennst ihn doch gar nicht.«

»Woran das wohl liegt ... Wie lange seid ihr jetzt zusammen? Zwei Jahre? Du kannst mir doch nicht sagen, dass er bisher ernsthaft keine Zeit hatte, mal was gemeinsam mit deinen Freundinnen zu unternehmen.«

»Was ist falsch daran, wenn er die Zeit lieber mit mir allein verbringt?«

Maggie holt tief Luft. Dann winkt sie ab. »Hör zu, Süße. Ich hab dich verdammt lieb. Und du weißt, ich will mich gar nicht in euren Kram einmischen ...«

»Dann lass es bitte!«, unterbreche ich sie und stehe auf.

Maggie öffnet den Mund, entscheidet sich dann aber wohl doch dafür, nichts zu sagen. Die gute Stimmung ist jetzt endgültig hinüber.

»Ich weiß, du meinst es nur gut«, versuche ich die Situation zu entschärfen. »Es ist nur etwas anstrengend, und ich hatte einen aufwühlenden Tag.«

Maggie nickt. »Tut mir leid.«

Ich kann sehen, dass sie die Worte wirklich so meint. Wie schwierig es für Maggie immer ist, sich nicht von ihren impulsiven Gefühlen steuern zu lassen, ist mir in den letzten Monaten erst so richtig bewusst geworden. Aber anders als sie es anfangs befürchtete, hat uns ihre Offenheit nur noch enger zusammengeschweißt.

Und auch wenn sie nie ein Geheimnis daraus gemacht hat, wie wenig sie von der Entscheidung hielt, war sie selbst dann für mich da, als ich kurz nach der Trennung beschloss, der Beziehung von Timon und mir noch eine Chance zu geben. Ein knappes Jahr ist das jetzt her, und zu Beginn lief es zwischen ihm und mir wirklich besser. Er war unglaublich zuvorkommend. Charmant. Einfühlsam. Mit Timon an meiner Seite habe ich mich zum ersten Mal in meinem Leben vollständig gefühlt. Als sei dieser Mann ein Puzzlestück, das mir jahrelang gefehlt hat.

»Der Kuchen schmeckt scheiße«, reißt mich Maggie aus meinen Gedanken. »Total trocken und viel zu süß. Ich wusste, dass man diesen Tütendingern nicht trauen kann.«

Vorsichtig lächele ich. »Ach was, ich freue mich darüber.«

»Nächstes Mal backe ich dir trotzdem einen richtigen.«

»Da sage ich nicht Nein.«

Einen Moment sitzen wir uns stumm gegenüber. Maggie hat den Blick aus dem Fenster gerichtet und bewegt sich kaum. Nur das Ticken der Wanduhr lässt mich sicher sein, dass die Zeit nicht einfach so stehen geblieben ist.

»Weißt du ...« Ich räuspere mich. »Ich hab's ihm noch nicht erzählt. Die mögliche Übernahme, meine ich. Ich dachte, persönlich wäre es schöner.« Aus irgendeinem Grund habe ich plötzlich das Gefühl, noch etwas zu eben sagen und Timon verteidigen zu wollen. Oder auch zu müssen.

Maggie lächelt müde. »Dann seht ihr euch später?«

Mein Nicken kommt viel zu überstürzt. Wie ein Reflex, der sich nicht steuern lässt. Vielleicht, weil mich ihre Frage erschreckt hat. Ich wollte Maggie nicht belügen. Schon gar nicht wegen so etwas. Es ist irgendwie passiert. Und jetzt kann ich es nicht mehr zurücknehmen. Streng genommen habe ich auch nichts Falsches gesagt. Die Einladung steht, auch wenn Timon noch überlegt. Sofort schießt mir unser kurzes Telefonat wieder in den Kopf. Timon klang ziemlich genervt. Wie er wohl auf meine Neuigkeiten reagieren wird?

»Dann viel Spaß!« Meine Freundin steht zögernd auf. »Ich muss jetzt los. Ist das okay?«

»Natürlich!«, sage ich und hoffe, dass meine Stimme fester klingt, als sie sich in meinem Hals anfühlt. »Hab einen schönen Abend.«

»Du auch!« Maggie hat gerade die Tür erreicht, da dreht sie sich noch einmal zu mir um. »Eins noch ...« Sie sieht aus, als wüsste sie nicht so recht, ob sie wirklich etwas sagen soll. Doch diesmal entscheidet sie sich dafür. »Wenn ich dir in letzter Zeit das Gefühl gegeben habe, dass ich dich für irgendwas verurteile oder dir die Schuld gebe ... das wollte ich nicht, okay?«

Ich brauche einen Moment, um zu realisieren, was sie sagen will. Doch ehe ich etwas erwidern kann, ist Maggie bereits im Flur verschwunden. Und ich? Ich lasse den Tränen endlich freien Lauf.

Egal, wie perfekt der Tag auch begonnen haben mag, gerade hätte ich einfach nur gerne einen neuen.

18. März 2007

Lieber Julian,

ich hoffe, du bist nicht böse, weil ich jetzt erst antworte. Die Idee mit der Brieffreundschaft gefällt mir immer noch richtig gut. Es gibt so viele Dinge, die ich dir abends erzählen möchte, und jedes Mal, wenn mir dann einfällt, dass das nicht mehr geht, tröstet mich der Gedanke an unsere Briefe. Ich glaube, irgendwann wird man ein ganzes Buch damit füllen können.

Du willst wissen, was bei uns so passiert ist? Die letzten Tage haben wir die ganzen Kisten ausgepackt und waren bis spätabends beschäftigt. Zugegeben, Oli und ich haben zwischendurch in unserem neuen Garten gesessen und Marmeladenbrote gegessen. Mit Käse. Oman hat sich geschüttelt, als er uns gesehen hat. Genau wie du jedes Mal, wenn ich versuche, dich zum Probieren zu überreden. Nun ja ... jetzt sind wir jedenfalls mit dem Einräumen fertig, und das Haus sieht ein bisschen mehr nach uns aus.

Zu deinen Briefen: Es tut mir schrecklich leid, dass die beiden immer noch so viel streiten. Ich hatte gehofft, dass sie sich zumindest dann anstrengen, weniger zu schreien, wenn du zu Hause bist.

Ich habe mir überlegt, dass du in den Sommerferien vielleicht auch zu uns kommen kannst. Dann hast du erst mal eine kurze Pause. Außerdem würde sich auch Mama freuen, dich zu sehen.

Ich glaube, sie traut sich nicht mehr, mich nach dir zu fragen, weil ich jedes Mal anfangen muss zu weinen. Dabei weiß ich, dass sie auch an dich denkt, und es wäre mir lieber, wenn wir einfach über dich reden würden, als dass sie mich ständig zum Turnen schickt. Oder zum Klavierunterricht. Neulich meinte sie, es gebe in der Nähe einen Reiterhof, wo ich Stunden nehmen kann. Eigentlich habe ich keine große Lust, aber vielleicht probiere ich es trotzdem mal aus. Bestimmt würde sie sich darüber freuen. Oli fällt die Eingewöhnung hier immer noch schwer. Er redet viel weniger, und ich habe Angst, dass er jetzt für immer so traurig bleibt. Deshalb will ich etwas auf ihn aufpassen, denn auch wenn er eigentlich mein großer Bruder ist, kann ich ihn besonders gut trösten. Ich denke immer an das, was du neulich gesagt hast. Dass ich das stärkste Mädchen bin, das du kennst. Seitdem bin ich noch viel mutiger geworden.

Wenn ich weiter ganz viel Mut ansammele, werde ich dir das nächste Mal etwas davon geben, wenn du willst. Vielleicht fällt es dir dann leichter, den Streit auszuhalten. Die Idee mit der Familie finde ich übrigens auch gut. Mir gefällt die Vorstellung, dass du jetzt so was wie mein Bruder bist.

Bis bald

Alicia

4. Kapitel

Julian

»Ich bin froh, dass Sie es einrichten konnten.« Die Schuldirektorin Frau Tucher ist Mitte fünfzig, hat kurze braune Haare und trägt eine runde Brille, die ihre Augen ein wenig bedrohlich wirken lässt. Wobei ich diesbezüglich vielleicht ein bisschen voreingenommen bin.

Als ich zu Beginn der Woche einen Brief aus dem Sekretariat in meinem Fach liegen hatte, wusste ich sofort, was los ist.

»Sie können sich sicher denken, weshalb ich Sie in mein Büro eingeladen habe. Richtig?«

Hätte ich die Kontrolle über meine Muskeln nicht verloren, würde ich jetzt nicken. Mein Herz wummert rasend schnell gegen meine Brust. So, als würde es alles geben, um aus mir herauszuspringen. Damit würde sich zumindest eine Möglichkeit bieten, dieser unerträglichen Situation zu entkommen.

»Als Kollegin Dietrich mir von dem Vorfall in Ihrer Klasse berichtete, habe ich mir natürlich große Sorgen gemacht. Sowohl um Sie als auch um die Schülerinnen und Schüler. Sie haben im Mai hier begonnen, ist das richtig?«

»Ja.«

»Mir ist bewusst, dass es eine große Herausforderung ist, mit einer Klasse warm zu werden. Gerade, wenn man noch so jung ist. Aber das Ganze muss natürlich ... sagen wir, im Rahmen bleiben. Damit abzusehen ist, dass sich die Situation nach einer gewissen Zeit einpendelt. Verstehen Sie, was ich damit sagen will?«

Wie unter Strom nicke ich. Alles, was sie ab jetzt sagt, dringt nur bruchstückhaft in meinen Kopf. Ich meine, ich höre diese Begriffe: »Veränderung«, »harte Arbeit«, »richtiger Job«, »Alternativen«. Wie Stiche jagen sie in mein Ohr, klingen bitter nach. Und doch will ich es einfach nicht glauben.

»Das ist nichts gegen Sie persönlich. Ich habe als Schulleiterin für alle Beteiligten nur das Beste im Sinn. Die Frage ist eben nur, was in diesem Fall das Beste für alle ist.«

»Natürlich«, bringe ich hervor und wische die feuchten Finger an dem Stoff meiner Jeans ab.

»Dann sehen Sie das ähnlich?«

Tue ich das? Ja. Nein. Ich weiß es nicht. Ich stehe so unter Strom, dass ich nicht einmal in der Lage bin, einen klaren Gedanken zu fassen.

»Das soll auf keinen Fall übergriffig wirken. Ich glaube Ihnen, dass das alles nicht ganz einfach ist. Wir möchten selbstverständlich Rücksicht nehmen, solange es in unseren Möglichkeiten liegt.« Frau Tucher lächelt, und die Stiche sind kurz davor, zu ganzen Wunden aufzureißen. Andauernd liegt dieses Mitleid in ihrem Blick. Häufig nutzt sie Formulierungen wie »Menschen wie Sie« oder »Menschen mit gewissen Schwierigkeiten«. Schon bei unserem Kennenlernen habe ich mir gewünscht, sie würde die Dinge endlich beim Namen nennen. Mir sagen, dass die Schikanen der Teenager durch mein Stottern begünstigt werden. Dass Lehrkräfte Autonomie und Stärke ausstrahlen sollten und mir beides fehlt. Dass mich mit diesen Problemen niemand ernst nimmt. Ernst nehmen wird. Ernst nehmen kann.

Ich würde am liebsten von meinem Stuhl aufspringen und für immer weglaufen. Von diesem Ort, an den ich mich jahrelang gewünscht habe.

»Ich a-arbeite an mir!«, sage ich. Diesmal ein wenig fester.

»Ich bin erleichtert, das zu hören, Herr Rock. Und vor allem bin ich froh, dass wir miteinander gesprochen haben.« Wieder dieses Lächeln. So unecht, als hätte es ihr jemand mit einem dünnen Bleistift in das faltige Gesicht gezeichnet. »Sie werden schon eine Lösung finden. Vielleicht können Sie sich während der Hospitation den einen oder anderen Trick bei einem Kollegen abschauen. Viele haben jahrelange Berufserfahrung.«

Doch keiner von ihnen weiß, wie es ist, zu stottern. Wie es ist, wenn sich klare Gedanken nur wie endlose Fäden aus dem Mund ziehen lassen.

Mein verkrampfter Körper hofft, dem Gespräch mit einem Nicken möglichst zügig zu entkommen.

Ich will tief einatmen. So tief, dass meine Lungen sich mit Sauerstoff füllen und das Adrenalin zurück aus meinen Adern fließt. Doch solange ich an diesem Ort hier bin, kann ich froh sein, verdammt noch mal nicht zu ersticken.

»Wenn ich das richtig sehe, hatten Sie bisher erst zwei Lehrproben. Wenn ich Ihnen einen Rat geben darf, dann schieben Sie die Unterrichtsbesuche nicht zu weit raus. Nicht dass Sie noch zusätzlich in Stress geraten.«

Sehr witzig.

Ihr Blick geht an mir vorbei zum Fenster. »Ansonsten gibt es auch immer noch andere Wege.«

»W-Wege?«

»Andere Wege, eine Zukunft zu gestalten. Sie sind nicht der

Erste, der nach dem Studium feststellt, dass er den eingeschlagenen Weg noch mal überdenken muss.«

Ich frage mich, ob Frau Tucher tatsächlich der Überzeugung ist, dass ihre Worte irgendwas besser machen. Mir kommt alles, was sie sagt, wie purer Hohn vor.

Es heißt, Kinder seien grausam. Weil sie einem knallhart und ehrlich ihre Gedanken ins Gesicht sagen. Ohne Scham und Reue. Doch manchmal bin ich nicht sicher, ob ich die Floskeln, die gut gemeinten Sprüche mancher Erwachsener nicht noch viel schlimmer finde.

Frau Tucher steht von ihrem Stuhl auf und beendet damit unser Gespräch. Sie verabschiedet mich mit einem »Ich danke Ihnen für das konstruktive Gespräch«. Wieder so ein Fall von »Erwachsene sagen Dinge, die sie nicht so meinen«. Um den Schein zu wahren. Nicht anzuecken. Den einfacheren Weg zu nehmen, ohne sich in Unannehmlichkeiten zu verwickeln.

Und ich? Ich bin genauso, als ich höflich lächelnd von meinem Platz aufstehe und mit einem holprigen »Ich habe zu danken, schönen Tag noch« das Büro der Schuldirektorin verlasse.

26. Juli 2007

Liebe Alicia,

danke für deine Postkarte. Ich habe dir viel zu lange nicht geschrieben. Leider hatte ich vergessen, dich nach der Adresse von eurem Hotel zu fragen, deshalb konnte ich dir gar nicht antworten. Es freut mich aber total, dass ihr eine schöne Zeit hattet. Von der riesigen Sandburg musst du mir unbedingt ein Foto zeigen, wenn wir uns das nächste Mal sehen. Ich habe mir für deinen Geburtstag schon ein ganz besonderes Geschenk überlegt. Ich bin mir sicher, es wird dir gefallen!

Jetzt aber mal zu einem Thema, das ganz und gar nicht schön ist: Hat bei euch letzte Woche auch wieder die Schule angefangen? Um ehrlich zu sein, hatte ich die letzten Tage richtige Bauchschmerzen. Ich habe so gehofft, dass noch irgendwas dazwischenkommt. Ist es aber nicht. Ich bin in die Klasse 5b gekommen. Die erste Woche war erst mal nur zur Eingewöhnung, aber ich weiß jetzt schon, dass ich es ganz schrecklich finde. Immer, wenn ich etwas sage, dann wird so viel gelacht. Gestern, als ich in Deutsch an die Tafel gerufen wurde, habe ich kein einziges Wort herausbekommen. Weißt du noch, als du mich mal gefragt hast, welches Obst zu mir passen würde, wenn ich kein Mensch geworden wäre? Ich glaube, diese ganze Klasse wäre ein einziger Salat aus Grapefruits und Zitronen. Ganz bitter und sauer. Wie soll ich das nur aushalten ohne dich?

Ich vermisse dich über alles.

Julian

5. Kapitel

Alicia

Meine Zeitnot am Mittwochmorgen hat nicht nur einen, sondern gleich mehrere Gründe. Ich habe bei Timon übernachtet, bin die halbe Nacht durch eine flackernde Glühbirne gestört worden und nun schmerzhaft übermüdet, weshalb ich im Bad doppelt so lange brauche wie sonst. Dann sind gleich zwei Bahnen nacheinander ausgefallen. Reparatur an der Strecke. (Bin ich die Einzige, die sich fragt, was da ständig repariert wird?) Als wäre das alles nicht schon nervig genug, habe ich die Benachrichtigung in meiner App erst bekommen, nachdem ich bereits siebenundzwanzig Minuten am Gleis stand.

Schwer atmend und mit heftigen Seitenstichen stehe ich kurz darauf ein zweites Mal an diesem Morgen vor Timons Wohnungstür. Diesmal allerdings mit dem Versprechen an mich selbst, mich öfter mal im Fitnessstudio blicken zu lassen.

»Ich komme zu spät.«

Timon trägt noch immer die Jogginghose und das ausgewaschene Tanktop. Wahrscheinlich hat er sich wieder hingelegt, und ich habe ihn aus dem Bett geklingelt.

»Probleme bei der Bahn. Wenn ich zu spät komme, kriege ich

Ärger. Bitte! Nur dieses eine Mal!« Der Hundeblick zieht nur in zwanzig Prozent der Fälle. Höchstens!

»Was würdest du eigentlich ohne mich machen?!« Der Griff auf die Kommode, dorthin, wo der Autoschlüssel liegt.

»Du bist wirklich ein Schatz.« Erleichtert atme ich durch. Es gibt also doch noch eine Chance, nicht zu spät zu kommen.

»Für meine Prinzessin ist mir keine Mühe zu viel.«

Ein Kribbeln breitet sich in meinem Bauch aus. Ein Kribbeln, das mich an das Gute glauben lässt. Das Gute an mir. Das Große und Starke. Es ist diese Art von Kribbeln, die ich nur spüre, wenn er an meiner Seite ist.

»Ich zahle dir das Spritgeld auch zurück, sobald ich mein Gehalt von der Agentur habe, okay?«

»Ach was ...« Er schnaubt. »Von deinem Praktikantenlohn kommst du nicht mal bis zur ersten Ampel.«

»Umso wichtiger, dass ich übernommen werde«, werfe ich ein. »Und da leistest du gerade einen wichtigen Beitrag.«

»Ich bin doch nur der Taxifahrer.«

»Ein Taxifahrer mit enormer Bedeutung«, flöte ich und lächele dankbar.

Es ist kurz vor neun, als wir an der ersten roten Ampel halten. Nervös kaue ich auf meiner Unterlippe. Ob es sofort auffällt, wenn ich ein paar Minuten zu spät komme?

»Was zappelst du schon wieder so? Mach dich mal locker! Da wird wohl keiner mit 'ner Stoppuhr im Eingang stehen.«

Schlagartig spanne ich meine Muskeln an, um jede Bewegung zu unterdrücken. »Sorry! Ich stehe gerade wohl zu sehr unter Stress. Wenn ich diesen Job bekommen will, darf ich mir keinen Fehler erlauben.«

Nach unserem gemeinsamen Frühstück am Samstagmorgen habe ich Timon endlich von dem Gespräch mit Johannes erzählt.

Er hat sich gefreut. Jedenfalls glaube ich das, denn ich konnte an seiner Reaktion nicht so viel festmachen. Aber das ist absolut okay, denn Timon ist ohnehin nicht der Typ, der großartig Gefühle zeigt. Dafür haben wir das restliche Wochenende gemeinsam verbracht.

»Stimmt. Da war ja was. Ich hätte es beinahe vergessen, nachdem du es nur sieben Millionen Mal erwähnt hast.«

Ich überlege, ob sein Kommentar amüsiert oder genervt gemeint ist.

»Sorry!«, sage ich vorsichtshalber. »Das ist eben nicht irgendwas. Das ist meine große Chance.« Allein bei dem Gedanken spüre ich schon wieder dieses Herzflattern in meiner Brust. Es muss einfach klappen. Es muss!

»Ich will mich nicht ständig wiederholen.« Seine Hände fassen das Lenkrad fester. »Aber du solltest wirklich erst mal runterfahren.«

»Was soll das heißen?« Ich stelle die Frage mit dem Wissen, mir damit keinen Gefallen zu tun.

»Nichts. Ich will nur nicht, dass du dich übernimmst. Du weißt doch, wie schnell du dich in Dinge hineinsteigerst ...«

Ich hole tief Luft und konzentriere mich auf den rasenden Herzschlag in meiner Brust. Traut er mir die Arbeit nicht zu? Hält er mich nicht für gut genug?

Lass gut sein, Alicia. Die Nacht war kurz, er hat viele Sorgen wegen seiner abgelehnten Bewerbungen. Er meint es nur gut mit dir. Irgendjemand muss auf dich aufpassen, denn wie er schon meinte ... Du steigerst dich in Dinge schnell hinein.

»Kannst du mich an der nächsten Straßenecke rauslassen?« Ich packe meine Sachen zusammen und gehe im Kopf durch, ob ich irgendwas vergessen habe.

»Warum das denn? Jetzt kann ich auch gleich bis vorne durchfahren.«

»Baustelle. Da kommt man nur schwer durch.«

»Hm.« Er klingt auf einmal skeptisch.

»Du kannst auch außen rumfahren. Ich wollte dir nur nicht noch mehr Zeit stehlen.« Abwehrend hebe ich die Hände und warte ungeduldig, während wir einen Riesenumweg fahren. Die Anzeige im Radio springt auf neun Uhr, als der Wagen endlich hält. »Danke fürs Fahren.« Ich beuge mich vor, um Timon einen raschen Kuss auf die Wange zu drücken, halte im letzten Moment jedoch inne.

Den Blick stur an mir vorbei gerichtet, hat sich seine Miene plötzlich weiter verfinstert. »Wer ist denn das?«

Ich verrenke mir fast den Hals, um gleich darauf festzustellen, dass es sich bei dem Unbekannten um Nicolas handelt. Er steht mit dem Smartphone am Ohr auf der Treppe und winkt, als unsere Blicke sich treffen.

»Ein Kollege?!«, sage ich und klinge dabei fast so, als würde ich eine Frage stellen. Nein, eigentlich klinge ich nicht nur so, sondern tue genau das. Warum um alles in der Welt interessiert Timon sich für ihn?

»In deinem Team?«

Ich nicke mit einer kurzen Verzögerung, weil in mir auf einmal ein ungutes Gefühl aufsteigt.

»Ist schon eine Schnöselagentur, oder?« Es geht los. Schon wieder balanciere ich auf dem dünnen Seil. Irgendwas hat dieses unerträgliche Misstrauen ausgelöst, und es ist meine Aufgabe, es wieder einzufangen. Was jedoch alles andere als einfach ist. Also balanciere ich weiter. Ich tanze. Tanze. Tanze ... Noch bin ich nicht vom Seil gefallen.

»Wir hören uns später, ja?«

»Jetzt ist mir klar, wieso du es so eilig hattest, hierherzukommen«, übergeht er meine Frage.

»Was soll das denn heißen?« Irritiert hebe ich eine Augenbraue.

»Ja, was wohl? Wenn hier solche Kerle arbeiten.«

Mein Lachen klingt gekünstelt. Kein Wunder, diese Situation ist ja auch nicht annähernd komisch.

»Sollte ich deshalb nicht direkt vorfahren? Wartet er auf dich?«

Ich schüttele den Kopf. »Quatsch! Wie gesagt, da hinten ist seit Tagen schon eine Baustelle und …«

»Ahhhh ja. Ist klar. So nennt man das also«, unterbricht er mich gereizt. Ich weiß, dass Timon eine kurze Zündschnur besitzt. Umso mehr liegt es an mir, mich zusammenzureißen. Uns wieder ins Gleichgewicht zu bringen. Ich kann das. Ich weiß, dass ich das kann. Weil ich es schon etliche Male getan habe. Timon, der manchmal etwas zu aufbrausend ist. Alicia, die die Ruhe bewahrt. Diese Rolle übernehme ich jedenfalls, solange wir noch nicht aus der Risikozone gekommen sind.

»Nicolas und ich arbeiten nur zusammen«, erkläre ich also in ruhigem Tonfall.

»Sicher.« Timon wirft erneut einen abschätzigen Blick aus dem Fenster.

»Du, ich komme zu spät, wenn ich jetzt nicht gehe.« Um genau zu sein, schaffe ich es ohnehin nicht mehr pünktlich.

»Ich kann nicht verstehen, warum Frauen auf solche Kerle abfahren.«

»Das hat doch auch keiner gesagt.«

»Muss auch niemand. So was spürt man als Mann. Der hält sich für den Obermacker, aber ich sage es dir: Im Bett sind solche Typen eine Null.«

»Sprichst du aus Erfahrung?« Kaum ist die Frage über meine

Lippen gerutscht, zucke ich selbst zusammen. Was ist nur in mich gefahren?

»Klar, weil ich auch so schwul aussehe, was? Aber du kannst ja mal deinen Kollegen fragen. Natürlich nur, falls es bei eurer Arbeit überhaupt Gelegenheit zum Plaudern gibt.« Ihm entfährt ein trockenes Lachen. »Mach dich nicht lächerlich!«

Autsch! Ich wünschte, ich könnte behaupten, seine Worte würden mich kaltlassen. Doch das tun sie nicht. Das tun sie nie. Auch wenn ich tief in mir drin weiß, dass er das, was er von sich gibt, nicht wirklich denkt. Dass er das meiste nur sagt, weil er seine Impulse nicht im Griff hat.

»Hör auf! Bitte.« Meine Stimme bebt, und ich wünsche mir augenblicklich, einfach die Klappe gehalten zu haben. Streit ist das Letzte, was ich jetzt gebrauchen kann.

Hinter uns ertönt ein Hupen. Ich muss aussteigen.

Als ich die Autotür aufstoße, falle ich vor lauter Schwung fast aus dem Wagen.

»Arschloch«, flucht Timon und meint damit wohl den Lkw-Fahrer, der an ihm vorbeiwill. Vielleicht ist die Beleidigung aber auch an mich gerichtet. Wer weiß das schon ... Hektisch klaube ich meine Tasche von der Bordsteinkante. Ich habe nicht einmal mitbekommen, dass sie mir heruntergefallen ist.

Als schon wieder ein Hupen aus dem Wagen hinter uns dringt, stößt Timon seine Tür auf. »Halt's Maul!«

Tränen rinnen so schnell über meine Wangen, dass ich mit dem Wegwischen kaum nachkomme. Was zum Teufel passiert hier gerade? Ich will zurück ins Auto steigen. Die letzte Viertelstunde rückgängig machen. Stattdessen bleibe ich wie vom Blitz getroffen stehen und spüre, wie meine Brust sich hebt und senkt. Immer wieder. Wut und Angst wechseln so rasant, dass ich zu keiner Regung fähig bin. Nicht, als Timon die Autotür zuschlägt.

Nicht, als der Motor des Autos aufheult. Nicht, als der Wagen über die Straße brettert. Und auch nicht, als von meinem Freund nichts weiter übrig bleibt als eine große, stinkende Wolke aus Abgasen.

6. Kapitel

Julian

Ich glaube weder an Karma noch an Schicksal oder Ähnliches. Das letzte Mal, dass ich eine Kirche von innen gesehen habe, ist mehrere Jahre her.

Doch manchmal gibt es so Tage, an denen es sich anfühlt, als hätten sich höhere Mächte gegen mich verschworen. Vielleicht hat aber auch einfach nur ein alter Mann im Himmel von seiner Wolke aus entschieden, dass ich mir ausgerechnet heute einen Platten fahre. Die Vorstellung ist zumindest einfacher, als mich der Tatsache zu stellen, dass ich offenbar völlig geistesabwesend durch einen Haufen Scherben gebraust bin. Große Klasse! Bis auf wenige Ausnahmen erledige ich alle Wege in Köln mit dem Rad. Nicht nur, weil ich mir dadurch das Geld für ein Monatsticket spare, sondern vor allem, weil ich allein bei dem Gedanken an die stickige Luft in geschlossenen Zügen Beklemmungen bekomme. Doch wie es aussieht, darf ich heute in genau so einen Genuss kommen. Ein Glück, dass ich ziemlich früh dran bin und mein Unterricht montags erst zur vierten Stunde beginnt.

Seufzend schiebe ich das Rad zur nächsten Bahnhaltestelle und trage es die Stufen zur Unterführung hinunter.

Von hier aus hat man Zugang zu mehreren Bahngleisen, die um diese Uhrzeit Gott sei Dank ziemlich leer sind. Abgesehen von einem Typen mit dicken Kopfhörern auf den Ohren sehe ich nur ein Mädchen oder eine junge Frau, die auf der Bank sitzt.

Sie hat die Beine angewinkelt und den Kopf auf den Knien abgelegt, weshalb man abgesehen von dem schulterlangen braunen Haar nicht viel sehen kann. Nun ja ... entweder sie wartet schon eine Weile hier, oder ihr Tag hat genauso beschissen begonnen wie meiner. Vielleicht auch eine Mischung aus beidem.

Es ist nicht so, als würde ich sie heimlich beobachten. Doch die Tatsache, dass sie direkt vor der Bahntafel sitzt, lässt meinen Blick immer wieder in ihre Richtung schweifen. Sie scheint sich kaum zu bewegen. Kann es sein, dass sie eingeschlafen ist?

Es vergehen weitere zehn Minuten. So ein Mist. Wenn man einmal auf diese Verbindungen angewiesen ist ... Der Typ mit den Kopfhörern hat sich mittlerweile an der Wand herabsinken lassen und sitzt nun auf dem Boden. Ich lasse mein Fahrrad am Rand stehen und nähere mich ein wenig unschlüssig der Bank mit dem Mädchen. Wenn ich hier noch länger warten muss, würde ich mich zumindest gerne hinsetzen. Als ich neben der Bank stehe, räuspere ich mich, um die Frau nicht zu erschrecken.

Erst jetzt sieht sie auf, streicht sich eine einzelne Locke aus dem Gesicht und fährt dann hektisch mit dem Ärmel über ihre Augen. Es ist offensichtlich, dass sie geweint hat. Fuck. Das habe ich nicht kommen sehen.

»Sorry! Willst du dich setzen?«

Weil es mir seltsam vorkäme, nun einen Rückzieher zu machen, nicke ich und presse ein knappes »Danke« hervor. Es ist mir unangenehm, andere Menschen weinen zu sehen. Nicht unangenehm im Sinne von peinlich ... Vielmehr, weil ich mich dabei so schrecklich unbeholfen fühle.

Eine halbe Minute sitzen wir schweigend nebeneinander. Als sie leise die Nase hochzieht, höre ich mein Herz unruhig gegen die Brust schlagen. Wäre es seltsam, zu fragen, ob man etwas für sie tun kann?

Nachdenklich vergrabe ich meine Hände in der Jacke und ertaste eine Packung Taschentücher. Soll ich ihr welche anbieten? Gebrauchen könnte sie die mit Sicherheit. Ohne weiter darüber nachzudenken, lege ich die Packung zwischen uns auf die Bank und richte im Anschluss den Blick auf mein Smartphone. Ich will ihr bloß nicht das Gefühl geben, sie müsse jetzt etwas sagen oder sich großartig bedanken. Schließlich bin ich selbst nicht der Gesprächigste.

Ich sehe aus dem Augenwinkel, wie sie ein Taschentuch herausnimmt und sich die Nase putzt. Es wäre zu viel gesagt, dass es mich freut. Doch irgendwie bin ich ein klitzekleines bisschen erleichtert, dass sie die stumme Geste verstanden hat.

Als sie die Packung vorsichtig zurück in meine Richtung schiebt, hebe ich reflexartig den Kopf, sodass sich unsere Blicke treffen. Nur für einen Augenblick, und ich bin komplett erstarrt. Das kann nicht sein! Dieser Zufall wäre ... nein, das ist unmöglich.

»Danke.« Sie nickt. Zwingt sich zu einem Lächeln. Einem viel zu traurigen Lächeln, das weder ihre Augen noch den Rest ihres Gesichts erreicht. Alles an ihr wirkt erschöpft. Erschöpft und gleichzeitig so vertraut, dass mein Herz zu rasen beginnt.

»Du kannst sie b-b-behalten.« Wie zur Erklärung deute ich auf die Taschentücher, die sie sofort an sich nimmt. Ich will mich gerade wieder meinem Smartphone zuwenden und den kurzen Gedanken, in ihr jemanden erkannt zu haben, aus meinem Kopf schütteln, da bemerke ich, wie sie mich von der Seite mustert. Ich komme nicht dazu, mir die Frage zu stellen, ob es ihr genauso geht. Ob es tatsächlich wahr sein kann, dass ich dieses Mädchen kenne.

Kenne. Kenne. Kenne. Dieses Wort klingt viel zu klein für das Gefühl, das die Erinnerungen in mir auslösen.

»Die Bahnen kommen nicht.«

»Bitte?«

»Schienenersatzverkehr. Mindestens noch bis morgen.«

Überrascht lege ich die Stirn in Falten.

»So habe ich heute Morgen auch geguckt.« Sie zuckt mit den Schultern. »Sorry. Ich hätte es gleich sagen können. War nur irgendwie zu sehr mit mir beschäftigt.« Jetzt lacht sie auf. »Wenn ich das richtig verstanden habe, gibt's da einen Defekt auf der Strecke. Ist aber nirgendwo vernünftig ausgeschildert, und der Typ, der mir das gesagt hat, wusste auch nichts Genaueres.«

»Shit!«, entfährt es mir.

»Kann man so sagen.«

Erneut treffen sich unsere Blicke. Nur ganz kurz und doch lang genug, um jeden Zweifel zu beseitigen.

»Alicia.« Es ist nur ein Name. Ihr Name, der ganz automatisch aus mir herausschießt.

»Oh mein Gott. Julian!« Ihre Stimme ist so viel erwachsener geworden. Alles an ihr ist anders als an dem Mädchen, mit dem ich einst die größten Sandtürme der Welt bauen wollte. »Das ist nicht wahr, oder?«

»Ich schätze sch-schon. Du bist hier? Zurück in Köln?«

»Schon seit ein paar Jahren. Ich bin fürs Studium hergezogen.«

Seit ein paar Jahren, hallt es in meinem Kopf nach. Sie ist schon länger zurück, und ich habe es nicht mitbekommen. Wie auch?

»Warum sitzt du hier, wenn keine Bahn kommt?« Die Worte finden überraschend schnell aus meinem Mund.

»Berechtigte Frage.« Sie fährt sich durchs Haar. »Willst du die echte Antwort hören oder die, die nicht unbedingt noch mehr Fragen aufwirft?« Okay, sie muss einen beschissenen Morgen gehabt haben.

»L-lieber die echte.«

Sie holt tief Luft. »Ich sitze hier, weil ich mich vor meinen Kollegen verstecke. Eigentlich hat meine Arbeit schon vor 'ner knappen Stunde angefangen, aber ich fürchte, ich mache gerade blau.«

Überrascht hebe ich eine Augenbraue. »Und das ist ein Grund zum Weinen? Scheint ja eine gute A-Arbeit zu sein.«

Meine Bemerkung entlockt ihr den Ansatz eines Schmunzelns.

»Das ist sie tatsächlich. Aber ich konnte da heute nicht auftauchen. Nicht so.« Sie kickt mit dem Fuß gegen eins der Bankbeine.

Ich will ihr gerade sagen, dass sie mir das nicht erzählen muss, da spricht sie schon weiter. »Mein Freund und ich ... wir haben uns eben ziemlich heftig gestritten.«

Mist. An so etwas habe ich gar nicht gedacht. Ich versuche mir vorzustellen, was ihr jetzt guttun würde, aber mein letzter richtiger Liebeskummer liegt schon Jahre zurück.

»Das tut mir l-leid«, murmele ich betreten.

Sie winkt ab. »Ich weiß gar nicht, ob ich wirklich aus Traurigkeit weine. Vielleicht ist es auch Wut oder Schock. Schräg, oder?«

Ich schüttele instinktiv den Kopf. »Nicht unbedingt.«

»Gott, ich habe keine Ahnung, was ich jetzt machen soll. Mit so verquollenen Augen kann ich doch nicht auf der Arbeit aufkreuzen. Ich sehe furchtbar aus, wenn ich heule. Mal ganz davon abgesehen, dass ich mich auch so fühle.«

Mich überkommt der Wunsch, ihr auf der Stelle zu widersprechen. Zwar sind ihre Augen leicht verquollen und die Wangen rötlich gefleckt ... und doch kann ich absolut nichts an ihr finden, was mit dem Begriff »furchtbar« auch nur annähernd übereinstimmen würde. Alicia hat sich mächtig verändert, aber sie ist immer noch genauso hübsch wie früher. Doch ihr das zu sagen, kommt mir unpassend vor. Sie ist nicht mehr meine beste Freundin, sondern eine Quasi-Fremde.

»Im schlimmsten Fall wissen sie, dass du traurig bist«, überlege ich laut und korrigiere mich im nächsten Moment. »W-wütend.«

»Traurig wütend«, ergänzt sie. »Wütend, weil ich traurig bin, obwohl ich einfach nur wütend sein sollte.«

»Verständlich.«

»Wirklich?«

»Ich finde schon.«

»Danke.« Sie lächelt wieder. Diesmal ein wenig glaubhafter als vor wenigen Minuten. »Oh Mann. Ich habe nicht damit gerechnet, dass wir uns wiedersehen. Schon gar nicht hier.«

Ich möchte sie fragen, warum sie sich nie gemeldet hat, und gleichzeitig zieht sich bei dem Gedanken an ihre mögliche Antwort alles in mir vor Schmerz zusammen.

»Habe ich dich jetzt aufgehalten?«

»Alles gut. Ich habe keine Eile.« Schon gar nicht, nachdem es sechzehn Jahre gedauert hat, sie wiederzusehen.

Erleichtert atmet sie aus. »Ein Glück. Wo willst du denn hin?«

»Sch-Schule«, presse ich hervor. »Ich arbeite dort.«

Ein leichtes Zucken geht durch ihren Körper. Vielleicht bilde ich es mir aber auch nur ein, weil ich mir wünsche, dass sie sich erinnert.

»Du bist Lehrer geworden?«

»Noch nicht, aber i-irgendwann. Hoffe ich.«

»Ich wusste, dass du das packst.« Sie lächelt. Ich lächele. Weil ich weiß, dass es keine Floskel ist. Bei Alicia ist alles anders. Das war es schon immer.

15. August 2007

Lieber Julian,

deine letzten Briefe haben mich so wütend gemacht. Natürlich nicht wütend auf dich. Ich habe gleich mehrere Fragen.

Wie können die anderen Kinder nur so gemein zu dir sein? Bekommen die keinen Ärger mit ihren Eltern?

Du hast in deinem letzten Brief geschrieben, dass deine Mutter dich zur Logopädin gebracht hat. Ich habe Oman gefragt, und er sagt, dass das eine Sprachtherapeutin ist, mit der man besser sprechen lernt. Das verstehe ich nicht. Wozu brauchst du das? Ich finde nichts an deinem Sprechen falsch und habe dich immer verstanden.

Wieso glaubst du, dass die gemeinen Sprüche in der Schule deine Schuld sind? Das ergibt doch keinen Sinn. Wenn die anderen Kinder fiese Dinge sagen, dann ist das doch ganz klar ein Problem, das bei ihnen liegt.

Oli sagt, ich soll dir ausrichten, dass du die Leute in deiner Klasse einfach boxen sollst. Er hat so was heimlich im Fernsehen gesehen und meint, danach würden sie dich in Ruhe lassen. Mama war daraufhin richtig sauer, sie will auf keinen Fall, dass du das nachmachst. Sie fand die Idee mit der Sprachtherapie gar nicht so schlecht. Aber andererseits hat sie ständig irgendwelche Ideen, die mir nicht gefallen. Jetzt mal unter uns: Ich weiß nicht, ob dir das wirklich hilft. Ich finde aber, dass du einfach nicht auf die anderen hören solltest. Weißt du noch, als deine Eltern sich gestritten haben, weil dein Papa bei einer anderen Frau übernachtet hat? Sie haben so laut geschrien, dass wir sie bis in den Garten hören konnten.

Du hast danach gesagt, dass wir niemals so werden dürfen, wenn wir groß sind. Niemals zulassen dürfen, dass uns jemand so wehtut. Ich finde, dass das stimmt. Kein Mensch hat es verdient, schlecht behandelt zu werden. Und schon gar nicht du. Du musst mir also versprechen, dass du auf dich aufpasst, ja?

Ich freue mich so auf meinen Geburtstag. Vor allem, weil wir uns dann endlich sehen.

Alicia

7. Kapitel

Alicia

»Es tut mir leid.« Ich habe keine Ahnung, welchen Wert eine Entschuldigung haben kann, die über fünfzehn Jahre zu spät kommt. Und doch weiß ich, dass diese Worte gesagt werden müssen.

»Was?«

»Wie es damals gekommen ist.« Es ist meine Schuld, dass wir uns damals aus den Augen verloren haben.

»Das muss es nicht.«

Seine Antwort überrascht mich nicht. Der Juli von damals hätte das Gleiche gesagt, und vielleicht tut gerade das so unendlich weh. Wie wenig er sich hinter den markanten Wangenknochen und dem dunkelblonden Bart verändert hat. Er hat das gleiche einfühlsame Lächeln, das es mir schon als Kind unmöglich machte, ihm etwas zu verheimlichen.

»Tut es aber.«

»Du wirst deine Gründe g-gehabt haben.«

Etwas tief in mir drin sagt mir, dass er diese Gründe nicht hören möchte. Nicht heute. »Und du denkst wirklich, ich kann so zur Arbeit gehen? Oder ist das eine Art moralischer Kompass, den man als Lehrer haben muss? Von wegen ›Schwänzen ist nicht‹ und ›Lügen haben kurze Beine‹?«

Juli schüttelt schmunzelnd den Kopf. »Wahrscheinlich ist an dem Sprichwort schon was dran. Aber manchmal ist eine N-Notlüge schon okay, denke ich.« Kurz wendet er seinen Blick ab und seufzt tief.

»War das eine Art Geständnis?« Ich lasse mich tief in die Bank sinken und starre vor mich auf die Gleise.

»W-wie meinst du das?«

»Na, das klang fast so, als hättest du ebenfalls was zu verbergen. Sag bloß, du versteckst dich hier auch?«

Juli winkt ab. »Nicht wirklich.«

»Und unwirklich?«, hake ich nach.

»Du lässt auch nicht locker, oder?«

Ich ziehe die Nase hoch. »Sorry. Das war wirklich ein bisschen zu forsch. Ich habe keine Ahnung, was heute mit mir los ist. Normalerweise ist das nicht meine Art.«

»Schade.«

Verblüfft sehe ich ihn an. »Schade, dass ich an Bahnhöfen sonst keine Selbsthilfegruppe gründe?«

Auf seinen Lippen zeichnet sich ein beinahe amüsiertes Lächeln ab. Er scheint mir meine unverschämte Nachfrage nicht krummzunehmen.

»Zum Beispiel.«

»Vielleicht habe ich auch einfach keine Ahnung mehr, was meine Art ist«, gestehe ich und merke im selben Moment, dass ich mich anhöre, als stecke ich in Pubertät und Midlife-Crisis zur selben Zeit.

»Wie wäre es, w-wenn du einfach anfängst, es herauszufinden?«

»Herausfinden, was meine Art ist?«

Julian zuckt mit den Schultern. »Genau.«

»Und wie macht man so was?« In derselben Sekunde, in der ich die Frage ausgesprochen habe, wird mir klar, wie überaus bescheuert ich auf ihn wirken muss. »Ich meine, ich fürchte, dafür gibt es ungefähr eine Million Ratgeber oder Coachings, die einem am Ende nur das Geld aus der Tasche ziehen.«

Julian winkt ab. »Keine Sorge! So weit musst du vielleicht gar nicht gehen. Du k-könntest damit anfangen, indem du mir etwas über dich erzählst. Was machst du so in deiner Freizeit? Welche Musik hörst du?«

Ich atme tief durch. »Kann ich dir ehrlich nicht sagen.«

»Komm schon, dir muss etwas einfallen!«

»Du wirst es nicht glauben, aber ich habe einen Ordner auf meinem Handy, wo ich Dinge speichere, die ich irgendwann in einem nächsten Leben kaufen, tragen oder ausprobieren möchte. Für den Fall, dass ich mal so was wie einen Neustart brauche. Oder es mich auf eine einsame Insel verschlägt, wo es keine anderen Menschen und Meinungen über mich gibt.«

»Bei der Sache gibt's einen Haken.«

»Bitte was?« Ich mache ein entsetztes Gesicht. »Mir kam der Plan recht lückenlos vor. Ich meine, Kolumbus ist schon lange tot, der kann mich da nicht aufspüren.«

Julian lacht auf. »Meine B-Bedenken galten eher der Tatsache, dass ich keine Ahnung habe, welche Onlineshops einsame Inseln beliefern.«

»Shit«, seufze ich theatralisch. »Vielleicht hast du damit eine Lücke im Geschäftsmodell von Amazon gefunden. Jeff Bezos wird nicht begeistert sein.«

Nachdenklich senke ich den Blick und bleibe an meinen Beinen hängen. Erst jetzt fällt mir auf, dass ich zufällig die Jeans trage, von der Timon einmal behauptet hat, sie stehe mir besonders gut. Dass ich sie ausgerechnet heute anhabe, scheint ein Wink des Schicksals zu sein. Oder ein beschissener Zufall, der mir augenblicklich wieder Tränen in die Augen steigen lässt.

»Also? Was hast du jetzt vor?«, reißt Juli mich aus den Gedanken.

»Nun ja, entweder ich gehe tatsächlich zur Arbeit, oder ... ich fahre nach Hause und erkläre meiner besten Freundin, warum ich sie bezüglich eines Kerls angelogen habe, den sie noch nie leiden konnte.«

»Und warum?«

»Warum sie ihn nicht ausstehen kann?«

»Warum hast du sie angel-logen?«

Achselzuckend rutsche ich auf der Bank hin und her. »Ich schätze, ich wollte nicht, dass sie sich Sorgen macht.«

Keine Ahnung, woher plötzlich meine Offenheit kommt. Ist das diese heruntergekommene Bahnsteigstimmung, die einen plötzlich mit einem Alles-egal-Gefühl durchflutet? Oder gibt es einen Teil in mir, der glaubt, die letzten Jahre einfach auslöschen zu können? So tun zu dürfen, als hätte mein Kindheits-Ich Juli nicht im Stich gelassen?

Erst als mir eine Träne auf die Hand tropft, realisiere ich, dass ich schon wieder zu weinen begonnen habe. Wie kann es sein, dass ich das nicht bemerkt habe? Ob man sich so was abtrainieren kann? Nicht die Gefühle selbst, sondern dass man sie nicht mehr wahrnimmt?

»Ich habe im Frühjahr an der Schule angefangen. Völlig naiv. Die ersten Wochen waren okay, weil ich nie allein unterrichtet habe. Doch jetzt ist es ein Albtraum geworden. Die Schüler nehmen mich überhaupt nicht e-e-ernst.« Ich bin überrascht, als Juli zu erzählen beginnt. Er pustet sich eine blonde Strähne aus dem Gesicht. »Willst du wissen, was meine Freunde denken?«

Ich nicke.

»Dass ich meinen Traum v-verwirkliche, eine super Zeit habe. Stattdessen bin ich ziemlich am Arsch und muss langsam einsehen, dass ich ...« Er bleibt an seinen Worten hängen, doch ich warte still ab. »Dass ich das nicht mehr packe.« Er atmet tief aus, als habe ihn diese Offenbarung ziemlich viel Kraft gekostet.

»Wie meinst du das? Was packst du nicht?«

Er zuckt mit den Schultern. »Den Job.«

»Aber das wirst du«, beteuere ich. »Es ist genau das, was du schon immer tun wolltest.«

»Ich weiß.«

»Was hat sich geändert?«

»Alles?« Ich meine eine Frage aus seiner Stimme herauszuhören.

»Es kann sich gar nicht alles geändert haben.«

»Aber genug, dass wir beide ein Leben leben, das wir als Kinder nie wollten.«

Die Wahrheit aus seinem Mund zu hören, schmerzt fast noch mehr, als sie tagtäglich zu fühlen.

»Weißt du noch, was du mir damals versprochen hast?«, frage ich.

»Dass ich, sollte ich eines Tages Bundeskanzler werden, ein Gesetz einführe, das dicke Bohnen auf dem Speiseplan von Kindern verbietet?« Um seine Mundwinkel zuckt ein Lächeln. »Ich fürchte, ich muss dich enttäuschen. Bisher bin ich einfach nur Julian geblieben.«

»Weil du nie wirklich Bundeskanzler werden wolltest, sondern Lehrer«, erinnere ich ihn. »Und genau das solltest du nicht vergessen. Es gibt einen Spruch, der lautet: *Wenn du aufgeben möchtest, erinnere dich, warum du so lange gekämpft hast.* Was ist, wenn das stimmt? Wenn du dich nur dran erinnern musst, warum du unterrichten wolltest?«

Julian nickt langsam. »Vielleicht waren wir als Kinder schlauer, als wir es heute sind.«

»Oder mutiger … Was ist mit deinen Freunden?«, führe ich das Gespräch ein wenig plötzlich zurück zu seinem Ursprung.

Julian zuckt mit den Schultern. »Keine Ahnung. Es ist nicht so, als würden sie mich verurteilen. Ich denke, es ist einfach besser, wenn zwischen uns alles n-normal bleibt. Wir haben noch nie drüber gesprochen. Sie sollen nicht denken, dass sie mich jetzt anders behandeln müssen. Solange niemand weiß, dass ich ein Problem habe, gibt es auch keins.«

»Verstehe«, murmele ich. »Nein, wirklich. Ist auf eine etwas schräge Weise nachvollziehbar. Zumindest für verkorkste Menschen wie mich.«

Als wir Blicke tauschen, müssen wir beide lächeln.

»U-und jetzt? Was ist mit dir?«

»Ich frage mich, was mein früheres Ich dazu sagen würde. Dazu, dass wir hier sitzen, meine ich. Es kommt mir so vor, als hätten wir ein Versprechen gebrochen, das wir uns damals gegeben haben.«

»Ein Versprechen?«

»Du hast selbst gesagt, dass wir so nie leben wollten. Und das stimmt. Ich habe dir damals gesagt, dass du auf dich aufpassen sollst. Aber anstatt mir meine eigenen Worte zu Herzen zu nehmen, sitze ich hier und … heule.«

Ein paar Sekunden sagt niemand von uns etwas, bis Julian die Stille bricht.

»Es ist nicht zu spät.«

»Hm?«

»Es ist nicht zu spät, d-das Versprechen einzuhalten. Ich

meine, wir haben keine Zeitmaschine, die uns sechzehn Jahre in die Vergangenheit befördert. Aber wir können *jetzt* etwas ändern, oder? Lass uns das Versprechen wahr machen: Lass uns das tun, was wir wirklich für unser Leben wollen, ohne dass wir uns dabei von irgendjemandem unterkriegen lassen.«

Kaum haben die Worte seinen Mund verlassen, hallen schwere Schritte von den Wänden wider, und ein Mann mit schwarzer Jacke taucht auf dem Bahnsteig auf. »Oben fährt jetzt ein Ersatzbus los. Wenn ihr mitfahren wollt, dann solltet ihr euch beeilen!«

Juli mustert mich nachdenklich. »Also, was meinst du? Wie wäre es, wenn wir über unseren Schatten springen und jetzt beide zur Arbeit gehen?«

Widerwillig nicke ich. »Seit wann gibt es eine zweite Chance für gebrochene Versprechen?«

»Seit heute.«

»Was ist jetzt? Bus oder nicht Bus? Der nächste fährt erst in 'ner Stunde«, unterbricht uns erneut der Bahnmitarbeiter.

Ich stehe von der Bank auf, schnappe mir meinen Rucksack und hoffe, dass Juli mein Zeichen versteht. Er soll meinetwegen auf keinen Fall den Bus verpassen.

Als wir die Stufen nach oben gehen und die frische Luft meine Lungen mit Sauerstoff flutet, ist es, als käme schlagartig der Verstand zurück. Ich habe Julian getroffen. Meinen Julian. Nein, das ist er nicht mehr. Das ist er schon lange nicht mehr.

»Na dann!« Verlegen zwinge ich mich zu einem Lächeln. »Es hat mich gefreut, dich zu sehen.«

Wir klingen plötzlich wie zwei Menschen, die zum ersten Mal miteinander gesprochen haben. Viel zu distanziert. Andererseits ... Wir sind Fremde füreinander geworden, sosehr mir dieses Eingeständnis auch mein Herz zerreißt.

»Danke für die Taschentücher. Und das Gespräch natürlich. Vielleicht sieht man sich ja noch mal.« Vielleicht. Vielleicht auch nicht. *Weil ich es damals kaputtgemacht habe.*

»G-gern.«

Ich nicke, drehe mich unbeholfen zur Seite und werde fast von einem Fahrradfahrer über den Haufen gefahren.

»Pass doch auf! Das hier ist der Radweg!«, schimpft der Typ, als er im letzten Moment ausweicht.

»Sorry«, presse ich hervor und beiße die Zähne aufeinander. Am liebsten würde ich im Boden versinken oder mich wie ein Kleinkind heulend auf den Bürgersteig werfen. Doch dann begegne ich Julians Blick und winke ihm hastig zum Abschied zu. Ich schwinge meinen Rucksack auf die Schultern und fühle mich trotzdem ein kleines bisschen leichter.

8. Kapitel

Julian

Das erste Mal, dass ich die Website besucht habe, ist jetzt sechs Wochen her. Ich würde gerne behaupten, es sei Zufall gewesen, dass ich mich darauf verirrt habe. Eine Werbeanzeige. Eine E-Mail im Spamordner. Oder ein einziger falscher Klick.

Doch das würde nichts an der bitteren Wahrheit ändern, dass ich mich nach einem harten Tag in der Schule ganz gezielt durch die Suchmaschine geklickt habe und irgendwann hier hängen geblieben bin. Mittlerweile kommt mir die Frau, die den Besuchern auf der Startseite entgegenlächelt, seltsam vertraut vor. Fast so, als würden wir uns kennen oder als könnte sie durch den Bildschirm zu mir herübersehen und spüren, wie viel Überwindung mich das hier kostet.

Ein Geräusch lässt mich aufsehen. Ich wohne seit drei Jahren auf dem Dachboden und bin der Einzige, der überhaupt einen Fuß in diese Etage setzt. Doch während ich mich durch die Website klicke, sind meine Nerven besonders empfindlich. Bei jeder kleinsten Regung glaube ich, jemand könnte hinter mir auftauchen und einen Blick auf das Display erhaschen.

»Hinterlassen Sie hier Ihre Kontaktdaten. Wir rufen Sie gerne zurück«, wiederhole ich im Kopf. Immer und immer wieder. Seit sechs verdammten Wochen. »Wir bieten zeitnah Termine an und freuen uns auf ein Kennenlernen.«

Der lila hinterlegte Sucheintrag bei Google erinnert mich daran, wie häufig ich schon kurz davor gewesen bin. Kurz davor gewesen bin, *es* zu tun. Das, was andere Menschen machen, wenn sie im Netz eine Telefonnummer raussuchen. Sie ins Smartphone eintippen und anrufen.

Bisher ist der einzige Effekt meiner regelmäßigen Google-Suchen ein kurzer Augenblick der Erleichterung. Es mag absurd klingen, doch genau so fühlt es sich für mich an.

In einem Artikel habe ich einmal von einem schwer depressiven Mann gelesen, der sich jedes Mal, wenn ihn der Wunsch nach dem Tod packte, im Netz nach Möglichkeiten zum Suizid erkundigte.

»Ich habe nie wirklich vorgehabt, mein Leben zu beenden«, sagte er. »Aber zu wissen, dass es einen Weg gäbe, schenkt mir an den dunklen Tagen Kraft. Selbst wenn ich nie so weit gehen würde, es zu tun.«

Der Vergleich mag makaber klingen, doch als ich die Website der logopädischen Praxis schließe, muss ich an dieses Interview denken. Verdammt! Warum zum Teufel bin ich so ein schrecklicher Feigling?

Weil ich von einer einzigen Erfahrung mein Leben bestimmen lassen möchte? Ich habe die Worte der Direktorin doch genau gehört. Es kann so nicht weitergehen.

• • •

Wie wäre es, wenn wir über unseren Schatten springen?

Drei Tage sind vergangen. Seit drei Tagen begleitet mich unser Versprechen, etwas zu ändern.

Ich starre auf die E-Mail, die ich gestern Abend vorformuliert habe. Aber was dann? Was, wenn dieser Text raus ist und ich einen Termin bekomme und hingehe und sich dann herausstellt, dass sich in meinem Fall überhaupt nichts mehr machen lässt?

Frustriert klappe ich den Laptop zu und lege ihn zur Seite. Wahrscheinlich war die Sache mit dem Referendariat von Anfang an zum Scheitern verurteilt. Wie soll jemand, der es nicht einmal packt, sich mit seinem Vornamen vorzustellen, die Verantwortung für einen Haufen Schüler übernehmen? Wie kann jemand, der so voller Selbstzweifel steckt, jungen Menschen irgendetwas geben?

Als hätte ich nicht schon genug Stress an der Backe, hat Michael heute auch noch frei. Mein Vater arbeitet derzeit auf einer Baustelle ganz in der Nähe, und zu meinem Glück war er die letzten Wochen ziemlich stark in das Projekt eingebunden. Doch langsam scheint sich die Lage vor Ort zu beruhigen, was für mich bedeutet, dass ich ihm am Wochenende viel zu häufig über den Weg laufen muss. So wie jetzt beim Frühstück. Als ich seine dumpfen Schritte aus der Küche höre, bin ich für einen Moment versucht, zurück ins Bett zu kriechen und das Essen ausfallen zu lassen.

Mein knurrender Magen zwingt mich nach unten. Michael hockt auf einem Küchenstuhl und überfliegt die Schlagzeilen der Tageszeitung. Jedenfalls kann ich mir nicht vorstellen, dass ihn irgendwas davon tatsächlich interessiert. Weil Dinge keine Bedeutung haben, wenn sie nichts mit ihm zu tun haben.

»Du bist ja schon wach.« Mein Vater sieht nur kurz auf und wirft mir einen missmutigen Blick zu. Schweigend nehme ich mir einen Teller aus dem Schrank und schiebe zwei Scheiben Graubrot in den Toaster.

»Das kann nicht normal sein. In deinem Alter habe ich mir jeden Freitagabend die Kante gegeben ...« Er seufzt schwer.

Ich zähle im Kopf die Sekunden, bis er ausholt, um mir irgendwelche Beispiele zu nennen, inwiefern sein Leben besser verlaufen ist als meins.

Zehn. Neun. Acht. Bei sieben werde ich unterbrochen.

»Wir haben uns nichts entgehen lassen. Meine Güte, waren das Absteigen, in denen wir da waren. Da ist niemand so zimperlich gewesen wie heute. Mittlerweile hält sich jeder für was Besonderes. Der eine wird zum Veganer, der andere hält sich weder für einen Mann noch für ein Weib. Wie nennt sich das?«

»N-nichtbinär«, stottere ich und frage mich im selben Moment, warum ich ihm überhaupt antworte. Ich glaube nicht, dass er an einem Gespräch mit mir interessiert ist. Meist redet er nur vor sich hin, aber vor Publikum läuft er zu Höchsttouren auf.

»Bei so einem Genderwahnsinn haben ja schon Menschen ohne Behinderung Sprachprobleme.«

Ich versuche erst gar nicht, den dicken Kloß hinunterzuschlucken. Ich weiß, wie wenig ich tun kann, um ihn verschwinden zu lassen. Michaels Anwesenheit in einem Raum reicht aus, damit ich mich wie kurz vorm Ersticken fühle. Man sollte meinen, dass das Haus groß genug für zwei Personen ist ... immerhin haben wir einst sogar zu dritt hier gewohnt, doch das ist ewig her. *Meine Mutter ist ewig her.* Ich schaue aus dem Fenster und versuche, Michaels Redeschwall auszublenden.

»He! Hast du die Miete schon überwiesen, oder muss ich dich wieder allein durchfüttern? Kann ja keiner mehr bezahlen. Mein ganzes Geld geht für die Steuern drauf, von denen sich irgendwelche Politikerschweine ein schönes Leben machen.«

»K-k-kommt noch!«

»Das klingt ja sehr konkret«, brummt Michael. »Vielleicht sollte ich mal versuchen, mit solchen Aussagen im Supermarkt zu bezahlen. Denkst du, damit würden wir weit kommen?«

Ich beiße in mein Brot hinein und zucke zusammen, als die Kaugeräusche viel zu laut durch meinen Kopf hallen. »Sobald das erste G-G-Geld da ist ...«

»Zahlst du es mir zurück. Schon klar. Bis dahin schufte ich mir einfach den Arsch ab«, unterbricht mich mein Vater. »Na ja. Wenigstens muss ich mich bei der Arbeit nicht mit irgendwelchen Blagen herumärgern. Mir hat schon ein Kind gereicht.« Unsanft schiebt er seinen leer geputzten Teller zur Seite.

»Heutzutage kann man froh sein, wenn man nicht einmal in die Nähe von Kindern kommt. Die werden immer ungezogener. Ist wahrscheinlich auch eine Folge dieser schwammigen Politik. Wäre mal an der Zeit, dass diese Nichtskönner zurücktreten. Am besten alle nacheinander. Findest du nicht?«

Ich nicke vage, weil ich weiß, dass ich einer Diskussion mit einer Bestätigung am ehesten entkommen kann.

»Ach, was frage ich dich überhaupt? Da kann man auch gleich Selbstgespräche führen.« Ein trockenes Lachen dringt aus seiner Kehle. Ein Lachen, das mir augenblicklich einen kalten Schauer beschert. Dabei ist es nicht das erste Mal, dass mein Vater so etwas zu mir sagt. Man sollte meinen, dass es irgendwann aufhört wehzutun. Spoiler Alert: Tut es nicht.

Weil du weißt, dass er recht hat, schießt es mir durch den Kopf. *Weil du weißt, dass alle so denken. Auch die, die es nie sagen würden.*

»Na ja. Lass gut sein! Schreib mir, wenn du überwiesen hast! Ich fahre gleich zur Baustelle. Dieser dämliche Architekt hat geschludert, und wir dürfen den Scheiß jetzt wieder ausbaden. Von wegen Wochenende. Kannst du hier vielleicht mal aufräumen? Du hast doch sonst nix zu tun, oder?«

Ohne eine Reaktion abzuwarten, steht mein Vater auf, knallt die Zeitung genervt auf den Esstisch und schlurft aus der Küche.

Mein Brot liegt schwer in meinem Magen. Dabei habe ich nicht mal das Drittel einer Scheibe geschafft. Weil mir der Appetit ohnehin vergangen ist, räume ich mein Frühstück zur Seite und stelle auch Michaels Teller in die Spülmaschine.

Die Uhrzeit springt auf 11:11 Uhr. Wäre ich jetzt abergläubisch, könnte ich mir vielleicht ein bisschen mehr Glück für die kommende Woche wünschen. Wobei es für das Überleben der nächsten Monate mehr als nur ein bisschen bräuchte.

Zurück auf dem Dachboden, werde ich wie magisch angezogen von dem Laptop auf meinem Bett.

»Hör auf, dir etwas vorzumachen«, murmele ich leise, während meine Finger den Bildschirm aufklappen. Denk an das, was du Alicia versprochen hast. Was ihr euch versprochen habt.

Du machst dich lächerlich, Julian.

Es kann so nicht weitergehen!

Du wirst es sowieso nicht packen!

Woher willst du das wissen, wenn du es nicht einmal ausprobierst?«

Es ist, als würden die zwei Stimmen in meinem Kopf laut gegeneinander ankämpfen. Zwei Stimmen, die mich seit Jahren durch mein Leben begleiten. Doch auf einmal ist da noch eine dritte. Eine Stimme, die nicht zu mir gehört.

Wir dürfen nie zulassen, dass uns jemand wehtut. Niemals.

»Niemals«, forme ich Alicias Worte stumm nach und tippe die Buchstaben in die Suchmaschine. So wie vor drei Wochen. Wie gestern. Wie bereits vor einer Stunde. Nur mit einem Unterschied: Diesmal drücke ich auf *Senden*.

9. Kapitel

Alicia

Seit Stunden warte ich darauf, dass es aufhört zu regnen. Ich bin mit Einkaufen dran, kann mich bei dem Mistwetter aber nicht einmal aufraffen, vom Sofa aufzustehen, um in der Küche die Vorräte zu prüfen.

Stattdessen versinke ich in dem Roman, den Leo mir neulich empfohlen hat, und gebe mein Bestes, die Welt um mich herum auszublenden. Was trotz der Cliffhanger am Ende der Kapitel gar nicht mal so einfach ist, denn ständig meldet sich mein Handy.

Ich bin drauf und dran, es abzuschalten, als ich plötzlich von einer unbekannten Nummer angerufen werde. Normalerweise gehe ich nicht ran, wenn Fremde anrufen, doch diese Vorwahl gehört zu Köln, und ich will nicht riskieren, dass es etwas mit der Arbeit zu tun hat.

»Alicia Hanser«, melde ich mich also höflich.

»Frau Hanser, entschuldigen Sie bitte den Anruf. Hier ist Judith, Judith Klein aus der Kinderbetreuung. Ich rufe wegen Anastasia an. Wir können zu Hause niemanden erreichen, also bat Ana uns, es bei Ihnen zu versuchen. Die Kleine sollte schon vor einer Dreiviertelstunde abgeholt werden.«

In mir zieht sich alles zusammen. Ich brauche keine zwei Sekunden, um zu begreifen. Er hat sie wieder vergessen.

»Es tut uns leid, Sie zu stören. Aber wir können nicht mehr lange warten, und die Kleine können wir schlecht auf die Straße setzen.«

Ein spitzer Schmerz bohrt sich in meine Brust.

»Ja, natürlich. Kein Problem«, höre ich mich mit ruhiger Stimme sagen. »Ich kümmere mich. In spätestens zwanzig Minuten ist jemand da.«

Vom anderen Ende der Leitung kommt ein erleichtertes Aufatmen. »Vielen, vielen Dank! Sie sind unsere Rettung!«

Wir legen auf, doch meine Finger krallen sich nur noch fester um das Smartphone. Nur mit Mühe schaffe ich es, einen Schrei zu unterdrücken.

Obwohl ich mir nur wenig Chancen ausrechne, versuche ich es zuerst bei Timon. Einmal. Ein zweites Mal. Das dritte Mal wähle ich seine Nummer, als ich bereits mit Regenschirm im Flur stehe und hastig in meine Stiefeletten schlüpfe.

Die Einkäufe kann ich jetzt vergessen. Ich tippe eine Nachricht an Maggie.

Musste noch mal schnell los. Reicht es, wenn ich die Sachen später besorge?

Maggies Antwort kommt mit nur wenigen Sekunden Verzögerung.

Es ist ein Foto, aufgenommen im Supermarkt. Na klasse! Maggie ist mir längst einen Schritt voraus.

Die haben keine sauren Gummibärchen. Gehen auch Lakritz?

Gehst du auch zum Zahnarzt, wenn deine Therapeutin im Urlaub ist???

...

<3

Sie hat keine Ahnung, wie viel es mir bedeutet, dass sie nicht nachfragt. Gleichzeitig komme ich nicht drum herum, mich zu fragen, ob es mit meiner Lüge neulich zu tun hat. Versucht sie deshalb, mich nicht in Bedrängnis zu bringen?

Ich schlucke den dicken Kloß, der sich in meinem Hals gebildet hat, herunter und stürme im letzten Moment in die Bahn. Kaum bin ich drin, schließen bereits die Türen. Ich versuche es ein weiteres Mal bei Timon und lasse es diesmal noch länger klingeln. Keine Chance!

Als ich auflege, spüre ich so viel Wut in meinem Bauch brodeln, dass ich mich für eine Sekunde frage, was passieren würde, wenn ich einfach aussteigen und zurück nach Hause fahren würde.

Sofort ist da ein dumpfes Schuldgefühl in meinem Bauch.

Ich kann Anastasia nicht dafür bestrafen, dass ihr Bruder ein verdammter Vollidiot ist, der nicht nur sie im Stich lässt, sondern auch mich. Plötzlich ist es mein eigener Gedanke, der mich zusammenzucken lässt. Ich kann nicht sagen, wieso, schließlich ist es nicht das erste Mal, dass ich etwas dieser Art gedacht habe. Und doch trifft es mich heute mit einer unerwarteten Wucht.

Die Haltestelle, bei der ich aussteigen muss, wird durchgesagt. Ich springe von meinem Sitz auf und habe auf einmal ganz weiche Knie. Vielleicht hat meine Antriebslosigkeit heute Vormittag doch nicht nur mit dem Regen zu tun, es könnte genauso sein, dass ich krank werde.

Erkältung? Fieber? Oder alles nur Einbildung, wie Timon jetzt sagen würde.

Ich spanne meinen Regenschirm auf und laufe den Bahnsteig hinunter. Von hier aus sind es nur ein paar Minuten zu Anas Grundschule und dem Hort.

Ich habe sie oft genug abgeholt, um den Weg ohne langes Suchen zu finden. Ana sitzt auf den überdachten Stufen vor dem Gebäude, den pinken Einhorn-Tornister zu ihren Füßen, und starrt auf die Füße. Als sie mich rufen hört, sieht sie auf und beginnt schlagartig zu strahlen. Mein Herz füllt sich mit so viel Wärme, dass ich meinen Ärger für einen Moment vergesse.

»Na du? Da haben wir einen spontanen Mädelsausflug geschenkt bekommen.« Ich bücke mich und ziehe die Kleine in eine Umarmung.

»Immer bin ich die Letzte hier. Das finde ich saublöd.«

Frau Klein steckt den Kopf aus der Tür. »Ach, da sind Sie schon. Dem Himmel sei Dank, dass wir Sie erreicht haben.«

»Natürlich. Es tut mir leid, dass Sie warten mussten.« Schamesröte fließt mir ins Gesicht. Rational weiß ich, dass es nicht meine Schuld ist, sondern die von Timon. Er hat die Aufgabe, Anastasia zweimal die Woche abzuholen.

Und doch kann ich nicht verhindern, dass ich mich für die Kleine verantwortlich fühle.

»Was hältst du davon, wenn wir uns auf dem Weg eine gemischte Tüte kaufen? Weil du so geduldig gewartet hast«, schlage ich vor und streiche ihr über das dunkle Haar.

»Das klingt doch nach einem tollen Plan.« Die Betreuerin lächelt. »Wir werden uns mit den Eltern noch mal in Ruhe besprechen.«

Ich nicke zögerlich, nehme Anastasias kleine Hand und winke mit ihr gemeinsam zum Abschied.

Wie versprochen, kaufe ich uns am Bahnhof eine extragroße Tüte mit Gummischnüren, die, sosehr ich es auch gehofft habe, keine Chance hat, meine innere Leere auch nur annähernd zu füllen.

»Wir haben heute neue Zahlen gelernt. Dabei kann ich schon lange bis hundert zählen. Soll ich dir das mal zeigen?«

Während Ana vor sich hin blubbert, gebe ich mein Bestes, sie von meiner geistigen Abwesenheit nichts merken zu lassen.

Immer wieder, wenn ich ein einfaches »wow« oder »super« hervorbringe, fühle ich mich wie der schlechteste Mensch auf dieser Welt.

Wir erreichen die Einfahrt des Hauses, in dem Timon mit seiner Familie wohnt. Als niemand öffnet, taste ich die Unterseite des Fensterbrettes ab und werde fündig.

Timons Mutter hat mir dieses Versteck für den Notfall gezeigt, und ich schätze, diese Situation gehört irgendwie dazu.

Ein vertrauter Geruch nach altem Holz dringt in meine Nase. In den ersten Monaten unserer Beziehung hat Timon noch in seinem alten Kinderzimmer im ersten Stock gewohnt. Erst später ist er dann in die Einliegerwohnung im Anbau gezogen.

Damals sind wir ständig hier gewesen, haben mit seinen Eltern abends *Tatort* geguckt oder seinem Vater geholfen, das Holz für den Kamin zu schlagen.

Wie perfekt alles gewesen ist ... Wie sicher ich war, den Mann fürs Leben gefunden zu haben. So sicher, dass mir die Veränderungen zuerst gar nicht auffielen.

Timons krankhafte Eifersucht, die Wut, die er an mir auslassen musste ...

Während ich mit Anastasia in die Küche gehe, werde ich von

meinen Erinnerungen in einen schmerzhaften Film gerissen. Einen Film, dessen Abspann ich nie wirklich wahrhaben wollte.

Ob es Julians Mutter damals genauso ging? Ob wir als Kinder nicht sehen konnten, wie tief sie in ihrem Sitz festklebte und sich wünschte, der Film wäre noch nicht zu Ende?

»Was machst du denn hier, Babe?«

Ich fahre erschrocken zusammen. Timon steht, mit Jogginghose und dicken Kopfhörern um den Hals, im Türrahmen und sieht mich überrascht an.

»Du hast sie nicht abgeholt«, platzt es aus mir heraus. Kein Hi, kein Lächeln. Ich bin eine abgebrannte Kerze, deren Wachs schlagartig hart geworden ist.

»Hä? Was zum Geier redest du da?« Alles in seinem Gesicht wandelt sich zum Angriff. Ich kann es sehen, aber nein, noch viel mehr spüre ich es. Ich spüre es, weil ich es perfektioniert habe, seine Gefühle zu erkennen. Ich habe es perfektioniert, weil es meine Aufgabe ist. Seit Monaten, nein, mittlerweile sind es schon Jahre.

Ich bin zu einem Thermometer geworden, weil es unsere einzige Chance war, zu funktionieren. Frühzeitig in Deckung zu gehen. Auf meinem Seil zu balancieren. So, wie ich es immer tue.

»Ich wurde angerufen, verdammt.« *Beruhig dich, Alicia!* Die Kleine hört jedes Wort mit. »Ana hat in der Betreuung gewartet, weil du sie nicht abgeholt hast.«

Es wäre naiv zu glauben, Timon könnte sich entschuldigen. Naiv zu hoffen, er könnte einen Moment Schuld verspüren.

Stattdessen rollt er nur die Augen.

Naiv. Naiv. Naiv. Alicia.

»Und wieso rufen sie dann ausgerechnet dich an?«

»Weil ich die Einzige bin, die drangeht, wenn deine Eltern arbeiten sind.« Mein Kiefer spannt so sehr, dass es in meinen Ohren knackt.

»Pfff ... na schön! War in die Bewerbungen vertieft.«

Ich schlucke. Schlucke. Schlucke. Doch diese Enge in meinem Hals lässt nicht nach. »Können wir vielleicht kurz woanders weiterreden?«

»Wieso? Erwartest du jetzt, dass ich vor dir auf die Knie gehe? Falls ja, habe ich nämlich keine Zeit.«

»Ich erwarte, dass du dich an deine Abmachungen hältst.« Das Lächeln, das ich Anastasia schenke, ist so schief, dass es selbst eine Zweitklässlerin nicht täuschen kann.

»Streitet ihr jetzt?« Sie sieht mich mit großen Augen an.

Keiner von uns beiden sagt etwas.

»Magst du nicht kurz hochgehen und was spielen?«, wage ich einen Versuch.

»Ich will aber nicht, dass ihr streitet.«

»Wir streiten nicht.« »Komm schon, verschwinde!« Wir antworten beide gleichzeitig und geraten dabei durcheinander.

»Ich komme danach hoch, versprochen!« Meine Stimme klingt so krächzend, als habe sie jemand über Kohle geschliffen.

»Okay.« Ana verschränkt die Arme vor der Brust und stapft zur Treppe.

Mein Herz beginnt augenblicklich schneller zu pumpen. Jede Faser meines Körpers scheint sich auf einen Seiltanz vorzubereiten. Die Situation deeskalieren. Meine Wut in einen Sack packen und kräftig zuziehen, sodass es keine Chance gibt, etwas Dummes zu sagen.

»Also, was ist jetzt?«

Step 1: Etwas sagen, das ihn beruhigt. Alternativ: Lächeln, sagen, dass ich mich umsonst in etwas reingesteigert habe, und mich entschuldigen.

Step 2: An etwas anderes denken. Etwas, das die Wut weniger werden lässt.

Ich habe es drauf. Ich beherrsche nichts im Leben so gut wie diesen verdammten Seiltanz. Doch was ist, wenn genau das das Problem ist? Wenn ich immer und immer wieder den gleichen Fehler mache, weil ich so verflucht viel Angst vor dem Sprung habe?

»Ich kann das nicht mehr.« Fünf Worte. Neunzehn Buchstaben. Ich kann das nicht mehr. Ich kann das nicht mehr. Ich kann das nicht mehr. Ein Echo.

Was tust du da? Hör auf damit! Eine Stimme, irgendwo in mir drin, die mir sagt, dass ich es nicht kann. Die mich an meine Checkliste erinnert.

Step 1: Lächeln.

Es geht nicht.

Bei Bedarf lassen sich die Schritte auch tauschen.

Ich versuche also krampfhaft, etwas in meinen Kopf zu holen, das mich überzeugt, zurück auf mein Seil zu gehen.

Doch irgendwie ist plötzlich nichts mehr da.

Ich denke an Julian, an das, was er am Bahnhof zu mir gesagt hat.

»Lass uns das tun, was wir wirklich für unser Leben wollen, ohne dass wir uns dabei von irgendjemandem unterkriegen lassen.«

Die Stimmen, sie kämpfen. Die Angst kämpft gegen mein flatterndes Herz, das die Wunden der letzten Zeit nicht mehr vergessen möchte. Sie nicht mehr vergessen kann.

»Was soll der Scheiß? Kannst du vielleicht mal Klartext reden?«

Ich atme noch einmal tief Luft ein, nehme den hölzernen Geruch so tief in mich auf, als wüsste ich bereits, dass es das letzte Mal ist. Das letzte Mal, dass ich in diesem Haus stehe und mir wünsche, es könnte ein Remake für uns geben. Für uns und unseren Film. Ein Remake, eine Fortsetzung, irgendwas, das mich zwingt, nicht aufzugeben.

»Es ist vorbei!« Obwohl es meine Worte sind, meine Stimme, die da spricht, fühlt es sich kein bisschen so an.

»Mach dich nicht lächerlich!« Er kommt einen Schritt auf mich zu, will mich berühren. Ich trete einen Moment zu spät zurück, verbrenne mir die Haut, als seine Fingerspitzen meine Schulter streifen.

»Fass mich nicht an! Bitte!« Kurz frage ich mich, ob ich träume. Ob das hier alles nicht real ist. Zumindest würde das erklären, warum ich vom einen auf den anderen Moment nichts mehr spüre. Warum ich nicht reagiere, als Timon meinen Namen sagt. Nicht beim ersten Mal und auch nicht danach. Warum ich noch nicht in seinem Arm liege, obwohl er leise zugibt, dass es ihm leidtut. Dass er nur gestresst gewesen ist. Es nichts mit mir zu tun hat. Dass er mich liebt. Es nie wieder vorkommen wird.

Ein Traum würde auch erklären, warum ich nicht weiß, wie ich aus der Küche in die Einfahrt gelangt bin. Wieso ich mit zittrigen Händen den Regenschirm öffne und mich nicht umdrehe, als er mich eine billige Schlampe nennt.

Doch je weiter ich mich von ihm entferne, desto klarer wird mir, dass das hier kein Traum ist. Dass es einen anderen Grund gibt, weshalb alles in mir so schrecklich taub geworden ist. Der Grund für die Leere in mir ist, dass ich die letzten Minuten nicht geträumt habe, sondern in Wahrheit aufgehört habe, die Augen zu verschließen.

10. Kapitel

Alicia

»Es macht mir nichts aus, wenn ich deine Schicht mit übernehme. Ich arbeite doch sowieso dort.« Maggie versenkt die Frühstücksteller im Spülbecken und wischt sich mit der Schulter eine hellblonde Haarsträhne von der Wange.

»Das ist wirklich lieb von dir.«

»Aber?«

Ich schüttele nur stumm den Kopf. Sie kennt mich gut genug, um zu wissen, dass ich das Angebot nicht annehme.

»Du hast die letzten Tage schon genug zu verarbeiten.« Maggie dreht sich zu mir um, lehnt sich gegen das Spülbecken und trocknet eine Tasse ab.

Ich seufze. In einer knappen Stunde soll ich im *Krümelcafé* sein, um für meinen großen Bruder einzuspringen.

»Du musst zur Uni«, murmele ich.

»Es ist Samstag.«

Oh! In den letzten Tagen scheine ich mein Zeitgefühl verloren zu haben. Dabei habe ich es erstaunlich tapfer gemeistert, mich auf der Arbeit durchzubeißen. Mir, soweit es geht, nicht anmerken lassen, dass jede Zelle meines Körpers vor Müdigkeit brennt, weil ich mir nachts die Augen aus dem Kopf heule.

»Außerdem sind die Vorlesungen sowieso unnötig. Habe mir die Bücher gekauft. Da steht alles drin, was ich wissen muss.«

»Dafür musst du aber auch alles lesen«, erinnere ich sie.

»Das geht auch nach der Arbeit. Du kannst dir erst mal eine Auszeit nehmen. Ich helfe dir wirklich gern.«

Ein Lächeln zuckt in meinen Mundwinkeln. Das Angebot ist typisch für Maggie. Jedenfalls für die Maggie, die ich in den letzten Monaten kennenlernen durfte. Die meisten Menschen schätzen sie im ersten Moment als distanziert und irgendwie auch seltsam ein. Weil sie unberechenbar sein kann. Laut. Und dann wieder in sich gekehrt. Doch jeder, der sie nicht voreilig in eine Schublade gepackt hat, weiß, dass sie das größte Herz von allen hat, manchmal ein wenig zu emphatisch ist und sich die Probleme der anderen zu ihren eigenen macht. Was ich, wenn es um mich geht, auf keinen Fall zulassen möchte.

»Ich weiß das zu schätzen. Wirklich.«

In den letzten Monaten ist Maggie mir immer wichtiger geworden. Während ich zu Beginn unserer Wohngemeinschaft häufig das Gefühl hatte, sie würde einen Teil ihrer selbst vor mir verstecken, hat sie sich in letzter Zeit immer mehr von ihrer authentischen Seite gezeigt. Und ich habe mich von ihrer übermütigen und quirligen Art nicht abschrecken lassen. Seitdem ist unsere Freundschaft intensiver und ehrlicher geworden.

»Und trotzdem gehe ich lieber selbst. Oman soll nicht denken, dass ich dich vorgeschickt habe.«

»Hm ... in der ganzen Zeit, die ich für ihn arbeite, ist er noch kein einziges Mal krank gewesen. Es muss ihn echt bitter erwischt haben.«

»Deshalb ja. Dass er so weit geht, mich um Hilfe zu bitten, ist ein Zeichen. Außerdem wird mir die Ablenkung vielleicht guttun. Wenn wir mal ehrlich sind, habe ich die letzten Tage genug im Bett rumgehangen und Serien geschaut.« Streng genommen jede freie Minute, die ich neben der Arbeit hatte.

»Man kann nie genug Serien schauen«, korrigiert Maggie mich. »Vor allem nicht bei Liebeskummer. Da sollte einem das am besten verschrieben werden. Chips, Schokolade, ein kostenloser Netflix-Zugang ...«

» ... und eine beste Freundin.« Ich schließe sie in eine Umarmung, vergrabe das Gesicht in Maggies Schulter und versuche, für einen Moment zu vergessen, dass mein Herz seit Tagen schwer in meiner Brust sitzt.

Es ist jetzt genau zehn Tage her, dass ich mit Timon Schluss gemacht habe.

»Ich kann irgendwie nicht glauben, dass ich es schon so lange schaffe, das wirklich durchzuziehen«, murmele ich dicht an Maggies Ohr. Kein Anruf. Keine Nachricht. Vielleicht auch ein bisschen deshalb, weil Maggie mir angedroht hat, mein Smartphone aus dem Fenster zu schmeißen. Kein Witz! Sie war echt außer sich, als ich ihr von unserem letzten Streit erzählt habe. Aber vor allem melde ich mich nicht bei ihm, weil mein eigener Verstand mir befiehlt, es zu lassen. Weil ich all das nicht mehr kann. Es nicht mehr *will*.

Seine Nachrichten habe ich ignoriert. Die Anrufe weggedrückt.

»Diesmal ist es wirklich endgültig«, habe ich gestern geklagt.

Als Maggie ein »Das hoffe ich« rausgerutscht ist, hat sie sich den ganzen Abend für ihre unsensible Antwort entschuldigt. Seitdem versucht sie es ein wenig sanfter, hat heute sowohl den Frühstückstisch gedeckt als auch den Abwasch übernommen.

»Jetzt wird alles besser, hörst du?« Sie löst sich vorsichtig aus unserer Umarmung. »Da draußen sind zig Männer, die sich für eine Frau wie dich das Bein ausreißen würden.«

»Bin noch keinem begegnet.«

»Du trägst auch eine kaputte Brille.«

Reflexartig fasse ich mir ins Gesicht. Dabei wird mir spätestens nach einer Sekunde klar, dass sie natürlich nicht von der Brille spricht, die ich zum Lesen oder Autofahren brauche.

»Was war denn eigentlich mit dem Typen, von dem du neulich erzählt hast? Der mit den Taschentüchern?«

Dass sie sich ausgerechnet dieses Detail gemerkt hat ...

»Wir kennen uns doch gar nicht mehr.« Wenn ich ehrlich bin, habe ich versucht, den Tag aus meiner Erinnerung zu verbannen. Nicht wegen Julian, sondern vielmehr wegen dem, was davor passiert ist. »Ich hatte an dem Morgen zufälligerweise andere Probleme, als mit meinem Sandkastenfreund zu flirten.«

Maggie schürzt die Lippen. »Es gibt für so was kein richtiges Timing.«

Wenn man bedenkt, dass Maggie ihren Freund in der vermutlich schwersten Zeit ihres Lebens kennengelernt hat und gleich am ersten Abend mit ihm nach Hause gegangen ist, mag das vielleicht sogar stimmen.

»Das Ding ist, ich verstehe einfach nicht, warum das mit Timon und mir wieder so aus dem Ruder gelaufen ist. Neulich hat er mich ja auch noch ins Kino eingeladen, und wir hatten einen perfekten Abend. Was ist, wenn die letzten Tage nur durch seinen Stress so mies gelaufen sind?«

»Pschttt! Wir steigern uns da jetzt nicht wieder rein«, mahnt Maggie. »Außerdem habe ich eine viel coolere Einladung für dich.«

Verwundert sehe ich sie an.

»Nicht ins Kino, sondern zu einer Party. Leos Freunde haben

was für Halloween geplant, und es wird Zeit, dass du die ganze Clique endlich kennenlernst.«

Das ist wahr. Bisher hat es zeitlich einfach nie gepasst, und Timon wollte häufig lieber mit mir allein ... Ich atme tief durch, versuche, den Gedanken nicht zu Ende zu führen. »Und du darfst mich einfach mitnehmen?«

»Klar. Wenn es dir lieber ist, frage ich noch mal. Hättest du denn Lust?«

Nachdenklich beiße ich mir auf die Lippe. Um ehrlich zu sein, ist mir gerade überhaupt nicht nach Feiern zumute.

»Ach, was frage ich dich überhaupt? Manchmal muss man Menschen zu ihrem Glück zwingen. Nur so werden die Dinge wirklich besser. Nächste Woche Samstag steht. Keine Widerrede! Ist übrigens eine Kostümfeier.«

Ich verziehe das Gesicht. »Echt jetzt?«

»Na klar. Du hast die Wahl: tief durchatmen und Männer, die keinen Platz in deinem Leben verdient haben, Männer sein lassen ...«, holt Maggie aus.

»Oder?«

Ihre Augen verengen sich. »Oder du machst genau so weiter, kommst dennoch mit zur Party und musst dir dank der Augenringe keinen Kopf mehr wegen einer Verkleidung machen.«

Ohne es zu wollen, muss ich grinsen. »Du bist so nett.«

»Meine echte Nettigkeit stand dir auch mal zur Verfügung. Die hast du aber ausgeschlagen«, erklärt Maggie und widmet sich wieder dem Spülbecken.

»Das habe ich jetzt davon.« Ich werfe einen Blick in meine Teetasse und nehme den letzten Schluck, bevor ich meine Mundwinkel zu einem Lächeln zwinge. »Geht das als freundlich durch?«

»Hmmm.« Maggie legt den Kopf schief, als müsse sie die Lage erst einmal fachmännisch prüfen. »Sagen wir so: Für ein paar

Koffeinjunkies reicht es. Solltest du vorhaben, dich in der neuen Staffel von *Germany's Next Topmodel* zu bewerben, sollten wir an dem Gesichtsausdruck noch ein bisschen arbeiten.«

Ich straffe die Schultern und zeige ihr einen Vogel. »Vielen Dank! Ich werde das verlockende Angebot im nächsten Leben überdenken.«

• • •

Im Café ist die Hölle los. Klar, es ist Samstagmorgen, und der Laden liegt mitten in der Kölner Innenstadt. Und trotzdem war es hier lange nicht mehr so voll. Ausgerechnet an einem Tag, an dem mein Kopf ohnehin droht in tausend Einzelteile zu zerspringen.

Als ich mir die Schürze mit dem Aufdruck ›Krümelcafé‹ um die Hüfte binde, schießt Sven, ein langjähriger Kellner meines Bruders, hinter der Theke hervor. »Gott sei Dank bist du da! Machst du die Barista?«, begrüßt er mich hektisch.

Ehe ich nachfragen kann, ist er wieder verschwunden. Auch zwei andere Kellnerinnen lächeln mir nur beiläufig zu und eilen mit ihren Tabletts von Gast zu Gast. Ich habe früher ab und zu hier ausgeholfen. Doch seit Maggie hier arbeitet, war es nicht mehr so oft nötig. Das letzte Mal, dass ich im Café eingesprungen bin, ist jetzt schon eineinhalb Jahre her.

»Das meiste ist selbsterklärend«, hat mein Bruder in seiner Nachricht geschrieben. »Du rettest mir echt den Arsch. Keine Ahnung, was ich mir eingefangen habe, aber ich komme unmöglich hoch.«

Dass sie inzwischen eine neue Siebträgermaschine haben, die mit ihren Auswahlmöglichkeiten an Druck, Menge und Mahlgrad meine Kompetenzen bei Weitem überfordert, war ihm offenbar keiner Erwähnung wert. Weil ich keine Ahnung habe, wie ich das Ding bedienen soll, sehe ich mich vergeblich nach Sven um.

Nichts an diesem Kaffeegerät ist selbsterklärend.
Anleitung! Schnell!

tippe ich also hektisch eine Nachricht an Oman.

Je mehr Leute das Café betreten, desto nervöser werde ich. Andererseits ist es auch schön zu sehen, wie das Herzensprojekt meines Bruders immer weiter Stammkunden gewinnt. Dieses Café war von Anfang an so etwas wie sein Baby.

Spätestens als eine Acht-Mann-Gruppe hereinkommt, frage ich mich kurz, ob Oman nicht doch besser damit gefahren wäre, Maggie zu fragen. Im Gegensatz zu mir ist sie den Ansturm gewohnt und weiß, wie man die Gäste möglichst schnell zufriedenstellt. Ich versuche, mich an das zu erinnern, was ich Maggie gesagt habe: dass die Arbeit und der Stress die perfekte Ablenkung sind, um möglichst wenig an meinen Liebeskummer zu denken.

Ein Mann mit grauer Stoffhose und Jackett bahnt sich einen Weg zur Theke. Ich weiß nicht, ob es an dem großen Louis-Vuitton-Rollkoffer oder den ordentlich zurückgegelten Haaren liegt, doch etwas unterscheidet ihn von den meisten Gästen hier. Vielleicht ist es aber auch seine Ausstrahlung, der etwas zu selbstbewusste Ausdruck in seinem Gesicht oder die auffällig gerade Körperhaltung.

»Kann ich Ihnen helfen?«, rutscht es mir über die Lippen. Normalerweise gehört das Du zu unserem lässigen Image, doch es fühlt sich seltsam an, ihn damit anzusprechen.

»Zwei Cappuccino zum Mitnehmen, bitte.«

Ich nicke reflexartig, drehe mich schwungvoll in Richtung

Siebträgermaschine und studiere noch einmal die Rädchen und Knöpfe. Einen einfachen Kaffee sollte ich schon hinbekommen.

»So geht das nicht.« Plötzlich steht Sven hinter mir. Allerdings ist mit seiner Bemerkung nicht der Kaffeeautomat gemeint, sondern der Andrang im Eingang. »Du musst den Leuten sagen, dass es zu voll ist. Entweder sie müssen draußen warten oder sich ein anderes Café suchen. Anders kriegen wir es nicht hin.«

»Ich mache eben die Bestellung fertig, und dann kläre ich ...« Mitten im Satz werde ich unterbrochen. Ein Typ aus der Acht-Mann-Gruppe hat sich neben Mr. Rollkoffer gedrängt und beugt sich frech über die Theke.

»Wie lange dauert das denn noch?«

»Das kann ich jetzt gerade nicht genau ...« Mir tippt jemand von hinten auf die Schulter. Es ist ein dunkelblondes Mädchen, das mit seiner Freundin ganz hinten im Café Platz genommen hat. »Kann man bei dir noch einen Kaffee bekommen? Mit doppelt Sojamilch und Zucker. Und dazu noch einen Bagel. Und den Obstsalat. Sind da Nüsse drin? Ich vertrage leider keine Nüsse. Dann würde ich eher noch so einen Vitaminshot nehmen.«

Vollkommen überfordert hebe ich die Hände. Eigentlich sind die Tische hinten Sven zugeteilt. Doch der scheint plötzlich im Mitarbeiterbereich verschwunden zu sein. Jedenfalls kann ich ihn nirgends sehen. »Einen Moment, bitte. Ich bin sofort bei euch.«

Augenblicklich beginnt mein Herz vor Stress nur noch schneller zu rasen. Zuallererst muss ich jetzt die zwei Kaffees machen. Dann ist Mr Rollkoffer zufrieden, und ich kann mich um die anderen kümmern. Hoffentlich wird mir Oman nicht den Kopf abreißen. Wie schafft er es nur, in solchen Momenten die Ruhe zu bewahren? Lernt man das mit der Zeit?

»Seid doch froh, dass ihr zumindest einen Platz habt«,

brummt der Typ aus der Gruppe und klingt dabei ziemlich genervt.

»Entschuldigung. Wir können die Tische eben nicht doppelt belegen«, setze ich zur Verteidigung an. Ich muss mich zwingen, tief Luft zu holen, sonst kollabiere ich noch vor der ersten Pause. »Also alles nacheinander, in Ordnung?«

Der Typ verdreht die Augen. »Lass gut sein! Wir gehen woanders hin. Kriegt ihr erst mal das Chaos in den Griff!«

Ich habe keine Zeit, um zu reagieren, denn langsam wirkt auch der Mann mit dem Rollkoffer sichtlich genervt vom Warten. »Einen Moment. Der Kaffee kommt sofort.«

Sven ist mittlerweile wieder aufgetaucht, wird aber gleich zu einem Tisch gerufen. Ich zähle im Kopf von fünf runter, um mich zu sortieren. Dann greife ich nach zwei Pappbechern und stelle sie unter die beiden Kaffeeausläufe.

Cappuccino oder Latte Macchiato? Wo genau liegt noch mal der Unterschied? Ich versuche inständig, meine Erinnerungen nach Omans lange zurückliegendem Crashkurs zu durchforsten. Cappuccino nur mit Milchschaum und Latte zur Hälfte mit Milch? Hoffnungsvoll drücke ich auf eine Taste. Die Kaffeemaschine rattert, und wenige Sekunden später schießt ein Cappuccino in den ersten Pappbecher.

Zeitgleich spüre ich eine Vibration in meiner Hosentasche. Normalerweise sollen die Mitarbeiter ihre Handys hinten im Pausenraum aufbewahren. Genau wie alle anderen Wertsachen. Eine Regel, die ich heute einfach mal missachtet habe. Ist es eine Antwort von Oman? Unauffällig, mit dem Rücken zur Theke, ziehe ich das Smartphone aus der Tasche. Nur ganz kurz prüfen ... Mein Herz macht einen gewaltigen Satz, und für ein paar Sekunden bin ich unfähig, mich zu rühren. Die Buchstaben auf dem Display ziehen mir förmlich den Boden unter den Füßen weg.

Lass uns bitte noch mal reden. T.

Nein. Nein. Nein. Alles in mir verkrampft sich.

»Dauert es noch lange? Ich habe gleich einen wichtigen Termin.«

Dumpf dringt die Stimme von Mr. Rollkoffer zu mir hinüber. Ich verstehe nur *lange, wichtig* und *Termin*, kann die Worte in meinem Kopf aber nicht zu einem brauchbaren Satz verbinden.

»Alles okay?« Sven. Er ist hinter mir aufgetaucht. »Alicia?«

Beim Klang meines Namens zucke ich zusammen und sehe auf.

Svens Blick wandert an mir herab zu dem Smartphone in meiner Hand. »Was Wichtiges?«

Instinktiv schüttele ich den Kopf. Allein der Anblick von Timons Namen genügt, dass mir Tränen in die Augen steigen. Was war an unserem letzten Gespräch nicht verständlich?

»Okay. Machst du dann hier weiter? Der Herr scheint es wirklich eilig zu haben.« Wieder Sven. Ich habe nicht mitbekommen, dass er an mir vorbei zur Kaffeemaschine gegangen ist. Jedenfalls sind die Cappuccinos beide fertig.

Wortlos lasse ich das Telefon zurück in die Tasche gleiten und greife nach den Pappbechern. Meine Hände sind feucht geworden und zittern vor Aufregung.

»Entschuldigung, dass es so lange gedauert …« In einem Moment streckt Mr Rollkoffer noch die Hand nach der Bestellung aus, im nächsten entgleitet mir der Becher aus der linken Hand. Ich kann nur noch zusehen, wie sich die hellbraune Brühe sowohl über die gesamte Theke als auch über das Jackett des Gastes ergießt. Schlagartig stehe ich wieder mitten im Jetzt.

»Shit!« Ohne es verhindern zu können, entweicht mir ein Fluch.

»Scheiße! Was zur Hölle?« Okay. Mr Rollkoffer beherrscht diese Fähigkeit anscheinend noch viel besser als ich. Und sein Gesichtsausdruck steht den Worten in keiner Weise nach. Ich bin absolut sicher: Könnte dieser Mann mit Blicken töten ... ich wäre bereits mehrfach gestorben.

»Oh nein. Es tut mir so leid. Ich ... ich ... das wollte ich nicht.« Blut schießt mir ins Gesicht, und für den Bruchteil eines Moments wünsche ich mir einfach nur noch, in Ohnmacht zu fallen. Ausgerechnet jetzt ist es natürlich mucksmäuschenstill im Café. Ich brauche mich nicht einmal umzusehen, um zu wissen, dass alle Aufmerksamkeit auf uns ruht.

»Ganz großes Kino! Wirklich!« Der Mann streift sich empört das Jackett vom Leib und knallt es so wütend auf die Ablage, dass mein Herz sich ein weiteres Mal in der Brust überschlägt.

»Ist das hier Ihr erster Arbeitstag? Wenn ja, packen Sie Ihre Sachen am besten schon mal zusammen. Mein Gott, ich wusste ja nicht, dass zwei Cappuccini so ein Hexenwerk sind.« Wutschnaubend sieht er an sich herab und hebt dann drohend den Zeigefinger. »Seien Sie froh, dass Sie das Hemd nicht getroffen haben. Das hier ...« Er deutet auf das Jackett. »Ach, wissen Sie was? Behalten Sie es als Andenken!«

Mit diesen Worten packt er seinen Rollkoffer, dreht sich um und stapft aus dem Café.

11. Kapitel

Julian

Der verstaubte Stoffumhang geht mir höchstens bis zur Hüfte, die schwarzen Lackschuhe drücken am linken Zeh, und der dunkelrote Pullover saß auch schon mal besser. Es war naiv, zu glauben, dass ich seit der neunten Klasse nur geringfügig gewachsen bin. Wenigstens sieht das Plastikgebiss aus dem Karnevalsladen verdammt echt aus.

»Als du Vampir sagtest, bin ich mehr von Edward Cullen ausgegangen«, scherzt Tarek, als er mir die Tür öffnet.

»Sorry. Glitzer war a-aus.« Lässig zucke ich mit den Schultern.

»Zu schade. Ich glaube, das hätte echt sexy ausgesehen.« Mein Kumpel grinst.

»Und was sollst du d-darstellen? Jack Sparrow ist das jedenfalls nicht.« Unschlüssig sehe ich an ihm herab. Tarek trägt ein löchriges schwarzes Jackett, darunter ein weißes Shirt mit Totenkopf und dazu eine zerrissene Jeans.

»Das Kostüm ist gerissen. Hat nur noch für den Look als unheimlicher Türsteher gereicht. Du kannst übrigens direkt durchlaufen. Die anderen sind im Wohnzimmer.«

Ich nicke und gehe an ihm vorbei in den Flur. Vor acht Wochen waren wir das erste Mal hier, um beim Umzug zu helfen. Seitdem hat sich hier einiges getan. Nicht nur, dass die vielen Kartons verschwunden sind und es mittlerweile auch Möbel gibt. Viel mehr überraschen mich Details wie ein kleiner Spiegel neben der Garderobe sowie ein Bilderrahmen, der viele einzelne Polaroids zur Schau stellt. Auf den meisten sind Philipp und Linda als Paar zu sehen. Links neben dem Bilderrahmen hängt eine kleine Pinnwand, auf der in ordentlicher Schrift einzelne Lebensmittel als Einkaufsliste notiert sind. Ich hätte nicht damit gerechnet, dass es bereits so heimelig aussieht. So vollständig. Als würden die zwei schon ewig hier wohnen.

Der Gedanke versetzt mir einen kurzen Stich. Nicht, dass ich mich nicht für meinen Kumpel freuen würde. Das tue ich definitiv. Philipp und Linda sind ein süßes Paar und scheinen ziemlich glücklich zu sein. Vielmehr ist es die plötzliche Erkenntnis, wie viel sich bei den anderen verändert hat. Vor allem im Vergleich zu mir, der nach wie vor auf dem Dachboden seines Vaters haust.

»Linda ist noch im Stress. Ist ihr alles nicht gruselig genug. Nicht genug Deko. Dabei musst du dir das mal ansehen ...« Tarek deutet auf die geöffnete Tür zum Wohnzimmer. Neugierig gehe ich vor und werfe ein ungläubiges Hallo in die kleine Runde. Philipp und Leo sind gerade dabei, eine Girlande am Fensterrahmen zu befestigen. Während Philipp, der auf dem obersten Tritt einer Klappleiter steht und sich gefährlich weit nach vorn beugt, in einem weißen Ganzkörperanzug mit Skelettmusterung steckt, hat Leo ausschließlich rote Teufelshörner auf dem Kopf.

»Das wird so niemals was.« Linda – sie trägt ein kurzes schwarzes Kleid mit Netzstrumpfhose – schüttelt genervt den Kopf. Die großen silbernen Ringe, die in ihren Ohrläppchen stecken, schwingen dabei bedrohlich hin und her. »Ich sag doch, wir hätten das gestern machen sollen.«

»Jetzt entspann dich mal«, mahnt Philipp. »Du tust ja gerade so, als hinge unser Leben von so ein paar Plastikgeistern ab.«

»Die sehen auf dem Bild aber so schön aus.«

»Lass mich raten, du hast sie nur gekauft, weil sie im Dunkeln leuchten, oder?«

Anstelle einer Antwort verschränkt Linda nur die Arme vor der Brust. Erst als sie sich zur Seite dreht, nimmt sie Notiz von mir. »Hey, Julian! Cooles Outfit!«

»Hallo. Du auch!«

»Danke!« Sie lächelt kurz. »Ach, wisst ihr was? Macht das hier einfach allein fertig. Ich geh so lange in die Küche. Dann haben wir wenigstens Pizzabrötchen, wenn die Gäste kommen.«

»Essen ist sowieso wichtiger. Niemanden juckt diese Deko«, murmelt Tarek, und ich hoffe inständig, dass Linda ihn nicht gehört hat.

»Maggie wollte auch noch was mitbringen!«, ruft Leo ihr hinterher und wendet sich dann wieder Philipp zu. »Sollen die Gespenster nicht mit dem Gesicht zum Zimmer hängen?«

»Auf der Verpackung schauen sie Richtung Fenster.«

Ich folge Linda in die Küche und stelle weitere Getränke kalt. Aus dem Ofen steigt mittlerweile der warme Geruch von Pizza, und im Wohnzimmer geht auf einmal laute Weihnachtsmusik an. Wir hören, wie Leo »Falsche Playlist« ruft, Tarek übermütig zu »Last Christmas« mitgrölt und Philipp flucht, weil sich die Station anscheinend nicht mit Bluetooth verbinden lässt.

»Was ein Chaos!« Linda nimmt einen Teller aus dem Kühlschrank und reißt die Klarsichtfolie ab. Genau in dem Augenblick klingelt es an der Tür. »Mist. Das sind bestimmt schon die Ersten. Ich mache mal auf. Magst du die hier schon mal drüben auf den Tisch stellen? Das sind Kürbistaler, gefüllt mit Gemüsecreme.«

Ich nicke, nehme ihr den Teller aus der Hand und gehe ins

Wohnzimmer. Philipp knipst gerade das Licht aus, sodass es für wenige Sekunden stockdunkel ist. Die Gespenstergirlande springt an und erleuchtet das Wohnzimmer mit einem schwachen Schein.

»Kannst du einen nicht vorwarnen?«, höre ich Tarek fragen. Da dringen schon die ersten Stimmen aus dem Flur. Wenige Minuten später hat sich das Wohnzimmer mit Leuten gefüllt, deren Gesichter und Namen in meinem Kopf viel zu schnell durcheinandergeraten.

Ich entdecke eine Gruppe Mädels, die sich fröhlich um den Hals fallen. Vermutlich Freundinnen von Linda.

Als mir aus dem Nichts jemand die Hand auf die Schulter legt, zucke ich heftig zusammen.

»Ha! Das war der Beweis dafür, wie furchteinflößend ich aussehe«, triumphiert Maggie und umarmt mich fröhlich. Dabei muss ich aufpassen, mich nicht in den Fäden zu verheddern, die von ihren Händen bis über den Kopf gespannt sind.

»Ich denke, du solltest es eher als Zeichen nehmen, Leute nicht von hinten zu ü-überfallen«, widerspreche ich lächelnd.

»Ach was! Das ist doch der ganze Spaß!« Sie winkt ab. »Happy Halloween jedenfalls!«

Erst jetzt komme ich dazu, ihr Kostüm wirklich zu mustern. Maggie trägt ein lila Minikleid, das nach unten hin leicht ausgestellt ist. Ihre Haare sind zu zwei braven Zöpfen geflochten, sodass die eigentliche Aufmerksamkeit auf das Fäden-Gespinst über ihrem Kopf fällt. Ich muss zugeben, dass der Marionettenlook eine abgefahrene Wirkung hat.

»Oh mein Gott! Das ist der Hammer!« Linda taucht aus dem Nichts auf, drängt sich ein Stück an mir vorbei und bleibt direkt vor Maggie stehen. »Alleine das Kleid. Und dieses Make-up!«

»Das Kompliment muss ich an die eigentliche Künstlerin weitergeben«, meint Maggie kichernd und tritt einen Schritt zurück. Erst jetzt realisiere ich, dass direkt hinter ihr noch jemand steht. Ein Mädchen, vielleicht ist sie auch gerade erst dazugekommen. Oder aber die Dunkelheit hat sie vorher förmlich verschluckt. Schwarze Leggings. Schwarzes Shirt. Sie ist einen ganzen Kopf kleiner als Maggie und trägt eine Fledermausmaske, die ihr Gesicht zur Hälfte bedeckt. Als sie die Arme hebt, bemerke ich den Stoff, der wie Flügel an ihr herabfällt.

»Du musst Maggies Mitbewohnerin sein!«, wirft Linda ein. »Schön, dass du da bist.«

Gerade will ich den Blick abwenden, um die Jungs zu suchen, da halte ich in der Bewegung inne.

»Danke, dass ich mitkommen durfte.«

Moment mal, schießt es mir durch den Kopf. Das kann nur ein Hirngespinst sein.

»Klar! Je mehr wir sind, desto lustiger wird es heute Abend. Zumindest hoffe ich das.«

»Bestimmt.«

Mein Herz beginnt immer kräftiger zu schlagen, als sich eine vollkommen irre Ahnung in mir breitmacht. Eine vollkommen irre Ahnung, die sich im nächsten Moment durch Maggie bestätigt.

»Alicia ist meine Geheimwaffe, was Make-up und Co. angeht.«

Mit einem Mal wird mir heiß und kalt zugleich. Wie um alles in der Welt ist das möglich? Natürlich gibt es Zufälle. Aber doch nicht solche. Nicht hier. Nicht jetzt. Nicht bei uns. Nicht zwei Mal innerhalb so kurzer Zeit. Nicht nach all den Jahren.

»Hat man dich unter Hypnose gesetzt?« Ausgerechnet in dem Augenblick, in dem ich beschließe, mich unauffällig aus dem

Staub zu machen, um mich erst einmal zu sammeln, wird Leo auf mich aufmerksam.

»W-was?«, rutscht es mir viel zu laut heraus.

»Da bist du ja!« Während Maggie Leo stürmisch in die Arme springt, als hätten sie sich seit Wochen nicht gesehen, gerate ich erstmalig in Alicias Visier. Unsicher lächele ich sie an.

»Das ist jetzt nicht wahr, oder?« Falls das Wiedersehen sie verlegen werden lässt, hat sie die bessere Art, es zu verstecken.

»A-anscheinend schon!«, bringe ich hervor und bewege mich mit wackeligen Knien auf sie zu.

Natürlich wecken wir jetzt das Interesse der anderen. »Ihr kennt euch?«, fragt Maggie verblüfft.

Zum Glück reagiert Alicia schneller als ich. »Ähm, ja.« Sie senkt die Stimme. »Von früher. Juli und ich haben mal direkt nebeneinander gewohnt.«

Noch nie in meinem Leben war ich für die Existenz seltsamer Plastikgeister so dankbar. Deren Licht ist nämlich so bescheiden, dass hoffentlich niemand die Röte bemerkt, die mir in die Wangen schießt.

»Juli?«, mischt sich jetzt auch Leo ein.

Maggie beginnt zu prusten. »Wie süß ist denn bitte dieser Spitzname? Wie lange kennt ihr euch schon? Und warum wusste ich davon nichts? Hast du auch einen bislang geheimen Spitznamen für Alicia?«

Meine Gesichtshaut beginnt unter den neugierigen Blicken zu brennen, und ich wünsche mir augenblicklich, im Erdboden zu versinken.

»Das ist jetzt vollkommen egal!« Alicia lacht auf. »Könnte ich vielleicht etwas zu trinken bekommen?«

Es ist, als habe Linda auf genau dieses Zeichen gewartet. »Na klar. Ihr habt die Auswahl zwischen heißem Blut, Prickelkotze und Zombie-Urin. Alternativ gibt's natürlich auch Geistertrank.«

Unsere verdutzten Gesichter bringen sie zum Lachen. »Hattet ihr keine Kindheit? Na gut, wer mir in die Küche folgt und mit den Gläsern hilft, bekommt eine Gratis-Einweisung in die Halloweensprache.«

12. Kapitel

Alicia

Ich habe kein Problem damit, meine Gefühle zu zeigen. Wirklich nicht. Der Heulanfall an der Bahnhaltestelle ist auch nicht der Grund, warum ich keine Stunde nach Ankunft bei der Party zurück in den Flur flüchte. Streng genommen liegt es nicht einmal an Juli – ich korrigiere: an Julian – selbst. Er kann nichts dafür, dass mich sein Auftauchen zurück in das Gefühl katapultiert, vor dem ich heute Abend davonlaufen wollte.

Doch die zwei Meter Abstand zu einem Raum mit lauter Feiernden reichen noch nicht, um die eigenen Gedanken zu sortieren. Unschlüssig stehe ich im Flur und sehe mich nach einem besseren Platz um. Für ein paar Minuten im Badezimmer verschwinden? Ich drücke die Klinke zum Badezimmer runter und muss feststellen, dass ich nicht die Einzige mit dieser brillanten Idee gewesen bin. Nur dass der Typ, der wenige Sekunden später hinaustritt, andere Gründe zum Rückzug hatte.

»Kleiner Tipp, ich würde da erst mal nicht reingehen. Ich kriege vom Alkohol immer Durchfall.« Entschuldigend verzieht er das Gesicht, bevor er an mir vorbei zurück ins Wohnzimmer geht. Spitze! Und vor allem vielen Dank für die Info!

Abgesehen von der zur Küche sind alle übrigen Türen geschlossen, und es käme mir falsch vor, einfach so hineinzugehen. Auch wenn Linda mir auf Anhieb sehr sympathisch war, bin ich für sie noch eine vollkommen Fremde.

Erschöpft lasse ich mich am Türrahmen hinter der Garderobe herab und ziehe die Beine dicht an den Oberkörper.

Ich kann nur hoffen, dass nicht ausgerechnet jetzt jemand aus dem Wohnzimmer kommt. Auf keinen Fall möchte ich für schlechte Stimmung sorgen. Es ist eine Sache, unter lauter Feiernden keinen Spaß zu empfinden. Eine andere ist es, diesen auch noch den restlichen Leuten zu verderben.

Ich kann also nur hoffen, dass mein Fehlen niemandem auffällt. Vor allem nicht Maggie. Denn ich weiß genau, dass sie sich sofort in der Verantwortung sehen würde, für mich da zu sein.

»Kann man d-dir helfen?« Ich hebe den Kopf. Julian ist im Türrahmen aufgetaucht, hält eine Flasche Bier in der linken Hand und sieht verwundert zu mir runter. Das musste ja passieren.

Instinktiv drücke ich mich vom Boden hoch und suche nach geeigneten Worten. »Du musst mich wirklich für die Instabilität in Person halten.«

In Julians Mundwinkeln zuckt ein Lächeln. »Oder ich habe ein Gespür für die richtigen Augenblicke.«

»Wenn du mich fragst, eher für die falschen.« Kaum ist mir die Bemerkung herausgerutscht, wird mir klar, wie unfreundlich ich klinge. »Sorry. Das war nicht persönlich gemeint.«

»Schon okay … Willst d-du auch eins?« Er deutet auf das Bier in seiner Hand.

Ich zucke mit den Schultern, dann schüttele ich den Kopf. »Ich habe schon ohne Alkohol einen Dauerkater.«

»Sitzt du d-deshalb hier allein im Flur?«

Wie viel ich dafür geben würde, jetzt wahrheitsgemäß nicken

zu können. Doch als ich in Julians braune Teddyaugen sehe, weiß ich, dass ich ihm nichts vormachen kann. Er hatte schon als Kind eine Art an sich, die jeden Lügendetektor überflüssig werden lässt.

»Ziemlich uncool, was?«

Julian runzelt die Stirn. »Ich hätte es eher als ungewöhnlich bezeichnet.«

»Passt auch. Ist gerade alles ein bisschen zu viel, schätze ich.«

»Die Party?«

»Das Leben.« Grundgütiger! Was stimmt mit mir nicht? Geht es vielleicht noch dramatischer? Bloß, weil wir damals jede gemischte Tüte Süßigkeiten geteilt haben, muss ich jetzt doch nicht vollständig die Hemmungen verlieren!

Julian nickt. Und doch muss ihn etwas an meinem Geständnis verschreckt haben. Als er sich plötzlich abwendet und im Wohnzimmer verschwindet, blicke ich ihm irritiert nach. Nicht, dass ich ihn nicht verstehen kann. Es gibt sicher schönere Dinge, als auf einer Party deprimierende Flurgespräche zu führen. Aber es hat ihn ja niemand darum gebeten, sich mit mir zu unterhalten. Ganz im Gegenteil. Ich habe den Raum extra verlassen, um niemanden mit meiner schlechten Laune zu belasten.

Kurz überlege ich, Maggie reinen Wein einzuschenken und einfach nach Hause zu gehen. Selbst wenn die Gedanken allein in unserer WG mit Sicherheit noch lauter werden, bin ich dort wenigstens nicht in der Verpflichtung, vor irgendjemandem das Gesicht zu wahren. Ich wische meine leicht staubigen Hände am Stoff der Leggings ab und atme tief durch.

»D-doch umentschieden?« Aus dem Nichts steht Julian wieder vor mir. Er hat nicht nur den schwarzen Umhang ausgezogen, sondern auch das Gebiss mit den spitzen Zähnen herausgenommen.

»Wie meinst du das?«

Er deutet auf den Platz am Boden, wo ich eben noch gesessen habe.

»Ah, nein. Nach Feiern ist mir immer noch nicht zumute.« Ich beiße mir auf die Lippe.

»V-verstehe.«

Kurz frage ich mich, ob es tatsächlich jemanden geben kann, der dieses große schwarze Loch, das sich in mir aufgetan hat, auch nur annähernd begreift. »Ich sollte mich von den anderen verabschieden.«

»Und dann?«

Seine direkte Nachfrage verblüfft mich.

»Ich m-meine ja nur ... vielleicht hast du noch irgendwas vor.«

Trocken lache ich auf. »Wenn eine Kuscheldecke, Wärmflasche und eine Tasse heißer Tee als Vorhaben gelten, dann bin ich diese Nacht definitiv noch schwer beschäftigt.«

Julian schmunzelt. »Ich möchte mich deinen Terminen nicht in den Weg stellen. Doch für den Fall, dass sich an den Plänen noch etwas ändern lässt ...« Erst jetzt bemerke ich, dass er einen Schlüssel in der Hand hält. »Ich dachte, dass du es auf einem S-Sessel vielleicht etwas bequemer hast.«

Als ich mich nicht bewege, schiebt er schnell eine Erklärung nach. »Im Arbeitszimmer sucht d-d-dich niemand.«

»Du meinst ...?«, setze ich an, brauche den Satz aber gar nicht zu Ende zu sprechen, denn Julian nickt bereits.

»Keine Sorge, das g-geht klar!« Er sieht zu mir, dann zu der Tür zu meiner Rechten. Das Angebot überrascht mich so sehr, dass ich erst einmal darüber nachdenken muss. »Du kannst es dir ja noch überlegen. Die Türen sind heute Abend abgeschlossen. Ich lasse den hier einfach liegen ...« Er macht einen Schritt nach vorn, beugt sich über eine Ablage im Flur und lässt den einzelnen Schlüssel klirrend darauffallen.

Als sich erneut unsere Blicke treffen, lächelt Julian knapp. Ich glaube, es ist die Unsicherheit in seinem Blick, die mich plötzlich an den kleinen Jungen erinnert, der bei jedem Streit seiner Eltern zu uns ins Haus geflüchtet ist. Die Bilder, die vor meinem geistigen Auge aufflackern, stechen wie Splitter in mein Herz.

»Mach's gut!« Zögernd setzt Julian einen Schritt nach hinten, bevor er sich schließlich umdreht.

»Und du?«, rutscht es mir über die Lippen.

Verwundert dreht er sich um.

»Hm?«

Super gemacht, Alicia. Am besten stellst du noch mehr unsinnige Fragen!

»Und du? Auch hier im Flur?« »Und du auch noch immer in beschissener Lage?« »Und du auch auf der Suche nach einem Versteck?«

»Und du? Magst du Halloween?« Können wir vielleicht so tun, als ergäbe diese Frage in Bezug auf unser vorheriges Gespräch auch nur einen Hauch von Sinn? »Früher standest du ja total auf so schaurigen Kram.«

Früher ist sechzehn Jahre her. Er wird sich verändert haben. Wir beide haben uns verändert.

»Ich meine, das Kostümieren, Partys, Süßes oder Saures ... Was ist mit dem Essen? Der Musik? Oder Gruselgeschichten? Magst du Horrorfilme?«

»Keine Ahnung.«

Keine Ahnung, ob er sie mag? Oder keine Ahnung, warum ich nicht einfach den Mund halte? Vielleicht, weil es manchmal einfacher ist, weiterzusprechen, als in der Stille zu realisieren, wie seltsam man sich die letzten Minuten verhalten hat.

»Ja. M-manchmal. Nicht so. Und der Rest auch ja.«

Kurze Pause.

»Ich fürchte, jetzt musst du mir nur noch mal mit meinen Fragen helfen.«

Auch um Julians Mundwinkel schleicht sich ein Lächeln. »Erst mal Tee?«

Als ich nicke, wissen wir beide, dass ich nicht nur das Getränk meine, sondern damit auch beschlossen habe, dem Abend noch eine Chance zu geben.

Noch immer verlegen, nehme ich den Schlüssel von der Ablage, stecke ihn gleich neben mir in das Schloss der Tür und drehe um. Klack. Ich schiebe die Tür auf und werfe einen Blick in das Zimmer.

Selbst mit Erlaubnis fühlt es sich seltsam verboten an, einfach hineinzugehen. Doch die Aussicht auf einen gemütlichen Sessel und Tee lässt mich weiter in den dunklen Raum gehen. Ehe ich mich weiter umsehen kann, ist Julian auch schon an meiner Seite. Er schließt die Tür hinter uns und schaltet das Licht ein. Schlagartig muss ich blinzeln.

»Lieber wieder aus?«

Erst jetzt sehe ich, dass er in der einen Hand eine Tasse mit einer dampfenden Flüssigkeit und in der anderen eine Schale mit Keksen hält.

»Ich kann nicht versprechen, d-dass sie schmecken.«

Und das müssen sie auch gar nicht, denn allein die Tatsache, dass er sich überhaupt um mich kümmert, lässt den Knoten in meinem Hals lockerer werden.

»Danke! Aber das wäre nicht nötig gewesen.«

»Weißt du noch ... unsere Kekse d-damals?«

Wie könnte ich es vergessen? Wir haben jedes Jahr welche gebacken.

»Das Teigrezept nutzt meine Mutter bis heute.«

»Ehrlich?«

»Sie sagt, es sei das einzige, bei dem danach nicht die ganze Küche klebt.«

»Das klingt n-nach deiner Mutter.« Julian lacht auf, und ich frage mich, ob es eventuell möglich ist, dass auch er diesen Film mit Erinnerungen sehen kann. Ob wir die gleichen Bilder sehen? Die gleichen Momente?

»Sie hat die Erdbeermarmelade gehasst«, murmele ich.

»Und t-trotzdem hast du jedes Mal so lange gequengelt, bis du die Kekse damit bestreichen durftest.«

»Sie schmecken so mit Abstand am besten.« Bei dem Gedanken daran legt sich ein süßes Aroma auf meine Zunge.

Ich drehe mich um und stelle fest, dass Julian wieder an der Tür steht. Keine Ahnung, was mich mehr überrascht: dass er vorhat, wieder hinauszugehen, oder die Tatsache, dass ein winziger Teil in mir gehofft hat, er würde bleiben. Bei mir.

»Also … wenn du was brauchst, melde dich«, unterbricht er meine Gedanken.

»Tue ich nicht«, sage ich schnell. »Also etwas brauchen, meine ich.« Er hat mehr für mich getan, als ich nach damals wirklich verdient habe.

»Und falls doch …« Er räuspert sich und verharrt kurz in seiner Bewegung, bevor er einen Zettel aus der Hosentasche zieht und ihn mir in die Hand drückt. Ich möchte wissen, was er geschrieben hat, sehe dann jedoch, dass es eine Nummer ist. Eine Handynummer. Seine Handynummer.

Als ich aufsehe, um mich zu bedanken, ist die Tür hinter ihm bereits ins Schloss gefallen.

13. Kapitel

Julian

Als ich die große Ampel am Neumarkt überquere, fühle ich mich wie ein Verbrecher. Durchgängig auf der Lauer, ständig in der Angst, von irgendwem gesehen zu werden. Was zweifelsohne der Fall ist. An einem Montagmorgen. Mitten in der Kölner Innenstadt. Umzingelt von vielen Menschen und Autos.

Nachdem ich die E-Mail an die Logopädiepraxis abgeschickt hatte, fühlte es sich für einen klitzekleinen Augenblick so an, als sei die Arbeit endlich getan: Ich habe mich überwunden, bin den Schritt gegangen, den ich seit Jahren vor mir herschiebe wie einen viel zu schweren Karren.

Kurz darauf kam schon die Antwort.

Haben Sie am Montag Zeit für ein Erstgespräch?

Auf der Stelle fielen mir zig Dinge ein, die ich lieber tun würde, als mit einer wildfremden Frau über meine Sprachprobleme zu philosophieren. Mit Michael zu Abend essen. Mal wieder zum Zahnarzt gehen. Meine Steuererklärung machen.

Nichtsdestotrotz bin ich jetzt hier. Zwanzig Minuten zu früh.

Mit zwei verschiedenen Socken und einem flauen Gefühl im Magen, das leider nur noch wenig mit dem Halloweenkater zu tun haben kann.

Als ich das Haus mit der Nummer 107 erreicht habe, bin ich kurz davor, wieder umzukehren. Ich könnte behaupten, mir sei etwas Wichtiges dazwischengekommen. Ein Anruf von der Schule. Ein familiärer Notfall. Irgendwas. Doch ehe ich es mir so recht überlegt habe, liegt mein Daumen schon auf der Klingel. Ich denke an Alicia, als das Surren ertönt. Daran, was wir uns versprochen haben. Und ich denke immer noch an Alicia, als ich einen Blick über die Schulter werfe und die Tür aufdrücke.

Das Foto von Frau Emrich auf ihrer Website muss mindestens fünf Jahre alt sein. Ihre Stirn und die Mundpartie haben erste Falten bekommen, doch das Lächeln ist genauso freundlich, wie ich es erwartet habe.

»Schön, dass wir uns kennenlernen, Herr Rock!«, begrüßt sie mich, kaum dass wir auf zwei einander gegenüberstehenden Sesseln Platz genommen haben. »Und vor allem, dass Sie spontan Zeit gefunden haben. In Ihrer E-Mail haben Sie geschrieben, dass Sie als Lehrer arbeiten?«

»I-i-ich b-b-bin im R-R-Referendariat.«

Ich warte wieder auf das Erstaunen. Auf den Ausdruck, den die Menschen im Gesicht stehen haben, wenn sie sich einen stotternden Menschen wie mich vor zwei Dutzend Schülerinnen und Schülern vorstellen. Vollkommen aufgeschmissen und überfordert. Womit sie in meinem Fall nicht einmal falschlägen.

Doch das Lächeln in ihren Mundwinkeln bekommt nicht einen einzigen Riss, es bleibt freundlich, ungezwungen und echt.

Es folgt kein *»Wie haben Sie sich das denn vorgestellt?«*. Kein *»Das hätten Sie doch vorher wissen müssen«*.

»Welche Fächer?«, fragt sie stattdessen.

»M-M-Musik und Erdk-k-kunde« Wenn ich so aufgeregt bin, nimmt das Stottern deutlich zu. Manchmal fühlt es sich so an, als kämen meine Worte durch einen zu dünnen Kanal, der immer enger abgeschnürt werden kann. Je nachdem, wie entspannt oder gestresst ich bin. Ein Grund, warum mir das Reden vor meinen Freunden wesentlich leichter fällt als vor Michael.

»Spannend! Haben Sie gerade erst damit begonnen?«

Ich nicke.

Unruhig fahre ich mit den Fingern über den Stoff des Sessels, hoffe instinktiv, dass wir gleich zu einem Fragebogen oder Ähnlichem kommen. Etwas, das mich aus der Not befreit, so viel sprechen zu müssen.

»Ein toller und vor allem wichtiger Beruf!«

Wieder nicke ich. Nicken ist einfach. Nicken kann ich.

»Sie waren als Kind schon in Behandlung?«

Nicken.

»Warum haben Sie aufgehört?«

Warum-Fragen sind die Hölle. Diese hier ganz besonders.

Hitze strömt durch meinen Körper. Meine Muskeln versteifen sich, wenn überhaupt möglich, noch mehr, sodass ich fürchte, mich nie mehr von diesem Platz fortbewegen zu können.

»Familiäre G-Gründe.« Eine bescheuerte Ausrede. Die Wahrheit ist, dass ich zu feige war. Erst recht, als ich plötzlich mit Michael allein war.

Frau Emrich notiert sich etwas auf einem Zettel. »Okay, ich will ganz ehrlich zu Ihnen sein …« Als sie sich räuspert, halte ich die Luft an.

Ich bin ein hoffnungsloser Fall. Man wird nichts mehr für mich tun können.

»Da unser Sprechen vom Gehirn gesteuert wird, ist es sinnvoll, möglichst früh mit einer Sprachtherapie zu beginnen, am besten im Kindesalter.«

Ungeduldig kralle ich die Finger in den Stoff meiner Jeans.

»Und trotzdem ist es nie zu spät, um Verbesserungen zu erzielen. Auch nicht als Erwachsener.«

Es ist nie zu spät, hallt es in meinem Kopf nach. »Dann s-s-sehen Sie eine Chance?«

Frau Emrich lacht auf. »Die gibt es immer. Vor allem für Menschen, die den Mut haben, danach zu greifen ... Den haben Sie doch, oder?«

Mut, danach zu greifen. Mut, an mich zu glauben. Wieso klingt das alles in meiner Vorstellung so viel leichter?

Kaum habe ich den Gedanken im Kopf formuliert, weiß ich bereits die Antwort: Weil es der richtige Weg ist.

Glühende Hitze fließt durch meinen Körper, und es ist, als gleiche mein Herzschlag dem dumpfen Vibrieren einer Klangschale.

Gerade als ich schon wieder nicken will, halte ich inne und öffne stattdessen den Mund. »Ja, ich d-d-denke schon.«

30. August 2007

Alicia, die ersten Stunden bei meiner neuen Logopädin waren grauenhaft. Ich habe immer noch kein anderes Wort dafür gefunden. Jedenfalls habe ich meiner Mama gesagt, dass ich nie wieder dort hingehen möchte. Nie, nie wieder.

Die Frau, die mir mit dem Stottern helfen soll, hat mich die ganze Zeit so finster angesehen, als hätte ich eine ganz fürchterliche Krankheit. Dabei fühle ich mich die meisten Stunden am Tag nicht wirklich krank. Nur ein bisschen allein. Ein bisschen viel, seitdem du nicht mehr da bist.

Als ich ihr das gesagt habe, meinte sie, dass ich nicht so stumm sein soll und andere Kinder in meinem Alter viel schneller Fortschritte machen. Ich glaube, sie hat die ganze Zeit gedacht, dass ich mich nur anstelle.

Auf keinen Fall gehe ich dorthin zurück.

Was das Versprechen angeht, bin ich trotzdem dabei. Auch wenn ich keinen Fuß mehr in die Praxis dieser dummen Kuh setzen werde. Wir dürfen uns niemals unterkriegen lassen, okay?

Und wenn mich nie wieder jemand so mögen wird wie du mich, dann ist das auch nicht weiter schlimm. Denn du bist das stärkste Mädchen, das ich kenne, und ich bin stolz, dass du jetzt auch meine Familie bist.

Dein bester Freund

Julian

PS: Ich habe ganz vergessen, dir von unserem neuen Musiklehrer zu erzählen. Herr Euling ist der coolste Lehrer, den ich je hatte. Ich wünschte, du würdest ihn kennenlernen.

PPS: Gott sei Dank habe ich den Brief noch nicht abgeschickt. Es ist nämlich noch etwas passiert. Vor ein paar Tagen hat Herr Euling mich nach dem Unterricht zur Seite genommen und gefragt, ob ich ein Instrument spiele. Ich habe den Kopf geschüttelt. Du weißt ja, dass mein Papa so was für Unsinn hält. Herr Euling meinte auf jeden Fall, dass er findet, ich hätte einen guten Rhythmus. Das sei ihm bereits in der Stunde aufgefallen. Er hat gesagt, dass er sich mich gut in der Musik-AG vorstellen kann. Glaubst du, das wäre etwas für mich?

PPPS: Ich glaube ganz sicher, dass mir das gefallen könnte. Am liebsten hätte ich ein eigenes Schlagzeug. Oder eine Gitarre. Hauptsache irgendwas. Bitte drück mir die Daumen, dass daraus etwas wird.

14. Kapitel

Alicia

Als ich am Montagmorgen im Büro sitze, habe ich das Gefühl, das komplette Wochenende übersprungen zu haben. Als gäbe es eine Art Wurmloch, in das ich am Freitag nach der Arbeit hineingefallen bin und das ich erst heute in der Früh verlassen habe. Nur die Erinnerungen an die Party überzeugen mich vom Gegenteil.

Immer wieder schleicht sich Julians Gesicht in meine Gedanken. Sein Gesicht. Aber auch die Frage, ob ich ihm schreiben soll. Ich habe ihn im Stich gelassen, als er mich am meisten brauchte. Es gibt keinen Grund für ihn, mich noch einmal in sein Leben zu lassen. *Und doch hat er dir seine Nummer gegeben.*

Die optimale Ablenkung ist ein ordentlicher Batzen Arbeit, der auf mich wartet. Ich werde keine Zeit haben, über Männer nachzudenken. Weder über Timon noch über Julian. Stattdessen muss ich zwei Produktbeschreibungen redigieren, den Text auf der Website eines Reiseanbieters aktualisieren und mir zudem überlegen, warum sich junge Männer für einen engen Herrenslip mit braunrotem Karomuster interessieren könnten. Okay, ich korrigiere ... In gewisser Weise hat diese Arbeit doch mit Männern zu tun. Aber in einem anderen Kontext.

Als ich die vom Kunden angehängte Bilddatei öffne, werfe ich alle bisherigen Argumente über Bord. Augenblicklich bin ich sicher, dass das Ding selbst meinem verstorbenen Urgroßvater zu bieder gewesen wäre.

»Na? Schon produktiv?« Ich hebe den Kopf, um verblüfft festzustellen, dass es Nicolas ist, der mir einen Blick über die Schulter zugeworfen hat. *Der* Nicolas. Streit-Auslöser-Nicolas. Wir-wollen-den-selben-Job-Nicolas. Mein Kollege Nicolas, mit dem ich, abgesehen von ein paar Sätzen im Team, bisher nicht viel gesprochen habe.

»Oh, hi!«, presse ich hervor und schiebe mir eine lästige Haarsträhne hinters Ohr. Es macht mich unruhig, wenn jemand so unangekündigt über meine Arbeit schaut.

»Du hast wohl heute die richtig guten Aufgaben abbekommen, was?« Er steht so nah an meinem Stuhl, dass ich mit dem Hinterkopf gegen seine silberne Prada-Gürtelschnalle stoßen würde, wenn ich mich zurücklehnen wollte.

Ich lächele ihn unsicher an. »Kann man wohl sagen.«

Wie selbstverständlich nimmt er ein Papier von meinem Schreibtisch, um es sich anzusehen. Hitze flutet meinen Körper. Fieberhaft überlege ich, was ich darauf alles notiert habe ...

»Vor allem diese Unterhosen. Die kauft doch niemand.« Wie aus dem Nichts fällt mir etwas ein, das Emily neulich behauptet hat: RTL habe Nicolas ein Vermögen angeboten, um ihn für die nächste Staffel als *Der Bachelor* zu gewinnen. Nun ja, bei dem Lächeln kann man es sogar verstehen.

Als mir klar wird, dass ich mit meinen Gedanken gerade ziemlich weit abgebogen bin, zucke ich zusammen.

»Vielleicht sollten wir lieber fragen, was sie dem Kunden dafür zahlen, dass er so was trägt.« Schon viel besser. Ich kann das. Ich bin keine graue Maus. Ich bin cool. Lässig. Entspannt. Gechillt.

Relaxed. Und sicherlich auch all die anderen Dinge, die mir an dieser Stelle nicht einfallen wollen.

»Wäre ein interessantes Konzept. *Mit dieser Hose werden Sie reich!*«, rezitiert Nicolas und klingt dabei, als spreche er den Aufhänger einer Werbeanzeige.

»Man könnte sie gleich als Wunderwäsche anbieten. Das klingt doch viel besser als *Herrenslip*«, sage ich.

»Könnte aber auch die eine oder andere falsche Erwartung wecken.«

»Na ja. Wenn ich mir die Dinger so ansehe, könnte ich mir schon vorstellen, dass sie als natürliche Verhütungsmittel funktionieren.« Kaum ist mir die Bemerkung herausgerutscht, erröte ich. Wenn ich nervös bin, fange ich an, unnötiges Zeug zu reden. Als ich vor Timons Eltern mal einen Spruch dieser Art gebracht habe, ist er auf dem Heimweg förmlich ausgeflippt, weil ich ihn so blamiert habe.

Timon ... Schmerz. Timon. Risse. Timon. Schmerz. Risse. Schmerz. Risse.

Zu meinem Glück kommt Nicolas nicht dazu, auf meine Worte zu reagieren, denn genau in diesem Moment betritt Johannes das Großraumbüro. Das breite Grinsen auf dem Gesicht meines Chefs lässt meinen Puls höherschießen.

»Ratet mal, wer in sage und schreibe ...«, er hält inne, um auf die Uhr zu schauen, »zehn Minuten einen Schritt in diese Agentur setzen wird.«

Wir kommen nicht dazu, uns mögliche Antworten zu überlegen, geschweige denn eine einzige in den Raum zu rufen, denn Johannes hat schon dieses triumphierende Glänzen in den Augen. »Frederick Norman Wegstetter.«

Stille. Fünf Sekunden lang sagt niemand im Büro etwas.

Als ein Tuscheln durch den Raum geht, lacht Johannes laut

auf. »Keine Sorge, ich helfe euch gerne auf die Sprünge.« Er zieht sein Smartphone aus der Tasche, tippt einen Moment stumm auf dem Display herum und hält es schließlich in die Luft.

In pink-blauen Buchstaben erkenne ich das Logo von MatchMe.

»Na, was sagt ihr jetzt?«

Angesichts der Tatsache, dass es mich schwer wundern würde, wollte mein Chef uns auf diesem Weg Informationen über sein Datingleben mitteilen, lässt diese Situation nicht viel Freiraum für Spekulationen.

»Wir haben einen Auftrag von MatchMe?« Yannick, ein Kollege aus der Grafikabteilung, sieht vom Kopierer auf. Ich habe nicht einmal mitbekommen, dass er zu uns gestoßen ist. Normalerweise arbeiten sowohl Design als auch IT in einem anderen Büro.

»Noch nicht«, erklärt Johannes. »Aber wir haben die Chance, uns den Fisch zu angeln. Wegstetter hat gerade angerufen. Er ist geschäftlich ein paar Tage in Köln und hat spontan entschieden, CGN mit ins Rennen um den besten Pitch zu schicken.«

»Das heißt, wir stehen im direkten Wettbewerb?«, hakt Emily nach.

»Zuerst will er uns persönlich kennenlernen. Er hat wohl einen freien Slot im Kalender.«

Die meisten Kunden kommunizieren mit uns ausschließlich per E-Mail oder Videogespräch. Es wäre viel zu aufwendig, für jede Kampagne jemanden vorbeizuschicken.

»So, wie es klingt, ist MatchMe an einem wirklich großen Ding interessiert. Er hat nichts Genaues gesagt, aber wenn ich es richtig verstanden habe, wird das eine große Kampagne.«

Ich mag mir gar nicht vorstellen, welche Unsummen ein Unternehmen wie MatchMe in seine Werbung investiert.

»Wie viel Zeit haben wir?«

»Bis Wegstetter hier ist? Jetzt sind es noch etwa sieben Minuten«, antwortet Johannes. »Das Ganze ist ein wenig spontan, ich weiß.«

»Ein wenig sehr spontan«, korrigiert Emily ihn mit aufgerissenen Augen.

»Wäre es euch lieber, wenn wir den Auftrag einer anderen Agentur schenken?«

»Ganz bestimmt nicht«, entgegnet Yannick und klatscht auffordernd in die Hände.

»Na dann!« Zufrieden nickt Johannes. »Ich würde sagen, wir sorgen dafür, dass unser Köder ihm schmeckt.«

• • •

Als Schritte im Flur ertönen, verstummen wir alle schlagartig. Zuerst höre ich nur Johannes sprechen. Die Kunst, von einem lockeren Geplänkel im Team in ein ernsthaftes Geschäftsgespräch zu switchen, beherrscht er im Schlaf. Das ist mir bereits am ersten Tag hier aufgefallen.

»Mein Team ist über Ihr Kommen informiert und freut sich genau wie ich, Sie hier in der Agentur begrüßen zu dürfen.«

»Da bin ich erleichtert. Ich war mir nicht sicher, ob ein Termin so spontan überhaupt möglich ist. Andererseits passte es heute außerordentlich gut.« Ich schätze die tiefe Männerstimme auf Ende dreißig, vielleicht aber auch Anfang vierzig.

»Das ist überhaupt kein Problem. Mein Vater hat immer gesagt: Ein guter Chef versucht, sich den Bedürfnissen seiner Kunden so gut es geht anzupassen. Wie heißt es noch – der Wurm muss dem Fisch schmecken und nicht dem Angler.«

Himmel, was haben heute alle mit Fischen?

»Ein kluger Mann!«

Die beiden verschwinden in Johannes' Büro, ehe wir einen Blick auf sie erhaschen können. Menno!

»Jemand muss den beiden einen Kaffee machen!«, ruft Nicolas über den Tisch.

Normalerweise kümmert sich um solch einen Service Johannes' Assistentin. Sie nimmt nicht nur Anrufe entgegen, sondern empfängt auch die Kunden am Eingang mit einem Getränk. Doch Vera ist seit zwei Tagen krank.

»Keine Zeit«, schnauft Yannick. »Ich muss zurück auf meinen Platz. Die Arbeit ruft!« Das fällt ihm aber früh ein. Der Job als Mädchen für alles scheint ihm nicht zu gefallen.

»Kannst du übernehmen? Ich hänge noch in einem Call!«, flüstert Emily und deutet auf ihre eingesteckten Ohrhörer. Bevor ich nicken kann, fügt sie raunend hinzu: »Ich erwarte eine genaue Profilbeschreibung.«

Die Vorstellung, mitten in ein Gespräch zu platzen, klingt für mich wenig verlockend. Trotzdem gebe ich mich geschlagen.

Die Kaffeemaschine im Büro ist weitaus einfacher zu bedienen als die im Café. Allerdings hätte ich vorher nachfragen sollen, was die beiden trinken wollen. Dass Johannes seinen Kaffee schwarz mag, ist kein großes Geheimnis. Was Wegstetter angeht, habe ich keine Ahnung. Ich stelle die Tassen auf ein Tablett und nehme sowohl Zucker als auch ein Milchkännchen aus dem Regal.

Mit einem nervösen Flattern im Bauch gehe ich also auf Johannes' Büro zu, bleibe vor der Tür stehen und klopfe, während ich mich darauf konzentriere, das Tablett nicht aus dem Gleichgewicht geraten zu lassen.

Siehst du, Alicia. Alles ist gut. Du machst dir um alles viel zu viele Sorgen.

Mein Engagement wirkt sich mit Sicherheit positiv auf Johannes' Eindruck von mir aus. Und aktuell ist genau dieser Eindruck das Allerwichtigste für mich. Ich brauche diesen Job!

»Herein!«

Du bist das mutigste Mädchen, das ich kenne, höre ich Julians kindliche Stimme zu mir sprechen. Angespannt beiße ich die Zähne zusammen und drücke die Klinke nach unten.

»Ahh! Alicia! Vielen Dank für deinen Einsatz.«

Ich betrete den Raum. Mein Blick wandert von Johannes nach rechts, zu dem Platz, an dem Wegstetter sich in diesem Moment zu mir umdreht.

Seine Augen blitzen auf.

Das darf nicht wahr sein! Vor mir sitzt niemand Geringeres als Mr. Rollkoffer höchstpersönlich.

15. Kapitel

Julian

»Ich kann's immer noch nicht fassen.« Tarek grinst, als habe er einen Hauptgewinn erspielt.

»Was denn? Dass Julian ein Mädchen angesprochen hat – was du dich im Übrigen niemals trauen würdest – oder dass dieses Mädchen nicht nur Maggies Mitbewohnerin, sondern auch seine Sandkastenliebe ist?«, hakt Philipp nach.

»Ich würde sagen, beides.«

»Sie war n-nur eine Freundin«, werfe ich ein. Meine *beste* Freundin. Meine Familie. Der einzige Mensch, bei dem die Angst nur eine Erinnerung war und ich ein ganz normaler Junge sein konnte.

Wir sind zum Kartenspielen in unserer Stammkneipe verabredet. Von hier aus sind es nur einige Meter zum Kölner Dom, weshalb das Lokal gut gefüllt ist. Während des Studiums sind wir häufig hergekommen, um den Kopf freizubekommen. Die Tische sind eng zusammengestellt, und aus den Boxen dringt leise »Radio Ga Ga« von Queen.

»Also, als ich acht war, habe ich meine Freundin jede Woche

mindestens einmal geheiratet.« Tarek grinst. »Bis sie mich eines Tages durch einen anderen ersetzt hat. Und wisst ihr, wieso?«

»Lass mich raten ... Weil du nerviger als ein Mückenstich sein kannst?«

Tarek übergeht Philipps Kommentar. »Weil ich ihr Kleid verdreckt habe.« Bevor jemand nachfragen kann, holt er noch weiter aus. »Sie wollte mir meinen Schleichdrachen wegnehmen. Ich habe mich nur verteidigt. Hätte sie damals nicht so wahnsinnig überreagiert, wären wir heute vielleicht verheiratet.«

»Vielleicht solltest du auch mal an Bahnsteigen herumhängen, damit du sie wiedersiehst. Wenn du Glück hast, besitzt sie mittlerweile sogar eine Waschmaschine«, zieht Philipp ihn auf.

»Haha«, macht Tarek. »Was ist jetzt mit dieser Alicia? Du musst zugeben, dass die Geschichte echt was hat.«

»Mit Maggie und Leo kann es noch nicht mithalten«, bemerkt Philipp. Er spielt auf die Tatsache an, dass die beiden sich rein zufällig zwei Jahre nach einem One-Night-Stand wiederbegegnet sind.

»D-das kannst du doch gar nicht vergleichen.«

»Sag bloß, ihr seid am Bahnsteig nicht übereinander hergefallen«, raunt Tarek und kippt den Rest seines Kölschs runter.

»Schön, dass euch die G-Geschichte so wahnsinnig unterhält«, brumme ich. Dabei hätte ich mir eigentlich denken können, dass sie ihren Spaß daran finden werden. Nur gut, dass die zwei beim Wiedersehen mit Alicia nicht direkt dabeigestanden haben.

Eigentlich verbringe ich gerne Zeit mit den Jungs, doch seit dem Gespräch mit der Schuldirektorin lasten die Probleme doppelt so schwer auf meinen Schultern, was meine Stimmung merklich trübt.

Als ich als Erster aufstehe und zahle, fragt Philipp stirnrunzelnd, ob alles in Ordnung ist. Ich bin nicht der geborene Partygänger, doch zu einer zweiten Runde Kölsch sage ich normalerweise nie Nein.

»Ich bin einfach m-müde und muss morgen ja auch wieder früh raus. Schule.« Das ist nur die halbe Wahrheit. Das mit dem Aufstehen stimmt, doch eigentlich habe ich erst zur vierten Stunde. Vorher steht die nächste Therapiestunde an.

»Dann mach's gut«, rufen meine Freunde mir nach. »Reiß nur nicht wieder so viele Mädels an Bahnsteigen auf!«

Sofort sind meine Gedanken wieder bei Alicia. Ich habe keine Ahnung, warum ich so häufig an sie denken muss. Die Zeit, in der wir uns so viel bedeutet haben, ist eine halbe Ewigkeit her. Das Wir gab es nur in einem anderen Leben. Es muss etwas in ihren Augen gewesen sein, das mich ihr dennoch so nah fühlen lässt. Die Traurigkeit oder das Verletzliche ... Etwas, das mich nachdenklich macht und nicht aufhören lässt, mich zu fragen, ob sie okay ist.

...

Zu Hause verziehe ich mich mit einer Portion aufgewärmter Nudeln auf mein Zimmer. Seit ich regelmäßig ins Fitnessstudio gehe, ist dieser Dauerhunger mein ständiger Begleiter.

Während ich die Kohlenhydrate gierig hinunterschlinge, höre ich die Vibration meines Handys. Es gibt nur wenige Menschen, die mich einfach so anrufen. Meine Freunde. Michael. Die einzigen Anrufe der letzten Wochen hatten mit der Arbeit zu tun ... Doch keiner kam um diese Uhrzeit. Fast halb zehn muss es inzwischen sein.

Ich stehe vom Bett auf und sehe mich suchend nach meiner Tasche um. Als ich das Handy herausziehe, hat der Anruf bereits aufgehört. Mist. Nicht, dass ich besonders scharf auf ein Telefonat gewesen wäre … Es gibt kaum etwas, das ich weniger leiden kann. Und doch drehe ich das Telefon nachdenklich um. Nur, um es im nächsten Moment vor Schreck beinahe aus den Händen gleiten zu lassen.

Entgangener Videoanruf von Alicia <3. Das Herz habe natürlich nicht ich hingeschrieben. Bis gerade hatte ich ja nicht einmal ihre Nummer. Sie muss sich bei WhatsApp selbst so genannt haben.

Und sie hat mich angerufen. Die Bedeutung dieser Worte sickert nur langsam in mein Gehirn. Ich habe keine Zeit, lange über all das nachzudenken, denn kaum ist mein Blick wieder auf das Display gerichtet, bekomme ich eine Nachricht.

Ups. Dezent unangenehm. Wollte eigentlich nur dein Profilbild sehen und bin versehentlich auf Anrufen gekommen. Danke noch mal für den Tee auf der Party.

Nur ein Versehen. Ich weiß nicht, ob ich erleichtert oder auch ein klitzekleines bisschen enttäuscht bin. Andererseits … sie wollte sich mein Bild ansehen? Ich öffne die Nachricht und stelle fest, dass sie online ist.

Kein Problem :) Ich hoffe, dir geht es gut.

Nein, viel zu direkt. Ich lösche den letzten Satz und tippe erneut.

Kein Problem :) Ist bestimmt jedem schon mal passiert. Freut mich trotzdem, von dir zu hören.

Kann ich das so abschicken?

Ich schüttele irritiert über mich selbst den Kopf. Natürlich kann ich.

Ich wollte dir sowieso schreiben, bin nur noch nicht dazu gekommen.

Viel zu tun?

Kann man so sagen, ja. Furchtbarer Tag heute.

Gerade habe ich die Nachricht gelesen, als schon eine weitere folgt:

Vergiss, was ich gesagt habe! Du musst auch denken, mein Leben sei eine Aneinanderreihung von Katastrophen.

Ist es das denn?

Ich nehme das Handy und lasse mich aufs Bett sinken, während ich auf eine Antwort warte. Stattdessen sendet Alicia nur ein Emoji. Es ist dieser Affe, der sich verlegen die Augen zuhält.

Gibt es was Neues von deinem Freund?

Wir sind nicht mehr zusammen. Ich habe Schluss gemacht.

Ist das der Grund für den Horrortag?

Leider nicht. Dabei würde mir ein Dilemma reichen.

Sie tippt weiter. Diesmal lässt sie sich mit ihrer Nachricht mehr Zeit. Für ein paar Minuten ist sie dann auf einmal offline. Kurz glaube ich, sie habe es sich anders überlegt oder mich einfach vergessen, da vibriert mein Smartphone erneut.

Überraschenderweise ist es eine Sprachnachricht. Als ich sie anklicke und Alicias erste Worte aus meinem Telefon dringen, spüre ich auf einmal ein merkwürdiges Flattern in meiner Brust. Beinahe ist es ein bisschen surreal, sie so nah in meinem Zimmer zu haben, auch wenn es nur ihre Stimme ist.

Sie klingt erschöpft und fast ein wenig durcheinander, sodass ich einen Augenblick brauche, um den Zusammenhang zwischen dem Kerl aus dem Café und diesem großen Kunden in der Agentur zu verstehen.

»... und wenn ich Pech habe, ist es meine Schuld, dass uns der Auftrag durch die Lappen geht.«

Das ist wirklich eine beschissene Situation. Aber mal im Ernst, denkst du wirklich, das könnte seine Entscheidung beeinflussen?

Nachdenklich beiße ich mir auf die Lippe. Alicia scheint ein Händchen dafür zu haben, sich in unglückliche Situationen zu manövrieren.

Wie wäre es, wenn du mit ihm redest?

Mein Vorschlag kommt mir schon in dem Augenblick, in dem ich ihn abschicke, total bescheuert vor. Als wäre sie nicht schon selbst auf die Idee gekommen!

Mit ihm reden? Wegstetter?

Wenn das der Kunde ist, dann ja.

Schon wieder dauert es einen Augenblick, bis sie zu einer Antwort ansetzt, sodass ich mich erneut bei der Sorge ertappe, sie könnte einfach so offline gehen.

Hmmm. Was ist, wenn ich es damit nur noch schlimmer mache?

Fest entschlossen tippe ich weiter.

Was ist, wenn du an unser Versprechen denkst? Wenn du offen auf ihn zugehst und dich entschuldigst, wird er dir wohl kaum den Kopf abreißen.

Glaub mir, er hätte es beinahe schon im Café getan!

Ich muss lächeln. Nicht, weil ich irgendwas daran wirklich komisch finde, sondern weil ich sehr froh bin, dass er es nicht getan hat. Schließlich könnte ich dann nicht mehr mit ihr schreiben.

Letztendlich ist er auch nur ein Mensch.

Ich wünschte, diesen Satz könnte ich in meinem Unterbewusstsein festtackern. Es macht mich höllisch nervös, auch nur an ein Gespräch mit ihm zu denken.

Das kann ich erstaunlich gut verstehen.

Wegen der Schule?

Hmm …

Vielleicht sollte ich Alicia darum bitten, das Thema ruhen zu lassen. Es hat seinen Grund, warum ich mit anderen ungern über meine Probleme rede. Doch es käme mir falsch vor, direkt dichtzumachen, nachdem sie sich bereits mehrfach vor mir geöffnet hat.

Habe morgen den zweiten Termin bei meiner neuen Logopädin.

Uhhh! Ich nehme an, das gehört zu unserer Bahnsteigmission?

Bahnsteigmission? Wieso klingt das Wort cooler, als es ist?

Du findest es nicht cool, sein Leben zu ändern?

Ich kann mir nichts Cooleres vorstellen.

Das ist die Einstellung, die wir brauchen. Wie war's denn?

Die Frage lässt sich nicht so einfach beantworten, denn ich habe selbst noch kein Wort gefunden, das meinen aktuellen Zustand beschreibt. Aufgewühlt? Besorgt? Erleichtert? Worte, die sich gegenseitig widersprechen und andererseits so passend ergänzen.

Ich kann noch nicht wirklich viel dazu sagen, denke ich.

Aber du hast dich entschieden, dem Ganzen eine Chance zu geben?

Was anderes wird mir nicht übrig bleiben, wenn ich meinen Job behalten will.

Ich drücke dir die Daumen. Erzähl mir unbedingt, wie es gewesen ist, ja?

Ich nicke. Bis mir auffällt, dass sie mich natürlich gar nicht sehen kann.

Mache ich. Und dir viel Erfolg bei Mr. Rollkoffer.

Oh Mann! Allein dieser Name wirft zu viele Erinnerungen auf.

Wie wäre es mit einem neuen?

Hmm. Ich denke, es wird entweder Mr. Das-war's-dann-wohl oder Mr. Second Chance werden. Wer das Duell gewinnt, entscheidet sich dann nach unserem Gespräch.

Ein Grinsen zuckt in meinen Mundwinkeln.

Dann hast du also vor, mit ihm zu sprechen.

Alicia sendet erneut diesen Affen-Emoji.

Dann noch eine Sprachnachricht. »Ein kleiner Junge, der mir einmal viel bedeutet hat, nannte mich vor Jahren mal das stärkste Mädchen, das er kennt. Ich weiß nicht, ob er sich noch daran erinnert, aber falls ja, dann möchte ich ihn ungern enttäuschen.«

Jetzt muss ich erst recht lächeln.

Er hat es nie vergessen.

10. September 2007

Hallo Alicia,

danke für deinen Brief und das Angebot deiner Mama. Herr Euling sagt, die Teilnehmer der AG bekommen Materialien durch Fördergelder finanziert. Das heißt, dass ich mir erst mal keine Sorgen machen muss. Mein Papa würde mir die Musik sonst sicher verbieten, und das möchte ich auf keinen Fall.

Die ersten Stunden waren richtig gut. Es hat mir so viel Spaß gemacht, die vielen Instrumente auszuprobieren. Am meisten interessiert hat mich wieder mal das Schlagzeug.

Immer wenn die anderen fies sind, stelle ich mir vor, es nicht mehr hören zu können. Weil ich so laut spiele, dass nichts anderes mehr zu mir durchdringt. In diesen Momenten fühle ich mich freier, und das habe ich nur Herrn Euling zu verdanken. Wenn ich erwachsen bin, möchte ich auch Lehrer werden. Ein genauso guter wie Herr Euling.

Glaubst du, dass ich das schaffen kann?

Ich vermisse dich immer noch so sehr.

Dein Julian

16. Kapitel

Alicia

»Heute wird ein großartiger Tag! Der großartigste von allen«, bete ich mantraartig vor mich hin.

»Ich möchte deinen positiven Energien ungern im Wege stehen … allerdings wäre es mir lieber, wir könnten das Schicksal zukünftig erst ab neun Uhr anrufen. Ich bin nämlich noch im Halbschlaf«, murrt Maggie am Frühstückstisch.

»Das hat doch nichts mit Energien und Schicksal zu tun, sondern mit einfacher Psychologie. Mit Affirmationen kannst du dein Gehirn beeinflussen.«

Meine Freundin stützt den Kopf in ihre Hände und seufzt. »Zu spät. Ich habe meinem Gehirn heute schon zu häufig vorgeflucht, dass Arbeitsbeginn um sieben Uhr dreißig Körperverletzung ist. Keine Ahnung, warum du freiwillig schon wach bist.«

Während Maggie gleich ins Café aufbrechen muss, habe ich tatsächlich noch fast eineinhalb Stunden Zeit, bis ich zur Arbeit muss. Eineinhalb Stunden, in denen ich mir den Arsch abzittern werde.

»Dafür, dass diese Affirmationen helfen sollen, siehst du noch nicht so … überzeugt aus.«

Ich seufze schwer. »Glaubst du, dass Wegstetter überhaupt auftaucht? Vielleicht hat er den Termin für heute zugesagt, bevor ihm richtig klar wurde, dass bei CGN ausgerechnet das Mädchen mit dem Kaffeedesaster arbeitet.«

»Versteh mich nicht falsch, aber dieser Typ ist ein Geschäftsmann und du eine Praktikantin. Eine außerordentlich brillante Praktikantin, aber eben eine Praktikantin. Es wäre vollkommen unverhältnismäßig, sich deshalb für eine andere Agentur zu entscheiden.«

»Ich bin gespannt, ob ich den Tag heute überhaupt überlebe ...«

»Pssscht!«, macht Maggie und grinst belustigt. »Pass bloß auf, dass dein Gehirn das nicht hört!«

Ich schnipse einen Kürbiskern, der auf meinem Teller liegt, in ihre Richtung.

Wir müssen beide lachen.

»Jetzt aber los! Sonst kommst du noch zu spät, und Oman macht mich dafür verantwortlich, dass ich dich aufgehalten habe.«

Die Bahn zur Arbeit ist brechend voll. Draußen ist es merklich abgekühlt, und der Novemberwind pustet das letzte Laub über den Asphalt. Kein Wunder, dass die wenigsten ihre Wege noch zu Fuß oder mit dem Rad erledigen. Umso dankbarer bin ich, als ich aus der Bahn ins Freie und kurz darauf in die Agentur trete. Wenn Wegstetter pünktlich ist, habe ich noch etwa eine Stunde, bis er hier auftaucht und ich ihn abfangen kann. Mein Puls schnellt schon bei dem Gedanken daran in die Höhe.

Die Zeit vergeht erschreckend langsam. Nicht, dass ich sonderlich scharf auf das Gespräch wäre, doch je früher ich es hinter mich bringe, desto besser. Nur so habe ich eine Chance, den Knoten in meinem Bauch zumindest etwas zu lockern.

Nervös werfe ich immer wieder einen Blick in den Flur; ich kann mich kaum auf die Arbeit konzentrieren. Dabei sollte ich jede Minute nutzen, um etwas Sinnvolles zu unserem Pitch beizusteuern. Falls Wegstetter unsere Agentur wirklich ins Rennen schickt, wäre es eine großartige Chance, mich vor Johannes zu beweisen.

Oder zu blamieren.

Die Aufzugtüren gleiten auf, und mein Herz setzt einen Schlag aus. Egal, wie häufig ich die Worte in meinem Kopf durchgegangen bin, plötzlich fühle ich mich unvorbereiteter als vor jeder einzelnen Lateinarbeit meiner Schulzeit. Ich springe auf.

»Entschuldigung.« Das bin ich. Jedenfalls ist es meine Stimme. So richtig nach mir anfühlen tut es sich nicht. Vielleicht habe ich meinen Körper verlassen. Ich muss an diese Serie mit Simona Brown und Tom Batemann denken, deren Name mir partout nicht einfallen will. Timon wüsste jetzt genau, welchen Titel ich meine. Weil er halb Netflix auswendig kennt. In unserer Anfangszeit haben wir einmal gewitzelt, dass man ihn mit dieser Fähigkeit bei *Wetten, dass …?* anmelden könnte.

Fuck. Warum denke ich jetzt an Timon? Warum zittern meine Beine so stark? Warum ist es, als würde ich von Sekunde zu Sekunde weiter schrumpfen?

Was würdest du ohne mich nur tun?

Nimm dir nicht zu viel vor.

Du steigerst dich immer zu schnell in etwas hinein.

Timon dreht sich um. Nein, nicht Timon. Wegstetter. Verdammt. Ich muss mich zusammenreißen. Als er mich registriert, meine ich zu bemerken, dass ein Schatten über sein Gesicht huscht.

»Ich … ich wollte nur kurz mit Ihnen sprechen.«

»Sie haben ja heute gar keinen Kaffee dabei«, bemerkt er und klingt zynischer, als mir lieb ist.

Aufgeregt schlucke ich. »Genau deshalb bin ich hier. Nicht wegen des Kaffees. Sondern wegen der Situation neulich. Ich … ähm … es tut mir leid, was mir da passiert ist. Sie müssen wissen, ich arbeite eigentlich nicht im Café. Es gehört meinem Bruder. Er war krank, und ich sollte nur an diesem Tag aushelfen. Ich war unkonzentriert. Das ist natürlich keine Rechtfertigung, höchstens eine Erklärung. Sie haben recht. Ich war vollkommen unvorbereitet und überfordert, hab einen schlechten Job gemacht. Dafür möchte ich mich entschuldigen. Das Jackett werde ich natürlich ersetzen.« Ich beiße mir auf die Zunge. Die Sätze sind nur so aus mir herausgeschossen. Vollkommen unkoordiniert und viel zu schnell. Hitze rast durch meinen Körper, und ich glaube, jeden Augenblick in Flammen zu stehen.

Atmen, Alicia. Vergiss nicht, zu atmen.

»Jetzt aber mal langsam, sonst kippen Sie mir gleich noch vor die Füße.«

»Entschuldigung«, stammele ich.

»Behalten Sie Ihr Geld bitte für sich.«

Ich schlucke. Hat er mir den Unfall verziehen?

Bevor ich weiter darüber nachdenken kann, klingelt Wegstetters Telefon. Ohne sich von mir abzuwenden, nimmt er das Gespräch entgegen.

Unschlüssig bleibe ich stehen, frage mich, ob jetzt der Moment gekommen ist, aus dem Flur zu verschwinden. Doch andererseits … wäre es nicht unhöflich, einfach so zu gehen?

»Ich kann jetzt nicht, Kira. Schick mir die Sachen bitte per Mail. Nein, ich bin noch in Köln. Ja, dann versuch es über WhatsApp. Und wenn diese Spinner sich bis morgen nicht gemeldet haben, kickst du sie von der Liste, ja? *Verliebe dich online*? Das ist doch ein Witz. Für so was bezahle ich keine Agentur. Es wird doch nicht so schwierig sein, sich ein paar gescheite Werbeslogans zu überlegen.« Kurzes Schweigen. »Ja, das kann definitiv raus. Wir wollen junge Frauen ansprechen und nicht die Ü50-Generation.«

Verliebe dich online, wiederhole ich in Gedanken und weiß nicht, ob ich lachen oder weinen soll.

Wegstetter scheint es nicht anders zu gehen. Als er das Smartphone zurück in seine Tasche steckt, wirkt er deutlich gestresst.

»Entschuldigen Sie«, murmelt er in meine Richtung. »Ich muss jetzt weiter.«

»MatchMe macht's möglich.« Erst als Wegstetter sich umdreht, wird mir klar, dass ich die Worte gerade laut ausgesprochen habe.

»Wie war das?«

In weniger als drei Sekunden haben meine Hände so stark zu zittern begonnen, als hätte Oman mich in seinen Tiefkühler gesteckt.

»Sagen Sie das noch mal.« Ein Tiefkühler, der meinen Schweißausbruch nicht verhindern kann. »Bitte.« Bilde ich mir das ein, oder klingt seine Stimme ein wenig weicher als noch vor wenigen Minuten?

»MatchMe macht's möglich«, wiederhole ich und klinge dabei so krächzend wie eine alte Schallplatte. »Mit der Alliteration hat es vielleicht eine Art Wiedererkennungswert, dachte ich.« Um ehrlich zu sein, habe ich überhaupt nicht gedacht. Nur deshalb ist mir dieser Blitzeinfall überhaupt über die Lippen gerutscht. *Bravo, Alicia! Bravo!*

Wegstetter schaut mich nachdenklich an. Plötzlich taucht Johannes neben mir auf. Himmel, wieso muss ich so viel Pech auf einmal haben?

»Alicia? Was machst du denn hier?« Verwundert sieht er zwischen mir und Wegstetter hin und her.

»Ich …«, setze ich an, werde allerdings von Wegstetter unterbrochen.

»Ihre Mitarbeiterin sprudelt nur so über vor Ideen und wollte sich gleich mitteilen.«

Ich weiß nicht, was zuerst da ist: Johannes' irritierter Blick oder meine Verblüffung über Wegstetters Worte.

»Ideen? Am besten besprechen wir so etwas erst einmal im Team, in Ordnung?« Johannes gibt sich Mühe, den Vorwurf nicht zu deutlich aus seiner Stimme heraushören zu lassen. Mir entgeht er dennoch nicht. Shit. Shit. Shit!

»Seien Sie unbesorgt. Ich bin äußerst angetan von der jungen Lady. Um ehrlich zu sein, war ich heute Morgen noch sicher, Ihnen absagen zu wollen. Doch ich glaube, ich habe es mir soeben anders überlegt.«

Ich traue meinen Ohren nicht.

Johannes anscheinend noch weniger. »Bitte?«

»Alicia entspricht genau unserer Zielgruppe: jung, klug, aufgeschlossen. Wie ich bereits erzählt habe, ist eins der wichtigsten Ziele von MatchMe, auch junge Frauen zu erreichen. Die derzeitigen Zahlen sind noch recht bescheiden. Und seien wir mal ehrlich – wer könnte uns da besser helfen als eine Dame in genau dem Alter?« Wegstetter lächelt, und mit einem Mal frage ich mich, ob das hier nur ein ganz seltsamer Scherz ist.

»Hmmm … da haben Sie sicher recht«, sagt Johannes nachdenklich. »Ich freue mich über Ihre Entscheidung. Allerdings ist Alicia derzeit nur eine Praktikantin. Sie würden natürlich erfahrene Texterinnen und Texter an die Seite bekommen.«

Seine Worte mögen hart klingen, aber sie sind wahr. MatchMe

ist nicht nur eine, sondern gleich zehn Nummern zu groß für mich. Ich beiße mir so fest auf die Lippe, dass es wehtut.

»Wir werden sehen. Ich bin auf jeden Fall äußerst gespannt auf Ihre weiteren Ideen.« Wegstetters Blick ist herausfordernd, aber gleichzeitig auch von einer gewissen Skepsis erfüllt. Oder blitzt da auch Belustigung auf?

Was auch immer, im Augenblick ist es mir vollkommen egal. Dieser Mann hat mir gerade den Arsch gerettet.

»Ich danke Ihnen«, presse ich hervor.

»Das brauchen Sie nicht«, erwidert Wegstetter. »Investieren Sie Ihre Kraft lieber in ein überzeugendes Konzept!« Er wendet sich wieder an Johannes. »Wie möchten Sie weiter vorgehen? Wann kann ich mit einer ersten Präsentation rechnen?«

»Lassen Sie uns das gerne in meinem Büro besprechen«, bittet mein Chef und deutet in ebenjene Richtung. Ich will durchatmen, doch ein »Alicia?« verrät, dass ich noch nicht ganz aus dem Schneider bin.

»Ja?«

»Bist du so nett und sorgst noch einmal für zwei Kaffee?«

Gerade will ich antworten, da richtet Wegstetter sein Jackett und räuspert sich.

»Vielen Dank, aber ich würde ausnahmsweise auf ein Heißgetränk verzichten.«

• • •

»Das hat er nicht wirklich gesagt?!« Mel kommt aus dem Staunen nicht heraus.

Maggies Freundin – und Schwägerin in spe – ist heute Abend bei uns, um die neue Staffel *Manifest* zu schauen. Doch noch bevor wir die erste Folge gestartet haben, habe ich von meinem Tag berichtet. Mel hat sich währenddessen ein Büschel Katzenhaare von der Jeans gepflückt und Maggie eine ganze Tüte Chips geleert. Mein Leben scheint einen nicht zu unterschätzenden Unterhaltungswert zu haben. Wenigstens etwas.

»Glaubt mir, ich dachte, jeden Augenblick fallen die Vorhänge runter, und alles entpuppt sich als Schauspiel.«

Maggie legt die Stirn in Falten. »Das kann ich mir vorstellen. Der Typ scheint wirklich schräg zu sein. Ich meine ... wieso blafft er dich so an, wenn er dich danach in Schutz nimmt?«

Während ich den Fernseher einschalte, steht Maggie auf, um ein paar Snacks aus der Küche zu holen.

»Hast du den Kerl mal gegoogelt?«, fragt Mel.

»Ja, hab aber nur belangloses Zeug gefunden.«

»Er scheint deine Idee jedenfalls großartig zu finden, sonst wäre er nicht so darauf angesprungen.«

Ich weiß nicht. Obwohl Melina recht hat, ist da dieses seltsame Gefühl in meinem Bauch. »Was ist, wenn er mich nur vorführen will? Der Druck ist jetzt noch viel höher, und spätestens in den nächsten Tagen wird Johannes sicher ein Konzept sehen wollen.« Ja. Genau so wird es kommen. Und Wegstetter muss es geahnt haben. Sicher gefiel ihm die Vorstellung, mich vor meinem Chef bloßzustellen, ziemlich gut.

»Unsinn. Er hat halt gemerkt, was du draufhast, und will einfach nur ein geniales Konzept von dir«, entgegnet Maggie, die mit Popcorn und einer neuen Tüte Chips aus der Küche zurückgekehrt ist und meine Worte gehört hat.

»Einfach nur? Soll ich mir vielleicht was aus den Rippen schneiden?«

Maggie schüttelt den Kopf und sieht jetzt Melina an. »Sag mal, was ist eigentlich falsch mit ihr? Da bekommt sie einen Hammerjob, bei dem sie beweisen könnte, wie absolut talentiert und großartig sie ist. Und was tut Alicia? Sie zweifelt an sich selbst.«

Talentiert und großartig erscheint mir in diesem Kontext mächtig übertrieben. Maggie sieht zu viel in mir, und ich versuche, realistisch zu bleiben. Mich nicht *in die Sache hineinzusteigern*. Es erscheint mir als ziemlich normal, erst einmal vorsichtig zu sein. Zumal ich noch mehr Enttäuschungen gerade nicht gebrauchen kann.

Melina versucht es ein wenig sanfter. »Fest steht jedenfalls eines: Wenn diese Arbeit dein Traum ist, dann darfst du dich nicht von einem Typen wie diesem Wegstadt …«

»Wegstetter.«

»Egal. Du solltest diesem Wegstetter einen Pitch entwerfen, nach dem er sich alle zehn Finger leckt. Etwas Neues, viel Größeres.«

Mit einem Mal schlägt mein Herz so schnell, dass ich ganz kribbelig werde. Was ist, wenn die beiden recht haben?

Wenn ich diese Situation weniger als Hindernis, sondern eher als Chance betrachten sollte? So, wie Maggie es gesagt hat. Und Julian.

Du bist das stärkste Mädchen, das ich kenne.

Wenn er wüsste, wie sehr er sich als kleiner Junge in mir getäuscht hat.

»Es geht um eine Dating-App?«, reißt Mel mich aus den Gedanken.

Maggie und ich nicken synchron.

»Genau genommen um MatchMe. Grob gesagt geht es darum, dass sie mehr weibliche User gewinnen wollen, um ein Gleichgewicht herzustellen. Die Kampagne soll sich deshalb vorrangig an Frauen richten.«

Mel legt amüsiert den Kopf schief. »Das erinnert mich zu sehr an das Kennenlernen mit Ben.« Stimmt. Etwas in diese Richtung hat Maggie ebenfalls gesagt. Die zwei haben sich zwar im Club das erste Mal gesehen, aber später zufällig online wiedergetroffen.

»Hey, dann sitze ich ja direkt an der Quelle. Wie kamst du dazu, dich anzumelden?«

Mel verzieht das Gesicht. »Sorry. Das geht auf das Konto meiner besten Freundin. Ohne sie hätten mich keine zehn Pferde auf so eine Plattform getrieben.«

»Und warum nicht?«, hake ich nach.

Melina zuckt mit den Schultern. »Keine Ahnung. Vermutlich habe ich gedacht, dass die Leute dort alle seltsam sind und niemand wirklich ernste Absichten hat.«

Nachdenklich lasse ich ihre Worte in meinem Kopf nachhallen. »Das würde bedeuten, dass die bisherige Außenwirkung mangelhaft ist.«

Jetzt widerspricht mir Maggie. »Unsinn. Ihr klingt, als würden Frauen nicht nach unverbindlichen Treffen suchen wollen. Dabei können wir genauso viel Spaß an spontanem Sex haben. Das viel größere Problem ist das Image, das man als Frau hat, wenn man genau diese Dinge sucht. Bei Männern spielt es keine Rolle, ob sie die große Liebe oder nur ein bisschen Spaß suchen. Als Frau hat man viel eher Hemmungen, sich ›Ich will nur vögeln‹ auf die Stirn zu schreiben. Meine Meinung.«

Ihre Worte leuchten mir erstaunlich schnell ein. »Das heißt, wenn wir sowohl Frauen, die nach einer Beziehung suchen, als auch Frauen, die an etwas Lockerem interessiert sind, ansprechen wollen, müssen wir eine ganze Gesellschaft verändern?« Ich lache trocken auf. »Wenn ich Wegstetter das Prinzip des Feminismus als Lösung seines Problems vorstelle, bin ich meinen Job schneller los, als ich Cappuccino sagen kann.«

Melina unterdrückt ein Lachen. »Sorry. Ich weiß, dass das alles andere als lustig ist. Aber irgendwie muss ich Maggie recht geben ... Vermutlich wäre das langfristig gesehen das Beste. Was MatchMe betrifft, könnte man sicher dennoch kleiner anfangen.«

»Bitte sag nicht, dass wir für Alicias Agentur Plakate in der ganzen Stadt aufhängen müssen«, fleht Maggie. Auch wenn sie diesen Gedanken mit Sicherheit nicht ernst gemeint hat, bringt er mich auf eine Idee.

»Das ist es!«

»Oh nein! Ich würde dir meine zweite Niere geben, aber erwarte bitte nicht, dass ich mit Klebstoff und Latzhose durch Köln ziehe.«

»Das musst du auch nicht«, beruhige ich sie. »Plakatwerbung ist nett, aber nicht der Weg, wie man heute eine junge Zielgruppe erreicht.« Das Lächeln, das gerade noch in meinen Mundwinkeln gezuckt hat, wird auf einmal zu einem echten Strahlen. »Wer beeinflusst heutzutage junge Menschen am allermeisten? Na? Kommt ihr drauf?«

Während Maggie stumm die Arme vor der Brust verschränkt, geht über Melinas Gesicht ein Leuchten. »Natürlich! Du sprichst von Influencern, richtig?«

»Ja«, antworte ich strahlend.

»Puhhh«, stößt Maggie hervor. »Du willst dann einen Rabattcode erstellen? Zehn Prozent mit Alicia10 und du findest die große Liebe?«

»Oder den nächsten Flirt.« Mel kichert, wird dann jedoch wieder ernst. »Nur ein Scherz, ich finde die Idee super. Wenn ein paar große Influencer für MatchMe werben, könnte das echt funktionieren. Sie könnten von ihren Datingerfahrungen berichten und auch dafür einstehen, dass es vollkommen in Ordnung ist, Spaß zu haben. Auf die eine oder auf die andere Weise.«

Ich nicke heftig. »Genau das meine ich. Man könnte mit ihren Gesichtern ganze Werbeanzeigen erstellen. Wenn junge Frauen das sehen, könnte allein das schon den Gedanken auslösen: ›Hey, wenn meine Lieblingsbloggerin das nutzt, probiere ich es auch mal aus.‹ Hoffentlich wird es nicht allzu schwierig, motivierte Influencerinnen zu finden. Sie müssen Single sein, möglichst attraktiv und selbstbewusst.«

»Warte, warte.« Melinas Miene hellt sich schlagartig auf. »Das ist perfekt! Ich glaube, ich weiß, wer dafür infrage kommt.«

17. Kapitel

Julian

Jede Veränderung beginnt mit einer Entscheidung. Die Gegenstände, die uns damals von meiner Mutter geblieben sind, verschwanden Stück für Stück aus unserem Leben. Zuerst war es ihre Zahnbürste, die fehlte. Dann waren eines Morgens die vielen Parfüms aus dem Badezimmer geräumt. Es folgten ihre Kleidung, die DVDs aus dem Regal über dem Fernseher sowie die Sammlung der »Schundromane«. So jedenfalls hat Michael ihre Bücher immer genannt.

Es gab nicht viele Bilder meiner Mutter. Michael war nicht der Mann für Fotos und ich als Kind viel zu klein, um zu wissen, wie kostbar Erinnerungen an die Frau werden könnten, die mich in den ersten Lebensjahren in den Schlaf gesungen hat.

Der Kalender mit den Postkartensprüchen hing, ein Jahr nachdem meine Mutter fort war, noch immer im Flur. Und weil keiner von uns ihn je umblätterte, stand dort noch immer der gleiche Spruch: Jede Veränderung beginnt mit einer Entscheidung.

Jedes Mal, wenn ich daran vorbeilief und meine Mutter vermisste, fragte ich mich, ob es Zufall war oder ob sie ihn gelesen hatte.

Als ich den ersten Fuß in die Praxis setze, kommt mir genau dieses Zitat in den Kopf: »Jede Veränderung beginnt mit einer Entscheidung.« Ich vergrabe die Hände in den Taschen und spüre, wie sich ein winzig kleines Gefühl von Stolz in mir breitmacht. Weil ich mich entschieden habe. Weil ich mein Versprechen einhalte.

Ich bin weniger nervös als beim ersten Mal. Was nicht bedeuten soll, dass ich mir nicht vorher den Kopf darüber zerbrochen habe, wie die zweite Stunde mit Frau Emrich wohl laufen wird.

»Hast du vor, eine Bank auszurauben?«, hat Michael heute Morgen gefragt. »Du siehst aus, als hättest du was ausgefressen. Oder als hättest du es gleich vor.« Zum Glück erwartete er keinerlei Antwort. »Na, was soll's. Geht mich auch nichts an.«

Ob andere Eltern auch so sind? Ich weiß es nicht. Doch heute war mir sein Desinteresse ziemlich recht.

Als ich mich auf den Sessel gegenüber von Frau Emrich setze, beruhigt sich mein Herzschlag. Sie fragt mich, wie es mir geht, wie die Arbeit läuft. Woraufhin ich mit den Schultern zucke.

»Mir ist wichtig, dass Sie wissen, was genau in Ihrem Gehirn anders funktioniert als bei Menschen ohne Sprechstörung.« Frau Emrich steht auf und holt ein Buch aus dem Regal. »Wenn Sie das interessiert, können Sie sich natürlich gerne noch intensiver einlesen. Mir reicht es erst einmal, wenn meine Patienten die Basis verstehen. Anders als viele Menschen glauben, steckt hinter dem Stottern keine psychische Problematik, sondern es hat eine neurologische Ursache. Die Veranlagung fürs Stottern ist erblich bedingt, wobei Jungs häufiger betroffen sind.«

»Ich bin der Einzige, d-d-der in meiner Familie stottert.«

»Der Einzige, von dem Sie es wissen. Zum einen bedeutet Veranlagung, dass nicht bei jedem diese Problematik wirklich auftreten muss. Zum anderen kann man es bei Kindern sehr gut behandeln, sodass sich die Schwierigkeiten oft rauswachsen. Sie können sich in Ihrer Familie ja mal umhören. Vielleicht haben beispielsweise Ihre Eltern ähnliche Erfahrungen gemacht.«

Hitze schießt mir ins Gesicht. »Das wird schw-wierig sein.«

Abwartend sieht Frau Emrich mich an.

»Es gibt n-nur noch meinen Vater und mich. Unser Verhältnis ist a-a-angespannt.«

»Verstehe.« Sollten diese Worte in ihr etwas auslösen, lässt sie sich jedenfalls nichts anmerken. Stumm macht sie sich eine Notiz. »Es spielt letztendlich für die Behandlung auch keine Rolle. Mir ist nur wichtig, dass Sie verstehen, was es mit der Sprachstörung auf sich hat. Sie müssen wissen, viele Patienten suchen sich zuerst Hilfe bei einem Psychotherapeuten. Zwar treten Sprachstörungen sehr häufig in Verbindung mit sozialen Phobien, Ängsten oder auch Depressionen auf, doch sind diese Erkrankungen eher als Folge und weniger als Ursache zu verstehen. Sie haben vielleicht auch diesbezüglich Erfahrungen gemacht oder Situationen erlebt, die Sie bis heute prägen. Schulzeit, Ausbildung, Beziehungen ... nur um ein paar Beispiele zu nennen.«

Ob Frau Emrich weiß, dass jedes ihrer Worte mit so viel schmerzhafter Wahrheit verbunden ist, dass ich mich am liebsten einbuddeln würde? Dass ich nicht einmal die Augen schließen muss, um die Bilder meiner Vergangenheit zu sehen?

Bilder von spitzen Bleistiften, die vielleicht keinen Abdruck auf dem Shirt, aber dafür im Inneren hinterlassen. Ein kleiner Junge, der sich fragt, warum es die anderen auf ihn abgesehen haben. Das Tuscheln aus den Reihen hinter ihm.

Die einzige Flucht, die mir schließlich ermöglicht wurde, war meine Musik. Musik, die alles besser machte. Die mir über Jahre hinweg half und mir eine Zeit lang die Hoffnung auf Rettung gab.

»Ich will Ihnen helfen, das Leben leichter zu nehmen.« Frau Emrich steht auf, um einen Ordner mit Arbeitsblättern zu holen. Nach und nach gehen wir zuerst einige Theorien, dann aber auch erste Übungen miteinander durch.

Als ich eine knappe Stunde später wieder auf die Straße trete, überkommt mich ein seltsames Gefühl der Erleichterung.

Nicht nur, weil ich es geschafft habe, mich überhaupt hierher zu begeben, sondern auch, weil der Knoten in meiner Brust sich ein klitzekleines bisschen gelöst hat.

14. September 2007

Lieber Julian,

ich freue mich riesig, dass das mit der Musik-AG geklappt hat. Das klingt alles richtig aufregend. Vielleicht wirst du einmal richtig berühmt mit deinem Schlagzeug. Du musst mir versprechen, dass du mich dann nicht vergisst. Und dass du mir etwas vorspielst, wenn wir uns sehen.

Dass du vorhast, später auch mal Lehrer zu werden, finde ich echt toll, und ich kann mir das gut vorstellen. Ich glaube, du könntest ein richtig toller Lehrer werden und anderen Kindern Mut machen.

Ich plane gerade meinen neunten Geburtstag, und ich freue mich so sehr, dass du kommst. Weißt du schon, wann deine Mutter dich bringen kann? Mama sagt, sie wird sogar zwei Kuchen backen. Einmal, weil ich Geburtstag habe, und einmal, weil wir uns endlich wiedersehen.

Ich vermisse dich so, so sehr und kann es kaum abwarten, dir mein neues Zimmer zu zeigen.

Magst du eigentlich Pferde? Ich bekomme seit einiger Zeit Reit-

unterricht. Mama hat fast geweint vor Freude, als ich ihr gesagt habe, dass ich es ausprobieren möchte. Sie begleitet mich zu jeder Stunde und guckt ganz aufmerksam zu.

Neulich hat sie auch ein paar Fotos gemacht. Die möchte ich dir an meinem Geburtstag unbedingt zeigen.

Bis bald! Deine beste Freundin

Alicia

18. Kapitel

Alicia

»Mach sie bloß nicht wieder so kurz. Die längeren Haare stehen dir doch so gut.« Es ist zwei Stunden her, dass ich mit meiner Mutter telefoniert habe. Zwei Stunden, und die Stimme meiner Mutter sitzt noch immer wie ein Flüstern in meinem Ohr. »Kurzes Haar wirkt schnell etwas knabenhaft. Das passt nicht zu dir. Außerdem mochtest du deine Haare doch immer so.«

Vielleicht hätte ich ihr von meinem Vorhaben gar nicht erst erzählen sollen. Vielleicht hätte ich auch gar nicht herkommen sollen.

Die erste Haarsträhne fällt neben mir auf den Boden, und ich schließe nervös die Augen. Wenn ich es mir recht überlege, dann flüstert die Stimme nicht, sondern schreit. Es mag feige sein, dass ich nicht hinsehen will. Feige, dass ich immer noch Probleme damit habe, meine eigenen Entscheidungen zu treffen. Und gleichzeitig fühle ich mich so mutig wie lange nicht mehr. Zugegeben, es ist ein absolutes Klischee, sich nach einer Trennung eine neue Frisur zuzulegen – aber es hilft. Es reichen sechs Zentimeter und eine Nuance dunkleres Haar, um sich wie ein neuer Mensch zu fühlen. Zumindest für ganze acht Minuten, die es dauert, von dem Stuhl aufzustehen, meine Kreditkarte aus der Tasche zu kramen und Richtung Tür zu gehen. Acht Minuten sind viel, wenn man außen vor lässt, dass man dafür einhundertachtundvierzig Euro blechen musste.

Vielleicht hätte meine »Jetzt beginnt ein neues Leben«-Euphorie sogar zehn Minuten angedauert, würde es beim Verlassen des Salons nicht in Strömen regnen. Natürlich habe ich weder einen Regenschirm dabei, noch lässt sich die Kapuze meiner Winterjacke über den Kopf ziehen. Jetzt mal im Ernst: Wer gibt Geld für eine Jacke aus, deren Kapuze sich nicht nutzen lässt? Richtig, meine Mutter.

Ich beschließe, zukünftige Weihnachtsgeschenke von ihr vorab auf ihre Nutzbarkeit zu prüfen, und stelle mich bei einem Bäcker unter. Der verlockende Geruch von frischen Brötchen und süßem Gebäck dringt mir in die Nase, und ich überlege, mir ein zweites Frühstück zu gönnen. Wenigstens hätte ich dann eine Beschäftigung, um den Regenschauer zu überbrücken.

Ich will gerade eintreten, da tippt mir jemand von hinten auf die Schulter. Instinktiv drehe ich mich um und rechne damit, bereits zum dritten Mal für heute nach ein paar Münzen gefragt zu werden, aber …

»Julian!« Überrascht lasse ich die Ladentür los. Ein wenig zu schwungvoll, denn um ein Haar knallt sie mir gegen den Kopf.

Julian bremst die Tür mit seinem Fuß ab und grinst. »Alles i-in Ordnung?«

Verlegen nicke ich. »Was machst du denn hier?« Ich blicke an ihm herab. Er trägt eine schwarze Jeans, eine gleichfarbige Winterjacke und hält einen grauen Schirm über sich. So ein Glückspilz!

»Abgesehen davon, Frauen vor einer Gehirnerschütterung zu

bewahren?« Er lächelt, wirkt auf einmal allerdings etwas verlegen. »Termin.«

Ich frage mich insgeheim, ob er vielleicht das Gespräch bei der Logopädie meinen könnte, will aber nicht zu offensiv danach fragen.

Julian deutet auf die Glastür. »Willst du d-d-da rein?«

Zuerst zucke ich mit den Schultern, dann schüttele ich den Kopf. Damit scheine ich ihn erst recht zu verwirren.

»Eigentlich wollte ich nur vor dem Regen fliehen.« Mein Blick wandert hinauf zum zugezogenen Himmel. »Aber so, wie es aussieht, wird das noch eine Weile dauern.«

»Den g-ganzen Vormittag.«

Ich seufze schwer.

»Wenn du magst, kann ich dir m-meinen Schirm leihen.« Als er Anstalten macht, ihn mir zu geben, winke ich ab.

»Quatsch! Schon in Ordnung. Du musst ja auch noch nach Hause kommen.«

»Echt kein Ding! Ich w-wollte mir sowieso erst einen Kaffee holen ...« Er neigt den Kopf, als würde er kurz überlegen, dann fügt er hinzu: »Das ist unser drittes Wiedersehen.«

Ich grinse. »Köln ist ein Dorf, was?«

»Könnte man m-meinen.« Mein Grinsen scheint ansteckend zu sein, denn er tut es mir nach. »Wie auch immer. Heißt es nicht immer, dass man sich beim dritten Treffen etwas ausgeben m-muss?«

Ich blinzle. »Ist das so?«

»Selbst wenn nicht ...« Er klappt seinen Schirm zusammen und tritt einen Schritt zu mir heran, damit der Dachvorsprung ihn vor dem Regen schützt. Der herbe Duft seines Aftershaves dringt mir in die Nase, und ich ertappe mich dabei, wie ich drei schnelle Atemzüge nehme.

»Zur Feier des Tages gebe ich also dem Mädchen ohne Regenschirm einen Kaffee aus, bis das Armageddon vorübergezogen ist.«

Obwohl der nasskalte Wind an meiner Hundertachtundvierzig-Euro-Frisur reißt und mir sogar ein fetter Tropfen den Nacken hinunterläuft, breitet sich bei seinen Worten ein warmes Gefühl in meiner Magengegend aus. »Aber nur unter der Bedingung, dass ich keine Türen mehr öffnen muss.«

»Das lässt sich einrichten.« Lächelnd drückt er sich gegen die Glastür und winkt mich durch. Im Inneren der Bäckerei ist nicht nur der süße Geruch um einiges intensiver, auch die Wärme nimmt mich wohlig auf. Während Julian die Getränke bestellt, setze ich mich an einen Tisch direkt gegenüber der Auslage und rutsche dicht an die Heizung.

Kurz darauf kehrt Julian zurück und schiebt mir einen heißen Kakao über den Tisch.

»Du hast echt was gut bei mir.« Ich umfasse die Tasse, um meine Finger daran zu wärmen, und schenke ihm ein dankbares Lächeln. »Falls du also irgendwann noch mal ein Kaffeedate brauchst, weil die Welt untergeht, dich eine Ziege jagt oder dich einfach das intensive Bedürfnis nach Koffein überkommt, sag Bescheid.«

Er lacht. »Wenn m-mich eine Ziege jagt?«

»Nichts ist unmöglich. Jedenfalls hast du einen gut bei mir.«

»Wer sagt d-denn, dass ich mich nicht mindestens genauso freue, meinen Kaffee nicht allein trinken zu müssen?« Er nimmt einen Schluck aus seiner Tasse, wobei sein Blick über mein Gesicht gleitet. »Ich habe dich fast nicht wiedererkannt. Steht dir gut.«

Ich brauche einen Moment, um zu realisieren, dass er meine Frisur meint. »War eine spontane Entscheidung.« Kurz zögere ich, bevor ich von dem Gespräch mit meiner Mutter erzähle. »Sie mischt sich in mein Leben ein und …« Mein schlechtes Gewissen bremst mich mitten im Satz aus. »Aber sie meint es nur gut.«

»Und trotzdem engt sie dich ein?«

Ich schlucke. »Ein bisschen.«

Ich sollte nicht ausgerechnet mit Julian darüber sprechen. Nicht, nachdem ich jahrelang mitbekommen habe, wie schwierig es für ihn zu Hause war. Der Jähzorn seines Vaters. Die hilflose, völlig überforderte Mutter. Meine Eltern sind dagegen harmlos.

»Ach, ist auch nicht weiter wild. An Weihnachten wird sie schon kein großes Ding daraus machen.«

»Perfektes Timing. Vielleicht n-nimmst du die Ziege mit. Für den Notfall.«

»Welche Ziege?«

»Die, die scheinbar wahllos Menschen jagt. Wenn deine Mutter einen blöden Kommentar ablässt, gibst du dem Tier ein Zeichen und es dreht durch. Weihnachten ger-rettet.«

Ich muss lachen. »Oh mein Gott. Das müsste ich auf Video aufnehmen.«

»Eine altern-native Art der Rebellion.«

Ich lasse mich in den Stuhl zurückfallen. »Und was kommt als Nächstes, um alte Fesseln abzustreifen? Obst essen, ohne es vorher abzuwaschen?«

»Oh Gott, nein. So weit würde ich jetzt auch nicht gehen.« Er verzieht amüsiert den Mund, und ich komme nicht drum herum, mir einzugestehen, wie gut ihm dieses Lächeln steht.

»Okay, okay, warte.« Ich grunze, weil ich ein Lachen unterdrücke. »Ein Piercing? Tattoo?« Ich mache eine Pause. »Alternativ könnte ich mich von einem Rockstar abschleppen lassen. Blöd nur, dass ich davon nicht so viele kenne.«

Dafür müssen wir nun beide lachen.

»Vielleicht war ein Friseurbesuch für den Anf-fang doch besser.«

Ich rümpfe die Nase. »Ich habe gerade Gefallen an dem Gedanken gefunden. Außerdem will ich jetzt eine Ziege haben.«

Julian nimmt noch einen Schluck und mustert mich. Der Schalk verschwindet aus seinen Augen, als er die Tasse absetzt und mich ansieht. »Ihr versteht euch also n-nicht so gut?«

»Wer? Die Ziege und ich?«, hake ich belustigt nach und werde dann wieder ernst. »Ach nein, so ist es nicht. Das ist alles etwas komplizierter.«

Er nickt zögernd. »Ich habe so viel verpasst.«

»Sechzehn Jahre sind eine lange Zeit«, murmele ich.

Eine verdammt lange Zeit.

»Ich liebe meine Familie, und ich werde nie vergessen, was sie für mich getan haben. Als sie mich adoptiert haben, war ich nicht einmal ein Jahr alt, und die meiste Zeit waren und sind sie die besten Eltern, die ich mir hätte wünschen können.« Kurze Erinnerungen aus meiner Kindheit flackern vor meinem geistigen Auge auf. »Weißt du noch, wie mein Vater mit uns zum Karneval gegangen ist? Er hat versucht, uns ganz toll zu schminken, aber ich habe die ganze Zeit geweint.«

»Du hast ausgesehen wie ein Zombie.«

»Weil ich ein Tiger werden wollte und keine Fee.« Ein Grinsen zuckt in meinen Mundwinkeln. Ein Grinsen, das schnell wieder schwindet, als ich weiterspreche. »Weißt du noch, was sie mir alles ermöglicht haben? Klavierstunden, Nachhilfe, Theatergruppe, Kunstschule, Reiten. Ich weiß gar nicht, wo ich aufhören soll.«

Ich fahre mit einem Finger über den Rand meiner Tasse, während ich spüre, dass sich hinter meiner Brust ein drückendes Gefühl festsetzt.

»Es war das, was deine Mutter wollte.« Julian sieht mich abwartend an.

»Sie wollte es für mich. Sie haben immer das Beste für mich gewollt.«

Ich greife nach der Papierserviette. Geistesabwesend beginne ich sie zu falten. »Aber irgendwann fragt man sich, warum sie das wirklich getan haben. Versteh mich nicht falsch, sie haben nie etwas zurückgefordert. Es ist nur so ... Manchmal kommt es mir so vor, als lebte ich das Leben, das wer anders für mich ausgesucht hat. Bloß kann ich nicht einfach so ausbrechen, wo ich doch weiß, was sie alles für mich getan haben ...« Ich halte inne, als mir klar wird, wie ehrlich die Worte über meine Lippen gerutscht sind.

»Das Gefühl k-kann ich nachvollziehen«, sagt Julian. »Auch wenn ich diese Sorge absolut unbegründet finde. Ich denke nicht, dass Kinder ihren Eltern irgendwas schuldig sind. Dankbarkeit wäre ein Wort, das mir da besser gefällt. Aber auch dabei m-muss jeder für sich entscheiden, ob das für einen passt.«

Das warme Licht spiegelt sich in Julians Augen. Es ist ein so zauberhafter Tanz, dass ich mich für einen Moment daran festhalte. »Leichter gesagt als getan.«

»Ich fürchte, ich arbeite auch n-noch daran! Vielleicht solltest du ein Patent anmelden. Bezüglich der Ziegentherapie.«

»Apropos ... wo wir schon über Therapie sprechen.« Ich dämpfe meine Stimme. »Wie sieht es bei dir aus?«

»Alles im Gange.« Schlagartig röten sich Julians Wangen. »Vielleicht können wir trotzdem wann anders darüber sprechen?«

Als ich nicke, kann ich die Erleichterung, die ihn durchfährt, förmlich spüren.

Gedankenversunken sehe ich auf die Serviette. »Weißt du noch, was wir früher immer versucht haben?«

Julian grinst. »Na klar. Irgendwo hatten wir mal gelesen, dass man ein Blatt Papier nur zweiundvierzigmal falten müsste, um die Distanz zum Mond zu überbrücken.«

»Bei sieben war Ende. Und doch haben wir immer wieder versucht, den Rekord zu brechen. Wir haben ganze Wälder zusammengefaltet.«

Falls ihn mein Themenwechsel verwirrt, lässt Julian es sich nicht anmerken.

»Am Ende haben wir meist Himmel oder Hölle gespielt«, erinnert er sich. »Und ganz ehrlich? Ich habe keine Ahnung mehr, wie das geht.«

»Was?«, frage ich entsetzt. »Das ist Allgemeinwissen. Vor allem, wenn man mit Kindern arbeitet.«

Julian beugt sich zum Fuß des Tisches, zieht einen Collegeblock aus seiner Tasche und schiebt ihn mir zu. Ohne lang zu überlegen, trenne ich ein Papier aus dem Block und lege es in der Mitte zusammen.

»Daraus wird jetzt eine Origamifigur gefaltet«, erkläre ich und mache die Schritte langsam vor. »Am Ende kommen außen die Zahlen drauf, im Inneren irgendwelche Sprüche, Aufgaben oder Fragen.« Ich entdecke einen Kugelschreiber auf dem Nachbartisch. »Moment! Das haben wir gleich. Hier, wenn du magst, kannst du eine Antwort aufschreiben. Aber nicht zeigen!«

Ich schiebe ihm das Papier über den Tisch hinweg zu und beobachte, wie Julian etwas in sein Feld notiert und gleich darauf den Ball zurückspielt. Abwechselnd füllen wir die Kästchen, bis das Faltspiel fertig ist.

»So, jetzt kannst du eine Zahl nennen. Wenn du dich traust …« Ich grinse breit.

»Acht?«

»*Sag einer Person, dass sie mutig ist, und du hilfst ihr, es zu werden.*

(Thomas Carlyle)«, entziffere ich Julians Handschrift. »Soll das heißen, dass du mir hilfst, einen Rockstar aufzureißen?«

»An der Interpretation arbeiten wir n-noch!«, antwortet er diplomatisch und nimmt mir das Origami aus der Hand. »Deine Zahl?«

»Drei.«

Julian legt die Stirn in Falten und liest stumm. Da ist noch immer dieses Funkeln in seinen Augen, aber jetzt ist es nicht mehr das Licht, das es hervorruft. Sie glänzen von innen heraus. Erst als er das Papier in meine Richtung hält, begreife ich, was ihn erheitert. »*Man kann einen Menschen nichts lehren, man kann ihm nur helfen, es in sich selbst zu entdecken. (Galileo Galilei)*«

Ich schnaufe. »Sag mal, hast du heimlich Tumblr studiert?«

»Du hast nicht gesagt, dass es irgendwelche Reg-geln gibt«, protestiert Julian. »Was hast du denn geschrieben?« Er will das nächste Feld auseinanderfalten, doch ich schlage ihm vorsichtig auf die Finger.

»Sei nicht so neugierig! Wart's ab und steck es in deine Tasche. Wenn wir uns das nächste Mal zufällig sehen, geht's in die zweite Runde. Also halt die Augen auf!«

»Na schön!« Julian richtet nachdenklich seinen Blick nach draußen, als könnte er auf diese Weise den Regen bezwingen.

»Ich fürchte, das wird so schnell nicht besser«, murmele ich und rücke meinen Stuhl zurück. »Aber wenigstens kann ich jetzt mit gutem Gewissen behaupten, dich in den existenziellen Dingen des Lebens geschult zu haben.«

»Oh ja, das kannst du! Ich werde an dich d-denken, wenn mir das nächste Mal jemand die P-Pistole von der Brust nimmt, weil ich ein Orakel falten kann.« Julian trinkt den letzten Schluck, stellt seine Tasse auf den Tisch und packt seinen Block zurück in die Tasche.

»Hast du heute noch etwas vor?«

Julian schüttelt den Kopf. »Nicht wirklich. Und du? Wenn du Richtung Bahnhof musst, kann ich d-dich unter meinem Schirm mitnehmen.«

Dankbar nicke ich. »Ich warte auf Neuigkeiten, was meine Arbeit angeht.«

Mir fällt auf, dass ich seit mindestens einer Stunde nicht ein einziges Mal an die Agentur gedacht habe.

»Hey, du hast mir kein Upd-d-date gegeben. Wie ist es gelaufen?«

»Puh, da fragst du was.« In wenigen Sätzen erzähle ich ihm von meinem Entschuldigungsversuch bei Wegstetter.

»Das klingt wirklich etwas schräg. Aber hey, du hast eine z-zweite Chance bekommen!«

»Und die darf ich auf keinen Fall vergeigen.«

»Wirst du nicht! Hast du schon eine Idee?«

Ich nicke, erzähle ihm von dem Brainstorming-Abend mit Maggie und Melina und spüre eine Mischung aus Euphorie und Anspannung durch meinen Körper rauschen.

»Wow! Das klingt wirklich großartig. Wie lange arbeitest du schon in der A-Agentur?«

»Erst ein paar Monate. Ich mache da nur ein Praktikum.«

»Sag nicht *nur*! Das ist ein ziemlich toller Anfang!«

»Ich weiß. Es macht mir auch unheimlich viel Spaß.«

»Du hast früher schon gern die Fernsehwerbung gesehen«, erinnert Julian sich. »Ich habe es nie verstanden. Ganz im Gegenteil. Um ehrlich zu sein, fand ich es stinklangweilig.«

»Du hast sie trotzdem mit mir geschaut.«

»Weil ich dir etwas zurückg-geben wollte. Und weil ich es mochte, dich glücklich zu sehen.«

Seine Offenbarung kommt so unerwartet, dass ich nicht

schnell genug bin. Nicht schnell genug, um mich vor einem überwältigenden Gefühl von Nähe zu schützen.

»Du musst mir nichts zurückgeben. Das musstest du nie.«

»Ich wollte aber. Zumal ich es ziemlich faszinierend fand. Du hast die Werbetexte irgendwann mitgesprochen, weil du alle auswendig kanntest.«

Ich muss lächeln. »Damals wusste ich aber nicht, dass man das beruflich machen kann. Deshalb wollte ich Tierärztin werden. Am allermeisten wegen der Hunde.«

»Hunde sind cool. Ich wollte immer eine Katze haben, aber ...« Julian macht eine kurze Pause, als müsse er seine Antwort noch einmal überdenken. »Hat sich n-nicht ergeben.«

Kurz überlege ich, nachzufragen, entscheide mich jedoch dagegen. Was Julian mir erzählen möchte, soll ganz allein er entscheiden.

Einige Minuten bleiben wir noch sitzen, bevor Julian unsere Getränke bezahlt und wir gemeinsam die Bäckerei verlassen. Der Regen hat etwas nachgelassen, doch der Himmel ist noch immer so dunkel, dass es sich nur um wenige Augenblicke handeln kann, bis sich eine zweite Ladung über Köln ergießt.

19. Kapitel

Julian

Wir passen gerade so gemeinsam unter den Regenschirm.

»In Momenten wie diesen schwöre ich mir jedes Mal, nie wieder ohne so ein Ding aus dem Haus zu gehen«, sagt Alicia mit einem Grinsen in der Stimme.

»Hey, man muss nur die r-richtigen Leute kennen.«

Sie lacht auf. »Auch wieder wahr.«

Wir sind erst einige Meter weit gekommen, da greift Alicia hektisch in ihre Jackentasche. Kurz darauf wird mir klar, was sie gesucht hat. Das Smartphone in ihrer Hand klingelt.

»Ich geh da besser mal ran!«

Ich nicke. Von dem Gespräch bekomme ich kaum etwas mit, da Alicia hauptsächlich mit einem knappen »Ja« oder »Nein« antwortet. Wer auch immer sie da angerufen hat, scheint viel zu erzählen zu haben. Am Neumarkt angekommen, lässt Alicia schließlich das Telefon sinken und wirft mir einen entschuldigenden Blick zu.

»Das war Oman. Er hat ein Café hier in Köln und braucht noch mal wen, der die Tage für ihn einspringt. Kostenlose Aushilfen sind rar.« Sie lächelt.

»Und?«

»Was und? Ob ich ihm helfe? Natürlich. Er ist mein Bruder. Oman würde das Gleiche für mich tun.«

Ich nicke. »Wie geht es Oliver?« Über ihren anderen Bruder haben wir noch gar nicht gesprochen.

»Er lebt noch bei meinen Eltern im Sauerland. Die letzten Jahre waren ziemlich hart für ihn.«

»Das tut mir leid. Vermisst du sie? Also, deine F-Familie?« Normalerweise ist die Gegend hier bereits ab mittags gut besucht, doch der Regen vertreibt auch die hartnäckigsten Einkaufsbummler.

»Es geht. Wir sehen uns mehrmals im Jahr und telefonieren viel. Und mit Oman habe ich ja auch immer einen Teil Familie bei mir.« Sie lächelt. »Wie ... wie ist es aktuell bei dir?«

Ausgerechnet jetzt müssen wir an einer roten Ampel stehen bleiben, sodass Alicias vollständige Aufmerksamkeit auf mir ruht.

Eine Schwere legt sich auf meine Brust. Normalerweise vermeide ich Themen wie »Familie« und »Eltern«. Einer der Gründe, weshalb ich lieber zuhöre, als selbst etwas zu sagen. Nicht nur, weil jeder Satz mich so viel Anstrengung und Kraft kostet, sondern auch, weil es nicht viel gibt, was ich von mir erzählen möchte.

»Ich wohne immer noch im alten Haus. Ich bin oben auf den D-Dachboden gezogen. Da habe ich meine Ruhe.« Ich zwinge mich zu einem Lächeln.

»Hmm. Eine Männer-WG also?«

Ich weiß zu schätzen, dass sie versucht, dem Gespräch etwas Lockerheit zu verleihen, und bin dennoch froh, als die Ampel grün wird und wir weitergehen. Um das Gespräch nicht weiter zu vertiefen, lasse ich den Blick durch die Einkaufspassage streifen.

Just in dem Augenblick rollt ein Donner über den Himmel, und eine heftige Windböe zerrt an meinem Schirm.

»Shit! Das hört sich gar nicht gut an«, murmelt Alicia leise und legt den Kopf in den Nacken. »Bitte lass zumindest den Schirm durchhalten.«

»K-keine Sorge.« Mit dem Daumen bewege ich den Schieber am Stock höher und versuche, ihn festzustellen. Doch die Federraste reagiert nicht, sodass die Speichen in sich zusammenfallen. Eiskalter Regen ergießt sich innerhalb von Sekunden über unsere Köpfe. »Verdammt!«

Ich versuche ein weiteres Mal, den Schirm einrasten zu lassen, doch wieder tut sich nichts.

Stattdessen zuckt ein greller Blitz über die Schildergasse. Der einige Sekunden später folgende Donner verrät, dass das Gewitter noch einige Kilometer von uns entfernt ist. Das ändert aber nichts daran, dass wir immer nasser werden.

Die wenigen Passanten haben bereits Unterschlupf vor den Läden gesucht, nur vereinzelt stürmt jemand mit hochgezogener Kapuze an uns vorbei.

»Ich hoffe, du hast es nicht eilig«, sagt Alicia und greift nach meinem Arm.

Kurz darauf stehen wir in einer nicht nur beheizten, sondern vor allem trockenen H&M-Filiale.

»Lust auf eine kleine Shoppingtour?« Die Kombination aus Stirnrunzeln und Grinsen in ihrem Gesicht bringt mich zum Lächeln.

»Ich weiß nicht, ob das m-mit mir so viel Spaß macht«, gebe ich zu bedenken. »Wenn ich etwas Neues brauche, steuere ich den erstbesten Laden an und werde spätestens bei dem dritten Teil fündig.«

Ein Schmunzeln geht über Alicias Gesicht. »Das wird ab heute geändert.«

Ich zucke mit den Schultern. »Es ist wirklich sehr zeitsparend.«

»Und mindestens genauso langweilig.«

»Bisher kam ich d-damit erstaunlich gut klar.«

Anstelle einer Reaktion verschwindet Alicia zwischen zwei Kleiderstangen und greift neugierig einen Bügel nach dem anderen heraus. Ein dunkelblauer Pulli, eine gefütterte Jeansjacke, ein graues, schlichtes Langarmshirt ... Ein roter Weihnachtspullover scheint ihre Aufmerksamkeit etwas länger fesseln zu können. Sie hält ihn sich vor die Brust und wirft prüfende Blicke in einen Wandspiegel. »So einen habe ich schon länger gesucht«, murmelt sie, als ich wortlos neben sie trete.

»Steht dir gut.«

»Findest du?«

»Klar. Rot passt zu dir, f-f-finde ich.«

Ein zögerliches Nicken, dann landet auch dieser Pullover kommentarlos zurück auf der Kleiderstange. Ich komme nicht dazu, nachzufragen, denn als ich zur Seite sehe, ist Alicia schon auf der Rolltreppe nach oben.

»Wonach suchst du eigentlich?« Ich habe sie rasch eingeholt.

»Ich? Nach gar nichts. Ich schaue nur.«

Erneut nimmt sie ein Teil aus dem Regal. Diesmal handelt es sich um eine bunte Strumpfhose, die jemand wahllos zwischen ein paar Oberteile geworfen hat.

Verwundert sehe ich zu, wie Alicia ihr Smartphone aus der Tasche zieht, ein Foto macht und die Strumpfhose anschließend zurücklegt. Dafür schnappe ich sie mir jetzt und werfe einen irritierten Blick auf das Preisschild. »Die ist runtergesetzt auf vier Euro neunundneunzig.«

»Ich weiß«, erklärt Alicia freimütig.

»Wenn sie dir gefällt, warum kaufst du sie nicht? Ist das nicht der Grund, weshalb m-man in solche Läden geht?«

Alicia schüttelt den Kopf. »Ach nein, so was steht mir nicht.«

Als sie meinen fragenden Blick bemerkt, winkt sie ab. »Ich bin eher der Typ für schlichte Töne. So was hier vielleicht.« Sie zieht einen Bügel mit einem grauen Langarmshirt von der Kleiderstange. »Außerdem kaufe ich die meisten Sachen secondhand. Wenn man die Artikel online sucht, findet man sie fast alle bei eBay. Das ist günstig und wesentlich nachhaltiger.«

Um ehrlich zu sein, habe ich darüber noch nie nachgedacht.

»Aber hey, was sagst du zu dem hier? Oder lieber in Blau?«

»Ich finde b-beides okay.«

»Hmm …« Sie lässt die Bügel sinken und atmet tief durch. »Hast du was dagegen, wenn ich die Sachen kurz anprobiere?«

Ich schüttele den Kopf. Solange es draußen so heftig regnet, werden wir uns ohnehin nicht aus dem Laden bewegen.

Noch immer die bunte Strumpfhose in der Hand, folge ich Alicia zu den Umkleiden.

Während sie hinter einer Tür verschwindet, setze ich mich auf einen Hocker und drehe die Verpackung in meiner Hand.

»Bisschen eng, oder?« Viel schneller als gedacht tritt sie hinter dem Vorhang hervor. »Du hast ja immer noch diese Strümpfe in der Hand.«

»Ich finde, du solltest d-den roten Pullover anprobieren. Oder eben die hier!«

»Ach, nein! Wie gesagt, so bunte Farben sind nichts für mich. Ich sehe darin aus wie ein Clown.« Sie lächelt schwach, nicht wissend, dass ich ihr dieses Argument nicht abkaufe.

»Wer sagt das?«

Sie zieht die Nase hoch. »Na, alle!« Als ich nichts sage, holt sie tief Luft. »Mein Ex. Und meiner Mutter gefällt es auch nicht.«

Jetzt begreife ich. »Der Typ hat absolut k-k-keine Ahnung. Und entschuldige, dass ich das so sage ... Deine Mutter sieht dich doch gar nicht.«

Alicia seufzt. »Darum geht es nicht. Wie gesagt, es steht mir einfach nicht.« Nervös streift sie das Shirt glatt. »Also, was hältst du hiervon?« Sie hält inne, als sie mein skeptisches Gesicht sieht. »Okay, okay. Beides nicht gut. Ich geb's auf!«

»Du solltest k-k-kaufen und tragen, was dir gefällt.«

Irritiert sieht Alicia mich an. »Das tue ich! Was denkst du, was ich hier mache?«

Wahrscheinlich ist ihre Frage eher rhetorisch gemeint, doch das ist mir egal. »Du probierst Dinge an, die du dir selbst eigentlich nicht rausg-gesucht hättest.« Ich trete ein Stück näher an sie heran.

»Geht es immer noch um die Strumpfhose?«

»Warum hast du sie sonst abfotografiert?«

Unser Wiedersehen am Bahnsteig ist Wochen her, nichtsdestotrotz erinnere ich mich noch viel zu gut an Alicias Worte.

Ich habe einen Ordner auf dem Handy, wo ich Dinge speichere, die ich irgendwann in einem nächsten Leben kaufen, tragen oder ausprobieren möchte. Für den Fall, dass ich mal so was wie einen Neustart brauche.

»Das war eine blöde Spinnerei. Mehr nicht.«

»Dann gibt es d-diesen Ordner also nicht, von dem du mir erzählt hast?« Es überrascht mich selbst, wie mutig ich bei Alicia bin. In ihrer Gegenwart waren die Dinge schon damals einfacher. Das Gewitter. Die Angst. Das Leben.

»Das hast du dir gemerkt?« Alicia seufzt. »Jein. Also ja, doch. Aber es ist eher eine Art Gag.« Sie verschränkt die Arme vor der Brust, als müsse sie sich schützen.

Sofort winke ich ab. Es gibt keinen Grund, weshalb sie sich vor mir rechtfertigen sollte.

Gerade will ich den Mund öffnen, um ihr genau das zu sagen, als ein kleines Mädchen energisch um die Ecke gerannt kommt.

»Ich will das aber anprobieren. Mama hat gesagt ...«

Alicia erstarrt. Allerdings nur kurz, denn im nächsten Augenblick greift sie nach meiner Hand und zieht mich so stürmisch in die Umkleide hinein, dass wir gemeinsam gegen den Spiegel fallen. Shit! Das wird eine ordentliche Prellung am Bizeps geben.

»Was ...?« Was um alles in der Welt war das? Alicias Brust ist dicht an mich gepresst, die verwuschelten Haare so nah an meinem Gesicht, dass der zarte Geruch von Shampoo in meine Nase dringt. »Ist alles okay b-b-bei dir?«

Nein, ganz offensichtlich ist hier überhaupt nichts in Ordnung. Ich realisiere jetzt erst, dass ihre Finger in den Ärmel meiner Jacke gekrallt sind. Als sie den Kopf hebt, sind ihre Augen weit aufgerissen, und ihr Gesicht hat die Farbe von der weißen Wand hinter ihr angenommen.

»Psscht!«

Ich habe keine Ahnung, was hier vor sich geht. Doch als ich den Vorhang ein Stück zur Seite bewegen will, um aus der Umkleide zu treten, schüttelt Alicia panisch den Kopf. »Du kannst da nicht rausgehen!« Beinahe lautlos formt sich ihr Mund zu diesen Worten.

»Warum nicht?«, tue ich es ihr gleich.

Alicia presst die Augen fest zusammen, als könnte sie sich auf diese Weise unsichtbar machen. Auf einmal lese ich so viel Schmerz in ihrem Gesicht, dass es nur eine Erklärung dafür geben kann. Doch was hat das kleine Mädchen mit ihrem Ex-Freund zu tun? Kaum habe ich die Frage in meinem Kopf formuliert, habe ich auch schon die Antwort.

»Seine Schwester?«

»Pssscht!« Sie nickt stumm, noch immer ohne den Griff um meinen Arm zu lösen. Verdammt! Das kann doch nicht wahr sein. Sanft lege ich meine Hand auf ihre und überlege fieberhaft, was ich tun kann, um die Situation zu beruhigen. Was auch immer hier gerade vor sich geht ... Ich würde ihr gerne sagen, dass sie keine Angst haben muss. Dass ich bei ihr bin und sie nicht allein ist. Dass ich so für sie da sein möchte, wie sie es damals für mich war.

Eine Männerstimme dringt in die Umkleide, tief und gereizt. Ich habe keine Ahnung, wie ich mir diesen Ex-Freund vorstellen soll ... aber diese Version hier stimmt erstaunlich gut mit dem Bild überein, das ich bisher von ihm habe.

»Ich bin nicht dein Babysitter, Ana.«

Alicias Körper spannt sich, wenn überhaupt möglich, noch weiter an, und dieses Bild von ihr ... dieses Bild zerbricht etwas in mir. Es reißt tief in mir drin Wunden auf, von denen ich gehofft hatte, sie nie mehr spüren zu müssen. Sie sieht aus wie meine Mutter. Die Hilflosigkeit. Das Ohnmachtsgefühl.

»Mama hat gesagt, ich darf mir was aussuchen.« Durch den Spalt unter dem Vorhang kann ich schwarze Kinderstiefel erkennen. Sie ist nicht einmal einen Meter von unserer Kabine entfernt. Ich höre Alicias flache Atemzüge, die ihre Panik so nah wirken lassen, als erlebte ich sie selbst.

»Mama ist aber nicht hier! Der Regen hört gleich auf, und ich habe zu tun.«

»Du bist gemein!«, ruft das Mädchen aufgebracht und stampft auf den Boden, bevor es wütend aus der Umkleide rennt.

»Und du bist anstrengend!« Ein genervtes Stöhnen, dann entfernen sich auch die schweren Schritte des Bruders.

Ich atme tief durch und wende den Kopf zurück zu Alicia. »Sie sind weg!«

Keine Reaktion. Nichts. Nur ein schwaches, kaum sichtbares Zittern ihrer Beine.

»Wir können auch n-noch hierbleiben.« Ich deute auf den Stuhl in der Kabinenecke und warte, bis Alicia sich gesetzt hat.

»Schon okay!« Sie streicht sich zögerlich durch das dunkle Haar. »Ich habe nur nicht damit gerechnet, ihn zu sehen. So schnell. Ausgerechnet hier.«

Sie versucht zu lächeln, wobei man kein Menschenkenner sein muss, um zu sehen, wie erzwungen es ist. Nicht damit gerechnet? Um ehrlich zu sein, gibt es keinen einzigen Menschen, auf den ich jemals so intensiv reagiert habe wie Alicia auf diesen Typen.

»Wie dem auch sei ... Es ist besser, wenn er uns nicht sieht.«

Ich widerstehe dem Drang, sie zu fragen, was genau das bedeuten soll. Besser, wenn er sie nicht sieht oder uns nicht gemeinsam ...?

»Okay.« Meine Nervosität mischt sich mit einem flauen Gefühl in der Magengegend. Ein flaues Gefühl, das sich weder beschreiben noch vertreiben lässt.

Alicia nimmt ihr Telefon aus der Jackentasche, wirft stumm einen Blick auf das Display und steckt es dann wieder weg. Was auch immer sie erwartet hat, es scheint nicht eingetroffen zu sein.

Ein wenig hilflos lasse ich den Blick durch die Umkleide wandern und nehme jetzt erst den roten Push-up-BH wahr, der hinter mir am Wandhaken baumelt.

»Der ist nicht von mir«, wirft Alicia ein, als gäbe es nichts Wichtigeres, als dieses vermeintliche Missverständnis aus der Welt zu schaffen. »Hat hier sicher jemand hängen lassen.«

Ertappt drehe ich mich zu ihr um. »Ich wollte nicht ...«

»Also mal im Ernst, wie sollte ich da überhaupt eine halbe Brust von mir reinkriegen? Das ist maximal eine 75B, oder?« Sie sieht an sich herab.

Ich realisiere erst, dass mein Blick ihrem gefolgt ist, als sie wieder aufschaut und unsere Blicke einander einen Moment begegnen.

Sie beißt sich auf die Lippe und lächelt verlegen. »Und jetzt?«

Schulterzuckend versenke ich die Hände in der Jackentasche, woraufhin mir das Papierorakel wieder einfällt. »T-Tumblr-Spruch?« Ich lächele schief.

Ich meine zu sehen, wie sich Alicias Gesichtszüge ein wenig entspannen, als sie nickt. »Ich dachte schon, du fragst nie.«

20. Kapitel

Alicia

»Dreimal darfst du raten, wer sich gemeldet hat.«

Private Telefonate sind während der Arbeitszeit nur im Notfall erlaubt. Doch zum einen ist dieses Gespräch mit Melina nicht privat, und zum anderen handelt es sich hier tatsächlich um ... nun ja, es ist nicht gerade ein Notfall, aber eben eine Ausnahmesituation.

»Oh mein Gott. Jetzt schon?«, rutscht es mir heraus.

»Ich habe YouTube-Kolleginnen, die sie gut kennen.«

»Verstehe, Vitamin B regelt alles.«

Melina kichert. Kein Wunder, dass sie stolz auf die Erfolge ist, die sie sich im letzten Dreivierteljahr aufgebaut hat. Quasi aus dem Nichts ist ihr Kanal auf YouTube explodiert. Mittlerweile folgen ihr fast fünfzigtausend Leute.

»Also ist sie dabei?« Mein Herz überschlägt sich beinahe vor Aufregung. »Ich kann es kaum glauben. Niemals hätte ich damit gerechnet, dass jemand mit Valeries Reichweite sich für meine Ideen interessieren könnte.«

»Sie wird sich dafür gut bezahlen lassen.«

»Trotzdem.«

Melina lacht. »Valerie ist bei einem Management unter Vertrag. Sie wird es zuerst abklären und uns genaue Preise zukommen lassen. Wir haben aber schon grob über das Budget gesprochen, und sie meinte, dass da auf jeden Fall was drin sein wird.«

Erleichtert atme ich durch und senke die Stimme. »Wegstetter wird solche Augen machen.«

»Das hoffe ich. Vorausgesetzt, dass Valerie auch zu seinen Vorstellungen passt.«

»Weiß sie, dass es erst mal nur um den Pitch geht?«

»Natürlich. Wir können zumindest ein paar Fotos machen. Das Geld bekommt sie nur, wenn der Auftrag an sie beziehungsweise an euch geht.«

Mein Herz macht einen heftigen Sprung. Das sind so viele gute Nachrichten auf einmal!

»Schick mir alles, was du hast«, fordert Mel. »Das wird bestimmt super. Wenn dein Chef dir nicht vor Dankbarkeit das Gesicht abknutscht, dann weiß ich auch nicht.«

Bei der Vorstellung entfährt mir ein Lachen. »Ich verzichte.«

»Nicht süß oder süß, aber verheiratet?«

Hitze schießt mir in die Wangen. Verstohlen werfe ich einen Blick zu meinen Kollegen, doch die anderen scheinen in ihre Arbeit vertieft.

»Weder noch. Einfach nicht mein Fall.«

»Schade, schade«, flötet Melina. »Auf der Website sah er gar nicht mal so übel aus.«

»Du hast ihn gegoogelt?«

»Ähmmm … Ich nicht, aber Maggie. Da war ein Foto von eurem ganzen Team.«

»Ihr seid unmöglich!«, raune ich und lasse unauffällig meinen Blick über die anderen Tische schweifen.

»Wer ist der blonde Typ mit der Mütze?«

Habe ich eben noch behauptet, dieses Gespräch sei nicht privat?

»Dazu kann ich Ihnen leider keine Auskunft geben!«

»Maggie meinte, er könnte dein Fall sein.«

Maggie ... Ich hätte es mir denken können.

»Bei diesem Produkt befinden wir uns definitiv in einer anderen Angebotskategorie. Sozusagen in einem gehobenen Level.«

Mel prustet los. »Das ist doch Unsinn.«

»Ich fürchte, da muss ich Ihnen widersprechen. Die zwei Vorschläge, die Sie im Kopf haben, sind tendenziell eher inkompatibel«, erkläre ich mit ruhiger Stimme.

»Inkompatibel, so, so. Werde ich weitergeben!«, sagt Melina belustigt.

»Tun Sie das! Vielen Dank für die Information und natürlich auch für Ihr Engagement. Das hat mir sehr geholfen!«

• • •

»Du scheinst ja bei bester Laune zu sein!«

Als das Produkt aus der anderen Kategorie aka Nicolas plötzlich neben mir steht, verschlucke ich mich beinahe an meinem Salat. Ich sitze nur mit einer halben Pobacke auf einem Stuhl in einem der alten Besprechungsräume und habe es ziemlich eilig mit der Mittagspause. Ich will schnell zurück an die Arbeit, um meine Ideen in eine saubere Form zu bringen. Ich huste heftig, woraufhin Nicolas mir ohne Vorankündigung auf den Rücken klopft.

»Bitte nicht ersticken, ja? Eine Leiche würde hier in der Agentur nach einer Weile übel riechen.«

»Ich versuch's«, krächze ich und kippe hastig ein ganzes Glas Wasser hinunter. Meine Augen tränen, und mein Kopf muss hochrot geworden sein. Doch wenigstens kann ich wieder atmen.

»Stress?« Nicolas lässt sich auf den Sitz gegenüber von mir sinken.

»Es geht«, schwindele ich.

»Sehr gut. Du bist so jung und schon so voller Ideen. Du inspirierst mich. Ich mag das.«

Ein wenig überfordert von seinem plötzlichen Kompliment, senke ich verlegen den Blick. Er findet mich inspirierend?

»Ich versuche nur, meinen Job zu machen.«

»Und den machst du ziemlich gut. Mehr als das. Ich bin sicher, Johannes weiß das auch sehr zu schätzen.«

Hitze glüht in meinen Wangen. »Ich danke dir.«

»Du wolltest unbedingt hierher, oder?«

Zuerst zucke ich mit den Schultern, dann nicke ich vorsichtig. »Schon. CNG ist eine super Chance. Wer würde sich dafür kein Bein ausreißen?«

Ich beiße mir auf die Lippe. Beispielsweise Nicolas. Vermutlich musste er nicht mal den kleinen Finger rühren, um seinen Praktikumsplatz zu bekommen.

»Johannes hat ein Auge für große Talente. Und du gehörst definitiv dazu. Aber wahrscheinlich hörst du das oft genug.«

Nervös kaue ich auf meiner Unterlippe herum. Denn genau das ist es. Das tue ich nicht.

»Geht dir doch mit Sicherheit ähnlich«, presse ich hervor und klappe den Deckel über meinen Salat. Reden, Essen und Aufregung ist keine gute Kombination. Zumindest nicht für mich.

»Passt schon«, murmelt Nicolas und weicht meinem Blick aus. »Jedenfalls mag ich es, dir beim Arbeiten zuzusehen. Sorry, das klingt sicher total unheimlich. Ich schaue nur manchmal durch die Gegend, und du wirkst selten genervt von dem, was du tust. Selbst dann nicht, wenn du über Unterhosen schreibst. Du siehst zufrieden aus.«

»Ich bin dankbar für meinen Job.«

»Für Unterhosen?«

»Auch. Aber jetzt sitze ich an dem MatchMe-Projekt«, erkläre ich grinsend. Seit dem Gespräch mit Melina und Maggie, aber vor allem seit dem Treffen mit Julian bin ich von einer unerwarteten Energie erfüllt. Einer Energie, die ich seit Wochen nicht mehr gespürt habe.

»Uiii! Hast du schon eine gute Idee?«

Stolz nicke ich. »Es ist noch nichts in trockenen Tüchern, aber wie sagt man so schön? Jede große Mauer beginnt mit einem ersten Stein.«

Wir lachen. Ich räume meine Salatbox zurück in die Tasche. Hunger habe ich sowieso nicht mehr. Stattdessen erzähle ich Nicolas von der Idee, Valerie Sophie für die Kampagne ins Boot zu holen.

»Sie ist genau das Gesicht, das Wegstetter fehlt.«

»Eine Influencerin?«

»Klar! Das passt zur Zielgruppe wie die Faust aufs Auge.« Ich zücke mein Handy und gebe Valeries Namen bei Instagram ein. »Schau mal!«

»Hmmm«, macht Nicolas und nimmt mein Smartphone entgegen. »Das ist interessant!«

»Interessant?«, wiederhole ich und zupfe aufgeregt an den Enden meines Ärmels.

»Ja, klar. Sehr interessant. Toll, dass du schon was hast.« Er gibt mir mein Telefon zurück und lächelt freundlich. Doch irgendwas an dieser Reaktion verunsichert mich.

»Was sagst du denn dazu? Also, kannst du dir vorstellen, dass das passt?«, frage ich nervös. Dieses Projekt ist so wichtig für mich. Wichtiger als wichtig. Es ist alles, was ich brauche, um Johannes zu beweisen, dass ich eine gute Texterin bin. Oder zumindest eine werden kann.

»Oh, Alicia, ich will dir da ungern reinreden oder dir ungefragt meine Meinung aufdrücken …«

Schlagartig weicht jegliche Wärme aus meinem Körper, und ein bitterer Geschmack legt sich auf meine Zunge. Nicolas kratzt sich am Kopf. »Ich dachte nur im ersten Moment, dass die Idee vielleicht etwas zu … alt ist?«

»Ausgelutscht?«

»Nun ja. So brutal hätte ich es nicht ausgedrückt. Es ist halt nur dieses Influencerding. Wirkt in der Werbung schnell verbraucht.«

Obwohl ich noch immer auf meinem Platz sitze, ist es, als würde ich in einen metertiefen Abgrund stürzen.

Nicolas scheint das zu bemerken, denn seine Miene wird sanfter. »Es ist ja erst mal nur ein Pitch, oder? Man kann später noch was ändern. Außerdem bist du für die Ideen nicht allein verantwortlich.«

Ich schlucke. Es tut weh, ihn das sagen zu hören. Ich bin nur eine winzig kleine Praktikantin, die keinerlei Einfluss auf die Entscheidungen der Agentur hat.

»Du machst das schon. Wie gesagt, ich finde dich sehr faszinierend, Alicia!«

Irgendwie schaffe ich es, ein »Danke« hervorzubringen, dann stopfe ich meine Wasserflasche zurück in die Tasche und stehe vom Platz auf. »So, weiter geht's.« Ich will nur noch heulen. Verzweifeln. Aufgeben.

»An die Arbeit?« Oder so.

»Genau.«

»Danke für den Austausch. Vielleicht hast du demnächst mal Lust, was trinken zu gehen?«

Verwundert hebe ich eine Augenbraue, unterdrücke im letzten Moment ein irritiertes »Soll das ein Scherz sein?« und bringe irgendwie ein Nicken zustande.

»Warum nicht?« Zum Beispiel, weil es keinen Grund gibt, weshalb ein Kerl wie Nicolas freiwillig seine Zeit mit mir verbringen würde?! Wie war das noch mal mit dem Produkt aus der ersten Liga?

»Super. Dann viel Erfolg dir!« Wieder dieses Lächeln, das auf Anhieb für ein Bachelor-Intro reichen würde. Ich schüttele mich. Solche Gedanken passen aktuell nicht in mein Leben. Ich habe genug von Männern.

Als ich zurück in unser Büro gehe, das Passwort in den PC eingebe und mein aktuelles Dokument öffne, wird der Knoten in meinem Bauch immer enger.

- Plakatwerbung mit Valerie Sophie. Dating und Emanzipation/Selbstbestimmung?
- Valerie gibt Datingtipp (Plakate, Instagram, TikTok?)
- Influencerinnen erzählen als Storytime von ihren eigenen Datingerfahrungen. (Darf lustig sein, aber nicht abschrecken!)
- Empfehlungsprogramm? (Nutzerinnen werden belohnt, wenn sie die App ihren Freundinnen empfehlen.)
- Veranstaltung planen? Valerie Sophie als Special Guest? (Speeddating? Singleparty?)

Die Ideen habe ich nur kurz notiert. Keine davon ist weiter ausgefeilt, geschweige denn zu Ende gedacht. Plötzlich kommt es mir so vor, als stünde ich wieder komplett am Anfang.

Ich speichere das Dokument für alle Fälle und öffne dann ein neues. Der Kopf muss frei sein, um Inspirationen überhaupt erst richtig zulassen zu können. Das Problem ist, dass man diesen Zustand unmöglich erzwingen kann. Dementsprechend habe ich keine drei Zeilen in das Dokument getippt, als wir Feierabend machen.

21. Kapitel

Julian

Als ich mich nach der Arbeit aufs Fahrrad setze, um heimzufahren, hat bereits die Dämmerung eingesetzt. Zu allem Überfluss beginnt es auch noch zu regnen, sodass ich pitschnass zu Hause ankomme. Ich stelle das Rad in die Garage und trotte in mein Zimmer, wo ich mich erst einmal aus der triefenden Kleidung pelle und in eine Jogginghose schlüpfe. Mein Telefon vibriert. Verwundert nehme ich es aus dem ebenfalls nassen Rucksack und reiße die Augen auf, als ich Alicias Namen und eine kurze Nachricht lese.

Sie hat zugesagt!!!

Es braucht nur den Bruchteil einer Sekunde, bis ich begreife, dass sie diese Influencerin meint.

Yeah! Das freut mich!

Und mich erst! Ich kann's noch gar nicht richtig glauben!

Weißt du denn schon, wie es weitergeht?

Noch vier Prozent Akku. Spitze. Dafür leuchtet jetzt eine Sprachnachricht auf meinem Display auf. Ein warmes Gefühl in meinem Bauch lässt keinen Zweifel daran, dass ich mich freue, ihre Stimme zu hören. Hektisch durchsuche ich meine Sachen nach dem verdammten Ladekabel. Irgendwo muss das blöde Ding doch sein.

Was machst du gerade?

Bin eben erst nach Hause gekommen.

Als ich das Ladekabel unter meinem Kopfkissen entdecke, schließe ich es erleichtert an meinem Smartphone an. Drei Prozent. Gerade noch gerettet.

Von der Schule? So spät?

Ich könnte lügen und behaupten, dass es eine Art Konferenz gegeben hat. Einen Elternsprechtag. Eine Unterrichtsvorbereitung, die länger gedauert hat. Doch dann erinnere ich mich, dass es Alicia ist, mit der ich schreibe.

Nee, das nicht. Ich bin danach noch bei der Logopädin gewesen.

Es fühlt sich seltsam an, die Worte zu tippen. Dabei muss ich sie noch nicht einmal laut aussprechen.

Hey, wow! Du nimmst unsere Bahnsteigmission ziemlich ernst, oder? Das gefällt mir :-)

Nervös spiele ich mit dem Reißverschluss meines Hoodies. Ja, Julian. Wie war es eigentlich? Möchtest du nicht noch etwas erzählen? Ich zähle die Sekunden im Kopf, schließe die Augen und sehe auf einmal das kleine Mädchen mit den braunen Zöpfen direkt vor mir. Das Mädchen, das immer so viel kleiner war als andere Kinder in ihrem Alter. Und doch gelang es ihr problemlos, jeden im Gummibärchenwettessen zu schlagen. Nur mir hat sie manchmal einen Vorsprung gegeben. Immer dann, wenn ich schon längst Bauchschmerzen hatte, nahm sie unsere Tüten und tauschte sie heimlich, ohne dass die anderen es merken konnten. Im Gegenzug habe ich mit ihr auf der Straße so lange Radfahren geübt, dass wir am Ende nicht nur blutige Knie, sondern Ärger mit dem Nachbarn hatten, dessen Beet wir versehentlich platt gerollt haben.

Keine halben Sachen mehr! Das zählt sonst als Vertragsbruch.

Es gibt sogar einen Vertrag? :O

Versprechen sind Verträge mit Menschen, denen man vertrauen kann.

Anstelle einer Antwort beginnt mein Handy in der Hand plötzlich zu vibrieren. Es ist ein eingehender Anruf. Alicia ruft mich an. Und ich? Ich stehe kurz vor einem Herzstillstand. Alles in mir schreit danach, das Smartphone in die hinterste Ecke des Dachbodens zu werfen und zu warten, bis das Surren aufhört.

Ich beiße mir so fest auf die Zunge, dass es wehtut.

»Julian?« Es ist tatsächlich ihre Stimme.

»H-h-hallo.« Reiß dich zusammen!

Ein nervöses Lachen dringt durch die Leitung. »Oh Gott, sorry, dass ich einfach anrufe. Störe ich?«

»N-n-nein. Überhaupt nicht.« Ich kann Telefonieren nicht ausstehen. Es ist noch schlimmer, als sich in echt mit jemandem zu unterhalten, weil man nicht einmal die Chance hat, mit Gestik und Mimik einiges wettzumachen. Und trotzdem freue ich mich auch, ihre Stimme zu hören. Einen Moment ist es still, und ich fürchte, den Augenblick verpasst zu haben, in dem sie aufgelegt hat. Doch da dringt ein leises Lachen aus der Leitung.

»Oje! Es ist so komisch. Ich habe dich einfach angerufen, ohne wirklich nachzudenken.«

Sie klingt so vorsichtig, fast schüchtern, dass mein Bauch sich plötzlich mit einer ungewohnten Wärme füllt.

»Du bist mir so vertraut«, sagt sie. »Als wärest du nie weg gewesen.« Wieder ein Lachen.

Jetzt muss ich selbst lächeln. »Das war ich n-nie. Weg, meine ich.«

Langsam beruhigt sich mein Puls wieder, und die Mauer, die es eben noch unmöglich scheinen ließ, überhaupt etwas zu sagen, bröckelt.

»Stimmt. Das war ich …« Ich glaube, sie schlucken zu hören. »Was machst du gerade?«

»Immer n-noch das Gleiche wie vor einer Minute.« Langsam lasse ich mich auf mein Bett sinken, lege ein Kissen in den Nacken und lausche einer leisen Musik, die irgendwo bei Alicia im Hintergrund läuft. »Und du?«

»Hmmm …«, macht sie leise, und ich meine, auf einmal wieder etwas von ihrer Traurigkeit spüren zu können.

»A-a-alles in Ordnung?«

»Klar«, erwidert sie. Bilde ich mir nur ein, dass bei ihrer Antwort noch etwas fehlt?

»Aber?«

»Ach, es ist nur ... um diese Uhrzeit hätte ich sonst vermutlich gerade Timon angerufen.«

»Deinen Ex?«

»Genau.«

»Habt ihr jeden Abend t-telefoniert?«

Ein trockenes Lachen. »Eigentlich nicht. Das kam immer sehr auf seine Stimmung an. Manchmal konnten wir stundenlang reden. Dann hat er zugehört und war aufmerksam. Und dann war ich ihm tagelang wieder komplett egal.«

»Warum hast du dich nicht eher getrennt?«

Sie zögert, bevor sie antwortet. »Ich konnte nicht.«

»Wieso nicht?«

»Ich hatte Angst, dass ich ihn brauche. Manchmal denke ich das immer noch.«

»Wieso d-denkst du das?«

»Es ist so ein Gefühl, als wäre ich ohne ihn irgendwie unvollständig.«

»Einsam?«

»Hm ...«, macht sie zögernd. »Ich habe immer wieder gehofft, dass sich was ändert. Jedes Mal.«

»Verstehe.«

»Klingt ganz schön naiv, was?

»Das ist nicht naiv.« Ich zögere einen Augenblick, dann spreche ich weiter. »Es ist mit m-meinem Vater ähnlich. Nicht, dass er sich jemals für mich interessiert hat. Aber ich warte trotzdem immer noch auf eine Art Wunder.«

Wir lachen, obwohl es nicht lustig ist. Aber wir wissen beide, wie es gemeint ist. Weil da etwas ist, was uns schon damals verbunden hat. Ob es im Herzen einen Speicher gibt, der es schafft, Gefühle nach sechzehn Jahren schlagartig wiederherzustellen?

»Wenn du d-das nächste Mal das Gefühl hast, ihn anrufen zu wollen, dann melde dich. Ich höre dir gerne zu.«

»Danke!« Alicia gähnt verhalten.

»Schlafensz-z-zeit?«

»Leider. Ich muss morgen früh raus, um weiter an meiner Idee zu feilen. Vielleicht fällt mir ja noch was Besseres ein.«

»Deine Idee ist gut. Du bist gut!«

»Danke. Zum wiederholten Mal.«

»Jederzeit zu Diensten. Falls du die Beratung noch einmal in Anspruch nehmen willst, dann l-lass es mich wissen.«

»Ich fürchte, als arme Praktikantin muss ich zuvor den Stundenlohn erfragen.« Wir scheinen immer noch denselben Humor zu teilen. »Dienen kann ich mit Tee, Waffeln und einem kitschigen Weihnachtsfilm.«

»Kitschiger Weihnachtsfilm nach Schema F?«

»Wie du magst! Wir können auch auf den Weihnachtsmarkt gehen.«

Mein Herz wummert so heftig gegen meine Brust, dass ich einen Moment brauche, bis mir die Bedeutung ihrer Worte ins Bewusstsein dringt. Alicia fragt mich nach einem Treffen!

»Weihnachtsmarkt k-klingt super.«

»Diesen Freitag? Kannst du Schlittschuh laufen? Das letzte Mal, das ich auf dem Eis stand, ist ewig her.«

»Bei mir erst! Aber klar, bin dabei.«

»Dann schlaf gut, Juli.« Juli. Nicht Julian.

Als das Gespräch beendet ist, hallt ihre Stimme noch einige Sekunden in mir nach. Aus ihrem Mund hat mein Name viel schöner geklungen, als ich ihn sonst finde.

Ich glaube, dass sie viele Dinge besser machen könnte. Nur dass sie es selbst nicht weiß. Ob sie genug Menschen um sich herum hat, die es ihr sagen? Ob ihr Ex, dieser Timon, es ihr gesagt hat?

Wenn ich an Alicias traurigen Blick denke, als sie mir am Bahnsteig das erste Mal von ihm erzählt hat, zieht sich in meinem Bauch alles zusammen.

Ich muss an meine Mutter denken. Dinge, die sie mir als Kind immer und immer wieder gesagt hat. *»Männer sind alle gleich. Männer sind rücksichtslos und tun Frauen weh.«*

Damals konnte ich nicht verstehen, was sie damit meinte. Ich wusste nur, dass sie wütend auf meinen Vater war. Wie immer.

»Du bist der einzige Mann, der mir nie das Herz gebrochen hat.« Ich spüre ihren Kuss in meiner Erinnerung noch immer so sanft auf meinem Haar. *»Du bist ein Guter. Mama weiß das.«*

Es ist dreiundzwanzig Uhr, als ich in meinem Bett liege, den Blick an die Zimmerwand gerichtet, und an meine Mutter denke.

Ich denke an sie und hoffe, sie hatte recht.

22. Kapitel

Julian

Am Mittwoch ist Elternabend. Ich ertappe mich bei dem Gedanken, irgendeine Notlüge zu erfinden, um mich dort nicht blicken lassen zu müssen. So weit ist es schon gekommen! Zwar wird der größte Teil des Abends von der Klassenlehrerin moderiert, und doch mag ich mir nicht vorstellen, was einzelne Kinder zu Hause über den Unterricht bei mir erzählt haben. Ein flaues Gefühl hat sich wie eine Zecke in meinem Körper festgebissen. So hartnäckig, dass ich es nicht loslassen kann.

Die Veranstaltung findet in unserem Klassenzimmer statt, und wie ich sehe, mussten schon zahlreiche Stühle aus dem Nachbarraum dazugeholt werden. Es überrascht mich, wie viele Eltern zu zweit gekommen sind.

Nervös bahne ich mir den Weg nach vorne und setze mich auf den Platz neben Frau Köhler. Sie ist Mitte vierzig, unterrichtet die Achtklässler in Deutsch und Geschichte, und obwohl sie mir im besten Fall bis zum Bauchnabel reicht, würde niemand es wagen, ihr auf der Nase herumzutanzen.

»Ganz oben auf unserer Tagesordnung steht die Klassenfahrt im Sommer.« Während sie erzählt, lasse ich meinen Blick durch die Sitzreihen gleiten. Die Frau mit den schulterlangen dunklen Haaren ist eindeutig die Mutter von Maxime. Der Mann mit der eckigen Brille und dem hoch zugeknöpften Hemd dürfte der Vater von der schüchternen Viola sein. Im Kopf gehe ich die Namen meiner Schülerinnen und Schüler durch und ertappe mich bei der Frage, welches Elternteil hier zu Kalle gehört. Könnte es die Frau mit den halbhohen Stiefeln sein? Oder handelt es sich bei dem Mann mit den strengen Geheimratsecken um den Vater von Karl Julius? Vielleicht sind die beiden auch gemeinsam hier …?

Direkt am Eingang des Klassenzimmers entdecke ich ein Blatt Papier, das auf einem kleinen Tisch liegt. Eine Anwesenheitsliste. Die Namen sind alphabetisch sortiert, die jeweiligen Eltern haben dahinter unterschrieben. Zeile für Zeile rutsche ich mit dem Finger ein Stück weiter nach unten … Karl Julius Peters. Der Spalt hinter seinem Namen ist leer, was nur eines bedeuten kann: Ausgerechnet für ihn scheint niemand gekommen zu sein.

• • •

Am Freitagnachmittag stehe ich pünktlich zu unserer Verabredung am Eingang »Alter Markt«. Alicia ist noch nicht da. Um nicht einsam am Tor zu warten, gehe ich langsam die ersten Stände ab. Um ehrlich zu sein, bin ich von echter Weihnachtsstimmung noch weit entfernt. Doch vielleicht kann die wilde Geruchskombi aus gebrannten Mandeln, Reibekuchen und Bratfett ein wenig nachhelfen. Ich laufe ein Stück weiter und bleibe schließlich mit einem guten Meter Abend ausgerechnet vor einem Stand mit Kristallen stehen. Ein älterer Herr, der zuvor in ein Buch versunken war, sieht auf, als er mich bemerkt.

»Kann ich Ihnen helfen, junger Mann?«

Ich bin drauf und dran, den Kopf zu schütteln, als mir ein

dunkelblauer Stein ins Auge fällt. Ich weiß, dass ich diesen Stein nicht zum ersten Mal sehe. Ganz im Gegenteil.

Eine seltsame Kombination aus Melancholie, Sehnsucht und gleichzeitig auch Bitterkeit breitet sich in meiner Brust aus.

»Das ist ein Lapislazuli«, unterbricht der Mann meine Gedanken, als er meinen Blick bemerkt.

»Bitte?«, rutscht es mir heraus.

»Ein Lapislazuli. Der Stein, den Sie dort sehen. Eher selten und sehr wertvoll. Eigentlich zu wertvoll, um ihn auf einem Markt anzubieten.« Der Herr lacht. »Er hat unglaublich starke Kräfte, die man nicht unterschätzen darf. Gefällt er Ihnen?«

Ich ziehe die Brauen zusammen und kann mich gerade noch davon abhalten, wild den Kopf zu schütteln. Bloß weil ich selbst nichts mit Esoterik anfangen kann, muss ich ja nicht unhöflich sein.

»Da bist du ja!«

Ich zucke zusammen, als sich mir zwei Hände auf die Schultern legen.

»Sorry! Ich wollte dir keinen Herzinfarkt bescheren.«

Alicia trägt eine braune Mütze, aus der rechts und links ihre dunklen Locken hervorlugen. Ihre Wangen leuchten rot im Vergleich zu ihrer sonst so blassen Haut, genau wie die Lippen, die zu einem amüsierten Grinsen verzogen sind.

»War sehr knapp«, gestehe ich, komme aber nicht drum herum, mindestens genauso breit zu lächeln. Bevor ich überlegen kann, wie wir uns begrüßen sollen, zieht sie mich in eine lockere Umarmung.

»Wartest du schon lange?«

»Nur ein p-paar Minuten.«

»Hier?« Verwundert schweift ihr Blick über die Kristalle.

»Ähhh. Ich …« Spätestens jetzt muss sie mich für einen absoluten Freak halten. Na klasse.

»Das ist ein Amethyst.« Schon wieder ist es der engagierte Verkäufer, der sich zu Wort meldet.

Doch diesmal hat er nicht mit mir gesprochen, sondern sich an Alicia gewandt. Ehe ich michs versehe, hat sie einen lilafarbenen Kristall in ihrer Handfläche liegen.

»Kann der auch irgendwas? Oder soll der nur schön aussehen?«

»Edelsteine haben alle ihre ganz bestimmten Wirkungen. Einige davon sind eher heilend, andere wiederum stärkend. Der Amethyst reinigt einen Raum von negativen Energien. Er hilft aber auch bei der Konzentration und kann fantasieanregend wirken.«

Etwas überrumpelt beobachte ich, wie Alicia sich auch über die restlichen Edelsteine informiert. »Wir können auch weitergehen«, flüstere ich so leise, dass sie mich wahrscheinlich kaum hören kann. Ich hingegen verstehe sie sehr wohl, als sie plötzlich ein Portemonnaie aus der Tasche zieht und »Den hier nehme ich« sagt.

»Meinst du das ernst?«, raune ich und sehe zu, wie der Herr Alicias Stein in eine Tüte packt.

»Klar!« Sie nickt heftig und wendet sich dann wieder an den Verkäufer. »Und den hier auch.« Sie zeigt auf einen Edelstein, bei dem ich optisch sofort an das Muster einer Baumrinde denken muss.

Kaum hat sie bezahlt und nach ihrer Tüte gegriffen, entfernen wir uns von dem Stand und bewegen uns durch einen immer voller werdenden Korridor aus Menschen.

»Sag bloß, du g-glaubst an so was!«, platzt es aus mir heraus.

Alicia macht ein ernstes Gesicht. »Sag bloß, du nicht!«

»Ähm.« Plötzlich weiß ich nicht, was ich sagen soll, ohne ihr womöglich zu nahe zu treten. Meine Sorge erweist sich als unbegründet, als sie wie aus dem Nichts zu kichern beginnt.

»Es ist nicht so, wie du denkst!«

»Was d-denke ich denn?«

»Dass ich auf einen üblen Scherz reingefallen bin oder mich von einem Verkäufer übers Ohr habe hauen lassen?«

Gut getroffen.

»Um das klarzustellen: Ich glaube nicht an irgendwelche Steine, die Wunder vollbringen können.«

Sondern?

»Mir gefällt einfach die Vorstellung.«

Ihre Worte ergeben für mich im ersten Moment keinen Sinn.

»Die Vorstellung, an so etwas zu glauben. Sie schenkt Hoffnung. Das mag ich. Du nicht?«

»Doch. Das ist ein schöner Gedanke.« Über den ich so nur noch nie nachgedacht habe. Ob es meiner Mutter damals ähnlich ging? Hat sie in ihrem spirituellen Glauben Hoffnung gesucht?

Ich komme nicht dazu, der Frage weiter nachzugehen, denn ein paar Minuten später stehen wir mitsamt Schlittschuhen auf der Eisbahn. Erleichtert stelle ich fest, wie wenig ich verlernt habe. Als ich die ersten Schritte mache, breitet sich ein berauschendes Gefühl in mir aus.

»Das verstehst du also unter *ein bisschen?*«, fragt Alicia und versucht, sich tapfer auf den Beinen zu halten.

»Ich dachte, ich hätte es längst verlernt.«

Verlegen weicht sie meinem Blick aus, dann lacht sie wieder. »Glaubst du, die haben hier auch diese Tiere, mit denen Kinder oft fahren?«

Ich schüttele den Kopf. »Du kannst d-dich aber gern an mir festhalten.«

Mittlerweile sind nicht nur ihre Wangen stark durchblutet, auch auf ihrer Nasenspitze zeichnet sich eine niedliche Röte ab. Eine halbe Stunde lang gibt sie ihr Bestes, versucht immer und immer wieder, ein paar Meter ohne mich als Stütze zu fahren.

»Wieso sieht das beim Zusehen immer so viel leichter aus?« Schnaufend krallt sie ihre Hände in meinen Unterarm und startet einen nächsten Anlauf.

»Tut es d-das nicht immer?«

Sie lacht.

Hätte mir vor ein paar Wochen, am Tag unseres Wiedersehens am Bahngleis, jemand gesagt, dass ich jemals dieses Bild von ihr sehen werde, so hätte ich einen doppelten Grund zum Staunen gehabt. Denn es ist nicht nur die Tatsache, dass wir heute hier sind und beinahe wie selbstverständlich Zeit miteinander verbringen, sondern auch der Ausdruck in ihrem Gesicht, der mich für einen kurzen Moment meine eigenen Sorgen vergessen lässt. Ich kann nur hoffen, dass der Schein nicht trügt und es ihr wirklich ein wenig besser geht.

Just in dem Augenblick, in dem ich den Gedanken zu Ende gebracht habe, bremst Alicia neben mir ab.

»G-genug für heute?«

»Genug für ein ganzes Leben.«

Ich muss grinsen. »Jetzt übertreibst du aber. Mit ein bisschen Übung tanzt du irgendwann *Schwanensee* auf dem Eis.«

»Wohl eher den sterbenden Schwan.« Sie schüttelt langsam den Kopf. »Außerdem konnte ich ja nicht wissen, dass du so ein Profi bist.«

Verlegen winke ich ab. »Ich bin früher häufig Inlineskates gefahren. Die Basics sind r-recht ähnlich.«

»Wow! Es gibt so vieles, was ich nicht über dich weiß«, murmelt sie, laut genug, dass ich sie verstehen kann.

»Was willst du noch wissen?«

Ihre Augen leuchten auf. »Warum studierst du einen Stand mit Edelsteinen, obwohl du nichts davon hältst?«

»Es war n-nur ein Zufall.« Ich gebe zu, es klingt nicht sehr überzeugend. »Dieser blaue Stein vorne rechts ...« Kurz halte ich inne. Überlege, ob ich tatsächlich ein Fass öffnen will, das eigentlich geschlossen bleiben soll.

»Der Lapislazuli?« Das hat sie sich gemerkt.

Ich hole tief Luft und nicke. »Er hat mich nur an einen Stein erinnert, den ich als Kind hatte. Ich glaube, meine Mutter hat ihn mir geschenkt. Weißt du noch? Sie hatte damals einen Hang zu allem, was mit Esoterik zu tun hat.«

»Und ob ich mich erinnere. Ich habe sie nur gelegentlich auf der Straße gesehen, aber als Kind hatte ich manchmal Angst, sie könne hexen.«

»Bitte was?« Ich kann nicht anders, als laut zu lachen. »Das hast du mir nie erzählt.«

»Du hättest mich ausgelacht.«

»Hätte ich niemals.«

»Und ob!« Es ist, als würde Alicias Kichern durch meinen Körper rauschen.

»Höchstens für ein paar Sekunden.«

»Ha!«, macht sie, wird dann aber wieder leiser. »Hast du sie danach gefragt? Nach den Steinen, meine ich?«

Es sticht in meiner Brust. Ein Stich, der so tief schmerzt und doch so vertraut ist. Weil die Zeit eben nicht in der Lage ist, jede Wunde zu heilen. Manche Verletzungen reißen mit jedem Stich neu auf.

»Meine Mutter ist n-nicht mehr da.« Der dicke Kloß in meinem Hals macht es plötzlich unmöglich, weiterzusprechen.

»Shit!«, rutscht es Alicia heraus. Sie schlägt sich erschrocken über ihre Reaktion die Hand auf den Mund. »Ich meine, das … das tut mir sehr leid. Ich wusste nicht …«

»Du konntest es ja auch nicht wissen.« *Weil du meinen Brief nie gelesen hast.*

Wir schweigen für einen Moment, verlassen diesmal nebeneinander die Bahn und tauschen die Schlittschuhe gegen unser Pfand zurück. Doch auch wenn ich nicht sonderlich scharf darauf bin, das Familienthema weiter auszugraben, muss ich ihr noch eine Frage stellen.

»Was hat der M-Mann über diesen Stein gesagt?«, hake ich also bei Alicia nach.

»Hmmm. Er meinte, dass er sehr selten ist. Ziemlich teuer.«

»Ich meine über s-seine Wirkung.«

Falls meine Frage sie verwundert, lässt sich Alicia davon nichts anmerken.

»Er soll Optimismus schenken, Verständnis für andere wecken und angeblich seelische Blockaden lösen.«

Sie wendet den Blick Richtung Boden, und ich frage mich, ob sie das Gleiche denkt wie ich. Ob es einen Grund hat, dass meine Mutter damals genau diesen Stein für mich gewählt hat. Und wenn ja, welchen?

»Moment.« Alicia kramt das Tütchen mit ihren Kristallen aus der Tüte. »Das hier ist ein Achat. Er soll eine schützende sowie heilende Wirkung haben, das Selbstbewusstsein stärken und ein Glücksbringer für einen Neuanfang sein.« Ein Lächeln zeichnet sich auf ihren Lippen ab. »Ich finde, der hier passt besser zu dir.« Wieder kaut sie auf ihrer Unterlippe. »Ich meine nur, Verständnis für andere … das hast du doch schon.« Bevor ich etwas erwidern kann, drückt sie mir den Achat in die Hand. »So, damit gehen wir auf Nummer sicher. Du musst ja nicht dran glauben, aber wenn du ihn bei dir trägst, kann es zumindest keinen Nachteil haben, oder?«

Ihre Mütze rutscht ihr tief in die Stirn, worauf sie diese ein Stück nach oben schiebt.

»Danke«, flüstere ich und spüre, wie sich etwas in mir bewegt. Eine Tür, die aufspringt und eine berauschende Wärme in meinen Körper lässt. »Sicher ist s-sicher.«

Wir schlendern noch eine Weile über den Weihnachtsmarkt. Alicia bestellt sich einen Bratapfel, der herrlich nach Marzipan riecht. Ich mache mich über einen Crêpe her, bevor wir uns weiter zum Glühweinstand bewegen. Ich stelle mich an der endlosen Schlange an, während Alicia einen Platz am Stehtisch hütet.

Als ich geschlagene fünfzehn Minuten später mit zwei dampfenden Tassen zurückkehre, ist sie allerdings nicht mehr allein.

Ein Typ, ungefähr in meiner Größe und meinem Alter, steht neben ihr und fährt sich durch das blonde Haar. Blondes gestyltes Haar, das ebenso perfekt sitzt wie die beige Burberry-Jacke und der Burberry-Schal. Bitte lass das nicht diesen Timon sein, flehe ich still.

»Hi. Da bist du ja.« Alicias Stimme klingt ein wenig verändert. Heller. Nicht unbedingt hysterisch, aber irgendwie aufgeregt.

»H-hallo«, sage ich vorsichtig und stelle die Tassen auf dem Tisch ab. Nein, ich denke nicht, dass der Kerl ihr Ex ist. Dafür ist die Stimmung zu wenig aufgeladen.

»Nicolas.« Dieser Typ hier ist selbstbewusst und mit Sicherheit das, was viele Frauen als attraktiv beschreiben würden. Ach was. Nicht nur Frauen. Selbst ich muss zugeben, dass er etwas hat. Vielleicht würde ich es als Selbstvertrauen beschreiben. Selbstvertrauen, das schlagartig einschüchternd auf mich wirkt.

»Alicia und ich arbeiten zusammen«, ergänzt er, als ich nichts sage. Womit sich der Ball nun erst recht auf meiner Seite befindet. Habe ich eben noch geglaubt, die dicke Mauer in meinem Kopf gestürzt zu haben, so ist sie auf einmal wieder da. Doppelt so hoch. Doppelt so dick. Aber ich lasse es nicht zu.

»Ju-Ju-Ju.« Ich will es nicht zulassen. Ich will es nicht. Nicht zulassen, dass mein Gehirn wieder und wieder gegen diese Mauer rennt. »Ju-Ju-Ju.«

»Das ist Julian«, fällt mir Alicia ins Wort und bedient sich an der Tasse. »Danke für den Glühwein!«

Ich hingegen bin sprachlos. Jetzt auch im übertragenen Sinne. Es ist das erste Mal, dass Alicia einen Satz so direkt für mich beendet hat. Das erste Mal seit … immer?

»Schön, dich kennenzulernen, Julian!« Nicolas' Lächeln erreicht seine Augen nicht. Er sieht mich an, als wüsste er nicht so recht, in welche Schublade er mich stecken soll. Ein wenig unsicher nehme ich den ersten Schluck Glühwein. Vielleicht hilft mir der Alkohol, dieses ungute Gefühl wieder dorthin zu stecken, wo es hergekommen ist. Ich meine, vielleicht irre ich mich auch, und dieser Nicolas ist sehr nett. Ein netter, höflicher Arbeitskollege, der mal kurz Hallo sagen wollte und jede Sekunde zum Abschied winkt.

»Ich will euch auch gar nicht stören.«

Da haben wir es! Er geht wieder.

»Vermutlich bin ich einfach so in euer Date geplatzt.«

Alicia schüttelt überschwänglich den Kopf. »Du störst nicht.« Wieder diese andere Stimme. Hallo? Erde an Alicia? Wo bist du? »Und ähmmm … Das ist kein Date. Julian und ich sind Freunde.«

Aus dem Nichts schießt mir ein brennender Schmerz ins Herz. In die Brust. Den Bauch. Die Arme. Beine. Finger. Zehen. In vollkommen anderer Reihenfolge, vielleicht aber auch alles auf einmal. Dabei kann ich nicht einmal sagen, warum ihre Worte mich überhaupt so treffen.

»Oh, sorry!« Nicolas lacht. »Was ein Fettnäpfchen. Die gute alte Friendzone ...« Er sieht Alicia an, als wäre ich überhaupt nicht hier.

Die zuckt mit den Schultern. »Ach was!« Sie sieht mich an und scheint auf eine Reaktion zu warten. Doch ich bin noch immer mit dieser verfluchten Mauer beschäftigt. »Julian ist ganz anders, als du denkst«, sagt sie schließlich.

Nicolas dreht den Kopf ein Stück in meine Richtung und nickt, als würde er jede Schwingung dieser Situation direkt empfangen können. »Oh! Das glaube ich dir sofort ... Nun ja ... ich denke, ich muss dann trotzdem mal los. Wird morgen wieder ein anstrengender Tag.« Er seufzt schwer.

»Morgen ist doch Wochenende!«, wirft Alicia ein.

»Nicht für meinen Vater. Ich werde vermutlich den ganzen Tag in der Firma verbringen und mir irgendeinen langweiligen Marketingkram anhören müssen.«

»Langweilig? Hey, lass das mal besser nicht Johannes hören«, wirft Alicia schmunzelnd ein.

»Es kann ja nicht jeder so vor lauter Ideen sprudeln.«

»Man muss nur mit der richtigen Einstellung arbeiten«, erklärt Alicia mit gedämpfter Stimme.

»Du würdest dich gut mit meinem Vater verstehen. Vielleicht muss ich euch mal bekanntmachen.«

»Gerne.« Alicia lächelt, wenn auch etwas verlegen. Der Knoten in meinem Bauch zieht sich enger zusammen. Es ist, als wäre ich in den letzten Minuten irgendwo falsch abgebogen. Sackgasse. Die Frage ist nur, wie ich da wieder rauskomme?

»Kriegen wir hin. So, jetzt muss ich wirklich los. Macht's gut, ihr zwei!« Nicolas kippt den letzten Schluck seines Glühweins runter und wendet sich dann von uns ab. Für einen Moment bin ich so überrumpelt, dass es mir weiter die Sprache verschlägt.

»Uffff, sorry«, murmelt Alicia. »Ich habe nicht damit gerechnet, dass wir uns hier treffen. Das ist echt so verrückt. Bis vor Kurzem war ich mir noch sicher, dass er nicht mal meinen Namen kennt.«

»Und du … Stehst d-du auf ihn?«, platzt es aus mir heraus. Warum zum Teufel will ich das wissen? Alicias Wangen beginnen schlagartig noch heftiger zu glühen.

»Ich? Nein. Ich habe Männern abgeschworen. Zumindest all denen, die bereits das Wort ›Herzensbrecher‹ auf der Stirn stehen haben.«

»Und er hat das?«

»Viele haben das.« Alicia pustet sich eine Locke aus dem Gesicht, hält die Nase in die Luft und lächelt. »Hmmm. Das riecht so gut.«

»Magst du n-noch einen Crêpe haben? Oder eine Tüte Maronen? Ich lade dich ein!« Ich akzeptiere, dass sie dieses Gespräch nicht weiter vertiefen möchte. Schließlich sind wir hier, um auf andere Gedanken zu kommen. Und um ehrlich zu sein, gefällt mir das Lächeln auf ihren Lippen auch weitaus besser.

23. Kapitel

Alicia

In der Agentur ist das reinste Chaos ausgebrochen. Ein Kunde, der bereits vor drei Monaten einen großen Vertrag für CGN unterschrieben hat, ist aus finanziellen Gründen abgesprungen.

»Wenn wir Pech haben, kriegen die das Unternehmen nicht mal bis Jahresende durch!«, hat ein Kollege hinter vorgehaltener Hand behauptet.

Ich glaube, die anderen sind ziemlich verwirrt, dass Johannes mich der MatchMe-Kampagne zugeteilt hat. Es ist unser derzeit größter Auftrag, und es dürfte ungewöhnlich sein, eine Praktikantin so stark mit einzubinden.

»Vielleicht wurdest du im Krankenhaus verwechselt, und Wegstetter hat sein verschwundenes Kind in dir wiedererkannt«, scherzt Emily. Sie ist die Einzige, der ich von meinen Bedenken erzählt habe. Allerdings weiß sie nicht, dass solche Bemerkungen mich tiefer treffen, als sie denkt. Kaum jemand weiß, dass ich tatsächlich adoptiert worden bin.

»Deine Fantasie ist beeindruckend«, murmele ich, stehe von meinem Arbeitsplatz auf und gehe zum Drucker. Ich habe einen Plan erstellt, was die nächsten Schritte der Kampagne angeht.

Vom Kennenlernen über das Fotoshooting und die ersten Videoaufnahmen bis hin zur Erstellung des Designs.

Während der Drucker Blatt für Blatt meine Ideen ausspuckt, betritt Nicolas das Großraumbüro. Er trägt einen grauen Pullover und eine helle Stoffhose, die sich so perfekt an seine Beine schmiegt, als wäre sie maßgeschneidert. Nicht einmal abwegig, der Gedanke.

»Na? Schönes Wochenende gehabt?«, fragt er und lässt seinen Blick gut gelaunt durch den Raum wandern. Schließlich bleibt er an mir hängen. »Aha! Da ist sie ja.«

»Ich?« Ich nehme meine Papiere aus dem Drucker und halte sie mir dicht vor die Brust.

»Natürlich du. Gibt es hier sonst noch wen, der am Montagmorgen schon voll in seinem Element ist? Wie läuft's?«

Ich laufe leicht rot an, setze schnell ein Lächeln auf und winke ihn zur Kaffeemaschine.

»Alles gut. Ich telefoniere gleich mit der Influencerin.«

»Uhhh!« Nicolas nickt. »Dann hat Johannes die Idee durchgewunken?«

»Nicht direkt.« Ich zucke mit den Schultern. »Nun ja, sagen wir so, er kennt meinen Pitch noch nicht im Detail. Ich wollte erst einmal was Handfestes haben, bevor ich Valerie ins Spiel bringe. Stell dir vor, am Ende sagt sie noch ab.«

»Nachvollziehbar. Ich drücke die Daumen, dass es so läuft, wie du es dir vorstellst.«

»Danke!«, sage ich leise und schiebe mir eine Locke hinters Ohr. Seit dem Aufstehen ist mein Körper von so viel Adrenalin durchflutet, dass jeder einzelne Muskel kribbelt.

»Du musst mir danach unbedingt berichten.« Unsere Blicke treffen sich. Es ist natürlich nicht das erste Mal, dass wir uns ansehen. Ich meine, wir arbeiten seit Wochen miteinander und sehen uns allein deshalb schon täglich. Und doch bin ich mir sicher, dass dieser Blickkontakt neu ist. Intensiver. Tiefer. Als könnte er mir mit seinen strahlend blauen Augen direkt hinter die Stirn sehen. Was mir ganz und gar nicht recht ist, solange ich meine Gedanken nicht von seinem perfekten Gesicht lösen kann.

»Berichten. Auf jeden Fall«, stammele ich und klinge dabei ziemlich beschränkt.

»Vielleicht bei einem Essen nach der Arbeit.«

Oh.

Mein.

Gott.

Soll das gerade die Frage nach einem Date sein? Warum um alles in der Welt fragt Nicolas Hohenfeld mich nach einem Date? Mich? Ausgerechnet mich? Ein heißes Flattern treibt meinen Herzschlag so hoch, dass ich kaum noch klar denken kann. Donner. Augen. Nashorn. Knie. Sessel. Arm. Wand. Apfel. Keks. Hund. Cola. Ketchup.

»Öhm. Ja. Also, ich meine, na klar. Gerne.«

Mein Kopf ist von vorne bis hinten ein einziges Durcheinander. Dabei will ich nur eins: Atmen. Lächeln. Cool bleiben. Streng genommen drei Dinge. Ist das zu viel verlangt?

»Spitze. Ich hätte Freitagabend Zeit und kenne ein sehr gutes Restaurant.«

Ketchup. Cola. Hund. Keks. Apfel. Wand. Arm. Sessel. Knie. Nashorn. Augen. Donner. Das Chaos spielt sich wie eine Rückblende in meinem Gehirn ab.

»Klingt gut«, stammele ich.

»Super. Dann bis später!« Mit einem breiten Lächeln auf den Lippen verschwindet Nicolas auf seinem Platz. Und ich? Ich überlege, welche Version für mich wahrscheinlich klingt.

Die, in der Nicolas Hohenfeld mich – die unscheinbare Alicia, die zwei unterschiedlich große Füße sowie Brüste hat und diesen Praktikumsplatz nichts als Glück verdanken kann – nach einem Treffen fragt. Oder die Version, in der ich jeden Augenblick aufwache und alles nur geträumt habe.

24. Kapitel

Julian

»Nur um eins klarzustellen: Die Gummibärchen müssen in Reichweite bleiben. Dafür darfst du zwischen drei Filmen auswählen.«

Alicia trägt eine schwarze Leggings und einen roten Pullover, der so oversized geschnitten ist, dass er ihr beinahe bis zu den Kniekehlen geht. Sie hat mich gefragt, ob ich heute für unseren Filmabend vorbeikommen will.

»Das ist äußerst großzügig«, stelle ich fest und trete an ihr vorbei durch die Wohnungstür. Genau in dem Augenblick taucht Maggie im Flur auf. Zumindest bin ich ziemlich sicher, dass es sich um Maggie handelt. Sie ist ungewohnt stark geschminkt und steckt in einem Kleid, mit dem man vermutlich ins Theater gehen könnte.

»Mach dir keine Sorgen! Ich gebe euch zehn Minuten, und Alicia schläft so tief, dass nicht einmal der Rauchmelder sie wach bekommt.«

»Gar nicht wahr!«, protestiert sie.

»Oh doch!« Maggie stapft in hohen Stiefeln an uns vorbei und sieht sich suchend im Flur um. »Kann mich jemand zum Abwasch zwingen? Oder dazu verdonnern, das Klo zu putzen?«

Auf meinen irritierten Blick hin lacht Alicia. »Sie trifft Leos Eltern.«

Die Erklärung genügt, um nicht nur Maggies herausgeputztes Äußeres, sondern auch ihre Laune zu verstehen. Ich habe die Winters nie persönlich getroffen, doch alles, was ich über Leos Vater weiß, ist, dass er sehr streng ist. Auf eine andere Art als Michael, der sich nie sonderlich für mich interessiert hat. Eher streng im Sinne von *konkrete Pläne haben*, was die Zukunft seiner Söhne angeht. Pläne, die nicht immer mit denen von Leo und seinem Bruder Ben übereinstimmen.

»Viel Glück!«, ruft Alicia Maggie nach. »Denk immer daran: Du willst den Sohn heiraten, nicht den Vater!«

»Sonst noch kluge Ratschläge?«

Maggie formt die Lippen zu einem Kussmund und verschwindet durch die Tür.

»Der Fernseher im Wohnzimmer ist derzeit etwas launisch. Wenn wir auf Nummer sicher gehen wollen, schauen wir lieber in meinem Zimmer«, erklärt Alicia und deutet auf die Tür. Ich hebe eine Augenbraue, was ihr natürlich nicht entgeht. »Natürlich nur, wenn du nichts dagegen hast. Mein Bett ist sehr bequem.«

Ich habe nicht vorgehabt, Letzteres infrage zu stellen. Es ist nur ... sehr lange her, dass ich so etwas getan habe. Mit einem Mädchen so viel Zeit verbracht.

Schnell schüttele ich den Gedanken aus meinem Kopf. Nicht nur, weil ich mir schlagartig ziemlich armselig vorkomme, sondern vielmehr, weil ich an so etwas überhaupt nicht denken sollte. Wir schauen nur zusammen einen Film an. Als Freunde. Das hat sie mir deutlich zu verstehen gegeben.

»Also, du kannst wählen zwischen *Tatsächlich ... Liebe*, *A Christmas Prince* und *Charlie und die Schokoladenfabrik*.«

»Gibt es irgendwen, der Letzteren n-noch nicht gedanklich

mitsprechen kann?«, frage ich, als wir Alicias Zimmer betreten. Es sieht fast genauso aus, wie ich es mir vorgestellt habe. Zwar um einiges kleiner als mein Dachboden, dafür wesentlich persönlicher.

Die Möbel sind alle weiß und schlicht, doch ein lila Teppich und die Blumenbettwäsche bringen Farbe hinein. Ich lasse meinen Blick über die Wände gleiten und betrachte die Lichterkette, die an der Wand über ihrem Bett hängt. Mit mühsamer Feinarbeit hat sie kleine Polaroids an der Kette befestigt.

»Schön hast du es hier.« Ich bemerke einen Geigenkasten, der neben ihrem Schreibtisch steht. »Spielst du?«

Alicia schüttelt den Kopf. »Leider nicht mehr. Wobei das *leider* eher meine Mutter sagen würde. Ich habe es versucht, schätze aber, meine Talente liegen woanders.«

»Zum Beispiel in d-deinen Ideen. Wie war das Gespräch mit Valerie?«

»Das hast du dir gemerkt?« Sie setzt sich auf ihr Bett und sieht mich mit großen Augen an.

»Na ja. Du hast neulich erwähnt, dass ihr telefonieren wolltet.«

»Ja, das haben wir. Ich denke, es könnte passen. Jedenfalls hoffe ich, dass Wegstetter das Konzept überzeugt ... Willst du dich setzen?«

Langsam lasse ich mich neben ihr auf der Matratze nieder und rutsche ein Stück nach hinten, natürlich darauf bedacht, keins der Fotos von der Wand zu reißen. Jetzt erst fallen mir einzelne Klebestreifen auf, an denen keine Polaroids mehr hängen.

Entweder müssen sie abgefallen oder mit Absicht abgenommen worden sein.

Als Alicia meinen fragenden Blick registriert, seufzt sie. »Bilder von Timon. Ich wollte sie nicht mehr sehen, habe aber noch keine neuen gemacht.«

»K-kenne ich.«

Ich spüre Alicias fragenden Blick auf mir ruhen und beginne, verlegen mit den Fingern die Bettwäsche glatt zu streichen. »Es ist nicht wirklich vergleichbar. Ich nehme an, ihr s-seid länger als ein halbes Jahr zusammen gewesen. Außerdem waren wir noch jünger. Und trotzdem saß der Schmerz damals ziemlich tief.«

»Hat sie sich getrennt?«

Ich nicke. »Sie hat sich im Studium in jemand anderes verliebt.«

»Nach einem halben Jahr Beziehung?«, fragt Alicia entgeistert.

»Man sucht es sich eben n-nicht aus«, murmele ich und versuche, nicht an einen der wenigen Momente zu denken, in denen ich dachte, das zwischen Lena und mir hätte eine viel größere Bedeutung.

»Aber es muss dich doch verletzt haben, oder etwa nicht?«

»Doch, natürlich«, sage ich wahrheitsgemäß. »Es ging mir ziemlich schlecht. Ich denke, ein Teil von mir hat es schon gewusst, bevor sie es mir gesagt hat. Als hätte ich es gespürt. Nun ja, ich konnte es nicht ändern. Hab mich immer wieder gef-fragt, was zum Teufel schiefgegangen ist. Was ihr gefehlt hat.«

Alicia runzelt die Stirn. »Quatsch! Das hat doch nichts mit dir zu tun. Niemals!« Sie legt mir ihre Hand auf die Schulter und streicht so vorsichtig über den Stoff meines Shirts, dass ich ein leichtes Kribbeln auf der Haut spüre. Fuck. Ich sollte so etwas nicht fühlen. Nicht bei ihr.

»Nun ja. Eigentlich ist es auch egal. Er hat sie glücklich gemacht. Zumindest sah sie aus, als w-wäre sie es.«

»Du hast sie danach noch gesehen?«

»Nur wenn sie etwas gepostet hat.«

Alicia beißt sich auf die Lippe. Sie sieht überraschend getroffen aus.

»Alles ist gut. Ich w-wollte dich damit nicht traurig machen.«

»Mich? Es tut mir nur leid für dich!«

»Das muss es nicht. Ich meine, es hätte mir nichts gebracht, zu wissen, dass sie auch leidet. Ganz im Gegenteil. Wenn du jemanden liebst, willst du für diese Person doch nur das Beste. Auch wenn das Beste für sie eben n-nicht du selbst bist.«

»Aber welcher Mensch, der gerade verlassen wurde, denkt so? Ich meine ...« Alicia schaut verlegen zur Seite. »Ich ... ich weiß nicht.« Sie sieht aus, als wolle sie noch etwas sagen.

»Ich sage nicht, dass ich das andere nicht verstehen kann. Es kommt ja auch immer auf die Beziehung an. D-darauf, wie ehrlich man zueinander gewesen ist. Und vor allem, wie respektvoll miteinander.«

Alicia nickt langsam. »Timon ist ausgerastet, wenn ich auch nur zu lange mit anderen Männern gesprochen habe.«

»Er war wütend auf d-dich?«

Sie zuckt mit den Schultern. »Wut ist gar kein Ausdruck. Er ist dann komplett ausgeflippt.« Nervös beißt sie sich auf die Unterlippe. »Immer dann, wenn ihm etwas nicht gepasst hat, war er so anders als sonst. Als gäbe es zwei Seiten von ihm, von denen mich nur eine geliebt hat.«

»Alicia!«, sage ich ernst. »Das ist keine Liebe.«

Sie holt tief Luft. »Ich will's gerade nicht hören, okay?« Kurze Pause. »Nicht, weil du unrecht hast, sondern weil ich es oft genug gesagt bekommen habe. Weißt du, wie oft Maggie in den letzten Monaten versucht hat, mir die Augen zu öffnen? Ich hab's nicht gepackt. Ich war so sicher, ihn zu brauchen, dass ich ihm immer wieder verziehen habe.«

»Aber d-diesmal ist es anders?«

Sie zieht die Nase hoch. »Ich weiß es nicht. Eine gewisse Zeit halte ich immer durch, und irgendwann …«

»Diesmal nicht!« Allein bei der Vorstellung, Alicia könne noch einmal zu Timon zurückgehen, fährt ein Stechen durch meine Brust. »Du darfst n-nicht zulassen, dass …«

»Bitte nicht!«, unterbricht Alicia mich. »Bitte sprich es nicht aus! Jedes Mal, wenn jemand mir sagt, wie falsch es gewesen ist, fühle ich mich dümmer, naiver und …«

»Sag so was nicht! Was ist nur aus dem starken Mädchen geworden, das ich einmal kannte?«

»Ich weiß es nicht.«

»Das nächste Mal, wenn du dich verloren fühlst, rufst du m-mich an«, sage ich mit Nachdruck. »Okay?«

»Das Gleiche gilt auch für dich, okay?«

»Notiert«, sage ich, ohne mich auch nur an einer einzigen Silbe aufzuhängen. »Und jetzt? Was brauchst du jetzt?«

»*Charlie und die Schokoladenfabrik*?«

»Wie war das noch mal m-mit ›Du darfst den Film wählen‹?«

»Du hast gefragt, was ich brauche.« Gespielt beleidigt greift sie nach einem Kissen und boxt mir damit in die Seite.

»Ich sehe schon, meine Gutmütigkeit wird hier schamlos ausgenutzt!«

»Das würde ich niemals …« Ihre Augen flackern amüsiert auf.

»Na dann, *Charlie und d-die Schokoladenfabrik*! Dafür will ich mindestens die Hälfte der verbotenen Gummibärchen.«

»Gebongt! Dann ruf schon mal den Film auf. Der Laptop ist an.« Sie hüpft von ihrem Bett und verschwindet wieder im Flur.

Einen Moment ist es so still im Zimmer, dass ich nur das gleichmäßige Ticken eines Weckers hören kann. Schnell nehme ich ihren Laptop vom Nachttisch und klappe den Bildschirm auf.

Ihr Hintergrundbild zeigt einen schwarzen Labrador, der übermütig auf einer Wiese tollt. Ob das mal ihr Hund war? Ich greife nach dem Kissen neben mir und lege es mir in den Nacken. Ohne es zu wollen, nehme ich den zarten, leicht blumigen Geruch ihres Shampoos wahr. Es ist der Duft aus der Umkleidekabine. Sind das Rosen? Eher nicht. Wie viele andere Blumendüfte kenne ich überhaupt? Und welcher davon würde zu Alicia passen? Wie kann es eigentlich sein, dass ein Kissen so intensiv nach jemandem riecht? Vielleicht hat sie sich nach dem Duschen hier hingesetzt. Der Gedanke, Alicia könnte hier, einzig ein dünnes Badetuch um den Körper gewickelt, gesessen haben, treibt meinen Puls augenblicklich in die Höhe. Ob ihre Haare nach dem Duschen noch lockiger sind?

»Die grünen sind eklig. Die würde ich an deiner Stelle an mich weitergeben.«

Ich schrecke heftig zusammen, ziehe den Laptop blitzartig ein Stück höher über meinen Schoß und hoffe, dass ich schnell genug reagiert habe. Shit. Was war das?

»Okay, wow! Kein Grund zur Panik! Du kannst sie auch selbst essen!« Ehe ich michs versehe, klettert sie über meine Beine auf die Innenseite des Bettes. Anders als eben trägt sie jetzt eine Brille auf der Nase. Ich hatte ja keine Ahnung, wie süß man damit aussehen kann.

Halt. Stopp. Schon wieder. Am liebsten würde ich mich selbst ohrfeigen. Es ist vollkommen falsch, an so was zu denken. Das weiß ich doch. Wir sind Freunde. Das war's.

»Hey, ich dachte, du suchst den Film raus.«

»Hab ihn n-nicht gefunden«, murmele ich und fahre wie zur Bestätigung meiner Suche über die Tastatur.

»Ich war mir sicher, den gibt's auf Netflix. Gib mal her.« Sie will den Laptop zu sich ziehen, doch ich halte ihn am Rahmen fest. »Lass mich noch mal!«, versuche ich Zeit zu gewinnen. Mein Körper braucht einen Moment, um das aufgestaute Blut zurück in meine Adern fließen zu lassen.

Währenddessen überschlagen sich meine Gedanken, und ich schaffe es nur mit hartnäckiger Selbstbeherrschung, mich auf die Buchstaben der Tastatur zu konzentrieren.

»Ha! Da ist er doch!«, triumphiert Alicia neben mir. Sie hat die Decke über ihre Knie gezogen und steckt sich ein Gummibärchen nach dem anderen in den Mund.

Als der Film startet, zeichnet sich ein zufriedenes Lächeln auf ihren Lippen ab.

Immer wieder ertappe ich mich bei dem Versuch, von der Seite einen Blick auf sie zu erhaschen.

»Du musst auf den Bildschirm sehen. Sonst verpasst du was.«

»Du meinst, einen d-der zig Dialoge, die ich auswendig mitsprechen kann?«

Sie legt gespielt beleidigt die Stirn in Falten, behält ihr Lächeln jedoch die ganze Zeit über bei. Zumindest so lange, bis ihre Atmung langsamer wird und ihre Augen träge zucken.

»Schon müde?«

»Überhaupt gar nicht.«

Keine fünf Minuten später stellt Alicia sich als die schlechteste Lügnerin der Welt heraus. Die zweite Hälfte des Films sehe ich mir allein an. Doch auch ich bekomme wenig mit von der Handlung. Stattdessen ziehe ich ihr die Decke ein Stück höher über die Schultern und stelle den Ton leiser, um sie nicht zu wecken. Es ist beruhigend, ihr beim Schlafen zuzusehen, und fast ein bisschen witzig, wenn ihr zwischendurch ein leichtes Schnarchen entfährt. Ein Schnarchen, von dem ich ihr ganz gewiss niemals etwas erzählen werde.

»Kein Wunder, dass du den Film immer wieder anschauen

musst, wenn du jedes Mal die Hälfte verschläfst«, raune ich, als sie irgendwann wieder die Augen aufschlägt.

»Ich habe nicht geschlafen.«

»Oh, ach so.« Ich unterdrücke ein Schmunzeln. »Dann muss ich mir das wohl eingebildet haben.«

Sie vergräbt ihr Gesicht im Kissen. »Höchstens ganz kurz.«

»Vielleicht solltest du dich fertig m-machen und richtig schlafen legen«, schlage ich vor, woraufhin sie mit trübem Blick nickt.

»Ja, vielleicht.«

Als ich den Laptop zuklappe und vorsichtig auf den Nachttisch lege, bin ich sicher, dass sie heute keinen einzigen Fuß mehr aus diesem Bett setzen wird.

»Gute Nacht, Schl-lafmütze. Bleib einfach liegen. Ich finde den Weg zur Tür schon allein.«

»Danke, dass du hier warst. Ich glaube, du bist der tollste Freund, den ich je hatte.« Sie blinzelt noch einmal, bevor sie sich tiefer in die Decke hüllt und den Kopf abwendet.

Ich beuge mich vor, um die kleine Lampe neben dem Bett auszuschalten, da leuchtet auf ihrem Handy etwas auf. Ausgerechnet in diesem Moment. Ich schwöre hoch und heilig, es ist nicht einmal Absicht gewesen ... Ich meine, ihre Nachrichten gehen mich nichts an. Absolut nichts. Und doch fällt mein Blick wie automatisch auf das Display ihres Smartphones. Ich brauche nicht einmal etwas anzufassen. Es ist reiner Zufall. Ein Zufall, für den ich rein gar nichts kann.

Zwei Mitteilungen von Nicolas. Klar, wer sonst?

Ich will sie nicht lesen. Verdammt, ich sollte mich umdrehen, die Tür hinter Alicia schließen und diese Wohnung verlassen. Doch ... ich kann nicht. Ich bleibe an den Buchstaben hängen, als flüsterten sie leise meinen Namen.

Danke für die inspirierenden Gespräche in den letzten Tagen. Du bist echt der Wahnsinn! Gehst mir nicht mehr aus dem Kopf.

Wie wäre es Freitag nach der Arbeit?

Kaum habe ich zu Ende gelesen, schrecke ich stumm zurück. Was zur Hölle tue ich hier?

Ein toller Freund bin ich. Einer, der bei der ersten Gelegenheit ihre Privatsphäre bricht.

So willst du doch nicht werden, oder, mein Kleiner? Du bist ein guter Junge. Die Stimme meiner Mutter sitzt wie eine Mahnung in meinem Kopf. Leise und doch laut genug, dass ich sie nicht überhören kann. Überhören darf.

Ich atme tief durch und werfe einen letzten Blick auf das Telefon. Der Bildschirm ist wieder dunkel geworden, und ich könnte mir einreden, die Nachricht habe niemals existiert.

Ich schaue zur schlafenden Alicia. Neben ihrem Kissen haben sich einige Gummibärchen verteilt. Rote. Gelbe. Weiße. Ein paar wenige in Orange. Nur von den grünen sind keine mehr übrig.

Ich flüstere »Schlaf schön« und starte einen neuen Versuch, das Licht auszuschalten. Diesmal mit Erfolg.

25. Kapitel

Alicia

Als ich am nächsten Morgen die Augen aufschlage, braucht es einige Sekunden Zeit, bis der gestrige Abend wieder in meinen Erinnerungen aufflimmert. Natürlich bin ich wieder einmal während des Films eingeschlafen. Der elendige Beweis dafür sind die unzähligen Gummibärchen, die auf der Matratze und dem Laminatboden verteilt herumliegen.

Julian muss irgendwann gegangen sein. Nur noch vage sind die Bilder, wie er mir die Decke hochgezogen und sich leise von mir verabschiedet hat. Ich möchte ihm am liebsten sofort schreiben, weiß nur noch nicht, ob ich mich entschuldigen oder bedanken soll.

Mein Smartphone verrät mir, dass es nicht einmal halb sieben ist.

Erstaunt stelle ich fest, dass ich zwei Nachrichten von Nicolas habe. Abgesehen von einem »Kannst du kurz in deine Mails sehen? Johannes sagt, er hätte dir das Briefing aufgetragen« vor acht Wochen haben wir uns noch nie privat geschrieben. Umso verwunderter bin ich über die Nachrichten, die gestern Abend zugestellt wurden. Er fragt mich tatsächlich nach einem Treffen. Dabei habe ich nicht damit gerechnet, dass er seinen Vorschlag wirklich ernst gemeint hat.

Ich schleiche in den Flur und werfe einen Blick zur Wohnungstür. Maggies Schuhe sind weg. Dann hat sie wohl bei Leo übernachtet. Lässt sich nur hoffen, dass das Treffen mit den Winters einigermaßen ruhig verlaufen ist. Immerhin hat Maggie Melina als emotionale Unterstützung oder besser gesagt als Leidensgenossin dabei.

Während ich meine Sportsachen aus den tiefsten Höhlen meines Kleiderschranks krame, kippe ich einen Smoothie runter und verfluche die Entscheidung, fünfundfünfzig Euro im Monat für etwas auszugeben, das mich so viel Überwindung kostet.

Aber hey, wenn ich später in der Agentur bin, werde ich mich so fit wie lange nicht mehr fühlen. Außerdem habe ich beim Sport genügend Zeit, um mir etwas in Sachen Nicolas einfallen zu lassen.

Die Luft draußen ist klar, dafür aber auch ungewohnt kalt. Es sind nur fünfzehn Gehminuten bis zum Fitnessstudio, und trotzdem entscheide ich mich für die Bahn.

Du glaubst nicht, was ich gerade tue

schreibe ich an Julian.

Es dauert keine drei Minuten, bis er online ist.

Lass mich raten. Rote, orange, gelbe oder weiße Gummibärchen essen?

Wohl eher das Gegenteil. :(

Schmunzelnd schicke ich ihm ein Foto von meiner Sporttasche.

Deutlich sinnvoller als jeglicher Zuckerschock.

Süßigkeiten müssen keinen Nutzen haben, deswegen sind sie ja Süßigkeiten. ;)

Ich muss grinsen, als ich das Willy-Wonka-Zitat erkenne.

Hey, du kennst Charlie ja wirklich auswendig. ;O

Nicht ganz. Aber die wichtigsten Weisheiten sind abgespeichert.

Wir schreiben weiter, auch als ich schon auf dem Laufband stehe. Julian erzählt von seiner Lehrprobe im Januar. Er ist viel zu spät dran und macht sich Sorgen, dass er die Pflichtbesuche nicht mehr vernünftig auf das Referendariat verteilt bekommt.

Falls nicht, kommt es unserer Direktorin bestimmt gelegen.

Sie klingt ja richtig sympathisch …

Hör bloß auf …

Als ich wissen will, ob er sie eher als Tortellini oder als Maultasche bezeichnen würde, begreift er sofort. Was für die meisten Menschen ein kryptisches Rätsel wäre, ist eine Erinnerung an unsere Kindheit. Früher haben wir alles und jeden mit unserem besonderen Persönlichkeitstest kategorisiert.

Nudeln passen an sich gar nicht. Ich würde eher auf

das Gemüse wechseln. Spinat zum Beispiel passt sehr gut. Den mögen die meisten Kinder nicht. :D

Was ist mit dir? Welches Tier?

Definitiv ein Salamander. Welche Farbe wärst du?

Rot vielleicht. Ist eine meiner Lieblingsfarben.

Kann es sein, dass du damit gerade deine eigenen Spielregeln brichst? Ich dachte immer, es geht nicht darum, was wir mögen, sondern um den Vibe?

Vibe haha :D ... Welche Farbe passt denn zu mir?

Ich erfahre, dass Julian sich für mich eine Mischung aus Blau, Orange und Pink vorstellen kann. Weil ich keine Ahnung habe, wie man auf diese Kombination kommt, muss Julian gestehen, dass er geschummelt und die Bedeutungen kurz recherchiert hat.

Immerhin finde ich so heraus, dass Blau für Empathie und Nachdenklichkeit steht, Orange für Vertrauen und Energie und Pink für Sensibilität, Hingabe und Geheimnisse.

Als ich vom Laufband steige und mir die Anstrengung von der Stirn wische, fällt mir auf, dass ich heute Morgen schon unverhältnismäßig häufig gelacht habe und zum ersten Mal in meinem Leben kurz davor war, beim Sport tatsächlich die Zeit zu vergessen.

Es ist gerade mal acht Uhr, als ich die Wohnungstür aufschließe. Julians Unterricht beginnt vermutlich genau jetzt, überlege ich und drücke ihm die Daumen, dass alles einigermaßen läuft.

Ich will gerade einen Schritt in die Wohnung setzen, da spüre ich eine Hand an meinem Arm. Ich drehe mich um und schrecke im selben Moment zusammen.

Es ist Timon. Sämtliche Alarmglocken in meinem Inneren fangen gleichzeitig an zu läuten. Für einen Moment überlege ich ernsthaft, zur Seite zu springen. Dann beruhigt sich mein Verstand wieder. Es ist nur Timon. Ja, das letzte Mal, als wir uns gesehen haben, ist es eskaliert. Aber davor ... ich meine, er war jahrelang mein Freund.

»Was machst du denn hier?« Ich zwinge mich, ruhig zu bleiben. Gleichmäßig zu atmen. Ich habe keine Angst.

»Frühstücken.« Er grinst. Ja, richtig. Er grinst, als sei es selbstverständlich, dass er hier vor meiner Tür steht. »Natürlich nicht alleine, sondern eigentlich mit dir!« Jetzt erst bemerke ich die Brötchentüte, die er in der rechten Hand hält.

»Mit mir?« Verdattert sehe ich ihn an.

»Gibt es hier in der Gegend noch andere Frauen, die eine Entschuldigung ihres Freundes erwarten?«

Mein Herz pumpt so heftig Blut in die Adern, dass mir heiß, kalt und vor allem unheimlich schwindelig wird.

»Ich ... Das ...«, bringe ich hervor. Shit! Ich muss auf der Stelle meine Gedanken sortieren.

»Ich weiß, ich habe Mist gebaut. Großen Mist. Ich war so wahnsinnig frustriert und ...«

»Timon«, unterbreche ich ihn.

Wieder ist da dieses Lächeln auf seinem Gesicht.

»Ich denke, das ist keine gute Idee«, sage ich langsam, ohne ihn nur eine Sekunde aus den Augen zu lassen.

»Verstehe. Ich habe dich überrumpelt.« Er nickt. »Ich wollte dich anrufen oder dir schreiben, aber ich habe dich nicht erreicht.«

Weil ich ihn sicherheitshalber blockiert habe …

»Wir sollten das wann anders klären.« Nicht, wenn ich vom Sport erschöpft in der halb geöffneten Wohnungstür stehe und mein Herz vor Aufregung ein Loch in meinen Körper hämmert.

»Du musst gleich arbeiten. Ich kann dich fahren. Es ist ja ziemlich kalt draußen.«

Ich sollte verblüfft sein. Überrascht. Irritiert über seinen Sinneswandel. Doch die Wahrheit ist, dass ich es nicht bin. Ich kenne dieses Spiel. Aber diesmal mache ich nicht mehr mit.

»Das ist lieb von dir, aber ich schaffe das auch so.« Ich bleibe freundlich. Muss verhindern, dass er sich aufregt.

»Warst du beim Sport?«

Bitte. Geh. In mir zieht sich vor Anspannung alles zusammen.

»Ja.« Nicht nachgeben. Nur nicht nachgeben. Freundlich sein, aber nicht nachgeben. Ich muss an Julian denken und wünschte, ich könnte ihn augenblicklich anrufen.

»*Du* machst Sport?«, sagt er, als wäre es dermaßen abwegig. Kurz habe ich den Eindruck, ein Flackern von Misstrauen in seinem Gesicht zu lesen. Doch das löst sich innerhalb von Sekunden wieder auf.

»Menschen ändern sich! Das solltest du doch am besten wissen.« Ich deute auf die Tüte in seiner Hand, bereue aber im nächsten Moment, den Gedanken wieder auf das Frühstück gelenkt zu haben. Er soll gehen. Jetzt. Bevor ich auf die Idee kommen kann, es mir anders zu überlegen.

»Kürbiskern, kein Mohn. Die magst du doch lieber, oder? Wegen der Sache mit deinem Vater …«

»Onkel«, korrigiere ich, ohne nachzudenken. Ich bin noch ein Kind gewesen, als mein Cousin mir erzählte, Mohn sei getrocknete Ameisenkacke. Die ganzen Sommerferien konnte ich die

Mohnbrötchen nicht essen, die Onkel Andreas uns immer mitgebracht hat.

»Fast. Aber ich hab's mir gemerkt!«

Er gibt sich Mühe. Das spüre ich. Und doch rechtfertigt es nicht den Schmerz, den er mir zugefügt hat.

Du weißt genau, wie viel es ihn kostet, auf dich zuzugehen, pulsiert es in meinem Kopf. *Du weißt genau, wie schwer es ihm fällt, sich einen Fehler einzugestehen. Und streng genommen hat er doch gerade nichts anderes getan, oder?*

»Timon.« Mein Tonfall ist sanfter geworden.

Ich trete ein Stück zurück und lasse ihn zumindest in den Flur eintreten.

Dafür ploppt jetzt das Gespräch mit Julian in meinem Kopf auf.

»Aber diesmal ist es anders?«, hat er gefragt.

Die Wahrheit ist: Ich weiß es nicht. Ich weiß nicht, wie ich es schaffen soll, endlich von diesem dünnen Seil zu springen und mit dem elendigen Tanz aufzuhören, bevor ein Sturz mir alle Knochen bricht. Was eine Metapher!

»Also? Kaffee und frische Brötchen? Ich kann den Tisch decken, während du dich fertig machst.«

Mein rechter Fuß steht bereits auf dem Seil, als es zu schwanken beginnt. Ich könnte jeden Augenblick den Halt verlieren.

»Ich ... Du ...«

Es ist so bedrohlich hoch hier oben. Wenn ich mein zweites Bein vorsetze, stehe ich wieder mitten auf dem Seil.

Doch so weit kommt es nicht.

In der Wohnungstür klackt ein Schlüssel. Maggie. Wer sonst kommt einfach so hinein? Ich halte den Atem an und warte darauf, dass der Druck jeden Augenblick entweicht. Nicht langsam, sondern mit einem lauten Knall. Wie ein Luftballon, den man plötzlich mit einer Nadel gestochen hat.

»Was ist denn hier los?« Maggie hat die Augen aufgerissen. Ungläubig sieht sie von Timon zu mir.

Sofort schnürt sich mein Hals zu. Ich würde auch ganz ohne Worte verstehen, was sie von dieser Zusammenkunft hält.

»Hallo? Kann mir mal jemand erklären, was das hier wird?«

Im Kopf zähle ich die Sekunden und nehme mir vor, bei zehn etwas zu sagen. Eine Erklärung zu finden. Nicht für Maggie. Ich bin ihr nichts schuldig. Ihr nicht. Niemandem. Außer mir selbst.

»Was geht dich das an?«, blafft Timon. Im nächsten Moment senkt er wieder die Stimme. Vermutlich, weil er selbst gemerkt hat, dass er sich mit einem Angriff nicht den größten Gefallen tut. »Ich bin nur hier, um zu reden.«

»Dann rede draußen weiter. Zum Beispiel mit dir selbst!« Maggie hat ihre Hände zu Fäusten geballt.

»Mach mal langsam! Du wohnst hier nicht allein.«

»Das nicht. Aber wenn ich es richtig in Erinnerung habe, fühlen sich zwei von zwei Bewohnerinnen dieses Hauses von dir gestört!«

Timons Augen verengen sich zu dünnen Schlitzen. »Seit wann hat sie zu bestimmen, was du willst?« Er sieht zuerst zu mir, dann wieder zu Maggie.

»Geh nach Hause, Timon. Wir sprechen ein andermal.« Ich gebe mir Mühe, ruhig zu sprechen, strecke meine Hand aus, um ihn sanft am Arm zu berühren. Manchmal gelingt es mir, ihn so zu besänftigen.

»Fass mich nicht an!« Heute ist keiner dieser Tage.

Ich beiße die Zähne zusammen. So fest, dass sich meine Schläfen anspannen und ich mich auf nichts anderes mehr konzentrieren kann als auf das Herzstolpern in meiner Brust.

»Ihr habt mir beide nichts zu sagen, hört ihr? Gar nichts.« Sein Brüllen bringt beinahe die Wände zum Wackeln. Es ist zu spät. Er ist zu aufgebracht, um ein vernünftiges Gespräch zu führen.

Eins. Zwei. Drei. Er wird wieder gehen. Wenn wir keinen Mucks erwidern, wird er aus diesem Flur verschwinden.

»Das hier«, höre ich Maggies Stimme, viel gefestigter als eben, »das hier ist unsere Wohnung, und wir haben dich gebeten zu gehen.«

Ich spüre, wie die Panik in mir aufkocht und ich mir wünsche, Maggie würde kurz den Mund halten. Nicht, weil sie unrecht hat, sondern weil ich weiß, dass es alles nur noch schlimmer macht.

Timon macht eine ausladende Bewegung und reißt die Vase von der Kommode neben mir. Ich höre das Klirren, ich spüre die Nässe, das Blumenwasser an meinen Socken, an meiner Jeans. Doch es ist mir egal. Ich lasse mich auf den Boden sinken und vergrabe das Gesicht im Schoß. Ich höre Timons schnelle Atmung. Zuerst noch ein Stück entfernt von mir, dann ganz nah. Tränen schießen aus meinen Augen. Ich weine, schaffe es aber, keinen Laut über meine Lippen zu lassen.

Soll er mich festhalten. Mich küssen. Mich ein weiteres Mal brechen. Was soll schon passieren? Wie soll etwas kaputtgehen, das ohnehin schon kaputt ist?

Ich schließe die Augen, lasse die Tränen über meine Wangen laufen. Sie sickern durch meine Lippen in den Mund. Ich schmecke sie. Sie schmecken nach Salz. Aber auch nach Abscheu. Wut. Entsetzen. Schock. Ich habe ihn hereingelassen. Ich habe wieder nachgegeben.

Küss mich endlich, hol dir meine Demütigung und geh, flehe ich im Kopf.

Doch er tut es nicht. Er ist so nah, dass mir schwindelig wird.

»Denkst du echt, ich würde dich jetzt küssen?« Er spuckt mir die Worte förmlich ins Gesicht. »Vergiss es! Das hast du nicht verdient. Aber wart's ab, du wirst noch auf Knien betteln, dass ich dir die Zunge in den Hals stecke.«

Seine Schritte entfernen sich. Die Schwere auf meinem Herzen lässt nach. Ich bekomme wieder Luft.

»Alles okay?«

Maggie. Plötzlich sitzt sie neben mir auf dem Boden und lässt ihren Kopf gegen meine Schulter sinken. Und während ich nicke, obwohl überhaupt nichts in Ordnung ist, tropfen erneut Tränen auf meinen Arm.

»Das muss aufhören.« Sie deutet auf die zerbrochene Vase, aus der immer noch die letzten Milliliter Wasser auf den Boden tropfen. »Ein für alle Mal. Ich will dir dabei helfen.«

»Ich weiß«, murmele ich und fahre mit der rechten Hand über meinen Unterarm. So, als könnte ich mich damit selbst beruhigen.

»Warum habe ich das Gefühl, dass jetzt ein ziemlich großes Aber folgt?«, hakt Maggie nach.

»Weil ... ich bin noch nicht so weit.«

Maggie schluckt. Ich kann mir vorstellen, was ihr durch den Kopf geht. Dass sie selbst einmal in einer ähnlichen Lage steckte. Einer Lage, in der sie Zeit brauchte.

Sie hilft mir aufzustehen, deutet dann auf den Küchenstuhl. »Setz dich. Wir sollten was trinken.«

»Himbeertee?«, versuche ich, die ernste Stimmung ein wenig zu kippen.

»Was sonst? Vielleicht kriege ich damit meinen schweren Magen von gestern beruhigt.«

»Wie war's denn überhaupt?«

Maggie hebt eine Augenbraue. Dann lacht sie knapp auf. »Bietet genug Stoff für einen ganzen Roman.« Sie stellt mir eine Tasse

Tee hin. »Der aber nicht jetzt erzählt wird. Zuerst bringen wir dir ein bisschen Farbe ins Gesicht. Sag mal, ist das eigentlich eine Sporttasche im Flur?«

Ich lächele schief. »Moment mal, du willst lieber wissen, ob ich im Gym gewesen bin, als mir die Frage zu stellen, warum mein Ex in unserem Wohnungsflur stand?«

Maggie setzt sich auf den Platz gegenüber von mir. »Ist in unserer Freundschaft je irgendwas normal gewesen?«

Ich nehme einen Schluck Tee und verbrenne mir fast die Zunge. »Hmm, jetzt, wo du es sagst … Ich glaube, ich möchte eher über Sport sprechen.«

26. Kapitel

Julian

Ich kann mich nicht erinnern, während des Unterrichts jemals so unkonzentriert wie heute gewesen zu sein.

Sämtliche Kopien habe ich im Lehrerzimmer liegen lassen. Als ich stattdessen das Smartboard anschmeiße, wird das Durcheinander in der Klasse noch lauter.

»So, wir machen direkt dort weiter, wo wir das letzte Mal aufgehört haben. Kann sich jemand erinnern, wie h-h-hoch in Deutschland der Wasserverbrauch pro K-K-Kopf geschätzt wird?« Angespannt lasse ich meinen Blick durch die Reihen streifen.

»Kommt drauf an, wie häufig man duscht. Wenn die Statistik sich Leute wie Oliver ansieht, vermutlich gering. Du stinkst wie ein Affe!«, ruft Kalle in den Raum. Die anderen lachen. Selbst der große, etwas schlaksige Oliver nimmt den Spruch mit Humor.

»Na, viel öfter wurdest du wohl auch nicht gegossen. Sonst würdest du ja mal wachsen.«

Wieder ein Lachen. Die Mädchen in der ersten Reihe tuscheln. Ich weiß, dass ich etwas sagen muss. Jetzt. Doch das Stechen hinter meiner Stirn macht es nicht gerade einfacher, mich auf meine Atmung zu konzentrieren.

»Ich würde jetzt g-gern mit dem Unterricht weitermachen!«

»Was hält Sie davon ab?«, grölt Kalle und steckt sich ein Kaugummi in den Mund.

»Bei dieser Lautstärke d-d-dürfte es etwas schwierig sein«, erkläre ich ruhig und stehe von meinem Platz auf.

»Vielleicht interessiert einfach niemanden, was Sie sagen. Haben Sie darüber mal nachgedacht?«

»Kalle, du kannst d-d-die Stunde auch v-vor der Tür verbringen. Am besten kommst du dann wieder rein, wenn du dich am Unterricht b-beteiligen willst!«

»Gern!« Er steht von seinem Stuhl auf, die Hände lässig in die Hosentasche gesteckt, und grinst breit. »Wenn Sie das so anbieten, schlage ich das nicht aus.« Ehe ich etwas sagen kann, ist er durch die Tür verschwunden, und ich habe keine Ahnung, ob ich mir damit einen Gefallen getan habe.

Es vergehen fünfunddreißig Minuten, in denen sich der Rest der Klasse zusammennimmt. Gerade als ich vorhabe, Kalle wieder hereinzulassen, klopft es an der Tür. Ehe ich reagieren kann, springt die Klassentür auf, und ein großer, breiter Mann mit Vollbart tritt ein. Ich weiß nicht, ob ich schreien oder in Tränen ausbrechen möchte.

»Klasse 8b? Name Rock?«

Es liegt nicht daran, was er sagt. Daran ist weder etwas ungewöhnlich noch falsch.

Der eigentliche Grund, warum ich sofort dieses Schulgelände verlassen möchte, sind die zehn großen Kartons, aus denen der verdächtige Geruch von Pizza dringt.

Meine bittere Vermutung wird bestätigt, als Kalle mit verschränkten Armen im Türrahmen auftaucht. »Ahh, meine Bestellung ist da.«

27. Kapitel

Alicia

»Wir gehen nur etwas trinken. Vermutlich, um über ein paar Kampagnen zu sprechen«, erkläre ich Maggie im Gehen.

»Sicher. Außerhalb der Arbeitszeiten auch kein bisschen ungewöhnlich. Vor allem bei Praktikanten.« Sie will mich nur ein wenig ärgern, das weiß ich. »Komm mir nicht vor Mitternacht nach Hause. Aber benutzt Kondome. Kinder sind eine Heidenarbeit.«

Ich muss zugeben, dass ich es ein wenig vermisst habe. Es gab eine Zeit, in der wir häufiger auf Dates gewesen sind. Es war eine Art Tradition zwischen uns, die andere mit einem möglichst blöden Spruch zu verabschieden. Heute wäre mir allerdings eine zusätzliche Beruhigungstablette nicht unrecht gewesen. Stattdessen stürze ich mich in die Arbeit.

Es ist später Nachmittag, als die anderen im Büro ihre Sachen zusammenpacken, und mein Herz rast schneller als jede Achterbahn. Ich habe Nicolas seit heute Morgen nicht gesehen, weil er mit Richard zu einer Location für ein Shooting gefahren ist. Zwar wollte er schon vor einer halben Stunde zurück sein, allerdings weiß ich nur zu gut, wie unberechenbar der Verkehr in der Innenstadt ist.

»Viel Erfolg bei deinen Überstunden.« Emily grinst zweideutig. Sie ist die Einzige, der ich von meinem Treffen mit Nicolas erzählt habe. Zum einen, weil ich keine Ahnung habe, wie gern Dates zwischen Kollegen gesehen werden, zum anderen, weil ich ja nicht einmal sicher bin, ob das hier überhaupt ein Date ist.

»Haha«, mache ich und versuche, nicht ganz so nervös zu klingen, wie ich mich fühle. Ich bin sicher, es fehlt nicht viel, und ich habe mir nicht nur die Farbe von den Lippen geleckt, sondern auch damit begonnen, an meinen Nägeln zu knibbeln. Dabei habe ich sie gestern Abend extra noch lackiert. Bordeauxrot. Passend zu dem Blazer, den ich für heute gewählt habe. Es war gar nicht so leicht, ein Outfit zu finden, das genug für ein Date hergibt, aber nicht zu aufgetakelt ist, um zu einem ganz normalen Arbeitstag zu passen. Einem normalen Arbeitstag, an dem man rein zufällig mit Nicolas Hohenfeld verabredet ist.

Während ich Buchstabe für Buchstabe mühselig in die Tastatur haue, fällt mein Blick immer wieder zur Uhr. Siebzehn Uhr siebenundfünfzig. Schluss war vor knapp einer halben Stunde.

Ich überlege, Nicolas eine Nachricht zu schreiben, verwerfe den Gedanken aber gleich wieder. Auf keinen Fall will ich aufdringlich oder lästig rüberkommen. Zumal ich meine Zeit doch sinnvoll nutzen kann. Mehr oder weniger.

Es vergehen weitere zehn Minuten.

Vielleicht ist ihm etwas passiert?

Zuletzt online vor fünfundvierzig Minuten. Ich kontrolliere es nur, weil ich mir Sorgen mache. Ich meine, die beiden könnten einen Unfall gehabt haben. Oder der Akku ist leer. Bei Richard auch?

»Alicia«, fluche ich leise. »Hör auf, dich so verrückt zu machen.« Ich sage es mir wieder und wieder. Auch dann noch, als der große Zeiger sich immer weiter der Sechs nähert und mir klar wird, dass ich seit einer verdammten Stunde warte.

Mein Telefon vibriert. Kurz habe ich die Hoffnung, Nicolas könnte sich melden und Bescheid geben, dass er gleich da ist. Doch es ist Julian. Ein Videoanruf? Ich muss lächeln.

»Na, du fleißige Biene? Noch so spät auf d-der Arbeit?«

Er sitzt an einem Schreibtisch, wahrscheinlich bei sich zu Hause. Jedenfalls sieht es aus, als wären seine Haare noch nass. Ob er gerade duschen war?

»Oh, hi! Mit dir habe ich ja mal gar nicht gerechnet.«

»Das Leben beginnt außerhalb der Komfortzone. Kleine Challenge, die ich mir mit meiner Logopädin vorgenommen habe.«

»Gefällt mir. Kommt ihr gut voran?«

»Nie schnell g-genug.«

»Ich finde, dass du das super machst. Allein, weil du so regelmäßig hingehst.«

»Danke! Und du? Noch so viel z-zu tun? Ich habe gehofft, wir könnten einen zweiten Versuch in der Mission Weihnachtsfilm starten. Diesmal ohne Einschlafen.«

Wenn er wüsste, wie gut es tut, mit ihm zu sprechen.

»Ich fürchte, heute wird das nichts.« Schuldbewusst beiße ich mir auf die Lippe. »Erinnerst du dich an Nicolas?« Blöde Frage. Natürlich erinnert er sich. Schließlich habe ich mich bei unserem kurzen Aufeinandertreffen ziemlich blöd verhalten. Bevor Julian etwas sagen kann, fahre ich fort: »Wir wollen nachher noch etwas trinken gehen.« Hitze schießt mir in den Kopf. Warum sorgt allein die Erwähnung von Nicolas' Namen dafür, dass ich vollkommen neben der Spur stehe?

»Oh«, macht Julian. »Dann ist d-das ein Date?«

»Ach, eher so etwas unter Kollegen. Macht man ja manchmal.« Schon wieder diese dämliche Rechtfertigung. Warum kann ich diese Frage nicht einfach so stehen lassen?

»Verstehe!«

»Aber hey, vielleicht können wir das mit dem Film trotzdem nachholen? Nächstes Wochenende? Ich bin noch bis zum Dreiundzwanzigsten in Köln. Danach geht's über Weihnachten zu meinen Eltern.«

Julian nickt. »Klingt gut.«

»Ich freue mich!« Während ich das sage, merke ich, wie sehr ich die Worte auch meine. Es ist so leicht, mit Julian Zeit zu verbringen. Etwas, was ich so bisher nur selten gespürt habe. Nur bei Maggie vielleicht.

»Dann will ich d-dich gar nicht lange stören. Hab einen schönen Abend.«

»Du auch.« Ich halte einen Moment inne, betrachte mich selbst in dem kleinen Feld unseres Videogesprächs und lege den Kopf schief. »Eins noch.«

»Ja?«

»Haare lieber im Zopf oder offen?« Normalerweise würde ich so was höchstens Maggie fragen. Doch vielleicht kann Julian diese Frage sogar noch besser beantworten. Immerhin ist er ein Mann. Zwar ganz anders als Nicolas, aber trotzdem ist es eine Gemeinsamkeit.

»Jetzt?«

Ich nicke und fasse die Haare mit der Hand zusammen.

»Hmm … um ehrlich zu sein, f-finde ich, dass dir beides steht.«

»Das ist keine Antwort. Du musst schon die Wahrheit sagen.«

»Das ist die Wahrheit! Die offenen Haare passen gut zu deinen Augen. Außerdem haben die Wellen auch etwas Herzliches.«

»Herzlich? Das hat noch niemand gesagt!« Ich muss leise lachen.

»Mit dem Zopf sieht man mehr von deinem G-Gesicht. Das ist auch sehr schön.«

Meine Belustigung geht in ein merkwürdiges Gefühl von Verlegenheit über. »Das hat erst recht noch niemand zu mir gesagt.«

»Dann m-muss ich es wohl öfter sagen.«

Seine Worte wirken wie eine kurze Umarmung auf mich, von der er nichts weiß. »Danke.«

»Gern. Dafür sind F-Freunde doch da.«

• • •

Es ist neunzehn Uhr. Ich habe den Computer ausgeschaltet und halte den Daumen etwa einen Millimeter vom Display entfernt.

Einen Millimeter über dem Anrufbutton.

Denk an die Kondoooooome!

Nachricht von Maggie.

Anstatt schmunzelnd darauf zu antworten, wische ich sie weg. Dafür drücke ich endlich auf *Anruf*.

Als das Freizeichen ertönt, ist mir auf einmal so heiß, als hätte jemand schlagartig die Temperatur im Raum erhöht.

Noch ein Piepen. Und noch eins. Ich will gerade auflegen, da höre ich ein Rascheln am anderen Ende der Leitung.

»Nicolas?« Meine Stimme vibriert in meinem Hals, und ich schließe die Augen, als könnte ich auf diese Weise jegliche Aufmerksamkeit von mir lenken.

»Ja?« Er ist es. Es scheint nichts passiert zu sein. Ganz im Gegenteil. Ich meine, im Hintergrund gedämpfte Musik zu hören. Und Stimmen.

»Alles in Ordnung?«

»Ähmm … Wer ist denn da?«

Schlagartig bereue ich, angerufen zu haben. Doch auflegen ist jetzt keine Option mehr. »Alicia.«

»Oh, sorry! Hab so schnell nicht aufs Display geguckt. Ziemlich stressiger Abend heute.« Was soll das heißen?

»Ah, verstehe.« Ich verstehe überhaupt nichts. »Dann bist du noch unterwegs?«

Es raschelt erneut. Kurz glaube ich, dass die Verbindung abgebrochen ist.

»Ja. Gibt's was Wichtiges?«

Mein Herz beginnt wieder zu rasen. Habe ich mich gerade verhört?

»Versteh mich nicht falsch. Ich will dich ungern abwürgen, aber …« Er beendet seinen Satz nicht. Vermutlich, weil es nichts weiter zu sagen gibt.

»Ich wollte eigentlich nur nachfragen. Wegen heute Abend. Ich dachte, wir wollten noch was trinken gehen.« Im selben Moment, in dem die Worte meinen Mund verlassen, wünsche ich mir, sie wieder zurücknehmen zu können. Mein Kopf glüht, und ich will nichts lieber, als aus dieser Hülle von Körper zu verschwinden. Klein sein. Immer kleiner. Am liebsten unsichtbar. »Aber alles gut. Das war ja nur lose abgemacht«, sage ich plötzlich schneller, als ich denken kann.

»Dann hoffe ich, dass du jetzt nicht gewartet hast.«

»Überhaupt nicht. Mach dir keinen Kopf! Es passt mir eigentlich selbst nicht so gut.« Aus meinem Mund dringt ein Lachen. Ein Lachen, das so aufgesetzt und falsch klingt, als wäre es nichts weiter als eine schlechte Synchronisation. Es gehört nicht zu mir.

»Sehr gut. Dann wünsche ich dir einen schönen Abend.« Wieder diese Stimmen im Hintergrund. Diesmal lauter. Er ist in einem Restaurant. Oder in einer Bar.

Ich zwinge mich, tief durchzuatmen. Es ist gleich vorbei. Noch ein Satz und ich habe es geschafft. So lange muss ich mich zusammenreißen. »Dir auch!« Ich drücke das Gespräch weg, wische mir mit dem Ärmel achtlos die rote Farbe von den Lippen und lasse meinen Kopf auf die Tischplatte sinken.

Wie kann man nur so bescheuert sein? Ich spanne den Kiefer an, schärfe meinen Blick und atme so schnell, dass ich die aufsteigenden Tränen mit Mühe und Not zurückdrängen kann. Was auch immer hier gerade passiert ist ... Ich darf nicht heulen. Nicht hier. Nicht jetzt.

Das alles war ein Missverständnis. Ein ziemlich dämliches Missverständnis.

Als ich auf der Straße vor der Agentur stehe, bin ich so durch den Wind, dass ich keine Ahnung habe, wie ich es geschafft habe, mich die letzten fünf Minuten auf den Beinen zu halten. Geschweige denn, in den Fahrstuhl zu steigen und dem Hausmeister flüchtig zuzuwinken. Ein einzelnes Wort hätte gereicht, um mich haltlos in Tränen ausbrechen zu lassen. Doch all die Selbstbeherrschung ist wie weggewischt, als ich auf der Bordsteinkante stehe und mir klar wird, dass ich nicht weiß, was ich jetzt tun soll. Es ist halb acht. Vor zehn rechnet Maggie nicht mit mir. Natürlich könnte ich sie anrufen ... und ihr damit den Abend mit Leo kaputt machen. Egal, wie sehr ich mir wünsche, mich unter meiner Bettdecke zu verkriechen, ich will nicht auch noch dafür verantwortlich sein, meine beste Freundin zu enttäuschen.

Es ist Mitte Dezember, die Kälte hat sich nach kurzer Zeit in jeder Faser meines Körpers festgebissen, und doch ist es mir so egal wie lange nicht.

Wahrscheinlich habe ich genau das verdient. Hier zu sitzen, bis mir der Arsch auf Grundeis geht und mir endlich klar wird, in welchen Gedanken ich mich die letzten Stunden reingesteigert habe.

Ich bin wieder einmal die dumme, naive Alicia, die so blöd gewesen ist, zu glauben, dass ein attraktiver, selbstbewusster und stinkreicher Kerl wie Nicolas Interesse an ihr haben könnte. Das ist nicht nur dumm und naiv. Das ist erbärmlich.

Ich ziehe mein Telefon aus der Tasche und scrolle mit steif gefrorenen Fingern durch meine letzten Nachrichten. Auf einmal kommt es mir so vor, als wäre ich für all diese Namen und Nummern, für all diese Menschen unendlich bedeutungslos. Nein, eher eine Last. Jeder Einzelne würde denken, wie erbärmlich ich bin, wenn ich ihn jetzt anrufe. Mit einer Ausnahme vielleicht: Julian. Was würde Julian sagen? Dass ich nicht so hart mit mir ins Gericht gehen darf? Dass es okay ist, wenn ich verletzt bin?

Bist du da?

tippe ich, ehe ich es mir anders überlegen kann. Ich habe heute Abend ohnehin nichts mehr zu verlieren.

Zwei Minuten vergehen, bis die Haken sich blau färben und meine Lunge sich für den Bruchteil einer Sekunde weitet, sodass ich wieder atmen kann.

Yes. Was gibt's?

Kann ich vorbeikommen?

Normalerweise würde ich so eine Frage nicht stellen. Nicht aus dem Nichts. Abends.

Zumal ich bisher nicht den Eindruck hatte, dass er sonderlich scharf drauf ist, Besuch mit nach Hause zu bringen.

Ist alles okay?

Er will dich nicht sehen. Lass ihn in Ruhe! Da ist diese Stimme in meinem Kopf, die mich anschreit. Nein, eigentlich ist es keine wirkliche Stimme. Nichts Fremdes von außen. Das bin ich. Meine Gedanken. Meine Stimme.

Alles gut. Hat sich erledigt.

Das einzig Gute an der Kälte ist, dass ich mich von Minute zu Minute betäubter fühle. Von innen und außen.

Julian schreibt. Ganz plötzlich ist er offline. Und ich? Ich kann es ihm nicht mal übel nehmen. Ich verstehe, dass ihm mein Hin und Her zu blöd ist.

Auf meinem Display leuchtet eine Adresse.

Falls du nicht mehr weißt, wo ich wohne. Ruf an, wenn du da bist. Oder schreib mir! Die Klingel ist kaputt.

Ich habe keine Ahnung, womit ich diesen Menschen in meinem Leben verdient habe, aber ich bin unendlich dankbar, dass es ihn gibt.

28. Kapitel

Alicia

»Erst m-mal atmen!«

Wir sind oben auf dem Dachboden. Julian hat sich mindestens eine Million Mal für die Unordnung entschuldigt, doch mir könnten ein paar herumliegende Pullover und Hefte nicht gleichgültiger sein. Ich sitze auf Julians Bettkante und habe die Arme um den Körper geschlungen.

»Willst du eine Decke haben? Oder einen Tee? Du bist doch sicher durchgefroren.« Er dreht am Heizkörper herum. »Höher geht's leider nicht.«

Ich kann nicht einmal sagen, ob mir noch kalt ist. Vielleicht ist mein Gehirn nicht mehr in der Lage, so viele Dinge gleichzeitig zu verarbeiten. Die ersten Tränen sind schon geflossen, als ich vor seiner Haustür stand, und es war mir vor Julian nicht einmal peinlich. Spätestens seit unserem ersten Wiedersehen ist dieser Bann wohl ein für alle Male gebrochen.

»Du musst atmen«, wiederholt Julian. »Durch d-den Bauch, nicht durch die Brust.«

Immer wieder entfährt mir ein Schluchzen.

»Ich glaub's einfach nicht. Ich kann nicht glauben, wie unfassbar dumm ich gewesen bin.« Ohne es verhindern zu können, höre ich eine Stimme in meinem Kopf. *»Man sollte immer wissen, wo man steht.«* Es sind Worte, die Timon häufig zu mir gesagt hat.

Ein spitzer Pfeil bohrt sich in meine Brust.

»Du hast überhaupt n-nichts falsch gemacht«, beteuert Julian. »Es ist seine Schuld. Er hat das Treffen vergessen, und du fühlst dich schlecht? Das ist absolut verdreht.«

»Ist es nicht. Er hat es vergessen, ja. Aber frag dich mal, wieso?« Meine Sprechpause reicht höchstens, um einmal Luft zu holen. »Es war ihm nicht wichtig. Ich bin ihm nicht wichtig. Und daraus kann ihm niemand einen Vorwurf machen. Es ist alles meine Schuld. Wie konnte ich nur so dumm sein!«

»Hör auf, das zu sagen!«

»Warum? Wenn es doch wahr ist!«

»Wenn sich einer schlecht fühlen sollte, dann ist es dieser N-Nicolas.«

Ich schüttele den Kopf. »Es ist immer das Gleiche. Immer und immer wieder. Ich ziehe das an. Ich will einfach nur noch weg.«

»Weg von hier?«

Ich schüttele den Kopf. »Weg von mir.«

Julian setzt sich neben mich auf sein Bett. »Ich fürchte, d-das ist nicht ganz so einfach.«

»Aber warum nicht?«

»Das k-kann ich dir nicht sagen. Nur, dass ich es schon häufig genug versucht habe.«

»Von dir wegzukommen?«

Julian nickt. »Wünscht sich n-n-nicht jeder mal, ein neuer Mensch zu werden?«

Ich zucke mit den Schultern. »Aber ich meine das ernst. Ich würde alles darum geben, dass mich jemand einfach nur liebt.« Es tut so weh. Es tut so verdammt weh, die Worte überhaupt erst in den Mund zu nehmen. Doch diese Gedanken sind seit Jahren so laut, dass ich nicht anders kann, als sie wieder und wieder durchzukauen.

»All das, was du gerade sagst … das liegt d-doch nicht an dir!«

»Doch! Genau das tut es. Ich weiß, dass es einen Grund dafür gibt. Gründe, warum Männer so zu mir sind. Ich denke, ich strahle das aus. Es gibt etwas an mir, das Menschen ab einem gewissen Punkt anwidert. Dieses *Nimm mich und behandele mich mies.* Irgendwas an mir ist falsch. So falsch. Schon immer. Schon als gottverdammtes Baby war ich die Alicia, die niemand wollte. Nicht einmal meine eigenen Eltern.«

Jetzt ist es raus. Dieser enorme Druck ist in meiner Brust wie ein Vulkan explodiert. Doch das Schlimme ist, dass ich nicht aufhören kann zu brennen. Und überall sind diese Tränen. Sie fließen über meine Wange, tropfen auf das Shirt, das ich unter meinem Blazer trage.

Mein Dating-Blazer. Weil ich geglaubt habe, es könnte ein Date werden.

»Der ist genau das Richtige«, hat Maggie gesagt. Wie wenig recht sie hatte. Kein Outfit dieser Welt kann etwas daran ändern, dass ich *ich* bin. Mit einem Ruck springe ich vom Bett auf und bleibe vor dem Wandspiegel am Kleiderschrank stehen.

Mein Gesicht ist wie zu erwarten rot gefleckt und aufgequollen.

»Ich will's einfach sehen. Ich will begreifen, wo dieser beschissene Defekt ist. Ist es mein Kopf?« Verzweifelt vergrabe ich die Hände im Haar. »Oder ist es mein Gesicht? Sind es die Augen? Mein Körper? Wo um alles in der Welt bin ich falsch abgebogen? Wo ist mein verfluchter Fehler?«

Ich kann nicht mehr aufhören zu weinen.

Sosehr ich mir wünsche, es zu können, es geht einfach nicht.

»Alicia!« Julian ist direkt hinter mir. Ich spüre seine Hände auf meiner Schulter. Lasse zu, dass er mich ein Stück dreht.

»Was? Ist das zu viel verlangt? Sag es mir einfach! Was an mir ist so falsch? Sag es!«

Er sagt es nicht. Seine Brauen ziehen sich wortlos zusammen, und die Stirn ist leicht gerunzelt. Vielleicht habe ich ihn wütend gemacht. Bravo! Ich habe ein Talent, alles zu zerstören. So wie Timon es immer gesagt hat. Schlichtweg anstrengend. Das ist es. Da haben wir es. Die Antwort war die ganze Zeit da. Ich bin eine Dramaqueen.

Ich sollte dringend gehen. Raus aus diesem Zimmer. Egal wohin.

»Vergiss es! Sorry, dass ich hergekommen bin. Ich wollte dir nicht den Abend kaputtmachen. Und erst recht nicht nur, weil ...«

Als er mich diesmal berührt, ist sein Griff fester. Nicht schmerzhaft fest. Vielmehr entschlossen. Ich drehe mich um. Will den Satz beenden. Julian erklären, warum ich eine miserable Freundin bin. Sagen, dass es mir leidtut. Ich ihn in mein Chaos nicht reinziehen sollte.

Doch ... da ist nichts. Mein Herz ist laut. Meine Seele schwer. Doch mein Kopf ... mein Kopf ist wie leer gefegt.

»Sag d-das nie mehr!« Julian ist so nah, dass ich seinen Atem auf meinem Gesicht spüren kann. »Sag nie mehr, dass du nicht richtig bist. Versprich mir, dass d-du so etwas nie mehr denkst.«

Meine Brust hebt und senkt sich schneller, als ich seine Worte verstehen kann. Ich weiß nicht, was ich sagen soll. Leerer Kopf. Keine Worte. Wie zur Hölle schaffen es überhaupt noch diese Tränen aus mir heraus? Kann Traurigkeit nicht irgendwann aufgebraucht sein?

»Das kann ich nicht«, presse ich unbeholfen hervor. »Das kann ich nicht. Ich ...«

Seine Lippen sind weich. Genau wie dieser Kuss. Sanft, ein wenig zurückhaltend, ähnlich einer Frage. Ich spüre seine Bartstoppeln auf meiner Haut als ein leichtes Kitzeln. Julian riecht nach einem herben Männershampoo. Es ist ein dezenter Geruch. Nicht zu intensiv, aber klar genug, um meinem Verstand zu versichern, dass das hier real ist. Dieser Kuss ist real. Wir sind real. Ich küsse Julian. Er küsst mich. Und bis vor wenigen Sekunden hatte ich noch keine Ahnung, wie dringend ich das hier gebraucht habe.

21. September 2007

Liebe Alicia,

ich hoffe, dir geht es gut und du freust dich auf deinen Geburtstag. Du weißt ja, dass ich dir eigentlich persönlich gratulieren und mit dir feiern wollte. Aber ich kann dieses Jahr leider nicht kommen. Die letzten Tage waren nicht so schön, aber ich will dir den Tag nicht kaputtmachen. Man wird ja nur einmal im Leben neun. Ich wünsche dir viele Überraschungen, gutes Wetter und ganz viel Freude mit deiner Familie.

Für das nächste Jahr habe ich einen Plan. Ich werde einen doppelten Kuchen für dich backen, mit ganz viel Marmelade. Weil ich ja weiß, wie sehr du Marmelade liebst, oder? Es wird ein ganz besonderer Kuchen sein, nur für dich. Alles Liebe und Gute zum Geburtstag!

Dein Freund

Julian

29. Kapitel

Julian

Ich habe nicht geplant, sie zu küssen. Nicht dass ich es mir nie vorgestellt hätte. Natürlich habe ich das. Ich hätte die letzten Wochen alles getan, um herauszufinden, wie sich ihre Lippen auf meinen anfühlen. Alles getan, um ihren süßen Duft so dicht an meinem Gesicht zu spüren. Und doch habe ich es nicht getan.

Weil ich weiß, dass sie sich auf mich verlässt. Auf mich als Freund. So, wie ich damals auf sie zählen konnte. *Bis sie nicht mehr geantwortet hat.*

»Es tut m-m-mir l-l-leid.« Als mir bewusst wird, was ich gerade getan habe, zucke ich so heftig zurück, dass wir plötzlich einen halben Meter auseinander stehen. »Alicia. Es t-t-tut mir leid. Das war …« Was war das? Unüberlegt? Übergriffig? Absolut hirnrissig?

Doch was auch immer hier gerade passiert ist, Alicia sieht nicht sauer aus.

»Ich w-w-wollte das nicht.« Lüge. Ich wollte es die ganze Zeit. Ich wusste nur, dass das hier die dümmste Idee aller Zeiten ist.

Alicia wendet den Blick ab. »Schon gut. Verstehe.«

Ihre Wangen sind gerötet, die Lippen leicht geschwollen und ihre Augen groß und vor allem von Traurigkeit gezeichnet.

»Ich w-w-wollte … w-wollte dir z-zeigen …«

»Sag es nicht!« Ihre Antwort ist ein leises Wimmern. »Sag es einfach nicht, okay?«

Mein Herz zieht sich schmerzhaft zusammen. Ich hätte es wissen müssen. Wissen müssen, was das hier mit uns macht. Dass ich alles zerstöre, was wir uns die letzten Wochen aufgebaut haben. Und das Schlimme ist: Ich *habe* es gewusst. Ich habe es die ganze Zeit gewusst und sie trotzdem geküsst.

Alicia wischt sich über den Mund, als habe unsere Berührung nichts als Schmutz hinterlassen.

»Weißt du, was am meisten wehtut?« Ihre Stimme klingt so schwach, als habe sie all ihre Kraft zusammengenommen, um überhaupt zu sprechen. »Die letzten paar Minuten bestätigen mir nur, wie naiv ich war, weil ich dachte, du könntest mich anders sehen.«

Da ist dieser kleine Junge. Ein Junge mit kurzen blonden Haaren, den Augen, von denen alle sagen, dass er sie von seiner Mutter hat. Von seiner Mutter, die er über alles liebt und die er niemals enttäuschen darf.

Du bist der einzige Mann, der Mama niemals das Herz brechen würde. Das weiß ich. Weil du nie einer Frau wehtun würdest.

Nie, Mama. Nie.

»Alicia, du musst mir g-g-glauben.« Adrenalin schießt durch meinen Körper.

Sie hat jedes Recht, wütend zu sein. Ich habe ihr Vertrauen verspielt. Vertrauen, das sie gerade so dringend brauchte.

»Ich bin nicht sauer auf dich!«, sagt sie so langsam, dass es viel zu kontrolliert wirkt.

Nicht sauer, aber enttäuscht. Verletzt. Was es nur noch schlimmer macht.

»Wieso sollte ich auch sauer sein?« Sie lacht. »Ich bin doch selbst schuld. Die kleine naive Alicia, die immer wieder glaubt, dass sie jemandem etwas bedeuten könnte.«

Sie blinzelt eine Träne weg, zieht die Nase hoch und setzt dann wieder dieses vollkommen falsche Lächeln auf.

»Das tust du auch! Du bed-d-deutest mir mehr, als du dir vorstellen kannst.«

Alicia nickt. »Klar. Das haben sie alle gesagt. Ich war neunzehn, als mein erster Freund mich verarscht hat. Mich. Angeblich die Mutter seiner zukünftigen Kinder. Zwei Monate später habe ich Manuel kennengelernt. Ich war die schönste Frau, die er je getroffen hat. So schön, dass er sich nach einem halben Jahr einfach nicht mehr gemeldet hat. Kein Anruf. Keine Nachricht. Timon nannte mich den Mittelpunkt seiner Welt ... Muss ich dazu noch mehr sagen?«

Sie steht ein Stück von mir abgewandt, und doch kann ich sehen, dass sie es aufgegeben hat, die Tränen zu unterdrücken. Dabei bräuchte es nicht einmal Tränen, um zu erkennen, wie tief der Schmerz in ihr wütet. Ein Schmerz, der aus Erinnerungen geboren wurde, die ich ihr so gerne nehmen würde.

»Alicia«, sage ich noch einmal ihren Namen. »Was k-k-kann ich tun, damit du mir glaubst? Sag mir irgendwas! Ich verspreche dir, so wahr ich hier stehe, ich werde es tun. Sag mir, was ich t-t-tun soll, damit es dir besser geht.« Mein Puls rast so schnell, dass das Pochen in meinem Hals beinahe unerträglich wird. Dafür zeigen meine Worte eine Wirkung. Nicht unbedingt die, die ich mir erhofft habe. Doch immerhin irgendetwas. Alicia dreht sich um und geht einen Schritt auf mich zu. Sie legt ihren Kopf leicht in den Nacken, um zu mir aufzusehen. Selbst von all dieser Traurigkeit gezeichnet, ist ihr Gesicht perfekt.

»Meinst du das ernst?« Ich erinnere mich, dass ich als Kind einmal zu ihr gesagt habe, sie sehe aus wie Schneewittchen. Als sie wissen wollte, warum, meinte ich, sie habe genauso helle Haut, das gleiche dunkle Haar und die roten Lippen.

Vielleicht habe ich ihr als Kind jedoch nicht die ganze Wahrheit gesagt. Vielleicht habe ich auch schon damals gewusst, dass sie für mich immer die Schönste von allen bleiben wird.

»Ich habe n-noch nie etwas ernster gemeint.« Ein nervöses Flattern geht durch meine Brust. In Sekundenschnelle überlege ich, worauf sie wohl hinauswill. Doch egal, was es ist, ich weiß, dass ich es tun werde. Wenn sie sagt, dass sie mich nicht mehr sehen will, werde ich mich daran halten. Koste es, was es wolle.

»Schlaf mit mir! Schlaf mit mir, als würde ich dir etwas bedeuten. Ich will mich noch einmal so fühlen wie eben. Lass mich eine Nacht lang glauben, dass ich der wichtigste Mensch in deinem Leben bin. Zeig mir, wie es sich anfühlt, eine Bedeutung zu haben. Wie es sich anfühlt, gewollt zu werden.«

Mein Herz setzt einen Schlag aus. Nein. Nicht nur einen. Ich bin nicht einmal sicher, ob es je wieder im richtigen Takt schlagen wird.

»Was? Nein. Was?«, kommt es aus mir heraus.

»Na, siehst du!« Sie verschränkt die Arme vor der Brust. »Ich wusste, dass du es nicht ernst meinst.«

»Doch. Also nat-t-türlich. Aber ich k-kann doch nicht ...« Verdammt. Meine Nervosität wird immer schlimmer. Ich verhaspele mich immer mehr.

»Du wolltest wissen, was ich mir wünsche.«

»Ich wusste nicht, dass du so was sagst.«

Alicia nickt. Mit großen Schritten geht sie zu meinem Bett,

greift nach ihrer Tasche und schwingt sie über die Schulter. »Gut. Dann weiß ich jetzt, wo wir stehen. Und auch, wo nicht.« Sie will gehen. Alicia will gehen, weil sie glaubt, dass ich ein verdammtes Spiel mit ihr spiele.

»Warte!« Ich bin schneller als sie an der Tür und zwinge mich, Luft zu holen. Wenn ich mich aufs Atmen konzentriere, wird der Sprachfluss wenigstens ein bisschen besser. So habe ich es erst neulich in der Logopädie gelernt. »Es ist n-n-nicht so, wie du denkst. Es ist nicht, weil ich dich nicht attraktiv finde. D-du bist für mich ...« Ich breche den Satz ab, als ich realisiere, dass Alicia von genau solchen Versprechungen genug gehört hat. »Ich h-habe Angst, dass wir zu weit gehen.«

Plötzlich wird ihre Miene weicher. Ihre Körperhaltung entspannter und der Blick zugewandter. »Julian, ich will mit dir schlafen. Jetzt. Hier. Und wenn du es auch willst, dann hör auf zu denken.«

Ich will es. Ich habe noch nie etwas so sehr gewollt, wie diesen zarten Körper an mich zu ziehen. Jedes Stück ihrer Haut zu berühren und eins mit ihr zu werden.

»Alicia«, raune ich noch einmal ihren Namen.

Doch sie reagiert nicht. Nicht mit Worten. Sie sieht mich einfach nur an. Erinnert mich stumm an das, was ich ihr versprochen habe. Ich mache einen Schritt auf sie zu. Lege meine Hand an ihre Taille und sehe zu, wie sie die Augen schließt. Ihre Wimpern flattern leicht, ihre Brust hebt und senkt sich immer schneller. Ich lasse meine Hand ein Stück höher wandern. Ich streiche ihr die letzten Tränen von der Wange und ziehe sie vorsichtig in Richtung meines Betts.

Als sie rücklings auf die Matratze fällt, bin ich direkt über ihr. Das Gesicht so nah, dass ich ihren Atem spüre. »Ganz sicher?«

Ich höre mich an wie eine kaputte Schallplatte. Eine Schallplatte, die viel zu lang im Keller gelegen hat. So lang, dass man sicher war, sie könnte dieses verdammte Lieblingslied nicht mehr spielen. Doch sie spielt. Kaum liegt sie auf dem Plattenspieler, ist es, als passe alles zusammen.

Alicias Mund auf meinem. Unsere Zungen, die miteinander tanzen in einem perfekten Duett. Ich könnte ewig hier liegen und diese Frau küssen. Ihr immer und immer wieder sagen, wie gut es sich anfühlt, sie so dicht zu spüren.

Aber heute geht es um mehr. Ich schiebe ihr Shirt ein Stück nach oben, fahre mit den Fingern die Linien ihres BHs nach. Er ist hellblau mit Spitze. Falls ich mich jemals gefragt habe, ob ich eine Lieblingsfarbe an ihr habe, bin ich sicher, ab heute die Antwort zu kennen. Entschlossen löse ich den Verschluss ihres BHs und ziehe den Stoff zur Seite.

Ich will ihr sagen, dass sie unglaublich ist. Unglaublich wundervoll. Wichtig. Und natürlich auch sexy. Doch ich bin sicher, dass sie genug von leeren Worten hat.

Also nehme ich mir vor, sie genau das spüren zu lassen.

Sie spüren zu lassen, wie schön sie aussieht. Wie schön ihre Brüste sind.

Wie vollkommen die Tatsache, dass die linke ein Stück kleiner als die rechte ist. Wie sehr ich es genieße, sie liebkosen zu dürfen.

Ich befreie mich aus meinem Shirt, lasse es achtlos neben das Bett fallen. Die Heizung hier oben funktioniert nicht richtig, doch davon bekomme ich in diesem Moment nichts mit. Jeder Zentimeter meiner Haut steht förmlich in Flammen.

Alicias Finger fahren zärtlich über meine Schultern, gleiten Richtung Brust. Ich schiebe meine Hand zwischen ihre Beine, öffne den obersten Knopf ihrer Hose und fahre langsam über ihren Unterbauch. So langsam, dass ihr ein leichtes Wimmern entfährt.

Allein der Gedanke daran, in ihr zu sein, lässt mich unglaublich hart werden. Die Erektion pulsiert immer fordernder zwischen meinen Beinen, und doch nehme ich mir alle Zeit der Welt, als ich ihr die Hose von den Beinen streife und mit der Hand noch einmal Richtung Slip wandere.

Mein Lächeln wird breiter, als sie den Saum meiner Jogginghose packt und den Stoff an meinen Hüften hinunterzieht.

Ich beuge mich vor, nehme die Spitze ihrer Brust vorsichtig in den Mund und lasse meine Zunge über ihren harten Nippel streichen. Allein diese Berührung beschert mir eine prickelnde Gänsehaut. Ich darf nicht darüber nachdenken, was wir hier tun. Dass wir *wir* sind. Alicia und Julian.

Ich begehre eine Frau, die meine beste Freundin sein sollte.

Für diese Nacht darf real sein, was längst real ist.

Ich küsse mich ihren Hals entlang, verschließe ihren Mund mit meinen Lippen. Stelle mir vor, dass ich ihr auf diese Weise all meine Gefühle mitteilen kann. Meine Erinnerungen und Bilder. Bilder, die ich kenne, weil ich sie kenne.

Kaum habe ich sie aus ihrem Slip befreit, nehme ich mir meine Boxershorts vor.

Sie ist warm und feucht zwischen den Beinen. Ich will sie spüren, schmecken und gleichzeitig all die sehnsüchtigen Laute hören, die ihr entfahren. Blind taste ich die Schublade neben meinem Bett ab und ziehe ein Kondom heraus.

Vorsichtig stülpe ich das Gummi über mein steifes Glied und drehe mich zu Alicia um. Sie zieht mich erneut an sich heran, küsst mich. Zuerst zärtlich. Dann fordernder. Ein Signal, das ich verstehe. Ich spreize ihre Beine sanft auseinander und schließe stöhnend die Augen, als unsere Lust aufeinandertrifft.

»Oh Gott, Alicia.«

Ich hatte vergessen, wie gut es sich anfühlt. Nein. Ich bin

plötzlich sicher, so etwas noch nie erlebt zu haben. Noch einmal küsse ich sie. Diesmal den Hals herab in Richtung Dekolleté. Jedes Mal, wenn meine Lippen ihre Haut berühren, sage ich ihr stumm, wie wichtig und richtig sie ist.

Jedes Mal, wenn ich aufsehe, um in ihre Augen zu blicken, fällt mir ein weiterer Grund ein, sie noch einmal zu küssen.

Ganz sanft und vorsichtig.

»Julian«, keucht sie. »Ich bin nicht aus Porzellan. Du kannst mich ruhig …« Sie bricht ab, als ich mich ein Stück aus ihr herausziehe, nur um dann fester, schneller, härter in sie einzudringen.

Das berauschende Glücksgefühl ist einfach überall. Es belebt und ermutigt mich. Aber vor allem lässt es die Dinge um mich herum so unwirklich und klein erscheinen. Es gibt nur uns. Unsere Körper, die sich rhythmisch aufeinander bewegen. Alicias lustvolles Zucken.

Ich bin sicher, mich in diesem Moment für immer verlieren zu können. Doch das darf ich nicht. Noch nicht. Nicht bevor sie ein letztes Mal lustvoll zuckt und auch ihre Welle ihren höchsten Punkt erreicht.

Mich in Alicia zu bewegen, fühlt sich von Sekunde zu Sekunde mehr wie ein Spiel mit dem Feuer an. Glühend heiß und mit dem Risiko, jeden Augenblick zu verbrennen. In einem Gefühl aufzugehen, das ich vergeblich zu kontrollieren versuche. Der Druck zwischen meinen Beinen nimmt immer weiter zu, doch …

»Juli.« Ihre Stimme ist so vertraut. Aber wir haben noch nie diese Dinge getan. Fuck. Es ist so knapp. Meine Erektion zuckt unkontrolliert und fordernd.

»Juli. Du kannst ruhig …«

»Zuerst sollst du!«, keuche ich.

Alicia schüttelt den Kopf. »Ich … ich …«

Sie kann nicht. »Das ist okay«, sage ich, bevor sie auf die Idee kommt, mich anzulügen.

Ein erleichtertes Lächeln huscht über ihr Gesicht, ehe sie ihre Hüfte hebt und mich noch ein Stück tiefer in sich aufnimmt.

Der Höhepunkt überrollt mich wie eine übergroße Welle der Euphorie. Die Hitze schießt mir durch Mark und Bein, ehe das Gefühl in einer vollkommenen Atemlosigkeit abebbt.

Ich falle zur Seite in mein Kissen, wische mir den Schweiß von der Stirn und ringe immer wieder nach Luft. Fuck. Fuck. Fuck. Das hier war unglaublich. Es ist unglaublich.

Diese Frau ist unglaublich, und ich wünsche mir nichts mehr, als dass sie es endlich sieht.

30. Kapitel

Alicia

Ich setze mich auf, fahre mit der Hand suchend über die Decke. Hier irgendwo müsste mein Slip sein. Verdammt, mein Kopf ist so wahnsinnig durcheinander, dass ich froh bin, meine Atmung irgendwie kontrollieren zu können.

Die letzte Stunde war eine absolute Achterbahn der Gefühle, und ich weiß nicht, wo ich anfangen soll. Damit, dass ich Sex mit Julian hatte? Oder damit, dass es sich besser angefühlt hat, als ich je zugeben darf?

Ich muss mich anziehen.

»Warte!« Julian rutscht an mich heran. Er sieht erschöpft aus, aber mindestens genauso befriedigt. Als er mich zurück auf die Matratze zieht, brauche ich einen Augenblick, um zu verstehen.

»Du musst nicht. Alles gut.«

Meine weichen Brüste treffen auf seinen harten Oberkörper wie ein Kontrast aus Schwarz und Weiß. Dabei sind wir längst zu Grautönen verschmolzen.

»Sag mir, wie du es magst!«, flüstert er dicht an mein Ohr gepresst.

Es ist so fremd, das zu hören. Nicht, weil er es ist, der diese

Worte sagt. Vielmehr ist es ungewohnt, weil ich mich nicht erinnern kann, dass mich jemals ein Mann so etwas gefragt hat.

Ich merke, wie meine Wangen sich röten und Verlegenheit sichtbar wird. Ich meine, ich kann doch nicht ...? Jetzt? Vor ihm? Ich erinnere mich, dass Timon mich mal gefragt hat, ob ich es mir vor ihm selbst machen will. Er fände es geil, mir dabei zuzusehen. Doch die Wahrheit ist, dass ich mir sicher war, er würde nur die Vorstellung davon gut finden.

Bevor ich den Gedanken hinterfragen kann, nimmt er meine Hand und führt sie direkt zwischen meine Beine. Er meint das ernst! Wäre mein Kopf bei klarem Verstand, würde er sich sicherlich gegen diesen Vorschlag wehren. Doch hier ist nichts mehr so wie sonst.

Ich schließe die Augen. Etwas, was Timon nicht leiden konnte. *Ich will dich ansehen, wenn du kommst!*

Doch Timon ist nicht hier.

»Ich muss auf dem Rücken liegen«, flüstere ich, lege meinen Zeige- und Mittelfinger auf meinen empfindlichsten Punkt und beginne zu reiben. Mit der anderen Hand übe ich leichten Druck auf meinen Unterleib aus. Druck, den ich brauche, um mich in eine andere Dimension zu bewegen.

Ich strecke die Beine aus, spanne den Beckenboden an und drücke den Rücken dem fordernden Gefühl entgegen.

Ich mache es so, wie ich es sonst nur dann tue, wenn ich allein bin.

Julian wartet nicht lange ab, bis er übernimmt.

Ich bin so feucht, dass schon seine erste Berührung eine elektrisierende Wirkung auf meinen Körper hat. Ein Stöhnen entfährt mir. Nein. Es ist, als könnte ich gar nicht mehr aufhören zu stöhnen. Das hier könnte mich süchtig machen. Die Art, wie er meinen Bauch massiert, mit dem Finger hart in mich eindringt und … und … Gott, ich will schreien. Seine Zunge. Er fährt mit seiner Zunge über meine Hitze, als wolle er meine Erregung in quälend unerträgliche Euphorie steigern. Wo hat dieser Typ gelernt, so zu lecken? Das Prickeln schießt mir durch den ganzen Körper, und ich verliere von Sekunde zu Sekunde mehr meinen Halt. Meine Hände krallen sich in der Matratze fest, als könnte ich so die Kontrolle gewinnen. Er stößt so tief in mich hinein, dass ich nach Luft japse. Ich kann förmlich spüren, wie das Blut sich in meinem Unterleib staut, die Welle sich ein letztes Mal aufbaut und schließlich ihren höchsten Punkt erreicht. Für einen wahnsinnigen, nie enden sollenden Moment bin ich über allem. Über mir. Über uns. Über dem ganzen Chaosleben. Dann lasse ich los. Falle.

Meine Brust hebt und senkt sich. Ich ziehe keuchend Luft ein und brauche eine Weile, um das hier zu realisieren.

»Das war …«

»Heftig«, beendet Julian meinen Satz.

Ich kann nicht anders, als meinen Blick noch einmal über seinen nackten Oberkörper gleiten zu lassen. Um ehrlich zu sein, hatte ich keine Ahnung, dass Julian so trainiert ist. Na gut, sportlich sah er auch mit Pullover aus, doch diese definierten Muskeln sind mir neu. Genauso wie einiges andere.

Ich weiß, ich sollte nicht hier sein. Ich hätte nicht kommen dürfen, aber noch viel weniger sollte ich bleiben. Doch die Vorstellung, jetzt in die Nacht zu gehen, lässt mir Tränen in die Augen steigen.

Fröstelnd setze ich mich neben ihn aufs Bett. Julian legt mir eine Decke über die Schulter. Ganz automatisch sinke ich an seine Schulter. Ich habe schon häufiger so mit ihm dagesessen. Man könnte fast meinen, es sei überhaupt nichts dabei … Doch jetzt reicht allein sein Geruch, um ein heftiges Flattern in meiner Brust auszulösen.

Timon hat Kuscheln nach dem Sex gehasst, und ich habe mich stets mit der Begründung zufriedengegeben, dass das bei Männern normal sei.

»Woran denkst du?«, reißt Julian mich aus den Gedanken.

»An nichts.«

»Man kann n-nicht an nichts denken.«

»Na gut. An meinen Ex«, gestehe ich und warte fast darauf, dass Julian sich aus der Umarmung löst. Doch das tut er nicht. Nicht einmal annähernd.

»Timon?«

Ich nicke. »Du bist so anders als er.«

»Ist das jetzt etwas Gutes oder Schlechtes?«

»Etwas sehr Gutes.«

Ein Lächeln zeichnet sich auf Julians Gesicht ab. »Na, dann habe ich ja noch mal Glück gehabt.«

Erneut bildet sich ein heftiger Druck hinter meinen Augen, und es ist, als würde so vieles über mir einbrechen.

»Lass es einfach raus!« Julian sitzt so dicht neben mir, dass er nur die Hand ausstrecken muss, um mich zu berühren. Sein Finger legt sich sanft auf meine Lippen. »Lass es los!«

Ich will das Gesicht zur Seite wenden, doch Julian hält mich am Kinn fest.

»Lass das Gefühl los. Damit meine ich nicht, dass du aufhören sollst, es zu fühlen. Sondern genau das G-Gegenteil. Lass es für einen Moment einfach da sein. Die Traurigkeit und der Schmerz sind gut. Glaub mir, dann geht's dir viel früher wieder besser.«

»Was soll daran gut sein?«, flüstere ich und sehe ihn direkt an. Julians Augen sind dunkelbraun. Mir fällt auf, dass ich zuvor noch nie wirklich darauf geachtet habe. Weder auf seine Augenfarbe noch auf die ovale Form. Er hat schöne Augen. Vielleicht finde ich das, weil sie so viel Vertrauen ausstrahlen. Verlässlichkeit.

»Jede Träne l-lässt ein Stück der Traurigkeit hinaus. Das hat meine Mutter immer gesagt, als ich noch ein Kind war. Sie meinte, dass die meisten Menschen ihre Gefühle in sich reinfressen. Dass es aber v-viel besser sei, wenn man sie loslässt. Einfach auf das Gefühl schauen, zusehen, wie es in einem hochsteigt. Du bist quasi dein eigener Betrachter.«

»Vermisst du sie?«

Ein zögerliches Lächeln geht über Julians Lippen. »Ja. Aber vielleicht geht es ihr jetzt besser, dort, wo sie ist. Bei uns m-musste sie eine harte Zeit durchmachen.«

»Sie hatte dich«, presse ich hervor und wische mir die Tränen aus den Augen.

»Ich fürchte, das hat nicht gereicht.« Julian verharrt einen Augenblick in seiner Bewegung. Dann zieht er die Nase hoch.

»Es wird alles wieder gut, okay?«

»Ich weiß nicht, warum es sich wie eine Lüge anfühlt.«

»Wahrscheinlich, weil diese Sicht der Dinge bei dir gerade in einer Art Dunkelheit liegt. Aber wie heißt es noch mal? Bloß weil wir etwas nicht sehen können, heißt es noch l-lange nicht, dass es nicht existiert.« Er lächelt aufmunternd. »Morgen sieht die Welt schon wieder anders aus. Da bin ich mir sicher.«

Ich nicke, lasse den Kopf tiefer in sein Kissen fallen und beschließe, für ein paar Minuten zu vertrauen. Ein paar Minuten, die ausreichen, um in einen tiefen Schlaf zu fallen.

Ich werde durch ein Poltern wach. Mein erster Gedanke ist, dass ich etwas vom Nachttisch geworfen habe. Ein Buch. Meine Wasserflasche. Hoffentlich nicht das iPad. Dann erst wird mir bewusst, dass ich nicht zu Hause bin. Die Realität bricht über mich herein wie eine Regenwolke.

Ich bin bei Julian. Bei meinem besten Freund. Ich habe mit meinem besten Freund aus Kindertagen geschlafen. Nein. Das beschreibt es eigentlich nicht einmal annähernd. Ich habe mir von ihm ein anderes Universum zeigen lassen. Hitze glüht in meinen Wangen.

»Das kam von unten.« Julians Stimme lässt mich zusammenzucken. Reflexartig ziehe ich die Decke über meine Brüste und wünsche mir, für ein paar Sekunden einfach unsichtbar zu sein. Das würde mir Zeit geben, weiter über meine Situation nachzudenken.

»Mein Vater ist wach. Die Räume sind z-ziemlich hellhörig.« Er sagt es auf eine Art und Weise, die mich erahnen lässt, wie wenig begeistert er davon ist.

»Kein Problem«, murmele ich. »Normalerweise bin ich viel früher wach.« Dabei weiß ich nicht einmal, wie spät es ist.

»Es ist Samstag«, erinnert Julian mich.

Richtig. Wochenende. Ich habe offiziell frei.

Trotzdem kann ich keine Minute länger hier auf diesem Dachboden sitzen. Hier auf dieser Matratze. Einer Matratze, auf der ich gestern noch … Kopfschütteln. Nicht weiter nachdenken.

»Ich bin mit Maggie verabredet!« Gilt das schon als Lüge? Wir haben nichts Konkretes ausgemacht. Allerdings bin ich sicher, dass sie es kaum erwarten kann, von meinem Date mit Nicolas zu hören.

Julian sieht überrascht aus. Falls er mir nicht glaubt, lässt er es sich zumindest nicht anmerken.

»Ich bringe dich runter. Wäre es o-okay, wenn … Ich meine, denkst du, wir könnten dich rausbekommen, ohne dass …« Er sucht nach den richtigen Worten.

»Ich bin nicht scharf darauf, deinem Vater über den Weg zu laufen, falls du das meinst ...«

Er lächelt erleichtert. »Es geht nicht darum, dass ich dich v-verstecken will.«

»Schon in Ordnung. Wirklich!« Um ehrlich zu sein, bin ich mehr als dankbar, dass wir die Sache hier nicht noch weiter vertiefen wollen.

Wir werfen uns Klamotten über, schleichen auf Zehenspitzen die Treppe hinunter und stehen uns wenig später betreten auf dem Bürgersteig gegenüber.

»Also, dann ...« Wir sehen uns einen Moment an, und niemand weiß so recht, was er sagen soll.

»Jaaa«, murmele ich und überspiele die Verlegenheit mit einem Lächeln. »Dann danke für ... für alles. Also, dass du da warst, und ... es tut mir leid, dass ich dich so überfallen hab.« Ich will, dass sich dieser verfluchte Boden auftut und mich verschluckt.

»Jederzeit wieder ...« Er bricht ab, als ihm die Bedeutung seiner Worte bewusst wird. »Also das Reden und ...«

»Das Auffangen.«

»Richtig! Das Reden und das A-Auffangen. Jederzeit wieder«, bestätigt er und kratzt sich nervös am Hinterkopf.

Bevor ich es mir anders überlegen kann, ziehe ich ihn in eine Umarmung. Ich meine, so verabschiedet man sich doch von seinem besten Freund, oder?

Erst als wir uns voneinander lösen, wird mir klar, dass ich die ganze Zeit über die Luft angehalten habe. Ich habe keine Ahnung, wie mein Körper reagieren würde, wenn er noch einmal seinen mittlerweile so vertrauten Geruch in sich aufnehmen müsste.

»Wir schreiben.«

»Ja. Wir schreib-b-ben!«

Was eine absurde Situation. Den Weg zur Bahnhaltestelle

renne ich. Ich renne so schnell, weil ich mich an der Hoffnung festhalte, meine Gedanken und Gefühle abhängen zu können.

30. September 2007

Liebe Alicia,

ich hoffe, es geht dir gut. Es ist schon eine Weile her, seit wir miteinander geschrieben haben, und ich habe mich gefragt, warum du nicht geantwortet hast. Bist du böse auf mich? Ich hoffe nicht.

Es ist so viel passiert, dass ich gar nicht weiß, wo ich anfangen soll. Ich konnte nicht zu deinem Geburtstag kommen, weil etwas Schlimmes passiert ist. Meine Mama ist vom Einkaufen nicht mehr nach Hause gekommen. Papa und ich sind zur Polizei gegangen, damit sie nach ihr suchen.

Das hat aber irgendwie nicht geklappt.

Vor ein paar Tagen hat Mama sich dann bei Papa gemeldet und gesagt, dass sie nicht mehr nach Hause kommen wird. Ich glaube, dass es daran liegt, dass Papa oft so mies zu ihr war. Aber ich wünschte, sie hätte mich mitgenommen.

Alicia, es tut mir so leid, dass ich nicht bei dir sein konnte und dass ich nicht da war, um deinen Geburtstag mit dir zu feiern. Du bist meine allerbeste Freundin, und ich vermisse dich so sehr. Ich hoffe, wir können uns bald treffen und miteinander reden.

Dein Freund
Julian

31. Kapitel

Alicia

»Wirst du verfolgt? Muss ich Angst haben? Hast du dich mit wem angelegt?«, begrüßt mich Maggie, als sie mich im Eingang des Dekoladens entdeckt. Völlig aus der Puste und am Rande eines Nervenzusammenbruchs. Es hat eine halbe Stunde gedauert, bis ich meine Freundin telefonisch erreicht habe. Leider war sie zu diesem Zeitpunkt nicht mehr zu Hause.

»Ich habe meinen Schlüssel vergessen und komme nicht rein«, erkläre ich. »Was machst du so früh in der Stadt?

»Shoppen. Morgens ist es in den Geschäften leerer, und bald ist Weihnachten. Mir darf auf keinen Fall der gleiche Fehler passieren wie letztes Jahr, als ich ohne Geschenk dastand.« Sie runzelt die Stirn. »Die Frage ist eher, was du hier machst?«

»Hab doch gesagt … Schlüssel …«

Maggie winkt ab. »Das meine ich nicht. Warum bist du jetzt schon weg von Nicolas? Sag bloß, die Dienerschaft hat dich rausgeschmissen, weil du ein unanständiges Mädchen warst.« Sie kichert.

Fuck. Nicolas. Wie um alles in der Welt konnte ich diesen Teil des Abends vergessen?

Ich schiebe mich an Maggie vorbei in den Laden. »Ich fürchte, die Geschichte ist ein wenig komplizierter. Am liebsten hätte ich eine Ich-will-alles-vergessen-Tablette.«

Maggie nimmt eine blaue Tasse aus einem der Regale und legt den Kopf schief. »Süße, hätte ich so was im Angebot, müsste ich mich nicht jede Woche zu einer Psychotherapeutin schleppen.«

Ich seufze.

»Dafür habe ich aber einen Alternativvorschlag.« Maggies Blick streift über die Regale. »Du hilfst mir, ein passendes Geschenk für Leo zu finden. Und währenddessen verrätst du mir, was hier los ist.«

Als ich fertig bin mit Erzählen, haben wir bereits den dritten Laden erreicht, und ich sehe für Leos Weihnachtsgeschenk schwarz.

»Na ja. Ich verstehe schon, dass das ungünstig gelaufen ist«, überlegt meine Freundin laut.

»Ungünstig? Es ist absolut beschissen gelaufen.«

Maggie runzelt die Stirn. »Okay, wir wollen mal nicht übertreiben. Du hast mit Julian geschlafen. Der Sex war doch nicht schlecht, oder?«

»Nun ja ... sagen wir so: Entweder die Typen, mit denen ich vorher was hatte, waren einfach unglaublich schlecht, oder Julian hat eine magische Zunge, die ...«

»Stopp!« Maggie verzieht das Gesicht. »Könntest du mir zumindest eine halbe Stunde Zeit geben, mich an den Gedanken zu gewöhnen, dass Julian und du ...« Sie atmet tief durch. »Jedenfalls, so wie ich die Lage einschätze, hattet ihr einen schönen Abend. Gut, ihr seid befreundet. Das ist unglücklich. Gleichzeitig ist doch alles zwischen euch geklärt. Es gab diesen schwachen Moment. Ihr habt ihn genutzt. Jetzt seid ihr wieder Freunde. Abgesehen davon, dass ich dieses Zungenbild nicht mehr aus dem

Kopf bekomme, hat sich zwischen euch doch nichts geändert. Richtig?«

Ich zögere einen Augenblick zu lang.

»Oder liege ich falsch?«

»Nein!«, rufe ich hastig. »Das war alles richtig. Wir sind Freunde, die nichts voneinander wollen. Ich habe Trost gesucht, und Julian hatte auch seinen Spaß.«

Maggie nickt. »Die größte Gefahr besteht darin, die Sache jetzt zu verkopfen. Sex und Gefühle lassen sich trennen. Das funktioniert sehr gut.«

»So gut wie bei Leo und dir?«

Maggie zuckt mit den Schultern. »Jede Regel braucht eine Ausnahme, die sie bestätigt.« Plötzlich leuchten ihre Augen auf. »Sag mal, ist das da ein Schreibfeder-Set?«

Hektisch stürmt sie zu dem Auslagetisch auf der anderen Seite und lässt mich mit meinem Gedankenchaos zurück.

32. Kapitel

Julian

Ich bin mit Leo zum Laufen verabredet. Um ehrlich zu sein, ist der wahre Grund meiner Motivation, dass ich endlich mit jemandem reden muss. Über jedes noch so verwirrende Gefühl in mir, das ich am liebsten abschalten würde. Auch wenn das bedeutet, dass ich für eine Stunde neben Leo durch den Unipark hetzen muss.

»Wenn du noch lauter schnaufst, weiß ich nicht, ob ich besser einen Notarzt rufen sollte«, neckt er mich, als wir einen Hügel hochlaufen.

»Komm schon, ich b-b-bin seit Monaten nicht gejoggt. Dafür schlage ich mich doch nicht übel.« Ausdauersport war noch nie meine größte Stärke.

Leo lacht. »Okay, okay! Ich habe nichts gesagt!«

»Wie war das Wochenende m-mit Maggie?«, horche ich unauffällig nach.

Aus dem Augenwinkel sehe ich, wie Leos Mundwinkel sich zu einem Schmunzeln formen. Shit. Er weiß es. Natürlich weiß er es. Wenn Alicia es Maggie erzählt hat, ist es ziemlich naheliegend, dass es auch bei Leo angekommen ist.

Ich verlangsame meine Bewegungen. »Na super!«

»Was?« Leos Augen leuchten amüsiert auf. »Komm schon, du wolltest es mir doch eh sagen!«

»Schon klar«, grummele ich.

»Und?« Leo zieht das Tempo wieder an. Seine Kondition ist nicht mehr normal.

»W-was und?«

»Also läuft da jetzt was zwischen euch?«

Ich schüttele den Kopf und presse ein schmerzhaftes »Denke nicht!« hervor.

»Etwas sagt mir, dass da ein ›leider‹ fehlt!«

»Spielt das eine Rolle?«

»Ob du sie magst? Hmm, lass mich überlegen ... ob es eine Rolle spielt, dass du die Frau, mit der du Sex hattest, gut findest? ... Nee, ich glaube, das ist wirklich egal. Lass uns weiterlaufen!«, raunt Leo und wischt sich den Schweiß von der Stirn.

Wie können meine Ohren vor Kälte halb taub gefroren sein, während der Rest meines Körpers vor Hitze beinahe kollabiert?

Ich bleibe stehen, halte mir mit der Hand die stechende Seite und sehe ihn ungläubig an. »Es geht nicht darum, was mit mir ist. Für sie bin ich nur ein F-Freund.«

»Woher weißt du das?«

Weil sie es gesagt hat. Neulich erst. *Julian ist nur ein Freund. Ein Freund. Ein Freund.* Genau das hat sie vor Kurzem noch gesagt. Können Gefühle sich so schnell ändern?

»Gerade machst du dich nur selbst unglücklich. Und wir wissen nicht, ob es ihr vielleicht genauso geht.«

Bei diesem Gedanken beginnt mein Herz automatisch schneller zu rasen. »Du könntest Maggie fragen! Anscheinend haben sie doch darüber gesprochen!«

Leo winkt ab. »Nee, Mann. So was müsst ihr selbst klären.«

»Du stellst dir das so leicht vor. Ich kann ihr d-doch nicht ins Gesicht sagen, dass ich Gefühle für sie habe.«

»Ich habe nicht gesagt, dass du mit der Tür ins Haus fallen musst. Aber du könntest schon versuchen, den Schlüssel ins Schl… Okay, so weit wart ihr ja schon.«

»Idiot!« Ich boxe ihm in die Seite.

»Wie wäre es, wenn du sie um ein Date bittest? Das ist doch ein klares Zeichen.«

»Und wenn sie ablehnt?«

»Gegenfrage: Wie stellst du es dir sonst vor? Willst du weiterhin so tun, als sei sie für dich nur eine Freundin? Das ist doch absurd. Sorry, dass ich das so direkt sage.«

Ich hebe abwehrend die Hände. Dabei weiß ich genau, dass Leo recht hat.

»Es gibt nichts Schlimmeres als Ungewissheit!« Er läuft ein Stück vor, nur um sich schließlich umzudrehen und rückwärts weiterzulaufen. »Du kannst das! Glaub mir! Hauptsache, das, was da zwischen euch ist, wird geklärt. Missverständnisse sind beschissen.«

Das, was er sagt, klingt so einfach, und gleichzeitig überkommt mich allein bei dem Gedanken, Alicia zu fragen, Übelkeit.

»Was ist m-mit einer Nachricht? Ich meine, dann kann sie in Ruhe nachdenken und muss keine überstürzte Entscheidung treffen.«

Leo kneift misstrauisch die Augen zusammen. Dann atmet er tief durch. »Klar und deutlich. Verstanden?«

»V-verstanden, Sir!« Ich nicke. Dabei kann ich, wenn Leo dieses Tempo beibehält, nicht einmal garantieren, diese Laufrunde zu überleben.

33. Kapitel

Alicia

Nach einem Wochenende, das ich fast ausschließlich in meinem Bett verbracht habe, um dem Gefühlschaos in meinem Inneren Herr zu werden, schleppe ich mich am Montagmorgen zur Arbeit. Bis auf eine erzwungene Nachfrage am Sonntag (Julian: *Alles klar?* – Alicia: *Ja, bei dir?* – Julian: *Auch!*) hat niemand von uns sich beim anderen gemeldet, und ich versuche, nicht zu viel hineinzuinterpretieren.

Vielleicht hat er einfach zu tun? Und selbst wenn nicht... Ich hätte ihm doch genauso schreiben können. Wenn ich nur wüsste, was ...

Weil ich am liebsten meine Ruhe haben möchte, verziehe ich mich mit meinem Laptop in einen freien Konferenzraum. Ich will meine Ideen ein letztes Mal durchgehen, bevor ich sie an Valeries Management sende.

Kaum habe ich die ersten Worte getippt, öffnet sich die Tür, und ausgerechnet Nicolas kommt herein.

»Alicia!«

Ich fahre zusammen. »Hey.« Ich brauche keinen Spiegel, um

zu wissen, dass mein Kopf hochrot angelaufen ist. Und allein diese Tatsache macht mich noch unsicherer.

»Die anderen meinten, du arbeitest hier an deinem Entwurf für die MatchMe-Kampagne.«

Ich nicke nur.

»Vielleicht kann ich dir helfen?«

Sein Angebot überrumpelt mich so sehr, dass mir für einen Moment die Worte fehlen.

»Hör zu … wegen Freitag. Es tut mir leid.«

»Was meinst du?« Ich weiß nicht, woran er weniger Schuld trägt. Daran, dass ich so verdammt naiv bin, oder daran, dass ich mit meinem besten Freund geschlafen habe?

»Es tut mir leid, dass ich es versemmelt habe. Ich hatte irgendwie gedacht, dass das Treffen zwischen uns noch nicht fix ist.«

Autsch! Innerhalb eines Augenblicks ist die Scham überall. In meinem Kopf. In meinem Hals. In beiden Armen. Beinen. Bauch. Kann man vor Scham ohnmächtig werden? Ist es möglich, dass das Herz in Momenten wie diesen zu schnell schlägt und man einfach umkippt?

»Ach das!«, sage ich und klinge emotionsloser als eine Scheibe Toast. Ach das, das hatte ich schon längst vergessen. War doch keine große Sache. Ich habe sowieso nicht gewartet. Bin zu einem meiner anderen tausend Verehrer gefahren. Ach was! Nicht zu einem. Zu allen. Nacheinander. Dass du unsere Verabredung vergessen hast, ist doch nicht der Rede wert.

»Das ist einfach blöd gelaufen.« Er verzieht das Gesicht, wischt sich angestrengt über die Stirn und beißt sich kurz auf die Lippe. »Vielleicht kann ich etwas bei dir gutmachen?«

»Das musst du nicht«, presse ich hervor. Meine Muskeln sind taub vor Anspannung. Verdammter Verräter, dieser Körper!

»Das weiß ich. Und ich tue es auch nicht, weil ich ein schlechtes Gewissen habe. Na gut, zumindest nicht nur deshalb. In erster Linie habe ich gehofft, dass du mir noch mal vergibst.«

»Mach dir deshalb keine Gedanken. Ich habe ohnehin so viel zu tun. Da kam ein freier Abend ganz gelegen.« Freier Abend. Von wegen.

Ohne dass ich es verhindern kann, geht ein Film vor meinem geistigen Auge los. Julian. Unser Kuss. Der Sex. Himmel, es hätte sich niemals so gut anfühlen, nein, wir hätten erst gar nicht so weit gehen dürfen. Julian ist ein Freund. Mein bester Freund aus Kindertagen.

»Willst du vielleicht etwas trinken?«

Ehe ich antworten kann, hat Nicolas mir ein Glas Wasser eingegossen. »Danke«, murmele ich etwas unbeholfen und bin froh, dass Nicolas' Aufmerksamkeit plötzlich nicht mehr mir, sondern der Präsentation auf meinem Computer gilt. Na toll! Sicher findet er meine Ideen furchtbar. Wahrscheinlich sollte ich noch einmal umdenken und ...

»Sieht interessant aus.«

»Findest du?« Ungläubig setze ich mich auf.

»Zumindest kann ich mir vorstellen, dass sich daraus was machen lässt. Das ist doch noch nicht fertig, oder?«

Die Unsicherheit steht mir anscheinend ins Gesicht geschrieben. Jedenfalls kann Nicolas sich die Antwort denken.

»Ich würde für die Präsentation ein anderes Bild nehmen. Das Foto hier gefällt mir besser.« Er deutet auf ein Bild, auf dem das Model nur halb von der Seite zu sehen ist.

Stirnrunzelnd betrachte ich noch einmal die Aufnahmen, die Valerie uns als Vorlage geschickt hat.

»Das ist auch sehr schön, würde aber den Sinn verfehlen«, gebe ich zu bedenken. »Es geht bei der Kampagne ja um Wiedererkennung. Um Identifikation. Der Kunde wird nicht so viel Geld für ein Model zahlen, das niemand erkennt.«

Nicolas zieht die Brauen zusammen, nickt dann aber. »Ich sehe, du verstehst etwas von dem, was du tust.«

»Sollte das keine Voraussetzung für diesen Job sein?«

»Sicher.« Er hält einen Moment inne, als würde er überlegen. »Was hältst du davon, wenn ich dir helfe? Gemeinsam könnten wir bestimmt noch einiges aus der Idee herausholen.«

Ich versuche, den dicken Kloß, der sich auf einmal in meinem Hals gebildet hat, herunterzuschlucken. »Hast du denn gerade Zeit?« Ich sollte nicht gekränkt sein ... ganz im Gegenteil: Nicolas Hohenfeld möchte mit mir zusammenarbeiten.

»Na ja, die Texte über Herrenunterwäsche ...« Er verdreht die Augen. »Die kriege ich auch in einer Fünf-Minuten-Pause fertig. Wahrscheinlich könnte man so was auch im Halbschlaf schreiben.«

»Warum bittest du Johannes nicht um eine andere Aufgabe?«, frage ich mitfühlend. Ich kann verstehen, dass das Schreiben solcher Beschreibungen nicht gerade das ist, was man sich für sein Praktikum bei CGN wünscht. Vor allem dann nicht, wenn man Nicolas Hohenfeld heißt und diesen Job hier ohnehin nicht nötig hat.

»Ach nein. So schlimm ist es nicht.« Er schüttelt den Kopf. »Weißt du was? Ich schlage vor, wir sehen uns am Samstag. Ich kenne ein sehr gutes Restaurant in der Nähe. Das Essen ist wirklich gut, und wir hätten genug Zeit, unsere Ideen auszutauschen.«

Das Lächeln huscht zuerst über Nicolas' Gesicht, dann legt es sich auch auf meine Lippen. »Okay, du hast gewonnen.«

34. Kapitel

Alicia

Nach einem anstrengenden Arbeitstag wie heute kann ich es kaum erwarten, gleich nach dem Heimkommen in meinen kuscheligen Pyjama zu schlüpfen und mit Tee und Plätzchen den Abend ausklingen zu lassen. Doch als ich meine Tasche in der Wohnung abgestellt habe, bemerke ich eine Nachricht auf dem Display meines Handys.

Julian. Mein Herz macht augenblicklich einen Sprung.

Endlich, schießt es mir durch den Kopf. Im selben Moment frage ich mich, warum mich allein der Anblick seines Namens so verdammt erleichtert. Als ich dann auch noch den Vorschautext lese, werfe ich meine Pläne für den heutigen Abend in Sekundenschnelle über Bord.

Julian fragt, ob ich spontan Lust auf ein kleines Weihnachtskonzert habe. Er habe die Werbung irgendwo gesehen und an mich gedacht.

Von einem freudigen Flattern erfüllt, sage ich zu.

Wahrscheinlich würde ich mich selbst dann darauf freuen, ihn zu treffen, wenn er vorhätte, mit mir in einen Spinnen-Streichelzoo zu gehen. Igitt! Aber ja, ich würde zumindest bis zum Eingang gehen, um ihn zu sehen und mich zu vergewissern, dass zwischen uns alles okay ist.

Dass Maggie recht hat und der Sex nicht das Ende unserer Freundschaft bedeuten muss.

Eine halbe Stunde später stehe ich vor dem Spiegel in meinem Zimmer und werfe gestresst einen Blick in den Kleiderschrank, als meine Mutter anruft. Per Videoanruf. Oje. Wahrscheinlich hätte ich mich längst melden müssen. Wir haben lange nicht mehr telefoniert.

Obwohl die Zeit knapp ist, nehme ich das Gespräch an und stelle das Telefon auf den Tisch neben meinem Spiegel.

»Hey, Mama!«

»Hallo, meine Kleine. Alles gut bei dir?«

Ich nicke. »Alles in Ordnung. Bis auf ein bisschen Müdigkeit.« Und die Tatsache, dass ich mit meinem besten Freund geschlafen habe.

»Und in letzter Zeit? Wie kommst du klar?« Als ich begreife, dass sie auf die Trennung anspielt, zieht sich in mir alles zusammen. Ich möchte mit meiner Mutter nicht schon wieder über Timon sprechen.

»Passt alles. Du, ich bin gerade etwas auf dem Sprung. Weihnachtskonzert!« Diese Info wird ihr genug gefallen, um alle unschönen Gespräche zu vermeiden.

Meine Mutter lächelt. »Wie schön! In ein Konzert? Davon hast du gar nichts erzählt!«

»War sehr spontan. Ich begleite einen Freund.« Julian. Aus irgendeinem Grund habe ich mich bisher nicht getraut, ihr von unserem Wiedersehen zu erzählen. Vielleicht, weil ein Teil von mir weiß, dass sie alles stehen und liegen lassen würde, um sofort herzukommen.

»Das klingt toll! Schatz, hast du dir überlegt, wann du zu Weihnachten kommen willst? Du kommst doch nach Hause, oder?«

»Na klar!« Vehement nicke ich. »Natürlich komme ich!« Etwas anderes ist mir noch gar nicht in den Sinn gekommen. Auch wenn ich zugeben muss, dass ich mir noch keine Gedanken darüber gemacht habe, wie lange ich bleiben will. »Spätestens am dreiundzwanzigsten.« Das sind noch genau zehn Tage, stelle ich fest, während ich meinen Pullover glatt streiche.

»Sehr schön! Dann bereite ich schon mal alles vor.« Die Vorfreude ist meiner Mutter ins Gesicht geschrieben. »Hab einen schönen Abend heute. Weißt du schon, was du anziehen willst?«

Ich sehe an mir herab. »Was ist falsch daran?«

Hm … Den grauen Rock habe ich wirklich ewig nicht getragen. Ich war mir nicht sicher, ob er mir steht, doch aus irgendeinem Grund war mir heute danach. Und der gemusterte Pullover, den ich vor zwei Jahren auf eBay ersteigert habe? Er ist selbst genäht und hält unglaublich warm.

»Nichts, Schatz! Nichts ist daran falsch. Für ein schönes Konzert erscheint es mir nur ungewöhnlich. Ich dachte bloß, vielleicht ziehst du dir was Nettes an. Ein Kleid oder …« Sie bricht ab, als sie meinen skeptischen Blick sieht. »War nur eine Idee! Jeder hat seinen eigenen Geschmack.«

Ich weiß, dass sie es nicht böse meint, und doch löst ihr Kommentar etwas in mir aus. Etwas, das mich klein und ungenügend fühlen lässt. Wie damals, als sie immer alle Entscheidungen für mich getroffen hat.

»Hmm. Mal sehen.« Ich liebe meine Mutter. Würde ich es nicht tun, könnte mich ihre Kritik nicht jedes Mal aufs Neue so treffen.

»Ich hab dich lieb, meine Kleine!«

Würde sie mich auch dann lieben, wenn ich die letzten vierundzwanzig Jahre nicht alles getan hätte, um sie nicht zu enttäuschen?

Ich betrachte mich für einige Sekunden skeptisch im Spiegel. Vielleicht sollte ich mich doch umziehen?

Unter normalen Umständen wäre ich längst dabei, in meinem Kleiderschrank nach einem geeigneten Kleid zu suchen. Etwas Einfarbiges wie damals, als ich bei der Schulaufführung auf der Bühne Klavier gespielt habe. Der rauschende Applaus konnte nicht mit den Tränen mithalten, die ich am Abend zuvor aus Panik verdrückt hatte.

Du bist das mutigste Mädchen, das ich kenne.

»Ich hab dich auch lieb, Mama«, flüstere ich, als wir längst aufgelegt haben. »Aber heute Abend treffe ich die Entscheidungen.«

Mein Herz macht einen seltsamen Hüpfer. Dabei gibt es überhaupt keinen Grund, nervös zu sein. Es gibt bestimmt Millionen Frauen, die schon einmal mit ihrem besten Freund geschlafen haben. Allein in Filmen sieht man so etwas doch andauernd. Sind all diese Freundschaften danach zu Bruch gegangen?

»Mit Sicherheit nicht«, murmele ich vor mich hin. Ich habe schließlich noch nicht meinen Verstand verloren. Doch ich kann nicht die Frage in meinem Kopf übertönen, warum mir verdammt noch mal kein Filmtitel einfällt, der mich diesbezüglich beruhigen könnte.

•••

Ich habe geglaubt, Julian in einem Gewirr aus Menschen erst einmal suchen zu müssen. Doch entgegen meiner Erwartung ist die Straße, die mein Handy mir als »Ziel erreicht« verkaufen möchte, so verlassen, dass ich kurz überlege, ob ich die falsche Adresse ins Telefon getippt habe. Seit wann finden Konzerte mitten in Wohngegenden statt?

Gerade will ich das noch mal überprüfen, da entdecke ich Julian auf der anderen Seite der Straße.

Er steht unter einer Straßenlaterne und hebt kurz die Hand. Ohne es verhindern zu können, wandert mein Blick an ihm herab. Die graue Stoffhose, die er trägt, habe ich noch nie an ihm gesehen. Dafür kenne ich den dunklen Mantel.

Er sieht gut aus. So gut, dass ich einen Moment brauche, um meine Gedanken zu sortieren. Noch eine Sache, die sicher vollkommen normal ist, wenn man sich mit einem platonischen Freund zu einem After-Sex-Date trifft. Date im Sinne von Treffen. Treffen unter Freunden. Gott, ich komme selbst schon ganz durcheinander.

Bevor ich Zeit habe, mein eigenes Outfit infrage zu stellen, setzt er sich in Bewegung. Genau wie ich. Mitten auf der Straße stehen wir uns gegenüber. Wobei wir zumindest das Glück haben, dass sie hier relativ unbefahren ist. Mein Herz schlägt so wild in meiner Brust, dass ich nach Luft schnappen muss, um genug Sauerstoff zu bekommen. Der eisige Wind bläst mir ins Gesicht, und ich bin umso dankbarer für jede Schicht Kleidung auf meiner Haut. Andererseits komme ich im selben Moment auch noch zum Schwitzen. Heiß. Kalt. Heiß. Kalt. Irgendwas an meinem Körper muss kaputt sein. Die Temperaturen spielen verrückt. Heiß. Kalt. Heiß. Kalt.

»Hi!«, sage ich schnell und frage mich im selben Moment, ob wir vielleicht doch ein wenig mehr Zeit vor unserem nächsten Treffen hätten vergehen lassen sollen. Mit etwas mehr Abstand wäre ich mit Sicherheit dieses nervöse Herzklopfen los gewesen.

Diese Situation war von Anfang an dazu verurteilt, seltsam zu werden. Heiß. Kalt. Heiß. Kalt.

»Hi!«, erwidert Julian. Wir stehen uns einen Moment unsicher gegenüber, als wüsste niemand so recht, ob wir uns drücken, einander die Hand schütteln oder eine Begrüßung eher übergehen sollen. Heiß. Kalt. Heiß. Jetzt reiß dich zusammen, Alicia, mahnt eine innere Stimme. Was zum Teufel soll dieses Theater hier?

»Wir sollten ...« »Sollen wir ...?«, fragen wir plötzlich genau gleichzeitig.

»Wollen wir auf den Bürgersteig ...?« »Wir sollten von der Straße runter.« Schon wieder.

Verlegen beginnen wir zu lachen. »Auf deine oder auf meine Seite?«, frage ich.

»Auf deine!« Julian deutet auf den Bürgersteig hinter mir. »Da hinten ist schon die Halle. Wir m-m-müssen nicht weit laufen.«

»Klasse!« Ich puste mir eine Locke aus dem Gesicht.

Während wir schweigend nebeneinander herlaufen, überlege ich fieberhaft, ob es etwas gibt, das ich sagen könnte. Vielleicht eine Frage?

Ich öffne den Mund, um etwas hervorzubringen, doch alles, was mir in den Sinn kommt, erscheint so plump, dass ich ihn wieder schließe. Ohne etwas zu sagen, versteht sich.

Wir nähern uns einem Gebäude und werden von leiser Klaviermusik empfangen.

Die Halle, die sich uns nun offenbart, ist weitaus kleiner, als ich sie mir vorgestellt habe. Höchstens so groß wie die Turnhalle einer Schule.

»Sind wir hier richtig?« Auch Julian scheint Zweifel zu haben. »Passen da überhaupt genug Menschen rein?«

Ich zucke mit den Schultern. »Vielleicht alles etwas persönlicher. Könnte doch nett werden.«

Wir gehen über den Rasen auf eine große Tür zu, die allerdings verschlossen zu sein scheint. »W-wo ist denn hier der Einlass?«

Leise summe ich die Melodie mit, die von innen auf die Straße dringt.

»*Weihnachtslieder zum Mitsingen. Donnerstag. 19:30 Uhr in Köln-Nippes*«, lese ich ein halb abgerissenes Plakat vor.

Julian reißt die Augen auf. »Mitsingen? Was?«

Ich muss grinsen. »Das hast du wohl vergessen zu erwähnen.«

»Lass es mich so sagen: Auf meinem Zettel war diese Information offenbar wesentlich versteckter. Shit, d-das tut mir echt leid!«

Ohne seine Worte abzuwarten, klopfe ich mit der Faust gegen die Tür.

»Nicht! Warte!«, will Julian mich aufhalten, doch da ist es bereits zu spät.

Die schwere Tür wird von innen geöffnet, und ein älterer Herr in dickem Winterpullover steht vor uns. »Guten Abend!«

»Hallo! Wir sind fürs Weihnachtssingen hier«, erkläre ich.

»Oh! Zwei Nachzügler, wie schön! Die anderen werden sich über ein wenig frischen Wind sicher freuen!«

Ich trete hinein, werfe einen Blick über die Schulter und winke Julian mit einer Mischung aus Neugierde und Amüsement herein. »Komm schon! Worauf wartest du?«

»Was soll das heißen? Ist das hier eine Ü40-Feier?«, fragt er entsetzt. Grinsend zucke ich mit den Schultern. »Lass es uns herausfinden.«

...

Was die Ü40-Party angeht, hatte Julian dermaßen unrecht. Kaum haben wir einen altmodisch eingerichteten Musikraum betreten, wird es auch ihm bewusst.

»Oh!« Die Tür fällt hinter uns ins Schloss, und ich spüre, wie etwa dreißig Augenpaare auf uns gerichtet sind. Dreißig Augenpaare, von denen kein einziges einer Person unter sechzig gehört. Ich kann mir ein Kichern nur knapp verkneifen. Der Herr, der uns reingelassen hat, wendet sich an die Gruppe.

Lächelnd dreht er sich wieder in unsere Richtung. »Ich bin George und sitze am Klavier. Die Damen mit den Geigen heißen Margarete und Anneliese.«

»Hallo, George«, sage ich tapfer und winke in die Runde, die sich uns nacheinander vorstellt.

»Das ist ja schön! So junge Gesichter haben wir selten bei uns«, erklärt eine ältere Dame, deren Namen ich bereits vergessen habe. »Ihr habt durch die Anzeige zu uns gefunden?«

Hilfesuchend sehe ich mich zu Julian um. Dieser wirkt noch etwas unschlüssig, als wisse er nicht, ob er lieber lachen oder weinen sollte. »Wir ... ich ... also d-d-das w-w-war eigentlich a-a-a ...« Schlagartig schießt ihm Röte in die Wangen.

Er holt tief Luft, scheint aber selbst zu merken, dass die Worte ihren Weg gerade nicht nach draußen finden.

Augenblicke wie diese waren immer schon sein Albtraum.

»Du weißt genau, was du sagen willst, aber es kommt nicht heraus«, hat er es mir als Kind erklärt. Meist habe ich dann seine Hand genommen, sie so lange gedrückt, bis die Blockade nachließ.

Ohne nachzudenken, suchen meine Finger seine. »Julian, alles ist gut!« Unsere Berührung lässt eine Gänsehaut über meinen Rücken fahren. War das etwas zu unüberlegt? Ich erwäge, meine Hand wieder zurückzuziehen, entscheide mich aber dagegen.

Seine Haut ist heiß, sein Griff fest, als habe er nur darauf gewartet, irgendwo Halt zu finden.

»Du kannst das!«, flüstere ich so leise, dass hoffentlich nur er mich hören kann. »Wir haben alle Zeit der Welt! Niemand muss sich hier mit irgendwas hetzen!«

Aufmunternd lächelt George.

»D-danke«, presst Julian hervor.

»Wollt ihr vielleicht erst mal etwas trinken? Oder euch setzen?« George deutet auf die Reihe gestapelter Stühle unter den Fenstern.

»D-d-das Problem ist ... das scheint hier wohl ein Missverständnis zu sein. Eigentlich wussten wir nicht, dass es hier ums Singen geht.«

»Wir dachten, es handelt sich um ein ganz normales Weihnachtskonzert«, ergänze ich und löse jetzt erst meine Hand aus seiner.

George hebt überrascht die buschigen Augenbrauen. »Sagt bloß, ihr habt einen von Helgas Flyern erwischt.« Er lacht herzlich auf. »Der komplette untere Teil wurde beim Drucken leider abgeschnitten. Wir dachten eigentlich, dass die Zettel aus dem Verkehr gezogen wurden, aber anscheinend habt ihr noch einen dieser Fehldrucke erwischt.«

Ich werfe einen unauffälligen Blick zu Julian, der sich verlegen am Kopf kratzt.

»D-das erklärt einiges!«

»Nun ja! Vor allem tut es uns sehr leid«, erklärt George. »Da haben wir euch wohl unter Vortäuschung falscher Tatsachen angelockt!«

»So kann man es nennen.« Ich lächele.

»Können wir euch wenigstens ein paar Kekse für den Rückweg mitgeben?«

Ein leises Murmeln geht durch die Reihen. Ein Murmeln, das erst nachlässt, als sich eine Frau aus der letzten Reihe mühsam an ihrem Rollator hochzieht. »Aber wieso denn? Ihr könnt doch gerne mitmachen! Das würde ein wenig Schwung hereinbringen!«

Verblüfft tauschen Julian und ich Blicke aus. Bin ich vor wenigen Sekunden noch felsenfest davon ausgegangen, dass Julian vehement den Kopf schütteln wird, so lese ich in seinen Augen jetzt etwas, das viel mehr nach einer Frage aussieht. Einer Frage, die ganz offensichtlich mir gilt.

Heißt das, er kann sich vorstellen, zu bleiben?

In meinen Mundwinkeln kitzelt ein Lächeln. »Also, wenn das so ist ... jetzt sind wir ja sowieso schon hier. Wieso also nicht?«

George strahlt, als hätte er gerade erfahren, dass er in zwei Tagen Großvater wird.

Aus dem Augenwinkel sehe ich, dass sich auch Julians Muskeln entkrampft haben.

Erleichterung beflügelt meine Zunge.

»Ich muss gestehen, dass ich nicht sonderlich musikalisch bin.«

»Sag so was nicht, meine Liebe. Jeder Mensch ist musikalisch. Manche wissen nur nichts davon«, erklärt George und führt mich zu einer großen Truhe. »Nimm das, was zu dir spricht!«

Ich klappe den Deckel auf und runzele die Stirn, als sich mir eine große Auswahl an kleineren Instrumenten offenbart. Vorsichtig greife ich nach dem Stab, der zu einer Triangel gehört. Um ehrlich zu sein, ist der Grund meiner Auswahl allerdings vielmehr, dass dieses Stück eines der wenigen ist, die ich überhaupt identifizieren kann.

Das hat man davon, wenn man drei Jahre Klavierunterricht

einfach so an sich vorbeiziehen lässt. Meine Lehrerin würde sich für mich in Grund und Boden schämen.

Ich lege die Triangel zur Seite und begutachte ein zweites Instrument. Als wäre es nicht schlimm genug, dass ich keine Ahnung habe, wie dieses Teil heißt ... Ich kann nicht einmal behaupten, es schon einmal gesehen zu haben.

»Niemand hier, der zu mir sprechen will?«, murmele ich vor mich hin.

Ob George seine Aussage über unmusikalische Menschen noch einmal überdenken wird, sobald ich weg bin?

»Das ist eine Otamatone, ein Klanginstrument aus J-Japan.«

Ich zucke zusammen. Dabei würde ich diese Stimme unter Tausenden erkennen.

»Und ich dachte, das wäre ein kaputter Garderobenständer. Oder ein sehr außergewöhnliches Sexspielzeug«, rutscht es mir heraus.

»Lass das b-bloß nicht Margarete hören! Sie hat mir gerade v-viermal hintereinander erzählt, dass ihr verstorbener Mann großer Fan war.«

»Viermal?«

»Ich schätze, sie ist etwas d-dement.«

»Oh«, entfährt es mir. »Und sie kann selbst noch spielen?«

»Dinge, die im Langzeitgedächtnis gespeichert sind, b-bleiben oftmals noch ein w-wenig länger.«

»Verstehe.«

Als könne Julian mir ansehen, wie traurig die Vorstellung mich macht, legt er seine Hand auf meine Schulter.

»Hey, das heißt ... sollte ich eines Tages einmal verg-gessen, ob ich schon gefrühstückt habe, werde ich dir immer noch vorhalten, dass Erdbeerm-marmelade mit Käse ein absolutes No-Go ist.«

»Du Spinner«, sage ich und streiche mir mit der freien Hand über die Brust. Warum kann sich mein dämlicher Herzschlag nicht langsam mal beruhigen? Selbst die letzte Zelle meines Körpers muss doch jetzt kapiert haben, dass zwischen uns alles okay ist. Wir sind Freunde.

Der Ausrutscher vom letzten Mal ist genau das geblieben: ein Ausrutscher.

Und warum erfüllt die Vorstellung, er könnte selbst als alter, vergesslicher Mann noch an meiner Seite sein, mich mit so viel Glück?

»Ich will dich spielen hören«, platzt es aus mir heraus, als könne ich meine Gedanken mit einem Gespräch zum Schweigen bringen.

»Spielen? J-j-jetzt?«

»Na klar! Du hast mir immer versprochen, du würdest mir etwas vorspielen. Wenn nicht jetzt, wann dann?«

»Ich habe viel zu lange nicht mehr gespielt.« Julians Pupillen zucken aufgeregt hin und her, bis sein Blick am Schlagzeug hängen bleibt.

»Das habe ich dich vor dem Eislaufen schon mal sagen hören. Seitdem glaube ich dir kein Wort mehr.«

Ein Schmunzeln geht über sein Gesicht. »Okay. Dann willst du es wirklich darauf ank-kommen lassen, dass ich mich vor all den Menschen blamiere?«

Ich pruste augenblicklich los. »Komm schon, Juli. Da wird ja wohl niemand bei sein, den du beeindrucken musst.«

Kaum habe ich die Worte ausgesprochen, flammt ein Gefühl in mir auf. Es ist zu kurz, als dass ich es greifen oder gar beschreiben kann. Aber lang genug, dass ich mir nicht vormachen kann, es wäre nie da gewesen.

35. Kapitel

Julian

»Ich habe ewig keinen Schnaps getrunken.« Kichernd hält Alicia sich den Bauch und kann ein Aufstoßen gerade noch unterdrücken.

»Ich hätte nicht gedacht, dass die alle n-noch so viel bechern können!«, werfe ich belustigt ein. Auch wenn ich mir den heutigen Abend definitiv anders vorgestellt habe, kann ich nicht leugnen, dass die Zeit unglaublich gutgetan hat.

»Jedenfalls war das Zeug ziemlich stark«, gluckst Alicia. »Und ich fühle mich zumindest ein klitzekleines bisschen textsicherer für Weihnachten.«

»Was man von mir nicht beh-haupten kann.«

»Klar, weil es ja nicht genug ist, dass du bereits Schlagzeug spielen kannst.«

»Ich war früher besser.«

»Muss ich jetzt Mitgefühl haben, weil du einen Fehler gemacht hast, den niemand von uns bemerkt hat?« Alicia streckt mir die Zunge heraus. »Du warst so gut, dass ich dich ab sofort für ein verdammtes Genie halte. Eislaufen, Schlagzeugspielen … welche Talente besitzt du noch?«

»Hmm … ich würde es nicht als Talent bezeichnen, aber ich habe eine relativ gute Orientierung. Deshalb bin ich sicher, dass wir da lang müssen.« Grinsend deute ich in die entgegengesetzte Richtung derer, die Alicia angesteuert hat.

»Grrrr! Das ist der Schnaps. Oder mein Gehirn befindet sich im Schockzustand, weil es nicht glauben kann, dass ich vor so vielen Leuten gesungen habe.«

»Früher hast du dich an jedem Geb-b-burtstag unterm Tisch versteckt. Selbst in der Schule, als F-Frau Kayser wollte, dass wir dir nachträglich etwas singen.«

»Das weißt du noch?«

»Klar. Ich habe mich immer gefragt, ob du d-d-das heute noch genauso machst.«

Alicia lacht auf. »Habe es mir irgendwann in der Mittelstufe abgewöhnt. Dachte, irgendwann würde der Zeitpunkt kommen, an dem ich damit zu negativ auffalle. Und siehe da, heute wäre es so weit gewesen. Was hätten Margarete oder George gesagt, wäre ich unter den Tisch gekrochen?«

»Mist! Das hätte ich zu gerne g-gesehen.«

»Vielleicht spare ich mir das für meine Familie auf. Was hast du eigentlich Weihnachten vor?« Sie hält in der Bewegung inne. »Also ich meine … Feierst du mit deinem Vater?« Etwas verlegen beißt sie sich auf die Unterlippe. »Nur falls du erzählen magst.«

»Schon okay«, versuche ich sie zu beruhigen. »Bei uns ist Weihnachten immer noch genauso unspektakulär wie damals.«

»Du könntest ja mal mitkommen.« Sie sieht aus, als sei ihr dieser Vorschlag ein wenig unüberlegt über die Lippen gerutscht. »Nächstes Jahr, meine ich. Diesmal wäre es sicher etwas zu spontan. Und nur, wenn du willst.« Ihre Wangen haben wieder diese rötliche Farbe angenommen. Sie sieht so süß aus, wenn sie verlegen ist.

»Gern. Aber sprich am besten zuerst mit deiner Familie. Weihnachten mit einem quasi Fremden zu verb-b-bringen, ist nicht für jeden was.«

»Du bist kein Fremder«, widerspricht Alicia. Sie zögert, bevor sie weiterspricht. »Sie haben ständig nach dir gefragt und wollten wissen, warum wir keine Briefe mehr schreiben. Was das angeht … Ich schätze, ich bin dir auch noch eine Erklärung schuldig.«

»Du musst nicht …«

»Ich war gekränkt, dass du nicht zu meinem Geburtstag gekommen bist.« Sie lacht trocken auf. »Das war's. Das war der lächerliche Grund, weshalb ich unsere Freundschaft weggeworfen habe.«

Falls sie geglaubt hat, dieses Geständnis würde mich wütend machen, hat sie sich geirrt. Auf einmal spüre ich nichts als Erleichterung in mir. Pure, ungebremste Erleichterung.

»Alicia, du warst ein Kind.«

Als ich meinen Kopf in ihre Richtung wende, sehe ich, dass sie die Schultern hochgezogen hat.

»Willst du meinen Mantel haben?«

Erstaunt blickt sie mich an. »Was? Dann hast du doch keinen mehr.«

»Es sind ja n-nur ein paar Meter. Der Alkohol hält mich gut warm.«

Ehe sie etwas sagen kann, bin ich aus meinem Mantel geschlüpft und lege ihn ihr über die Schultern. Alicia so nah zu sein, löst in mir ein heißes Kribbeln aus. Ein Kribbeln, von dem ich sicher bin, dass es nicht nur dem Schnaps geschuldet ist. Die Tatsache, dass ihr mein Mantel fast bis zu den Füßen geht, bringt mich hingegen zum Lächeln.

Okay, so ganz ohne Mantel ist es doch kälter als gedacht, aber am anderen Ende der Straße ist schon die Bahnhaltestelle. Das bedeutet aber auch, dass wir uns verabschieden werden. Ohne dass wir über ... über die Sache vom letzten Mal sprechen konnten.

So ein verfluchter Mist.

»Wenn ich so recht über den Abend nachdenke, finde ich ihn ziemlich gelungen«, stellt Alicia leise fest.

»Ehrlich?«

»Jedenfalls hat sich niemand daran gestört, dass ich kein schickes Winterkleid getragen habe.«

Als ich sie fragend ansehe, verdreht sie kurz die Augen.

»Meine Mutter.«

»Ach so. Dabei stehen dir diese Sachen so gut! Sie sind so typisch Alicia!«

Ihre Augen leuchten auf. »Typisch Alicia! Den Begriff mag ich! Es ist *typisch ich*.« Sie zieht die Nase hoch. »Bis vor Kurzem hätte ich nicht einmal gewusst, was das bedeutet!«

»Ich erinnere m-mich!«

Alicia vergräbt den Kopf tiefer in den Kragen meines Mantels. »Und du willst ihn sicher nicht zurück?«

»Der Anblick von dir als Murmeltier ist jedes Frieren wert!«

»Du Charmeur!«

»Reiner Eigennutz«, widerspreche ich. »Ich denke, ich könnte nur schwer mit der Schuld leben, dich erfrieren zu lassen!«

»Ahhh! Daher weht der Wind!« Sie lacht auf. »Und was ist, wenn es mir ähnlich geht? Wenn ich nicht will, dass du dir hier draußen den Tod holst?«

»Meine Sorgen w-waren zuerst da!«

»Du bist der egoistischste Kümmerer der Welt!«, stellt Alicia fest und schürzt die Lippen.

Und du bist süß, wenn du dich geschmeichelt fühlst, schießt es mir durch den Kopf. Ich bleibe stehen. Wir sehen uns an, und ich bin sicher, die ganze Nacht in der Kälte stehen zu können. Hauptsache, sie ist bei mir.

»Danke!«, presst Alicia auf einmal hervor.

»Wofür?«

»Dass du gefragt hast. Wegen heute!«

Mein Herz macht einen gewaltigen Sprung. Moment, Moment. Rasender Puls, schwitzige Hände bei Minustemperaturen und Beine so zittrig wie vor der Abiprüfung. Hat sie gerade wirklich gesagt, dass ihr der Abend gefallen hat?

»Das ... das freut mich. Um ehrlich zu sein, war ich unsicher, ob ich dich fragen soll. W-wegen ...«

Sie weicht meinem Blick aus. »Verstehe ich.«

»Ich hatte Angst, dass ich dich verschreckt habe. Dass das alles zu einem großen Missverständnis wird.«

Alicia nickt. »Um ehrlich zu sein, war ich selbst etwas verwirrt!«

Erleichterung flutet meine Adern. »Es ist so k-k-kompliziert und ...«

»Aber das soll es nicht sein«, unterbricht Alicia mich. »Ich wollte nie, dass es das wird.«

Einatmen. Ausatmen. Noch mal tief Luft holen. Verstand unter Kontrolle bekommen. Das ganze Chaos hinter uns lassen.

»Ich auch nicht. Wenn wir uns noch einmal das erste Mal wiedersehen k-könnten, würde ich alles anders machen.«

»Wie meinst du das?«

Ich nehme all meinen Mut zusammen, schließe die Augen und beuge mich dicht zu ihr. Unsere Lippen treffen aufeinander, und für den Bruchteil eines Moments ist alles perfekt.

Es ist Mitte Dezember. Die Luft ist klar, die Welt so leise, dass ich mein wild klopfendes Herz hören kann. Ich stehe mit Alicia auf einer Straße im Nirgendwo und tue das, was ich schon die ganze Zeit habe tun wollen. Unser erster Kuss hätte nicht aus Verzweiflung passieren sollen. Wir hätten an dem Abend ihres geplatzten Treffens nicht miteinander schlafen dürfen. All diese Dinge sollten von Anfang an nur aus dem Grund passieren, dass ich sie liebe. Dass ich das Mädchen liebe, das ich schon geliebt habe, bevor ich wusste, was Liebe überhaupt ist.

Ich sehe ihre blasse Haut, die vollen Lippen und dunklen Augen. Spüre für eine winzige Sekunde die weichen Haare zwischen meinen Fingern. Es. Ist. Alles. Perfekt.

Doch dann stürzt alles auf mich ein.

»Julian.« Alicias Stimme zittert. Ihre Augen sind mit Tränen gefüllt. In ihrem Gesicht zuerst die Verwirrung. So eindeutig, wie sich nur die eine Sprache verstehen lässt, die man überall auf der Welt gleich spricht: die Mimik. Gefolgt von Panik. Überraschung. All das lese ich in den weit aufgerissenen Augen, ihrem Mund, der sich zuerst öffnet, dann aber wieder schließt. So, als wüsste sie nicht, was sie sagen soll.

Ich fahre zurück, schlage die Hände über dem Kopf zusammen und kriege nur ein einzelnes »Fuck« heraus. Dabei gäbe es so vieles, das ich jetzt sagen müsste.

Mit Mühe bringe ich ein »Scheiße, Alicia« zustande. Ein »Scheiße, Alicia«, das klingt, als hätte ich ihre Lieblingsvase von der Kommode gestoßen oder mit ihrem Amazon-Konto versehentlich einen Film geliehen. Ein falscher Klick und drei Euro neunundneunzig weniger auf dem Konto.

Doch ich habe sie geküsst. Schon wieder.

»Ich verstehe nicht. Das hier … Ich dachte, wir hätten das gerade geklärt.«

»D-d-das dachte ich auch.« Wir stehen auf einer leeren Straße.

Mitten unter dem freien Himmel, und ich bekomme nicht genug Sauerstoff zum Atmen.

»Wie, ich meine, wieso hast du …?« Sie bringt den Satz nicht zu Ende. In meinem Kopf dreht sich alles.

»Du hast gesagt, d-dass das Date dir gefallen hat. Dass wir es nicht mehr so kompliziert machen wollen.«

»Das Date? Du meinst …?« Sie hält verblüfft inne und schlägt sich dann mit der Hand vor den Mund. »Juli, ich habe nicht … ich dachte nicht, dass das hier …«

Ein Date ist, beende ich ihren Satz im Kopf.

»Alles, was ich wollte, war ein Neuanfang in unserer Freundschaft. Dass wir das vom letzten Mal hinter uns lassen.«

»Was genau?« Vielleicht ist es ein bisher verborgener selbstzerstörerischer Anteil, der mich dazu zwingt, weiter nachzufragen.

»Na, der Ausrutscher!«

Die Ohrfeige brennt auf meiner Haut, ohne dass sie mich auch nur berührt hat.

Ausrutscher. Ausrutscher. Ausrutscher, prescht es durch mein Hirn.

»Ich dachte, das wollen wir beide!« Alicias Wangen sind hochrot angelaufen.

»Ja.« Mehr kriege ich nicht heraus. Weil ich mir auf einmal so unglaublich dumm vorkomme. So naiv.

»Das heißt natürlich nicht, dass es nicht gut war. Das war es. Und ich bin jetzt schon scheiße eifersüchtig auf die Frau, die dich irgendwann als Freund hat …«

»Nur, d-d-dass du sie eben nicht sein willst«, bringe ich es erstaunlich gefasst auf den Punkt. Innerlich fühle ich mich längst wie tot.

»Weil du Julian bist. Der einzige Typ, bei dem ich mich je

stark gefühlt habe. Stark und gleichzeitig geschützt und sicher. Ich glaube, mich hat noch nie ein Mann so viel zum Lachen gebracht. Mir so sehr das Gefühl gegeben, richtig zu sein!«

Ich warte auf das Aber. Auf den Grund, der nun folgen muss, um mir die Situation begreiflich zu machen. Doch es kommt nichts.

36. Kapitel

Alicia

»Ich v-v-verstehe das nicht.«

Die Welt, die ich mir für uns vorgestellt habe, zerspringt in tausend Glasscherben. Als sei sie nichts anderes gewesen als eine billige Schneekugel, die ich für eine Zukunft gehalten habe.

»Du bist mein bester Freund! Richtig?«

»Gibt es ein Gesetz, in dem steht, dass nicht beides möglich ist?«

»Ja. Also nein. Natürlich nicht.« Ich wünschte, ich hätte ebenfalls nur in dieser Schneekugel existiert. »Ich bin vollkommen überfordert. Es tut mir so leid!« Ich wische mir die Tränen von der Wange.

»Was?«

Ich hole tief Luft. »Dass ich in dir falsche Erwartungen geweckt habe.«

»Hast d-d-du nicht.«

»Doch! Ich habe dir nicht gesagt, dass Nicolas mich auf ein Date eingeladen hat. Stattdessen dachtest du, dass wir …, dass das hier …«

»Stopp!«

Ich nehme seinen Mantel von meinen Schultern und reiche ihn Julian. »Du solltest ihn wieder anziehen!« Meine Stimme klingt ein wenig heiser.

»Behalt ihn ruhig. Denkst du, ich habe ihn d-d-dir gegeben, weil ich mir etwas erhoffe?«

»Zieh ihn an! ... Bitte!«, füge ich hinzu und schlinge die Arme um meinen Körper.

Er streckt die Hände nach mir aus, als wisse er nicht, was er hier tut. Als unsere Finger sich für ein paar Sekunden berühren, zucke ich zusammen. »Du bist arschkalt!«

»Und d-d-du bist ganz heiß!«, rutscht es ihm heraus. »Also deine Hände. Die Haut.«

»Höchste Zeit, dass du dich wieder anziehst!«

Diesmal erwidert er nichts mehr, sondern schlüpft wortlos zurück in seinen Mantel.

Um überhaupt irgendwas zu tun, das mein Herz nicht noch weiter zum Zerreißen spannt, ziehe ich das Smartphone aus der Tasche und murmele etwas wie »Wir sollten uns beeilen, die Bahn müsste jeden Augenblick kommen«.

Wir gehen schweigend die Stufen zur Haltestelle hoch. Kurz glaube ich, dass niemand mehr etwas sagen wird. Dass wir ohne Abschied jeder in eine andere Linie steigen werden.

»Ich will dich nicht verlieren!«, platzt es aus mir heraus. Wie aus einem Luftballon, der schon viel zu dick aufgeblasen wurde.

»Stehst d-d-du auf ihn? Auf diesen Nicolas, meine ich.«

Ich kann in seinen Augen lesen, wie sehr er sich vor einer Antwort fürchtet. Ich könnte es verstehen, würde mein Schweigen ihn sauer machen. Ich könnte es verstehen, würde er sich umdrehen und kommentarlos gehen. Ich könnte es verstehen, würde er mich von diesem Moment an hassen.

»Nein.« Meine Stimme klingt krächzend. So krächzend, dass Julian mir nicht glaubt.

»Sei doch b-b-bitte jetzt so ehrlich und sag es mir!«

Wie denn? Ich wünschte, die Worte würden über meine Lippen finden. Wie soll ich es dir sagen, wenn ich überhaupt nichts mehr weiß? Wenn sich mein Herz viel zu taub anfühlt, um irgendetwas zu fühlen. Irgendetwas außer Schmerz. Scherben.

»Ich kann es dir nicht sagen, weil ich selbst keine Ahnung habe. Was ich aber weiß, ist, dass du mir auch wichtig bist. Nur anders. Mit dir kann ich lachen, herumalbern, ich selbst ...«

»Hör zu, ich k-kann das jetzt nicht«, unterbricht er mich.

Ich zucke leicht zusammen. »Reden?«

»Nichts davon. Ich kann mich jetzt weder mit dir über unsere Freundschaft unterhalten, noch will ich mir anhören, warum das mit uns keinen Sinn ergibt.«

Das wollte ich auch nie. Ich wollte ihm nie wehtun.

»Wir müssen heute nicht darüber sprechen. Es tut mir so leid, Julian.«

»Ich will darüber überhaupt nicht sprechen. Weil es Unsinn ist. Das g-ganze Freundschaftsding ist vollkommener Unsinn. Ich verstehe dich nicht. Du willst dich nicht auf mich einlassen, weil du mir etwas bedeutest? Weil ich es ernst mit dir meine?«

»Vielleicht hat die Liebe mich kaputtgemacht.«

»Liebe nennst du das?«

Die Glasscherben. Die vielen Glasscherben schneiden so tief in meine Brust, dass ich kaum noch atmen kann.

»Du siehst es doch selbst.«

»Ich sehe nur eine starke Frau, die wegläuft. Aus Angst, dass ihr jemand etwas zeigen könnte, was sie selbst n-nicht in sich sehen will. Du sagst, Männer haben dir dein Herz gebrochen. Warum kannst du nicht zulassen, dass es jemand heilt?«

Ich wirbele herum. »Darum geht es doch gar nicht! Du verdrehst das jetzt alles.«

»Tue ich das? Wieso suchst du dann immer wieder nach Kerlen, die es genauso wenig ernst meinen wie die davor? Willst du irgendwem beweisen, dass du geschickt darin bist, I-Idioten herauszufiltern? Wenn es das ist, was du willst: Bravo! Du bist auf einem super Weg!«

»Was redest du denn da?« Ich ziehe mir die Scherben aus der Brust. Es schmerzt. Es brennt. Ich blute immer noch. Und trotzdem entferne ich mich einen Schritt von ihm. »Ist es das, was du von mir denkst? Dass ich zu blöd bin, zu wissen, was gut für mich ist?«

Mit einem lauten Pfeifen fährt die Bahn ein. Es ist die, die in meine Richtung fährt.

»Na dann! Falls du sonst noch irgendwelche Dinge über mich weißt, von denen ich selbst noch keine Ahnung habe, kannst du dich ja melden!«

Ich drehe mich um, stapfe zu der vordersten Tür der Bahn und lege die Hand auf den Drücker. Kaum öffnen sich die beiden Seiten, trete ich hinein und verschwinde im Inneren der Straßenbahn.

9. Oktober 2007

Liebe Alicia,

ich hoffe, es geht dir gut. Vorgestern ist mein letzter Brief an dich leider zurückgekommen. Ich weiß nicht genau, warum das passiert ist. Es tut mir leid, wenn du ihn nicht erhalten hast. Ich vermisse dich so sehr, und ich hoffe, dass du nicht böse auf mich bist.

Es gibt so viel, was ich dir erzählen möchte. Ich denke jeden Tag an unsere gemeinsamen Abenteuer und all die lustigen Momente, die wir geteilt haben. Du bist meine allerbeste Freundin, und ich kann es kaum erwarten, dich wiederzusehen.

Alicia, du bedeutest mir so viel. Bitte sei nicht böse auf mich und schreib mir schnell zurück!

Ich kann dir auch bald etwas auf dem Schlagzeug vorspielen.

Dein allerbester Freund

Julian

37. Kapitel

Julian

Nach Schulschluss am Freitag bekomme ich eine Nachricht von Leo.

Wie geht's dir? Hast du Lust, was zu machen?

Man muss kein Genie sein, um zu kapieren, dass er längst von der Abfuhr weiß. Und dieses Mal bin ich beinahe dankbar, es ihm nicht selbst sagen zu müssen. Ich will mit überhaupt niemandem reden. Ganz im Gegenteil: Ich möchte mich auf dem Dachboden verkriechen und die Musik so laut aufdrehen, dass nie wieder jemand auf die Idee kommt, sich mit mir unterhalten zu müssen.

»Passt schon!«, schreibe ich zurück. »Habe viel zu tun!« Die Jungs sollen nicht glauben, sich irgendwie um mich kümmern zu müssen. Auf Mitleid kann ich wirklich verzichten.

Mit Alicia habe ich seit unserm Streit keine einzige Nachricht getauscht, geschweige denn sie gesehen. Immer wieder ertappe ich mich dabei, unseren Chat zu öffnen und die letzten Nachrichten durchzugehen. Von der Zeit, in der noch alles in Ordnung zwischen uns war. Ich klinge dramatischer als deutsche Popsänger in ihren Liebeskummerliedern. Doch die Wahrheit ist, dass ich mich genau so fühle. Beschissen. Leer. Voller Sehnsucht.

Zu Hause angekommen, lege ich mich aufs Bett und öffne Instagram. Maggie hat eine neue Story gepostet. Kurz hoffe ich, auf diese Weise ein Lebenszeichen von Alicia zu bekommen, doch das Video zeigt Maggie nur mit Leo. Die beiden sehen so glücklich miteinander aus.

Ich klicke mich durch ein paar Storys und Bilder, schließe die App, ohne eine Spur von mir zu hinterlassen, geschweige denn selbst etwas zu teilen.

Draußen dämmert es. Ich sehe durch das kleine Dachfenster und frage mich, ob es dieses Jahr noch richtig schneien wird.

Ich habe Alicia nie gefragt, ob sie noch so gerne Erdbeermarmelade mit Käse isst. Ob sie sich vorstellen kann, dass ich jahrelang nur Penne essen konnte, weil ich dachte, sie sonst endgültig zu verlieren.

Mein Smartphone vibriert, Leos Name verschwimmt vor meinen Augen, und ich lasse mich rücklings aufs Bett fallen. Achtzehn Uhr. Ich will nicht telefonieren. Ich will überhaupt nichts mehr. Also vergrabe ich meinen Kopf im Kissen und warte, bis das Klingeln verstummt. Er kann mir sowieso nicht helfen. Alles, was er sagen würde, bliebe bei leeren Floskeln. »Es liegt nicht an dir!«, »Frauen sind nun mal so!«, »Das geht vorbei!« Einen Scheiß will ich das hören! Jeder einzelne Satz wäre ohnehin nur eine Lüge. Natürlich liegt es an mir. Das tut es immer.

Ich ziehe mich am Bettkasten hoch, stehe vom Bett auf und schleppe mich die Treppe nach unten. Wenn ich vorhabe, mich die nächsten Tage nicht vollkommen gehen zu lassen, sollte ich zumindest etwas essen.

»Was machst du denn hier?« Michael sitzt in seiner blauen Arbeitsjacke am Küchentisch und pellt eine Mandarine nach der anderen.

»Ich w-wohne hier«, brumme ich.

»Ach nein. Danke für die Info. Ist mir die letzten Tage wohl aufgefallen. Hast du keine Freunde, deren Strom du abziehen kannst?«

Er ist so ein Arsch! Ich zucke beinahe zusammen, als die Erkenntnis in meinen Verstand vorprescht. Viel zu bekannt und doch irgendwie neu. Als hätte ich mich vorher nie getraut, so über ihn zu denken.

»Lass m-mich einfach, okay?« Ich gehe an ihm vorbei an den Kühlschrank, nehme einen Becher Joghurt raus und schlage die Tür zu.

»Schon wieder teurer geworden, das Zeug! Wenn das so weitergeht, musst du den Dauerauftrag erhöhen!«, warnt mich mein Vater mit einem genervten Seitenblick und steckt sich dann ein Stück Mandarine in den Mund.

»Kannst du mich heute vielleicht einfach in Ruhe l-lassen?«, murmele ich.

Mein Vater hebt überrascht den Kopf. »Muss man dich jetzt mit Samthandschuhen anpacken?«

Ich winke ab. »Verg-giss es! Versuch war's wert!« Was können die Sprüche meines Vaters schon anrichten, wenn mein Herz ohnehin ein einziger Trümmerhaufen ist?

»Sag bloß, du hast Liebeskummer?«

Ein Trümmerhaufen, der verdammt schmerzhaft schlagen kann. »Ich g-geh wieder hoch!«

Michael ist die letzte Person, bei der ich mir jetzt Rat holen will.

»Geht es um das Mädel, das du neulich hier rausgeschmuggelt hast?« Mein Vater schlägt mit einem lauten Rums auf den Tisch.

»Ich glaub's ja nicht. Mein Junge reißt Weiber auf. Hab gedacht, ich guck nicht richtig. Wolltest sie mir wohl nicht vorstellen, was?« Er lacht auf. »Hätte ich früher auch nicht gemacht. Mal ganz davon abgesehen, dass dein Großvater mich verprügelt hätte. Mit einem Rohrstock hat er mich durchs Haus gejagt, wenn ich einem Mädchen nachgeguckt hab. Prüde bis zum Gehtnichtmehr.«

Klasse. Diese Infos wollte ich bestimmt haben. Das Szenario von damals kann ich mir nur zu gut vorstellen.

»Also geht's um die Brünette? War ja ein ganz schön heißer Feger. Lass mich dir eins sagen: Für 'ne Nacht geht so was gut, aber danach machen Frauen nichts als Ärger.« Wieder dieses Lachen.

»Ich will nicht drüber r-reden.«

Mein Vater packt mich an der Schulter und drückt mich auf den Stuhl neben sich. Was ist an »Ich will nicht drüber reden« so falsch zu verstehen?

»Wenn ich dich so ansehe, gibt's nur drei Möglichkeiten. Sie hat dich für 'nen anderen abgeschossen. Sie ist eigentlich 'ne Lesbe. Oder mein Sohn ist 'ne Niete im Bett.«

Sollte mich irgendwas davon schockieren oder verletzen? Mit Sicherheit. Doch die Worte prallen an mir ab.

»Frauen wollen keine Waschlappen. Die sind vielleicht gut zum Ausheulen. Man nimmt sich Zeit, redet ihnen Mut zu, macht ihnen Komplimente, spricht über den ganzen Gefühlsquatsch. Aber weißt du was? Am Ende wirst du immer nur der sein, mit dem sie Kitschfilme guckt, während ein anderer sein Ding reinsteckt.« Mein Vater verzieht das Gesicht und spuckt den Kern einer Mandarine auf den Teller.

»Wenn du ihr Macker sein willst, musst du ihr sagen, wo's langgeht. Scheiß auf das ganze Gesäusel. Frauen wollen keine lieben Jungs. Frauen wollen Arschlöcher.« Er klopft mir fest auf die Schulter und steht auf. Den Teller mit den Mandarinenschalen lässt er auf dem Tisch stehen.

38. Kapitel

Alicia

»Komm schon, lass mich rein!« Es ist das dritte Mal an diesem Morgen, dass Maggie vor meiner Tür steht und gegen das Holz hämmert.

»Ich schlafe noch!«

»Und ich bin Günther Jauch und Thomas Gottschalk in einer Person. Jetzt mach auf!«

Es ist unmöglich, sich Maggie vom Hals zu schaffen, wenn sie sich etwas in den Kopf gesetzt hat.

»Können wir nicht später reden?«

»Das Später, von dem du schon gestern gesprochen hast?«

»Gestern hieß es *vielleicht* später.«

»Ich könnte einfach die Tür eintreten!«

Ihre Drohung genügt, dass ich endlich von meinem Bett aufstehe und den Schlüssel im Schloss umdrehe.

»Wie siehst du denn aus?« Erschrocken sieht meine beste Freundin mich an.

»Danke für die Blumen!« Ich winke ab. Wie soll man aussehen, wenn man die letzten Tage Homeoffice aus dem Bett gemacht hat?

»Es ist Samstag«, stellt Maggie genau in dem Augenblick fest und wirft einen skeptischen Blick auf meine gestreifte Pyjamahose. »Willst du dich in diesem Outfit mit Nicolas treffen?«

»Klar, warum nicht?«, sage ich und gehe zurück zu meinem Bett. »Ich werde sowieso nicht hingehen.«

»Bitte?« Maggie lässt sich auf meinen Schreibtischstuhl sinken und verschränkt die Arme vor der Brust.

»Ich kann das nicht bringen. Es geht einfach nicht. Nicht jetzt. Ich weiß nicht einmal, wo mir der Kopf steht«, erkläre ich und ziehe die Decke bis zu meinen Schultern hoch.

»Hmmmm«, macht Maggie und gibt dem Stuhl einen Schubs. Während sie sich einmal um ihre eigene Achse dreht, schüttelt sie langsam den Kopf. »Versteh mich nicht falsch! Ich mag Julian. Er ist schlau, ein guter Mensch, witzig ...«

Abwehrend hebe ich die Hand. »Es reicht. Bitte!«

Es gibt nichts, was ich mir weniger gern anhören würde als Gründe, die für Julian als perfekten Menschen sprechen.

»Genauso wenig bist du aber für seine Gefühle verantwortlich. Die Sache ist scheiße gelaufen. Er ist verletzt. Vielleicht ist es gut, wenn ihr ein wenig Gras über das alles wachsen lasst ... Für dich heißt das aber nicht, dass die Welt stehen bleibt. Was ist mit der Kampagne?«

»Was soll damit sein?«, schnaufe ich.

»Hast du nicht gesagt, Nicolas möchte dir helfen? Vielleicht tut es dir gut, ein wenig rauszukommen. Du könntest auch mit Leo und mir ...« Sie bricht ab, weil ihr sicher klar wird, dass dieser Vorschlag gerade keine gute Idee ist. »Du bist kein schlechter Mensch, wenn du an dich denkst! Und schon gar nicht, wenn es um so etwas geht. Gefühle lassen sich halt nicht erzwingen.«

Ich weiß, dass sie es gut meint. Doch gerade hilft mir das

nicht wirklich weiter. Nicht, solange sich irgendetwas in mir weigert, ihr zu glauben.

»Tu's für mich, okay? Wenn du nicht deinetwegen hingehen willst, dann tu es, um mir später haarklein alles zu erzählen. Ich war noch nie in so einem noblen Schuppen!«

»Woher weißt du …?« Verwundert folge ich Maggies Blick zu meiner Pinnwand. Samstag. Neunzehn Uhr. Darunter der französische Name des Restaurants, in das Nicolas mich eingeladen hat.

»Also?« Meine Freundin wackelt mit ihren Augenbrauen.

Ich atme tief durch. »Es sind doch noch mindestens sieben Stunden bis dahin!«

Maggie schüttelt vehement den Kopf. »Erstens sind es keine sieben Stunden, sondern fünfeinhalb. Und zweitens …« Sie spricht auf einmal so schnell, dass ich Mühe habe, sie zu verstehen. »Zweitens ist mir im Ofen eine Packung Croissants explodiert, und ich habe keine Ahnung, wie ich die Schokolade abbekommen soll.«

»Vom Blech?«

»Ja.« Maggie weicht meinem Blick aus. »Also, auch. Aber eigentlich geht's eher um die Wand.«

• • •

Als der Kellner mir nachschenkt, habe ich bereits drei Dinge gelernt.

Erstens: Dass Kellner gewisse Gäste im Restaurant mit Namen begrüßen, ist kein Klischee. Nicht, dass ich dabei über mich spreche. Doch als mir ein Glas Wasser gebracht wurde, erklärte man mir, die Rechnung werde bei den Hohenfelds angeschrieben. Angeschrieben? So was gibt es wirklich?

Zweitens sollte man bei Aufregung niemals zu viel auf nüchternen Magen trinken. Ich spreche dabei nicht von Alkohol, auch andere Flüssigkeiten können den Magen-Darm-Trakt verrücktspielen lassen.

Drittens, und das ist das Allerwichtigste: Wenn ich das nächste Mal den Namen eines Restaurants geschickt bekomme, sollte ich ihn zumindest bei Google eingeben, um die Entfernung zu meiner Wohnung einschätzen zu können.

Zumindest würde ich damit weniger Gefahr laufen, vollkommen aus der Puste in ein Sternerestaurant zu platzen. Nicht nur blöd, dass man damit sämtliche Blicke auf sich zieht, sondern auch, dass mein Stress vollkommen umsonst gewesen ist.

Denn Nicolas ist überhaupt noch nicht hier.

Ich werfe immer wieder ungeduldig einen Blick auf die Uhr und versuche dennoch, gelassen zu wirken. Ein ziemlich nervenaufreibender Spagat, wenn man mich fragt.

Wir haben neunzehn Uhr sechzehn. Ich trage ein kratziges Winterkleid und nippe nervös an meinem Glas Wasser. Diesmal, ohne tatsächlich einen Schluck zu trinken. Zumindest wirke ich so beschäftigt.

»Kann ich Ihnen noch was bringen?« Ich fahre erschrocken zusammen, als der Kellner wieder hinter mir auftaucht. Er trägt eine schwarze Anzughose, dazu ein weißes Hemd mit Fliege. Ich kann an einer Hand abzählen, wie häufig ich meinen eigenen Vater so schick gesehen habe.

»Erst mal nicht. Danke!«

Ich öffne meinen WhatsApp-Verlauf und gehe die letzten Nachrichten durch. Der Chat zwischen Julian und mir ist mittlerweile ein ganzes Stück runtergerutscht. Und dennoch ertappe ich mich bei einem kurzen Moment der Hoffnung, er könnte sich gemeldet haben. Ob er okay ist?

Es ist, als würde die Sehnsucht mit jedem Versuch, Julian aus meinem Kopf zu bekommen, erst recht rebellieren wollen. Entschlossen archiviere ich den Chat, lasse das Telefon sinken und seufze schwer.

»Na? Das klingt ja gar nicht gut.« Ich schrecke zusammen, als eine raue Männerstimme hinter mir ertönt. »Lässt sich nur hoffen, dass mein Zuspätkommen dich nicht so verzweifelt hat.«

Nicolas setzt sich gegenüber von mir auf einen Stuhl und lächelt breit. »Ich weiß, das klingt nach einer faulen Ausrede, aber ich bin sonst eigentlich immer pünktlich und zuverlässig.«

»Das klingt es tatsächlich«, platzt es aus mir heraus. Im gleichen Atemzug muss ich allerdings auch lächeln. »Schon okay. Ich habe mich stattdessen schon mal ein bisschen mit diesem noblen Wasser betrunken.« Ich deute auf die Glasflasche, doch Nicolas nimmt nicht einmal Notiz von ihr.

»Du bist jedenfalls gekommen!«, stellt er zufrieden fest.

»Man hat mir gutes Essen versprochen!«

»Und dabei nicht untertrieben. Du wirst schon sehen!«

Wie zur Bestätigung knurrt mein Magen. Und wie! Hektisch rutsche ich auf meinem Stuhl hin und her, um das Geräusch zu überspielen. »Die Bauarbeiter scheinen es kaum abwarten zu können.«

Verwirrt hebt Nicolas eine Augenbraue. Er scheint meine Bemerkung nicht verstanden zu haben. Natürlich nicht. Niemand außer mir gibt so einen Blödsinn von sich.

»Äh. Das ist so ein Ding aus meiner Kindheit. Meine Brüder meinten immer, Magenknurren würde sich wie eine große Baustelle im Bauch anhören.« Verlegen nehme ich noch einen Schluck Wasser.

»Ah, verstehe. Du hast also mehrere Brüder?«

»Ja, zwei. Streng genommen sind wir alle adoptiert, aber letztendlich spielt es keine Rolle. Wir sind eine Familie wie jede andere auch.«

Nicolas nickt. »Klar. Sozial gesehen definitiv. Nur wenn's um Medizinisches geht, ist es eben nicht ganz so einfach.«

Was soll das denn heißen? Und wie kommt er da jetzt drauf? Ich runzele die Stirn. »Wie gut, dass wir nicht in der Notfallambulanz sitzen, sondern in einem Restaurant. Da stellt sich die Frage recht selten.«

»Richtig!« Nicolas lächelt, und das nervöse Flattern in meiner Brust beruhigt sich wieder. »Hast du schon was ausgesucht?«

»Wenn ich ehrlich bin ...« Ich beiße mir auf die Lippe und beuge mich ein Stück über den Tisch. »Ich habe kein einziges Wort verstanden. Gibt es die Karte hier auch auf Deutsch?«

»Ich fürchte nicht. Aber kein Problem. Das meiste lässt sich erschließen. Das kriegt man mit etwas Ruhe gut hin.«

»Dann kannst du auch kein Französisch?«

Er zuckt mit den Schultern. »Ausreichend, um für eine schöne Frau das Essen zu bestellen.«

Verlegen lächele ich, klappe die Karte auf und gehe mit Nicolas gemeinsam die Speisen durch. Von den meisten Gerichten habe ich noch nie gehört, geschweige denn sie gegessen. Ich bin ein wenig erleichtert, als Nicolas sich gegen gebackene Schnecken im Gehäuse und für einen einfachen *Salade Portobello* entscheidet.

»Ich hätte gerne das vierte hier.«

»Welches ist das?«, fragt der Kellner.

»Du musst ihm die Speise nennen«, flüstert Nicolas.

»*Coq au Vin*«, lese ich stolpernd vor.

Der Kellner wirft einen Blick auf die Karte, dann zu Nicolas. Als dieser plötzlich beginnt, in fließendem Französisch zu sprechen, bin ich vollkommen sprachlos.

Der Kellner nickt und verschwindet vom Tisch.

»Du hast gesagt, du kannst kein Französisch«, raune ich.

»Genug, um ein vegetarisches *Coq au Vin* zu bestellen«, erklärt er und klingt dabei so selbstsicher, als habe er diese Sprache bereits im Mutterbauch gelernt. Ich kann nicht sagen, wieso, aber schlagartig fühle ich mich einen ganzen Kopf kleiner – und vor allem dümmer.

»Macht doch nichts! Jeder kann andere Dinge. Du bist dafür eine geborene Texterin.« Er muss meine Zweifel bemerkt haben.

»Ach was!«, winke ich ab.

Nicolas schüttelt ungläubig den Kopf. »Du unterschätzt dich gewaltig! Johannes ist dein größter Fan. Ich bin sicher, es dauert nicht mehr lange, und du hast deinen Festvertrag in der Tasche!«

Hitze schießt mir in die Wangen. Das kann er unmöglich ernst meinen. Klar, Johannes hat mir selbst gesagt, dass ihn meine Arbeit überzeugt. Aber Nicolas' Worte erscheinen mir dennoch etwas ... zu groß?

»Wart's ab! Ich sag's dir!« Er zwinkert mir herausfordernd zu. »Oder hast du andere Pläne?«

Ich lache trocken. »Machst du Witze? CGN ist seit Jahren mein großer Traum. Dieser Job bedeutet mir mehr, als du dir vorstellen kannst.«

Nicolas' Augen leuchten auf. »Das klingt schön. Bewundernswert. Ich mag es, wenn Menschen eine Passion haben.«

»Wo liegt deine?«, horche ich neugierig nach.

Er zuckt mit den Schultern. »Das ist nicht ganz so einfach. Leider. Aber kein Thema für diesen Abend. Ich will lieber etwas von dir hören.«

Mein Herzschlag schießt in die Höhe, beruhigt sich aber ziemlich schnell wieder.

»Was willst du denn über mich wissen?«

»Fangen wir an mit … allem?«

»Ich heiße Alicia Hanser und bin vierundzwanzig Jahre alt. Ich liebe den Sommer und den Herbst, bin verrückt nach Gummibärchen und sammele Strumpfhosen.«

Nicolas runzelt die Stirn. »Woher kommst du eigentlich?«

»Meine Eltern wohnen im Sauerland. Ich habe die ersten Lebensjahre hier in Köln gewohnt, bin aber dann mit meiner Familie umgezogen, weil mein Vater den Job wechseln musste.«

»Du meinst, deine Adoptiveltern?«

In meinem Magen zieht sich etwas zusammen, ehe ich stumm nicke.

»Und deine richtigen Eltern?«

Verständnislos forme ich meine Lippen zu einem Lächeln. »Meine Adoptiveltern sind meine richtigen Eltern. Falls du meine leiblichen Eltern meinst – zu denen habe ich keinen Kontakt. Genauer gesagt, kenne ich sie nicht einmal.«

Erstaunt reißt Nicolas die Augen auf. »Du hast keine Ahnung, wer sie sind?«

Ich schüttele den Kopf. »Was gibt es sonst noch über mich zu sagen? An freien Nachmittagen verbringe ich viel zu viel Zeit auf Vinted. Dort kann man zum Beispiel gebrauchte Klamotten kaufen. Das ist nicht nur günstig und nachhaltig, sondern total cool. Die Sachen sind teilweise schon aus alten Kollektionen und viel individueller als …«

Ich halte mitten im Satz inne, als ich realisiere, dass Nicolas' Blick an mir vorbeigeht. So, als würde er über irgendwas nachdenken. Vermutlich bilde ich es mir aber nur ein, denn das Gespräch hält er immer noch aufrecht.

»Du bist also kreativ!«

»Kann man so sagen. Ich backe auch gern. Zumindest dann,

wenn meine Mitbewohnerin vorher kein Chaos angerichtet hat. Erst heute hat sie es geschafft ...«

»Wie kamst du darauf, dich bei CGN zu bewerben?«

Verblüfft über den plötzlichen Themenwechsel halte ich inne. »Ich schätze, ich habe es einfach versucht. Zweifel beiseitegeschoben und Glück gehabt.«

»Und Talent!«, ergänzt Nicolas.

Unsicher fahre ich mir mit der Zunge über die Lippen.

»Ich bin froh, dass es heute geklappt hat. Du kannst dir nicht vorstellen, wie sehr mich das Projekt interessiert«, fährt er fort.

»Du kannst dir meinen Pitch ja erst einmal ansehen. Aber Achtung, meine Arbeitsweise ist ziemlich chaotisch. Und das, obwohl ich allgemein ein ordnungsliebender Mensch bin.« Ich ziehe eine Mappe mit Ausdrucken aus meiner Tasche und schiebe sie ihm über den Tisch zu. »Ich denke, ich jage zu vielen Gedankenfetzen nach, die erst ganz am Ende einen Sinn ergeben.«

»Klingt interessant!« Sofort schlägt er die Mappe auf und beginnt darin zu blättern.

»Und anstrengend«, füge ich hinzu.

»Über welchen Fetzen wollen wir denn heute reden?«

Darüber muss ich kurz nachdenken. »Ich überlege gerade, welche Bedeutung Valerie Sophie für junge Menschen hat. Abgesehen davon, dass sie ein Idol für viele ist.«

»Reicht das nicht? Ich finde das Wort ›Idol‹ schon groß genug.«

»Schon! Aber wie ich schon neulich sagte ... es geht auch viel um Glaubwürdigkeit und Identifikation.«

Nicolas sieht aus, als würde er kein Wort von dem verstehen, was ich zu sagen versuche.

»Wir können es noch mal in Ruhe durchgehen«, werfe ich also

schnell ein und lasse meinen Blick durch das Restaurant schweifen.

Genau in diesem Moment kommt das Essen. Nicolas hat nicht zu viel versprochen. Als der Kellner meinen Teller vor mir abstellt, ertappe ich mich bei dem Impuls, ein schnelles Foto zu schießen. Für Maggie. Unter normalen Umständen würde ich es auch Julian schicken. Vielleicht mit einem kurzen Spruch à la »Ob *Coq au Vin* mit einem Marmeladen-Käse-Brot mithalten kann?« darunter.

Als ich die erste Gabel zum Mund führe, bekomme ich kaum etwas von dem Geschmack mit und bin viel zu sehr mit der Frage beschäftigt, was Nicolas an meinem Konzept womöglich ändern möchte.

Kaum haben wir aufgegessen, widmet er sich wieder meinen Notizen.

»Hast du deine Ideen auch irgendwo gesammelt?«, frage ich. Mir ist nämlich aufgefallen, dass Nicolas bisher keine Anstalten gemacht hat, mir etwas von seinen Konzepten zu zeigen.

»Du willst sie sehen?«

»Ähhh«, mache ich. War das nicht der Grund dieses Treffens? »Wenn ich darf, gern.«

Sein Körper versteift sich, während er sich zu seiner Tasche runterbeugt und einen dünnen Schnellhefter herausnimmt. »Das meiste ist noch in meinem Kopf. Ich habe nur das Wichtigste notiert.«

Zögernd schiebt er mir die Unterlagen über den Tisch zu. Neugierig klappe ich den Hefter auf und überfliege die ersten Zeilen.

»Und? Was sagst du?« Er gibt mir kaum Zeit, die erste Seite zu überfliegen.

»Bin noch nicht fertig.« Ich streiche mir über das Knie, so als wolle ich feine Muster auf die langweilige Strumpfhose zeichnen.

Dabei ist es Verlegenheit, die meine Nervenenden plötzlich zum Kribbeln bringt.

Ob Nicolas weiß, dass das Grün in meinem Kleid sowohl in der Flagge von Litauen und Bulgarien als auch in der von Portugal vorkommt? Ob er weiß, dass ich dieses Kleid eigentlich gar nicht mag? Dass ich es nur angezogen habe, weil ich keine Ahnung habe, was man in einem Restaurant dieser Art trägt?

Wäre Julian hier, hättest du dir diese Frage nicht gestellt, flüstert eine gehässige Stimme in mir. *Und Julian ist nicht hier, weil du es kaputtgemacht hast.*

»Wie gesagt, alles noch recht roh. Aber ich denke, unsere Ideen lassen sich gut kombinieren, oder?«

»Hmmm.« Plötzlich beginnt mein Herz noch schneller zu rasen, und mir ist so heiß, dass ich vermutlich innerhalb von Sekunden den ganzen Nordpol schmelzen könnte.

»Jetzt sag schon!« Er beginnt zu drängeln, und es ist, als schiebe er mich in eine tiefe Sackgasse hinein. Eine Sackgasse, deren einziger Weg raus der Weg der Offensive ist.

»Roh, ja«, krächze ich.

»Als Grundidee aber nicht schlecht.«

»Hm«, mache ich schon wieder. »Ich weiß nicht so recht. Es überzeugt mich noch nicht richtig.«

»Was soll das heißen?«

»So, wie du es darstellst ... in deinem Pitch ... Es könnte so rüberkommen, als könnten Frauen erst dann glücklich oder sogar vollständig sein, wenn sie einen Mann an ihrer Seite haben. Das kommt mir als Message schwierig vor.« Schwierig. Und gleichzeitig viel zu bekannt.

»Ach Gott, man muss doch nicht alles so auf die Goldwaage legen. Es geht doch nur um einen Vorher-Nachher-Effekt. Frau ohne MatchMe: einsam. Unglücklich. Frau mit MatchMe: happy. Das Prinzip ist doch easy zu kapieren.«

»Einfach heißt nicht gleich gut«, rutscht es mir heraus.

Im selben Moment wird mir klar, wie ehrlich ich gewesen bin. Zu ehrlich.

»Wow, du traust dir aber eine starke Meinung zu, was?«

Mist. Ich habe ihn getroffen.

»Entschuldige, das sollte nicht so hart klingen. Ich meine ja nur ...«

»Schon gut, deine Idee ist die bessere. Schließlich hat Wegstetter sowieso einen Narren an dir gefressen. Aber gut, nutzen wir eben alle Mittel, die uns zur Verfügung stehen.«

Wie bitte?

Mir wird immer wärmer. Gibt es hier vielleicht ein Fenster, das man öffnen kann? Wäre es seltsam, danach zu fragen?

Andererseits wäre es mit ziemlicher Wahrscheinlichkeit weniger seltsam, als ... genau jetzt leise zu lachen. Und was um alles in der Welt tue ich? Genau, ich beginne dämlich zu kichern. Doch auch das lässt die Anspannung in meinem Bauch sich nicht lösen. Anspannung, die sich in mir wie ein Knoten enger zieht.

Keine Ahnung, ob Nicolas dieser plötzliche Anfall verwirrt. Falls ja, gelingt es ihm geschickt, sich nichts anmerken zu lassen.

»Gibt es hier eigentlich auch eine Toilette?«

Ich habe ein Talent dafür, die dämlichsten Fragen der Welt zu stellen.

Überrascht runzelt Nicolas die Stirn. Bevor er antworten kann, schnappe ich mir meine Jacke und die Tasche, springe von meinem Stuhl auf und gehe an den Tischen vorbei in die Richtung, in der ich die Toiletten vermute.

Ich reiße die erstbeste Tür auf und stehe in einem eingezäunten Hinterhof. Oder einem Garten. Ich sehe vier große Tannen, die parallel zueinander wachsen, und ein paar Lichter, die so hell strahlen, dass ich beinahe geblendet bin.

Die Gedanken sind so leise, dass ich selbst eine Weile brauche, um sie zu hören.

Hör auf, dir etwas vorzumachen.

Dieser Typ ist ein Schwätzer!

Es ging ihm nie um dich!

Und wenn du ehrlich zu dir selbst gewesen wärst, wüsstest du, dass es dir auch nie um ihn ging.

Das Zittern in meinen Beinen wird stärker. Ich sinke in die Hocke und schlinge die Arme um meine Beine, als könne mir meine eigene Umarmung Trost geben. Doch Trost wofür? Was ist nur in mich gefahren?

Ohne nachzudenken, lasse ich mich nach hinten in das halb gefrorene Gras fallen. Noch nie war mir ein nasser Hintern so gleichgültig wie jetzt.

Ich ziehe mein Smartphone aus der Tasche und scrolle durch die Liste mit den zuletzt gewählten Nummern. Das letzte Mal, als ich vollkommen aufgelöst am Straßenrand saß, habe ich Julian angerufen. Doch das wäre jetzt nicht nur verdammt unpassend, sondern vermutlich auch hoffnungslos. Schließlich hat er nicht einmal auf meine letzten Nachrichten reagiert.

Ich tippe auf Maggies Namen und halte den Atem an. Dabei weiß ich, dass Maggie nahezu immer ans Telefon geht. Nahezu immer. Nur eben heute nicht. Für einen Moment bin ich versucht, es bei Leo zu probieren. Ich bin sicher, dass er mir sofort helfen würde, doch die Frage ist, wobei?

Ich fahre ein letztes Mal über das Display und halte über Omans Namen an, als eine Nachricht von Nicolas aufblinkt.

Brauchst du noch lange? Wir können auch noch

woanders etwas trinken gehen. Oder wir sprechen noch mal über das Projekt?

Ohne darauf zu reagieren, stecke ich das Smartphone zurück in die Jackentasche und ziehe den Reißverschluss zu. Auf einmal möchte ich nur noch weg hier. Ich kann nicht sagen, wohin, Hauptsache, weg von Nicolas und seinen Fragen.

In dem Augenblick, in dem ich die Entscheidung getroffen habe, werde ich mit heißer Energie geflutet. Ich springe vom Boden auf, klopfe mir den losen Dreck vom Hintern und sehe mich nach rechts und links um. In meinem Kopf ist nur noch eine einzige Frage: Wie komme ich hier raus?

Ich könnte durch den normalen Ausgang gehen, aber dafür müsste ich zuvor reingehen und mich von Nicolas verabschieden, entweder mit einer lahmen Ausrede oder der blanken Wahrheit. Doch um ehrlich zu sein, fühle ich mich beiden Varianten gerade nicht gewachsen.

Ich beiße mir so fest auf die Zähne, dass meine Kiefermuskeln lauter knacken als der kalte Wind, der mir noch immer um die Ohren fegt. So schnell mich meine wackeligen Beine tragen, laufe ich über die Wiese in Richtung Zaun, an den bereits der Nachbargarten grenzt. Nach vorne hingegen trennt mich nur eine zugewucherte Edelstahltür von der Straße.

Kurzentschlossen drücke ich die Klinke hinunter und verkneife mir im nächsten Augenblick ein Fluchen. Natürlich! Hätte ich mir auch denken können, dass die Gartentür abgeschlossen ist. Ich lege den Kopf zurück, um einen Blick nach oben zu wagen. Dieser Zaun ist maximal zwei Meter hoch.

Fuck. *Alicia, was tust du da? Ist das dein Ernst?*

Ich hänge mir meine Tasche quer über den Oberkörper, greife mit beiden Händen um den Zaun und schließe für ein paar Sekunden die Augen. Vielleicht muss ich es noch einmal versuchen: Tief durchatmen! Bis zehn zählen und dann zur Vernunft kommen. Wieso versuche ich aus dem Hinterhof auszubrechen, anstatt mich mit einem höflichen Tschüss im Restaurant zu verabschieden?

Was ist, wenn er dich nicht gehen lässt?

Erneut greife ich nach zwei Zaunstäben, doch diesmal lasse ich nicht los, sondern ziehe mich mit all meiner Kraft vom Boden. Meine Strumpfhose reißt. Dafür erreiche ich mit den Füßen einen der horizontalen Stäbe, ziehe mich ein weiteres Mal hoch und erreiche schließlich den Pfosten. Kaum habe ich beide Beine über den Zaun geschwungen, lasse ich mich an der anderen Seite herab. Mit zwei Löchern in der Strumpfhose, brennenden Handflächen und einem rasenden Puls stolpere ich zur Straße.

»Fuck«, entfährt es mir. »Fuck. Fuck. Fuck!« Gott, es tut so gut, zu fluchen. Es tut so verdammt gut, dass mir erneut die Tränen aufsteigen. Tränen, die diesmal einzig der Erleichterung geschuldet sind.

Einer Erleichterung, die ich weder beschreiben noch wirklich begreifen kann. Aber das ist auf einmal egal. Ich habe es aus dem Garten geschafft. Und jetzt renne ich. Ich renne so schnell, wie meine Beine mich tragen können. So schnell, dass nicht einmal meine Gedanken eine Chance haben, mit mir Schritt zu halten.

Ich werde erst langsamer, als ich die Haltestelle erreiche und in der Ferne bereits das Licht der Straßenbahn sehen kann. Genau zum richtigen Zeitpunkt. Mein Herz wummert wild gegen meine Brust. Meine Lungen brennen, als habe jemand in meinem Inneren ein Streichholz gezündet. Und noch nie war mir etwas so egal.

39. Kapitel

Julian

In der Bar ist die Hölle los. Anders kann man es wirklich nicht ausdrücken. Die Leute schieben sich zu ihren Plätzen durch viel zu enge Gänge, bestellen sich kurz einen Cocktail oder ziehen direkt weiter.

Aus den Lautsprechern dringt Musik. Irgendein Song, der es wohl gerade in die Charts geschafft hat und neuerdings überall zu hören ist. Die meisten hier sind in großen Gruppen unterwegs, mindestens aber zu zweit. Wahrscheinlich bin ich der Einzige, der an einem Samstagabend allein durch Köln zieht. Nicht einmal, weil ich keine Freunde habe, nein. Sondern schlicht und ergreifend, weil ich niemanden von ihnen sehen will.

»Du musst dich entscheiden. Entweder du bleibst für immer nur ein Kumpel, oder du haust auch mal so richtig auf den Tisch.«

Mein Vater ist noch nie sonderlich gut mit Ratschlägen gewesen. Er ist unfreundlich, verbittert, von seinen Einstellungen her an viel zu vielen Stellen äußerst fragwürdig ... und doch haben seine Worte mich hergeführt.

Den Kopf mit Musik volldröhnen, meinen Kummer in Alkohol ertränken, ein paar Stunden vergessen, wie beschissen alles ist.

Zumindest war das der Plan. Jetzt bin ich nicht einmal mehr sicher, ob ich es bis zum Tresen schaffe, ohne über den Haufen gerempelt zu werden. Samstagabend. Kölner Innenstadt. Ich hätte es mir denken können.

»Julian! Oh Mann, mit dir habe ich nicht gerechnet!«

Ich fahre herum, kann die dunkle, etwas raue Stimme nicht sofort zuordnen.

Erst als ich den schwarzhaarigen Typen mit der großen Knubbelnase entdecke, fällt bei mir der Groschen. Ich kenne Fabian aus der Uni. Es ist mindestens ein Jahr her, dass wir uns das letzte Mal gesehen haben.

»Hey, Mann. Ja. Samstagabend. Ich dachte, ich schau mal vorbei. Wie geht's dir?«

Fabian klopft mir angeheitert auf die Schulter. »Könnte nicht besser sein. Ich hänge hier mit ein paar Jungs ab. Und du? Ganz allein unterwegs?«

Bevor ich nachdenken kann, schüttele ich den Kopf. »Nein. Also d-d-doch. Jetzt schon. Die anderen sind eben gegangen.« Gerade noch gerettet.

»Lass mich raten, alle schon für Montag den Unterricht vorbereiten?!« Fabian lacht. »Gott, ich kann mir euch als Lehrer so gut vorstellen.«

Offenbar geht er davon aus, dass ich mit ehemaligen Kommilitonen unterwegs war. Egal. Alles besser, als zu gestehen, dass ich mir allein das Gehirn wegschießen wollte, weil ich versehentlich mit meiner besten Freundin geschlafen und danach realisiert habe, dass es für mich der schönste Abend seit Langem, für sie aber ein großer Fehler gewesen ist.

»Willst du dich zu uns setzen? Die nächste Runde geht auf Thorsten.« Fabian deutet auf den Tisch neben dem Eingang. Dort sitzen drei weitere Typen, die gemeinsam Shisha rauchen. Sie sehen nur flüchtig in unsere Richtung.

»Wenn es euch n-nicht stört. Warum nicht?«, höre ich mich sagen. Ein wenig vernebelt. Noch viel mehr fremd. Weil der echte Julian schon jetzt keine Lust mehr hätte. Aber der hat schon genug Chaos angerichtet und wird heute nicht mehr gebraucht.

Ich folge Fabian an den Tisch, setze mich neben zwei Typen, die sich als Robin und Thorsten vorstellen, und bestelle mir ein Bier.

Ziemlich schnell sind die Jungs in ein Gespräch verwickelt, dem ich nicht wirklich folgen kann. Zu viele Sprünge. Zu viele Namen, die mir nichts sagen.

Gerade als ich mir die Frage stelle, ob ich vielleicht ein wenig fehl am Platz bin und lieber gehen sollte, legt mir Fabian eine Hand auf die Schulter. »Mein Gefühl sagt mir, dass du mindestens noch eine zweite Runde brauchst. Du siehst beschissen aus.«

»Danke«, presse ich hervor.

»Hey, Mann, du weißt doch, dass ich das nicht böse meine.«

Stimmt. Ich bin auch nicht wirklich gekränkt. Wahrscheinlich spricht Fabian das aus, was sich ohnehin alle anderen bereits denken.

»Was'n los?«, hakt Thorsten nach.

Ich zucke mit den Schultern und greife nach dem Shotglas, das Fabian mir reicht. Bevor ich vier halbfremden Typen mein Herz ausschütte, muss sich in meinem Kopf noch etwas tun.

Der bittere Geschmack des Wodkas brennt höllisch in meiner Kehle, und doch höre ich nicht auf.

»Hat sich ein b-bisschen was angestaut!«

»Sag's doch gleich! Es geht um 'ne Frau«, spekuliert Fabian. »Wenn einer der Jungs so guckt, geht's am Ende immer um irgendein Chick. Wie heißt sie?«

»Alicia!« Der Alkohol scheint meine Zunge bereits ordentlich zu lockern.

»Alicia«, wiederholt der Typ, den Fabian mir als Luis vorgestellt hat. »Lass mich raten … groß und blond, bisschen zickig, aber mit geilen Hupen.« Mit den Händen wild gestikulierend, lässt er sich in seinen Sessel fallen. Die anderen lachen. Und ich? Ich sitze einfach da und fühle mich schwer. Ich will nicht über Alicia sprechen. Nicht hier. Nicht auf diese Weise.

»Halt die Klappe!«, rutscht es mir heraus.

»Ohhhh!«, geht ein Raunen durch die Runde. »Sag bloß, du bist ernsthaft verschossen.«

»Sie ist meine Freundin. Nicht Freundin-Freundin, sondern Freundin. B-beste Freundin.« Keine Ahnung, warum ich ausgerechnet heute nicht die Klappe halten kann.

»Und ihr vögelt?«

Ich schnaufe. Wenn das mal so einfach zu erklären wäre.

»Ich sag's dir, Frauen funktionieren alle nach dem gleichen System. Wenn du das einmal begriffen hast, ist es wie Schach mit dir selbst. Du kannst nur noch gewinnen«, erklärt Fabian und kippt sich einen Shot runter. »Sie wollen immer das, was sie nicht haben können. Wenn du ihnen zu früh das Gefühl gibst, dass sie dir was bedeuten, hast du verloren.«

Thorsten lacht. »Da spricht er. Unser Frauenversteher. Wusstest du, dass er damit wirklich Kohle verdient?«

Verdutzt sehe ich Fabian an. Dieser zuckt mit den Schultern und zwinkert mir amüsiert zu. »Für dich natürlich gratis.«

»Danke.« Ich bin verwirrt.

»Er lädt auf TikTok Videos hoch. Tipps für andere Männer. Wie man Frauen rumkriegt und so. Musst du dir ansehen.« Thorsten winkt den Kellner zu sich und bestellt eine weitere Runde. Währenddessen übernimmt Robin.

»Am Anfang haben wir ihn ausgelacht. Hatten ja keine Ahnung, dass da so 'ne Nachfrage besteht.« Er zückt sein Smartphone und hält es mir unter die Nase. »Sieh's dir an!«

Ich nehme Robin das Telefon aus der Hand und scrolle durch das geöffnete TikTok-Profil. »*Mr. Lovegangster?*«

»Im Grunde bin ich nur eine Art Nachhilfelehrer«, wirft Fabian ein und tippt über meine Schulter hinweg auf ein Video. »Das hier war letzte Woche.«

Ich drehe den Ton ein Stück lauter und starte den kurzen Clip. Das Video zeigt Fabian in Ganzkörperaufnahme vor dem Dom. Er geht auf ein Mädchen zu und quatscht es mit einem dämlichen Anmachspruch an. Sie wirkt zuerst etwas genervt, doch ihre Miene entspannt sich sichtlich, als das Gespräch Fahrt aufnimmt.

»Du musst selbstbewusst wirken. Nicht zu needy. Darauf fahren die Girls nicht ab. Bisschen arrogant ist deutlich besser als zu langweilig. Frauen suchen den Kick.«

Thorsten lacht. »Meine Ex war genauso. Hat mir vorgehalten, wie perfekt andere Typen sind, wenn sie der Freundin morgens den Toast zum Herz schneiden. Ratet mal, mit wem sie mich am Ende verarscht hat: mit 'nem ehemaligen Knasti.«

»Echt jetzt?«

»Na klar! Denkst du, ich habe mir das ausgedacht?« Er kippt sich den nächsten Shot runter. »Willst du auch noch was?«

Ich nicke. Dabei muss ich gestehen, dass ich schon ordentlich einen im Tee habe.

»Also, was diese Alicia angeht ... entweder du vergisst sie sofort, oder du musst umdenken.«

Geistesabwesend sehe ich aus dem Fenster.

»An deiner Stelle würde ich gut zuhören, Bro. Wenn Fabian auspackt, hast du deine Braut sicher.«

»Also, der Trick ist ... du willst sie nicht! Kapiert? Du wolltest sie sowieso nie. Schließlich kannst du sie alle haben. Siehst du da vorne die Blonde?« Fabian deutet an der Bar vorbei in Richtung eines anderen Tischs. Gerade ist eine Bedienung herangetreten. In meinem Kopf dreht sich alles, und ich habe Mühe, etwas zu erkennen. Kein Wunder! Es ist ewig her, dass ich so viel getrunken habe.

»Ich mach dir ’nen Vorschlag: Ich zeige dir, wie du heute Abend Ronja abschleppst, und verspreche dir, dass es nur eine Instagramstory braucht, bis sich Alicia meldet. Falls du sie dann noch willst.«

»Hm«, mache ich. Ich sollte langsamer trinken. Allmählich ist mir wirklich flau im Magen. »Ich weiß nicht.«

»Noch ’ne Runde?«

»Für m-mich erst mal ein Wasser.«

»Vergiss es! Mach dich mal locker! Kein Wunder, dass Alicia nicht auf dich abfährt. Du bist total steif! Lehn dich erst mal zurück! Oder willst du mal ziehen? Gebt ihm doch mal was ab.« Ehe ich michs versehe, atme ich den süßen Dampf der Shisha ein, huste, atme wieder ein. Es geht so schnell, dass ich nicht einmal sagen kann, wonach der Tabak genau schmeckt.

»Also? Was ist jetzt? Haben wir ’nen Plan?« Fabian beugt sich vor und grinst breit. »Du musst dich entscheiden, was du willst.«

»Lass ihn! Du verschwendest deine Zeit«, murmelt Thorsten genervt. »Hätte ich dir aber auch gleich sagen können.« Er wendet sich an mich. »Nichts gegen dich, Alter ... du bist bestimmt ’n lieber Kerl ... aber das Muttersöhnchen ist dir zu deutlich auf die Stirn tätowiert. Und wie sagt man hier? Jeder Jeck is anders.«

Auf einmal kocht eine unglaubliche Wut in mir auf. Was soll das denn heißen? Und was um alles in der Welt hat das mit meiner Mutter zu tun?

Ich nehme nur am Rande wahr, wie sich eine zierliche Gestalt dem Tisch nähert. Erst als ich mit dem Kopf herumfahre, merke ich, dass es die Blondine von der Bar ist. Ich sehe zuerst auf die Shots, die sie gerade auf den Tisch lädt, dann verhakt sich mein Blick mit dem von Fabian, und ich erkenne ein herausforderndes Feuer in seinen Augen.

Zeitverschwendung. Lieber Kerl. Muttersöhnchen. Ich habe keine Lust mehr auf die ganze Scheiße. Keinen Bock mehr, für alles Verständnis zu haben. Immer der Gute zu sein. Der, der immer das Richtige tut. Immer da ist. Zuhört.

»Mir hat noch nie jemand so sehr das Gefühl gegeben, richtig zu sein!« Alicias Worte. Ich habe es satt, die beschissene Rolle des besten Freundes zu spielen.

»Du bist der einzige Mann, der mir nie das Herz gebrochen hat.«

Und am meisten satt habe ich es, der Stimme einer Mutter zu vertrauen, die nicht da war, als ich sie wirklich brauchte.

»B-bin dabei.«

40. Kapitel

Julian

Ich habe mich noch nie von Alkohol übergeben. Nicht einmal, als ich mit sechzehn, siebzehn regelmäßig über die Stränge geschlagen habe, um meine Grenzen zu testen. Doch heute könnte sich das ändern. Ich habe viel zu viel durcheinandergetrunken. Wodka, Bier ... Genau genommen weiß ich nicht mal mehr, was da in den Gläsern überhaupt immer drin gewesen ist.

Wahrscheinlich, weil ich über den Punkt hinaus bin, an dem irgendwas eine Bedeutung hat. Je mehr ich den Verstand verliere, desto besser fühle ich mich. Es ist, als könnte ich auf einmal verstehen, warum sich so viele Menschen mit Alkohol das Hirn wegpusten, nur um für eine Zeit der bitteren Realität zu entkommen. Selbst wenn dir immer wieder der bittere Geschmack die Kehle hochläuft und der Magen mit Übelkeit rebelliert. Ich habe eine ganze Stange Baguette zerpflückt und mir das Brot häppchenweise in den Mund gesteckt. Seitdem herrscht etwas Ruhe in meinem Magen.

»Du bist halt nicht abgehärtet«, haben die Jungs gesagt und weiter gebechert.

Die Dinge kommen dir in diesem Zustand immer leichter vor.

Entscheidungen wiegen auf einmal höchstens die Hälfte von dem, was sie sonst auf dem Buckel haben. Die Konsequenzen? Egal. Hier und jetzt leben. Atmen. Tanzen. Flirten. Spaß haben.

»Siehste! Direkt geht es einem besser! Wenn man einmal lockerlässt.« Fabians Worte sind weit weg in meinem Kopf. Und gleichzeitig ganz nah.

Ronja sitzt mit der halben Arschbacke auf meinem Schoß und wirft die blonden Haare nach hinten, während die anderen Jungs was erzählen. Sie riecht nach einem starken Frauenparfüm. Irgendwas Süßes, beinahe zu penetrant. Und doch tut es gut, sie so nah bei mir zu haben. Ronja ist schön. Sie ist groß und schlank, hat schöne Kurven. Es wundert mich nicht, dass die Kerle auf sie abfahren. Allein dieses Outfit lässt sie unfassbar sexy wirken. Enge Lederleggins, schwarze Boots. Dazu trägt sie ein silbriges Glitzertop. Ich habe einen Arm um sie geschlungen, meine Hand liegt bedrohlich nah unter ihrer Brust, doch sie scheint vollkommen okay damit zu sein. Immer wieder schmiegt sie sich an meinen Hals, als würden wir uns schon ewig kennen. Doch genau so fühlt es sich auch an. Als könnte ich heute nichts falsch machen. Hier und jetzt loslassen. Mich treiben lassen. Auf alles andere scheißen.

»Du warst noch nie hier, oder?«, raunt sie so leise, dass die Härchen in meinem Ohr sich aufstellen.

Ich schüttele den Kopf. »Jein. Zumindest ist es lange her.«

»Schade! Dann kommst du vermutlich auch in Zukunft nicht häufiger?«

Jetzt muss ich lächeln. »Der Grund m-muss stimmen.«

Je später es wird, desto lauter dröhnt die Musik. Jedenfalls kommt es mir so vor. Wie viel Uhr wir genau haben, kann ich nicht einmal mehr sagen. Als Ronja sich von meinem Schoß löst, will ich protestieren. Doch kurz darauf ist sie mit einem Cocktail zurück und zieht mich auf die Tanzfläche.

Fabian gibt eine Runde aus. Wir stoßen an. Auf einen Neuanfang. Bewegen uns zu der Musik auf und ab. Wie in einem Rausch.

»Ich will, dass es n-niemals aufhört.« In meinem Kopf dreht sich alles, doch es ist das schönste Drehen der Welt.

»Willst du tanzen?« Ronja steht direkt vor mir, bewegt ihre Hüften im Takt der Musik und lässt mich dabei nicht aus den Augen.

»Tun wir das nicht schon?« Ich lache, nehme ihre Hand und ziehe sie fest an mich. Meine Hände gleiten über ihre Schultern, den Arm herab über ihre glühende Haut.

»Vermutlich.« Sie kichert.

»Kriegst du denn eigentlich keinen Ärger mit deinem Chef, w-wenn du hier die Gäste bespaßt?«

Sie winkt ab. »Also bitte, ich habe schon längst Feierabend. Was ich in meiner Freizeit tue, bestimme ich ja wohl selbst.«

Ihre Augen funkeln. Der Blick verrät mir, dass sie das hier häufiger macht. Jagen. Spielen. Flirten. Sie beherrscht das Spiel. Dreht sich an meiner Hand, bis ich sie so dicht an meinen Körper ziehe, dass ich glaube, ihren wilden Herzschlag spüren zu können.

»Du kannst mich küssen, wenn du willst.«

Die Herausforderung in ihrer Stimme. Das Verlangen in ihren Augen. Die Schwere in mir, die auf einmal gar nicht mehr schwer ist. Ich senke den Kopf und presse meine Lippen auf ihre. Dieser Kuss ist wild. Frech. Er ist unpersönlich, aber dafür umso berauschender. Sie öffnet ihren Mund, sodass ich meine Zunge hineingleiten lasse und damit ihre suche. Ihre Finger krallen sich in meinen Rücken, und ich ziehe sie so dicht an mich, dass ihre Brüste auf meinen Oberkörper treffen.

Adrenalin fließt durch meine Adern, prescht mir in alle Glieder. Das hier ist real. Das hier ist, was der neue Julian tut. Scheiß auf alles.

Ihre Augen sind groß und wach. Und doch so anders als die von Alicia. Aber Alicia ist nicht hier. Dafür tanze ich mit einer bildschönen Frau und lasse zu, dass der Schmerz von dem Moment betäubt wird.

Im Hintergrund wechselt die Musik. Einige grölen so laut mit, dass ich den Originalton kaum noch verstehen kann.

»Willst du mitkommen?«

Ich frage nicht nach, folge Ronja ohne Zögern Richtung Toiletten. Doch wir gehen an der Tür vorbei, in einen anderen Raum hinein.

»Was ist d-das hier?«

Wie zur Antwort knipst Ronja den Schalter an. Licht flimmert vor meinen Augen. Ich blinzele. Wir stehen in einer kleinen Kammer, einem Getränkelager. Jedenfalls mache ich das anhand der vielen Flaschen, gestapelten Sixpacks und der Wand mit den Kühlschränken so fest.

»Hier haben wir zumindest keine Zuschauer.« Sie kichert, wartet, dass ich sie wieder an mich heranziehe und küsse.

Doch dieser Kuss ist nur kurz. Sie löst sich viel zu schnell von mir. Ich schwanke, halte mich an einem Regal fest, realisiere jetzt erst, dass Ronja ihre langen Haare zu einem lockeren Zopf bindet. Dann macht sie sich an den Reißverschluss meiner Jeans.

Mein vernebeltes Gehirn braucht einen Moment länger, um zu schalten. Als ich kapiere, was sie vorhat, kniet sie bereits vor mir. Ich bin überrascht und elektrisiert zugleich, schließe die Augen, als sie mit der Hand in meine Boxershorts gleitet. Fuck. Was tut sie nur? Wir sind in einer Bar! Es könnte jeden Augenblick jemand reinkommen.

»Chill! Die haben hier schon ganz andere Dinge gesehen«, sagt Ronja, als könnte sie meine Gedanken lesen.

Ich habe viel zu viel getrunken, und doch reagiert mein Penis sofort auf die Berührung. Ein heftiges Pulsieren jagt durch meinen Unterleib. Gott. Was passiert hier gerade?

Ronjas Hand bewegt sich immer schneller. Meine Erektion lässt mir ein heftiges Stöhnen entweichen. Doch das hier ist nicht genug. Sie sieht auf, wartet, bis wir direkten Blickkontakt haben. Als ihre Lippen meinen Schaft umfassen und sie mit der Zunge über meine Eichel leckt, habe ich das Gefühl, mich von innen aufzulösen.

»Shit. Oh mein Gott«, entfährt es mir. Ich beuge mich ihr automatisch entgegen, zwinge sie förmlich, mich noch tiefer in sich aufzunehmen. Dabei lässt sie mich keine Sekunde aus den Augen. Quälend langsam gleitet sie über mein steifes Glied, das Gesicht zu einem lustvollen Lächeln verzogen, bis sie meine Härte das letzte Mal in sich aufnimmt. Als sie sich zurückzieht, ist meine Erektion so schmerzhaft, dass ich ins Schwanken gerate. Ich schaffe es kaum noch, die Augen aufzuhalten. Alles dreht sich so unglaublich schnell. Schweiß ist mir auf die Stirn getreten. Dabei ist mir auf einmal so unglaublich kalt.

Alles rauscht. Ronja rauscht.

»Alles okay?«

Ich klammere mich so fest an das Regal, dass nun auch dieses ins Schwanken gerät.

»Julian? Bist du in Ordnung?«

Als ich die Hand vom Regal löse und zur Seite kippe, zerfällt die Frage in meinem Kopf, und ich stürze in ein großes, weites Nichts.

41. Kapitel

Alicia

Als ich die Haustür aufschließe, höre ich bereits die ersten Geräusche aus dem Wohnzimmer. Es ist ein Stöhnen, leise, aber eindeutig genug, dass ich es Maggie zuordnen kann. Sie konnte ja nicht wissen, dass ich heute so früh zurückkomme.

Wieder ein Stöhnen, ein lauter Rums, dann ein Kichern. Normalerweise würde ich die Tür so energisch ins Schloss fallen lassen, dass die beiden meine Anwesenheit schnell genug bemerken. Doch heute fühlt sich alles in mir so schwer und festgefroren an, dass mir der Kopf so gar nicht nach verlegenen »Ups, waren wir laut?«-Gesprächen steht.

Ich trete die Schuhe von meinen Füßen und schleiche auf Socken möglichst lautlos in mein Zimmer. Wenigstens kann ich mir jetzt erklären, warum Maggie meinen Anruf nicht gehört hat. Ich sollte mich freuen, dass wenigstens eine von uns beiden Spaß hat.

Ich setze mich auf mein Bett, rutsche nach hinten zur Wand durch und nehme das Smartphone aus der Tasche. Zwei Nachrichten von Nicolas leuchten auf dem Display. Meine Finger sind so kalt, dass ich einen zweiten Anlauf brauche, um meinen Code einzutippen.

Hallo? Kannst du eben antworten?

Alicia, wo zum Teufel bist du?

Ein tonloses Lachen dringt aus meinem Mund. Er hat nicht einmal versucht, mich anzurufen.

Sorry! Ich bin nach Hause gegangen.
Fühle mich nicht gut. Melde mich später.

Meine Antwort klingt so stumpf, dass ich ihm jedes Recht gebe, sauer auf mich zu sein. Sauer, weil ich einfach abgehauen bin, ohne ein einziges Wort zu sagen, geschweige denn eine vernünftige Erklärung zu liefern. Ich kann sie nicht liefern, weil ich sie selbst nicht kenne.

Ich sinke tiefer ins Kissen und lasse den Abend Revue passieren.

Alles war in bester Ordnung … Jedenfalls dachte ich das. Es gab keinen Grund, wegzulaufen.

Ich versuche mich aufzusetzen, doch sofort ist das flaue Gefühl wieder da. Meine Finger suchen den Nachttisch nach einer Wasserflasche ab. Kaum habe ich sie gefasst, stürze ich den kompletten Inhalt auf einmal hinunter und lasse die leere Flasche neben mir auf die Matratze sinken. Ein Blick in den Spiegel verrät mir, dass ich mit meinen schlimmsten Vermutungen nicht ganz falschgelegen habe. Ich sehe schrecklich aus. Die braunen Haare stehen zerzaust in alle Richtungen ab, meine Wimperntusche ist komplett verschmiert, und mein Gesicht wirkt vor lauter Heulflecken aufgequollen und gleichzeitig leblos. Erst jetzt bemerke ich, dass die dünne Seidenstrumpfhose nicht nur an beiden Oberschenkeln gerissen ist, sondern auch rechts unterm Knie an einer Stelle, die scheinbar sogar ein wenig geblutet hat.

Ich sollte dringend ins Bad, um mir den Dreck von den Beinen zu waschen. Kraftlos wische ich mir den kalten Schweiß von der Stirn, schlinge die Arme schützend um meinen Oberkörper und gehe schwankend zur Tür. Im Flur versuche ich, keinen Mucks von mir zu geben. Wenn ich Glück habe, schaffe ich es so heute Abend ohne irgendwelche Erklärungen in mein Bett.

Ich will gerade die Klinke zum Bad herunterdrücken, da räuspert sich hinter mir jemand. Jemand, der sich verdächtig nach meiner besten Freundin anhört.

Als ich mich umdrehe, zucken wir beide gleichermaßen zusammen.

»Shit!«, entfährt es Maggie. »Was ist denn mit dir los?«

Ich könnte den Ball an sie zurückspielen. Maggie trägt nichts weiter als einen Slip und ein übergroßes Shirt, vermutlich von Leo.

Doch ich nehme an, ihre Erklärung wäre ziemlich schnell vom Tisch. Wesentlich schneller als meine. Also atme ich tief durch. »Können wir wann anders darüber sprechen?«

Zuerst nur ein wenig irritiert, starrt sie mich an. Doch kaum streift Maggies Blick meine Kleidung, verfinstert sich ihr Gesicht. »Ist etwas passiert? Brauchst du Hilfe?«

Sofort schüttele ich den Kopf. »Ich komme klar, okay? Kannst du Leo vielleicht erst mal nichts …«

Genau in dem Augenblick dringt seine Stimme aus dem Wohnzimmer zu uns in den Flur. »Sag mal, führst du Selbstgespräche, oder läuft hier irgendwo das Radio?«

Verdammt. Ich möchte Maggie auf keinen Fall zu einer Lüge

überreden. Andererseits ... Leo ist einer von Julians besten Freunden.

»Ich komme gleich!«, ruft Maggie und weicht damit geschickt seiner Frage aus. Sie stößt die Tür zum Badezimmer auf und schiebt mich entschlossen hinein. »Setzen!« Energisch deutet sie auf den Klodeckel, auf den ich mich, ohne Widerspruch zu leisten, sinken lasse. Es ist nicht das erste Mal, dass wir hier sitzen. Ich auf dem geschlossenen Toilettendeckel, Maggie auf dem Rand der Badewanne. Aus irgendeinem Grund scheint dies hier der Ort für unsere intimeren Gespräche zu sein.

»Hör zu, du musst mir überhaupt nichts erzählen«, setzt Maggie an und streicht sich eine lose Haarsträhne hinters Ohr. »Aber ... aber ich will dich jetzt wirklich nicht allein lassen.«

Ich weiß zu schätzen, dass sie sich Sorgen macht. Es ist weniger als achtzehn Monate her, dass Maggie in einer Übersprunghandlung vollkommen aufgewühlt eine Überdosis Schlaftabletten genommen hat und durch die Nacht gezogen ist. Sie weiß genau, wie weit Verzweiflung einen Menschen treiben kann. Aber ich bin anders als Maggie.

Ich treffe meine Entscheidungen weniger aus Impulsen heraus. Jedenfalls dann, wenn sie nichts mit Zäunen und Strumpfhosen zu tun haben.

»Wir waren im Restaurant und haben uns unterhalten. Zuerst war alles recht normal. Er hat sich meine Ideen angesehen und mir schließlich auch seine gezeigt.«

Ich halte den Atem an und hebe den Kopf, um meine beste Freundin anzusehen.

»Und?« Maggie runzelt die Stirn, als könne sie mir nicht ganz folgen. Was mich nicht wundert. Um ehrlich zu sein, habe ich selbst keine Ahnung, was ich hier von mir gebe.

»Sie waren schrecklich, Maggie. Alles daran war eine Katastrophe. Irgendwie hat es plötzlich klick gemacht. Mir wurde kotzschlecht, und ich wollte nur noch verschwinden. Raus aus diesem Restaurant. Durch den Hinterhof. Nun ja … und dann …« Wie zur Erklärung fahre ich über die gerissene Strumpfhose.

»Nein!« Maggie reißt die Augen auf.

»Ich fürchte doch!« Ein dicker Kloß macht mir das Schlucken schwer.

»Oh, Süße.« Maggie steht auf, schlingt die Arme um meinen Oberkörper und zieht mich fest an sich. »Aus eigener Erfahrung kann ich dir sagen, dass Weglaufen immer die schlechteste Idee von allen ist.«

Ich versinke mit dem Gesicht in ihrem Shirt. »Was hätte ich denn sagen sollen? Dass seine Entwürfe eine Katastrophe sind?«

»Zum Beispiel!«

»Haha«, mache ich knapp und greife nach einer Rolle Klopapier, um die neu aufkommenden Tränen abzufangen. »Ich glaube, ich habe mir die ganze Zeit versucht einzureden, er könnte sich für mich interessieren. Dabei hat er keine einzige Sekunde meinetwegen Zeit mit mir verbracht. Und wer weiß, vielleicht hat ein Teil von mir es doch gewusst und sich deshalb sicher gefühlt.«

Plötzlich erhellt Maggies Miene sich so schlagartig, dass ich förmlich zusehen kann, wie die Erkenntnis sich in ihr ausbreitet. »Du hast dich deshalb mit ihm getroffen«, kombiniert sie.

»Keine Ahnung. Ja, vielleicht? Was ist, wenn ich mich deshalb nicht auf Julian einlassen kann?«

»Maggie?« Leos Stimme lässt mich erstarren. Verdammt! Ich habe vollkommen vergessen, dass er da ist. Und damit bin ich wohl nicht die Einzige.

»Es geht um Julian?«, flüstert sie beinahe tonlos.

Ich nicke. »Bitte! Ich will nicht, dass er das weiß.«

»Leo würde ihm nichts sagen, wenn ich …«

»Maggie? Bist du im Bad?«, unterbricht Leo uns ein weiteres Mal.

Flehend starre ich Maggie an, die hin- und hergerissen scheint, bevor sie hektisch zur Wand neben der Tür deutet. So ein Mist! Ich wollte sie nicht in diese Situation bringen. Ich wollte mich nicht in meiner eigenen Wohnung verstecken. Aber noch viel weniger will ich heute von irgendwem in diesem Zustand gesehen werden.

»Jaha! Ich bin im Bad«, trällert Maggie, greift nach ihrem Bademantel und reißt die Tür so schwungvoll auf, dass sie mir gegen die Schulter schlägt.

»Alles okay bei dir? Was hast du so lange gemacht?« Leos Stimme klingt besorgt. Besorgt. Als hätte Maggie einen Spaziergang durch den Dschungel hinter sich gebracht. Ich presse die Lippen fest aufeinander und versuche, nicht daran zu denken, dass Nicolas nach meinem plötzlichen Verschwinden nicht einmal angerufen hat.

»Klar! Abgesehen vielleicht von diesem furchtbaren Durchfall. Weißt du, was in dem Curry von eben drin war?«

»Durchfall? War da nicht eben Alicias Stimme?«

Hitze schießt mir in jede Faser meines ausgelaugten Körpers. Was zum Teufel tue ich hier?

»Wir haben kurz telefoniert«, sagt Maggie wie beiläufig. »Alles bestens.«

Leo atmet erleichtert durch. »Das ist gut. Hast du dir schon überlegt, wann du mit ihr sprichst?«

Ein heftiger Stich geht mir durch die Brust. Was soll das denn heißen?

Maggies Reaktion sorgt dafür, dass sich alles in mir zusammenzieht. Es ist, als könne ich ihr Unwohlsein direkt durch die Tür spüren. »Bald! Lass uns erst mal rübergehen.«

»Ich weiß, dass es dir schwerfällt. Das verstehe ich auch. Aber so, wie der Vermieter klang, könnten wir die Wohnung Anfang Februar beziehen. Du solltest es ihr nicht auf den letzten Drücker sagen.«

Leos Worte fühlen sich an wie ein Schlag direkt ins Gesicht, nein, vielmehr so, als hätten sie mich als Ganzes überrollt.

Vermieter? Wohnung? Februar? Die Begriffe ergeben doch überhaupt keinen Sinn. Nicht hier. Nicht bei uns.

Ich weiß nicht, was mich zuerst verrät. Entweder ist es der Eimer, den ich mit dem Ellenbogen vom Badezimmerschrank gestoßen habe, oder es ist der Schluchzer, der von tief unten aus meiner Kehle dringt.

Jedenfalls geht dann auf einmal alles ganz schnell. Leo sagt meinen Namen. Maggie versucht, mich am Arm zu packen. Und ich? Ich stürze vorbei an den beiden aus dem Badezimmer. Weg. Weg. Weg.

Wer hätte gedacht, dass eine Flucht pro Tag noch nicht genug ist?

42. Kapitel

Julian

Ich klappe die Augen auf und will sie im nächsten Moment wieder schließen. Warum ist es so verdammt grell hier? Und wo bin ich überhaupt?

»Gut geschlafen?« Eine helle, freundliche Frauenstimme. Ich kenne diese Stimme.

Ronja.

»Sorry. Ich habe die Vorhänge mal aufgemacht. Es ist schon fast zwölf, und ich dachte, ich wecke dich mal aus deinem Koma.«

Ich drehe den Kopf auf dem weichen Kissen zur Seite. Ich bin obenrum nackt und trage eine Hose, die definitiv nicht von mir stammt. Ronja hält eine Tasse Kaffee in der Hand. Mein Gehirn kann diese Stücke nicht zu einem logischen Bild zusammensetzen.

»Du bist in meiner Wohnung. Und die Jogginghose, die du trägst, ist von meinem Ex. Hat doch Vorteile, dass ich sie nicht verbrannt habe.«

Diese Frau kann wirklich Gedanken lesen. Oder man kann mir die Verwirrung vom müden Gesicht ablesen.

Vollkommen verdattert setze ich mich auf. »Wie? W-wann?

Wir sind zu dir gegangen?« Wie ist es möglich, dass ich mich an die letzten Stunden des gestrigen Abends so schlecht erinnern kann?

Ronja lacht auf. »Wir? Streng genommen bin ich gelaufen. Bei dir war es ein Wunder, dass du es wieder auf die Füße geschafft hast. Und ich dachte immer, Lehrer seien spießig. Es stimmt doch, dass du Lehrer bist, oder?«

Verwirrt fasse ich mir an die Stirn. »Was ist ... ich meine, w-w-was ist passiert?«

Ronja schmunzelt, stellt die Kaffeetasse auf dem Nachttisch ab und setzt sich neben mich aufs Bett. »Wir haben rumgeknutscht, waren im Getränkelagerraum, und ich habe dir einen Blowjob gegeben, der dir im wahrsten Sinne des Wortes den Boden unter den Füßen weggerissen hat.«

Entsetzt sehe ich sie an. Sie hingegen lacht. »Ich kann's verstehen. Du bist nicht der Erste, der mich so ansieht. Allerdings warst du der Erste, der sich danach so höflich bedankt hat.« Jetzt kichert sie wieder.

»Bedankt?« Ich schlucke.

»Nicht so, wie du denkst. Du hast einfach Danke gesagt. Und das, obwohl du nicht mal gekommen bist.« Sie seufzt. »Ich habe dir angeboten, dass du mit mir nach Hause gehst. Hier hast du dich auf den Boden gelegt und irgendwas gemurmelt. Ich glaube, es war ein Frauenname.«

Ein Name? »Alicia?«, rutscht es mir heraus.

»Ja. Genau!« Sie nickt. »Hab kurz einen Schrecken gekriegt, weil ich dachte, du hast vielleicht eine Freundin oder so. Aber dann wurde mir ziemlich schnell klar, dass du so einer nicht bist.«

»So einer?«

»Ein Arschloch. Glaub mir, ich spüre so was. Du warst viel zu süß, um so eine Nummer abzuziehen.« Sie streicht die Bettdecke neben mir glatt.

Verlegen schießt mir Hitze in die Wangen.

»Habe ich sonst noch etwas g-gesagt?«

Sie zuckt mit den Schultern. »Du warst ungewohnt freundlich, als ich gesagt habe, dass ich es nicht zu Ende mache. Ich meinte nur: ›Sorry! Ich blase nie bis zum Schluss.‹ Die meisten Typen wollen dann erst mal diskutieren, aber du hast es sofort respektiert.«

Es ist, als würde mit ihren Erklärungen auch ein wenig Klarheit zurück in meinen Kopf finden.

Erinnerungen, von denen ich mir auf einmal nicht mehr sicher bin, ob ich sie überhaupt sehen möchte.

»Du hast g-gesagt, du magst das nicht«, murmele ich und sehe die ersten Bruchstücke vor meinem geistigen Auge.

»Ich habe gesagt, ich würde eher kotzen.« Sie lacht. »Die meisten Kerle glauben, dass sie von einer Frau wie mir alles haben können. Ich bin aber keine Ware.«

»Das ... das weiß ich.«

»Ich weiß. Was meinst du, warum ich dich mitgenommen hab?« Sie macht ein zufriedenes Gesicht. »Keinen der anderen Kerle würde ich jemals in meine Wohnung lassen. Sexistische Wichser ...«

»Warum machst du dann überhaupt was für sie?«

Sie zuckt mit den Schultern. »Es macht mir Spaß. Die Sache ist, sie denken alle, dass sie mich haben können. Doch seien wir mal ehrlich, eigentlich habe ich sie im Griff.«

»Und es ist dir egal, wie sie über dich sprechen?«

»Männer, die Frauen als Schlampen bezeichnen, weil sie gern und viel Sex haben, tun mir leid. Aber das heißt noch lange nicht, dass ich deshalb irgendwas an mir verändere. Ihre Gedanken? Ihr Problem!« Zufrieden klatscht sie in die Hände.

Plötzlich kommt mir ein ganz anderer Gedanke. Mein Herz macht einen Sprung, und aus irgendeinem Grund bin ich auf einmal beunruhigt. »Und wir? H-hatten wir ...?«

Sie seufzt schwer. »Du meinst, ob wir Sex hatten? ... Die Antwort kann ich dir sofort geben: Nein!« Sie klingt weder enttäuscht noch vorwurfsvoll. »Also, wer ist diese ... Alicia?«

»Sie ist n-nicht meine Freundin«, sage ich schnell. »Zumindest nicht meine feste Freundin.«

»Weißt du was? Wenn du magst, mache ich dir jetzt einen Kaffee, und dann erzählst du mir in Ruhe, was los ist. Einverstanden?«

Ohne meine Reaktion abzuwarten, springt Ronja vom Bett und verschwindet aus dem Schlafzimmer.

»Du hast mir immer noch nicht verraten, ob du wirklich Lehrer bist.« Kaum habe ich den Knopf meiner Jeans geschlossen, steht Ronja wieder hinter mir.

»Ich kann mich nicht einmal erinnern, es überhaupt erwähnt zu haben.«

»Hast du auch nicht. Fabian meinte so was. Aber er redet viel, wenn der Tag lang ist.«

»Diesmal hat er aber recht. Jedenfalls b-bin ich im Referendariat. Musik und Erdkunde. Und du?« Mir fällt auf, dass ich kaum etwas über sie weiß.

»Ich arbeite nur am Wochenende in der Bar. Unter der Woche studiere ich. Psychologie.«

»Ohh! Dann muss ich ja jetzt g-genau aufpassen, was ich sage.«

»Wenn ich deine Gedanken lesen soll, musst du mir nur einen Moment geben. Dann hole ich die Wahrsagerkugel raus.«

Ich muss lächeln. »Lass mich raten: Du hast so was schon oft g-gehört.«

»Das ein oder andere Mal!« Sie zwinkert mir zu. »So, aber was ist jetzt mit Alicia? Ist sie der Grund, weshalb du dich betrunken hast?«

»K-k-könnte man so sagen«, presse ich hervor und beginne auf einmal, ihr alles haarklein zu erzählen. Von unserem ersten Wiedersehen am Gleis. Von Alicias toxischer Beziehung. Der Sache mit Nicolas. Unserer Freundschaft, unserer gemeinsamen Nacht, bis hin zu Alicias Klarstellung, sich nichts mit mir vorstellen zu können. Ich erzähle ihr sogar von meinen Stunden bei Frau Emrich und den bisherigen Erfolgen in der Logopädie. Davon, dass ich auf meinen Vater gehört habe und in die Bar gegangen bin.

»Quasi als Neuanfang«, beende ich meine Erzählungen schließlich.

Ronja hat die ganze Zeit aufmerksam zugehört. Mich kein einziges Mal unterbrochen. Doch jetzt sieht sie so aus, als platzten ihr die Wörter beinahe aus dem Mund. »Also, wenn du mich fragst, dann sind das alles zwei verschiedene Paar Schuhe. Deine Freundin hat ein gewaltiges Männerproblem. Das hat nichts mit dir zu tun. Versteh mich nicht falsch! Das, was dieser Alicia passiert ist, ist furchtbar. Doch alles, was du gerade tust, ist, dir ihren Schuh anzuziehen. Sich verändern? Zu einem Macho werden? Einem Bad Boy? Wofür? Um einer Frau zu gefallen, die ihren eigenen Wert nicht kennt? *Shut up!* Das ist doch Unsinn! Dein Thema ist ein ganz anderes.«

Von den ganzen Informationen ein wenig erschlagen, nicke ich. »Und das wäre?«

»DU!«, sagt sie in eindringlichem Ton. »Dein Thema bist du selbst! Die ganzen Probleme mit deinem Job haben nichts mit dem Stottern zu tun, sondern mit deiner Angst, etwas an dir könnte nicht in Ordnung sein. Und genau diese Angst ist dein Thema. Das soll nicht bedeuten, dass du an der Sprachstörung nicht arbeiten kannst. Wenn es dich stört, dann nutz jede Chance, die es für dich gibt. Aber tue es deinetwegen. Mach es für dich und nicht, weil andere dir einreden, dass du es musst. Wie ich schon gesagt habe: ihre Gedanken. Ihr Problem. Diese Regel gilt nicht nur beim Sex.«

Ich hole tief Luft. »Okay, das w-war jetzt ziemlich viel auf einmal.«

»Denk in Ruhe drüber nach. Und hier … dein Kaffee. Brötchen mit Sesam oder Mohn?«

Dankbar nehme ich eins entgegen. Wir frühstücken schweigend nebeneinander, bis Ronja mich irgendwann rausschmeißt.

»Muss heute Abend wieder arbeiten und vorher noch was für die Uni machen.«

»K-kein Ding. Danke noch mal!« Ich stehe auf und gehe Richtung Tür.

»Für den Blowjob, das Bett oder das Frühstück?«

»Eigentlich meinte ich d-d-das Gespräch«, stelle ich klar.

»Oh! Na ja … Das macht dann 128,56 Euro!«

Mein verdutzter Gesichtsausdruck bringt sie zum Lachen. »Für das Therapiegespräch, du Eumel.«

»Oh!«

»Ja. Oh! Du kannst deine Schulden aber auch anderweitig begleichen. Zum Beispiel, indem du das hier mit rausnimmst.«

Perplex bleibe ich im Flur stehen und lasse mir von ihr eine Tüte Müll in die Hand drücken. »Direkt neben der Haustür. Nicht zu verfehlen.«

Ich kann nicht sagen, ob ich verwirrt oder auch ein klitzekleines bisschen amüsiert bin.

»Du b-bist echt ... cool!«

»Du auch. Vor allem dann, wenn du nicht gerade versuchst, wer anders zu sein.«

Als ich in den Innenhof des Wohnungsblocks trete, ist es, als würde mitten in meinem Kopf ein Presslufthammer arbeiten. Zum einen habe ich einen ordentlichen Kater, zum anderen hallt das Gespräch mit Ronja in meinem Kopf nach. Die Dinge, die sie gesagt hat, fügen sich perfekt wie ein Puzzle zusammen, und ich kann nicht glauben, dass ich mich so lange vor der Wahrheit verschlossen habe.

Als ich die Uhrzeit auf meinem Telefon checke, wird mir zum ersten Mal so richtig bewusst, dass wir in einer Woche schon Heiligabend haben. Sieben Tage. Nicht dass Weihnachten selbst für mich irgendeine Bedeutung hätte ... vielmehr kommt es mir so vor, als wären die letzten Monate schlichtweg im Fluge vergangen.

Über Nacht hat es ein wenig geschneit, doch mit einer weißen Weihnacht rechnet in Köln niemand so recht. Der Schnee bleibt so gut wie nie liegen.

Dennoch scheinen die Kinder vorm Haus ihren Spaß am Wetter zu haben. Zwei Jungs, die in viel zu dünne Jacken gehüllt sind, sitzen mit ihren Eimern bei den Fahrradständern. Der Größere der beiden ist höchstens zehn Jahre alt und trägt eine Jeans, die am Knie so zerrissen ist, dass mir bereits beim Anblick kalt wird.

»Willst du was kaufen?«, fragen sie, als ich an ihnen vorbeigehe.

»Kaufen?«

Der Jüngere nickt. »Das ist eine besondere Eismischung. Sieh doch!« Er hält mir seinen Eimer hin, und ich runzele die Stirn. Die Farbe ist ein wenig gewöhnungsbedürftig. »Ich habe sie ordentlich gerührt. Das Gelbe ist kein Hundepipi, falls du das denkst. Das ist Apfelsaft.«

»Ah!«, mache ich, als würde das alles erklären.

»Man kann dem Schnee beim Schmelzen zugucken. Oder daraus Schneebälle formen.«

»Interessantes Geschäftsm-modell.« Ich will einfach nur nach Hause.

»Wenn wir genug davon verkaufen, dann kann Lukas sich einen neuen Tornister kaufen. Er kommt jetzt auf die neue Schule, und unser großer Bruder sagt, ohne Rucksack ist das total uncool«, erklärt der Kleine.

»Also, willst du was davon haben?«, hakt Lukas nach.

Ich greife in meine Jackentasche und bin erleichtert, als ich mein Portemonnaie finde. Was ein Glück, es gestern nicht betrunken verloren zu haben.

»Wie viel m-macht das denn?«

»Zehn Euro für eine Portion.«

Ich ziehe Luft durch die Zähne ein. »Das ist aber ein ordentlicher Preis.«

»Die Rucksäcke sind ziemlich teuer«, erklärt Lukas.

»Du kannst auch elf bezahlen«, versucht es der Kleine.

Ein Lächeln wandert über meine Lippen. »Na gut. Und dann bek-komme ich den ganzen Eimer?« Ich ziehe einen Schein heraus und reiche ihn den Jungen.

»Neee, nur eine Ladung. Hast du vielleicht eine Brotdose oder so?«

Ich schüttele den Kopf. »Wisst ihr was? Ihr könnt den Schnee behalten. Dafür zeigt ihr mir, wo ich d-den Müll loswerde.«

Lukas nickt und deutet auf eine Tür, direkt neben der Einfahrt. Dankbar gehe ich los. Je länger ich hier in der Kälte stehe, desto höher die Wahrscheinlichkeit, dass mir die Plastiktüte an den Fingern festfriert.

Ich entsorge den Müll und sehe mich dann noch einmal zu den beiden Jungs um. Sie haben Verstärkung bekommen. Der dritte Junge ist fast zwei Köpfe größer, hat mir jedoch den Rücken zugewandt. Vielleicht der ältere Bruder?

»Der Mann hat uns das Geld freiwillig gegeben. Das schwören wir. Er wollte nur ...« Lukas winkt, als er mich an der Hauswand entdeckt. »Sieh nur! Da ist er!«

Als der Junge sich umdreht, halte ich für einen Moment die Luft an.

Die dunkelblonden kurzen Locken, das schmale Gesicht, das ich spätestens durch die Narbe am linken Auge unter hundert weiteren Kindern erkennen würde.

Ich weiß nicht, wer von uns beiden zuerst erstarrt. Kalle oder ich.

»Wenn du mitmachst, kriegst du dein Geld für die Klassenfahrt auch zusammen. Ganz bestimmt!«

»Halt die Klappe«, herrscht Kalle seinen kleinen Bruder an. »Ich brauche keine dämlichen Almosen!« Es gelingt ihm keine Sekunde, Blickkontakt mit mir zu halten.

Aber das muss er auch nicht, um mir die Situation begreifbar zu machen. Eine Frauenstimme schallt laut und schrill über den Innenhof. Ich brauche einen Moment, um zu kapieren, dass sie aus dem Fenster im dritten Stockwerk dringt.

»Kalle! Sag mal, hast du wieder die letzte Scheibe Toast aus der Packung genommen? Wer auch immer das war, den mache ich einen Kopf kürzer!«

Mit einem heftigen Donnerschlag, der uns alle vier kurz zusammenzucken lässt, wird das Fenster zugeknallt. Was zur Hölle war das, bitte?

Mein Blick schweift die Hauswand hinunter und bleibt an meinem Schüler hängen. Der hat es eilig, wegzukommen.

»Macht keinen Ärger! Hab keinen Bock, dass ich am Ende wieder alles ausbaden darf!«

Kaum ist Kalle verschwunden, trete auch ich endlich den Rückzug an.

Erst als ich in der Bahn sitze, komme ich dazu, wieder auf mein Telefon zu schauen.

Du hast deinen Schal vergessen.

Ich kann mich nicht einmal daran erinnern, dass wir Nummern getauscht haben.

Kannst du als Andenken behalten.

Guter Witz!

Darf ich dich was fragen?

Ich habe keine Ahnung, wie viele Parteien in diesem Haus wohnen. Doch die Chancen stehen erst mal schlecht, dass Ronja mir etwas über Kalle sagen kann.

Kommt drauf an :-)

Die drei Jungs, die bei euch im Haus wohnen.
Was weißt du über sie?

Zwei blaue Haken leuchten auf, doch ihre Antwort lässt auf sich warten. Die Bahn hält schon an meiner Haltestelle, als eine Nachricht von Ronja eintrifft.

Du meinst die Söhne der Peters, oder? Man sieht sie fast nur allein. Der Vater ist ein schrecklicher Choleriker und die Mutter leider seit Ewigkeiten arbeitslos. Da türmen sich die Probleme bis zur Decke auf. Ich nehme an, es ist nur noch eine Frage der Zeit, bis das Jugendamt da aufkreuzt. Schätze, bisher konnte der Älteste immer noch etwas intervenieren. Warum willst du das denn wissen?

43. Kapitel

Alicia

Ich habe die ganze Nacht kein Auge zugemacht und mich stattdessen mehrfach übergeben.

Maggie hockte noch bis in die Morgenstunden neben mir im Badezimmer. Ich weiß, dass sie sich schuldig fühlt. Weil sie mir nichts von den Umzugsplänen erzählt hat und natürlich nicht wollte, dass ich es auf diese Weise erfahre. Doch auch wenn die Neuigkeiten mir tatsächlich einen gewaltigen Schock verpasst haben, weiß ich, dass sie nicht der Ursprung meines Gefühlschaos sind.

Wären die Dinge in meinem Leben aktuell nicht so kompliziert, würde ich mich für Maggie freuen. Weil sie meine beste Freundin ist. Weil ein Auszug aus der WG nicht das Ende unserer Freundschaft bedeutet.

Weil wir wussten, dass es früher oder später so kommen würde. Nur dass ich gehofft habe, es würde zeitlich eben nicht genau dann passieren, wenn mein Leben sich wie ein einziger Scherbenhaufen anfühlt.

Die Übelkeit ist Ausdruck meines »Alles ist hier gerade viel zu viel«-Gefühls.

Maggie sagt, ich soll mich krankschreiben lassen. »Alles ist zu viel« sei ebenso ein Grund für einen Tag Ruhe wie jede andere Krankheit. Damit mag sie auch recht haben, wäre es nicht der letzte Arbeitstag vor den Weihnachtsfeiertagen. Die letzte Gelegenheit, Johannes endlich, endlich, endlich meine Präsentation zu übergeben.

Doch davor muss ich das tun, was ich schon viel früher hätte versuchen sollen ...

Wahrscheinlich ist Julian um diese Uhrzeit schon gar nicht mehr zu Hause. Trotzdem muss ich es versuchen. Wir sollten reden. Dringend. Und ich kann nur hoffen, dass Julian es genauso sieht.

An diesem Gedanken halte ich mich fest, als mein Finger über dem Klingelschild mit dem Namen »Rock« schwebt, hin- und hergerissen, ob ich wirklich bereit dafür bin, das hier zu tun. Ich habe als Kind nur ein einziges Mal hier gestanden und auf Julian gewartet. Die meiste Zeit hat er bei uns verbracht und war froh, nicht zu Hause sein zu müssen.

Meine Entscheidung wird mir abgenommen, als von hinten ein »Hey!« ertönt. Es ist kein freundliches »Hey«, sondern eher ein »Was zum Teufel machst du da?«. Instinktiv drehe ich mich um und stelle fest, dass die Worte von einem mittelalten Mann kommen, der gerade die Einfahrt hochläuft. Er trägt einen blauen Baustellenanzug und dicke graue Schuhe, die so groß sind, als könnten meine Füße da mehrfach reinpassen.

»Hallo«, krächze ich und setze ein höfliches Lächeln auf.

»Was willst du?« Wenn dieser Mann hier arbeitet, könnte er auch etwas freundlicher sein.

»Ähm ... Eigentlich wollte ich ...«

»Sag bloß, du hast auch so ’ne Sprechbehinderung. Hätte ich

doch gleich wissen können, dass er keine normalen Freunde findet.«

»Bitte?« Fassungslos starre ich den Mann an. Das meint er doch nicht ernst?!

»Nehme an, du bist wegen Julian hier?« Er streicht den Staub von seiner Latzhose und hustet heftig.

Ich nicke und ärgere mich im nächsten Moment, überhaupt reagiert zu haben. Das geht ihn nicht einmal etwas an.

»Der ist nicht da. Schule beginnt um acht. Kommt erst gegen Nachmittag nach Hause, schätze ich.«

Für einen einfachen Bauarbeiter ist dieser Kerl aber ganz schön gut informiert. Kaum habe ich den Gedanken im Kopf formuliert, kommt mir eine ganz andere Vermutung. Es ist sechzehn Jahre her, dass ich Julians Vater das letzte Mal gesehen habe. Wobei ich ihn auch da nur selten zu Gesicht bekommen habe. Damals hatte er kürzere Haare, weniger Bauch.

»Sind Sie …? Sie sind …« Verdammt, wieso hat es mir in Anwesenheit dieses Mannes so die Sprache verschlagen?

»Der Vater, ganz richtig. Und du bist seine Freundin, nehme ich an. Hab dich letztens bei uns gesehen.«

Als mir klar wird, was er mit »letztens« meinen muss, schießt mir die Röte ins Gesicht. Dabei sollte ich froh sein, dass er mich nicht von früher erkennt. Wer weiß, ob er damals überhaupt eine Ahnung hatte, wer das kleine Mädchen war, bei dem sein Sohn sich die Augen aus dem Kopf weinte, während er mit seiner Frau stritt.

»Wie auch immer … Er ist jedenfalls nicht hier.«

»Okay.« Ich sollte gehen.

Julians Vater will sich gerade umdrehen, da spüre ich etwas Warmes, Nasses zwischen meinen Beinen. Etwas Warmes, Nasses, das ich genau einem einzigen Ursprung zuordnen kann.

Fuck. Das kann doch nicht wahr sein!

Ich benutze diese Menstruationstasse seit über zwei Jahren, und noch kein einziges Mal ist das Ding übergelaufen, geschweige denn verrutscht.

»Entschuldigung.« Ich habe keine Zeit zum Denken. Als Julians Vater nicht reagiert, spreche ich einfach weiter. »Es ist mir wirklich unangenehm, aber meinen Sie, ich könnte einmal Ihre Toilette benutzen?«

Er sieht mich an, als hätte ich ihn nach der Bank-PIN gefragt. Oder als spräche ich eine ganz andere Sprache. Begeisterung ist jedenfalls etwas anderes. Aber ganz im Ernst, ich klatsche mir auch nicht gerade vor Freude in die Hände ...

»Ist nur angelehnt«, grummelt er und deutet auf die Tür, nur um mir dann doch zu folgen. Vielleicht hat er ja Angst, dass ich etwas mitgehen lasse. Unschlüssig bleibe ich im Flur stehen und sehe mich verlegen um. Ich habe keine Ahnung, wo die Toilette ist. Das letzte Mal haben wir uns ausschließlich auf dem Dachboden aufgehalten.

»Na, worauf wartest du? Geh schon!«

Ich nicke heftig und versuche es mit der Tür links neben dem Eingang. Eine kleine Besenkammer. »Ups!« Der zweite Versuch ist ein Volltreffer. Und nicht nur das ... auch meine Periode hat einen absoluten Volltreffer gelandet. Ich spüle die Tasse aus und stopfe eine Extraladung Klopapier in meinen Slip. Damit sollte ich erst einmal auskommen. Als ich die Gästetoilette verlasse, steht Julians Vater mit einer Kiste voller Werkzeug im Flur und sieht aus, als hätte er auf mich gewartet.

»Vielen Dank«, quietsche ich viel zu schrill und beschließe, sofort von hier zu verschwinden.

»Hast du auch einen Namen?«

»Alicia!«, antworte ich und bereue es im selben Moment. Ich

darf mich von seinem herrischen Tonfall nicht einschüchtern lassen.

Mein Name scheint ihm nichts zu sagen, stelle ich erleichtert fest.

»Und was willst du von meinem Sohn, Alicia?« Ich merke sofort, dass diese Frage nichts mit Fürsorglichkeit oder Sorge zu tun hat, kann aber auch nicht behaupten, eine Art Neugier in seiner Stimme zu hören.

»Ich ... wir sind Freunde«, antworte ich wahrheitsgemäß.

»Freunde.« Julians Vater lacht auf. »Jaja! Macht ihr mal!« Er klingt beinahe verbittert. Hat Julian ihm etwas erzählt? So richtig vorstellen kann ich es mir nicht.

»Wissen Sie, wie es Julian geht? Ich meine ...« Stopp! Wenn dieser Mann eins ist, dann der vollkommen falsche Ansprechpartner.

»Keine Ahnung. Man kriegt ja kaum ein Wort aus ihm raus, geschweige denn einen klaren Satz.«

»Sagen Sie mal, geht's noch?«, rutscht es mir über die Lippen.

»Entspann dich, Kleine. Ich gebe ihm nicht mal die Schuld daran, dass er so geworden ist. Hätte seine Mutter ihn nicht so gepampert, wäre er heute auch Manns genug, sich zusammenzureißen.«

Ich spüre die Wut zuerst in meinem Bauch, doch dann ist sie auf einmal überall. Als habe es ein glühender Funke geschafft, meinen Körper in lodernde Flammen zu versetzen.

»Wie können Sie nur so über Ihre verstorbene Frau sprechen?« Diesmal bereue ich kein einziges Wort.

»Meine verstorbene Frau?« Julians Vater lacht trocken auf. »Sagt man das jetzt so zu Frauen, die sich aus dem Staub gemacht haben?«

Irritiert ziehe ich die Augenbrauen zusammen.

»Ich spreche von Julians Mutter.«

»Wenn das Luder tot wäre, dann wüsste ich das. Sechzehn Jahre hat sie sich nicht für uns interessiert, aber ich schwöre dir, bevor sie irgendwann ins Gras beißt, wird sie dafür gesorgt haben, dass jemand für die Kosten aufkommt. Nicht mal Sterben ist heutzutage umsonst, was?«

Kopfschüttelnd wendet er sich – diesmal endgültig – von mir ab und stapft aus dem Haus. Ich brauche einen Moment, um den Inhalt dieses Gesprächs zu begreifen.

Julians Mutter lebt?

44. Kapitel

Julian

Ich bin als Schüler ein einziges Mal bei der Schulpsychologin gewesen. Damals war ich um die vierzehn, mitten in der Pubertät und die Zielscheibe aller möglichen blöden Sprüche, die es nur gab.

Sie fragte mich, ob ich einen Stein verschluckt habe oder im Geburtskanal stecken geblieben sei. »Du bist doch ein schlauer Junge! Nimm dir den Spott nicht zu Herzen, und konzentriere dich auf die Schule! Du hast schriftlich gute Noten, richtig?«

Ich habe genickt.

»In ein paar Jahren werden die Mädchen bei dir Schlange stehen, und die Jungs werden es bereuen, dich nicht zu ihrem Freund gemacht zu haben. Glaub mir!«

Ich bin nie wieder hingegangen, und soweit ich weiß, wechselte die Sozialpädagogin einige Monate später den Arbeitsplatz, weshalb sie für mein Leben keine große Rolle mehr spielte. Um genau zu sein: Ich habe nie wieder an sie gedacht. Nie wieder, bis zu diesem Augenblick.

Die Zeiger der großen Uhr im Schulflur zeigen zwanzig vor elf. Die vierte Stunde ist mitten im Gange, weshalb ich Luisa Baumer tatsächlich in einem ruhigen Moment erwische. Wir kennen uns bisher nur aus dem Lehrerzimmer, in dem die Schulsozialarbeiterin ab und zu die Pausen verbringt.

»Julian, willst du zu mir?« Sie lächelt, als ich entschlossen durch die Tür in ihr Büro trete.

»Hast du eine Minute?« Es ist die Ruhe in ihrem Blick, die die Worte klarer über meine Lippen kommen lässt.

»Wer so lieb fragt, bekommt auch zwei.« Sie setzt sich an ihren Schreibtisch und bietet mir ebenfalls an, Platz zu nehmen.

»Es g-geht um einen Schüler von mir«, falle ich mit der Tür ins Haus. »Genauer gesagt um Karl Julius Peters.«

Ich kann in ihren Augen lesen, dass sie diesen Namen nicht zum ersten Mal hört. Eine Tatsache, die mich nicht wirklich wundert. »Er fällt schon länger in m-meinem Unterricht auf. Durch häufiges Stören, Reinrufen und Beleidigungen.«

Luisa nickt und tippt etwas in ihren Computer. »Das wird der Schulleitung bekannt sein, oder?«

Ich zucke mit den Schultern. »Ich bin nicht deshalb gekommen, sondern weil ich mir Sorgen mache.«

»Sorgen? Ist er auch anderen Schülern gegenüber ausfällig geworden?«

Ich schüttele den Kopf. »Ich mache mir Sorgen um ihn.« Mit wenigen Worten schildere ich Luisa meine Bedenken. »Die Kosten für K-K-Klassenreisen und Co. können von entsprechenden Förderstellen übernommen werden, wenn man gewisse Hilfen beantragt. Erst einmal geht es um die Fahrt nach Versailles im Frühjahr.«

Luisa legt die Stirn in Falten. »Frühjahr? Wir sprechen von April oder Mai?«

»Anfang Februar«, sage ich und beiße mir auf die Lippe. Natürlich weiß ich selbst, dass es bis dahin nur noch sechs Wochen sind, genau aus diesem Grund habe ich mich so schnell wie möglich an Luisa gewandt. Doch die macht ein bedauerndes Gesicht.

»Wir können es natürlich versuchen ... Allerdings würde ich mir keine allzu großen Hoffnungen machen, dass wir da so kurzfristig noch etwas erreichen können. Bevor die Finanzierung genehmigt wird, müssen die Einkünfte der Eltern überprüft werden. Haben beide Elternteile einen Job, gibt es sonstige Ersparnisse?«

Eine dicke Faust bohrt sich in meinen Magen. Sechs Wochen? Ja, das ist verdammt noch mal keine Ewigkeit, aber es geht hier um einen dreizehnjährigen Jungen!

»Und die Alternative ist, dass er zu H-Hause bleibt?«

»Am besten sprichst du mal mit dem Klassenlehrer. Wir können hier ja nicht von Unsummen sprechen, oder?«

»Zweihundert Euro sind nicht wenig für einen Teenager, der sich noch dazu um seine jüngeren B-Brüder kümmern muss.«

»Ich finde es super, dass du dich so für deinen Schüler einsetzt. Das meine ich genau so, wie ich es sage. Für das nächste Schuljahr sollten wir das auch auf jeden Fall besprechen. Was ist denn mit dem Förderverein der Schule?«

»Dafür müssten sich die Eltern m-melden.«

»Hast du mit denen schon gesprochen?«

»Das wird genauso viel bringen, wie dem Jungen vorzuschlagen, öffentliche Spenden zu sammeln.«

Warum ich das so genau weiß? Weil ich in seinem Alter häufiger die Toiletten im Einkaufszentrum geputzt habe, als Michael bei einer Schulveranstaltung aufgekreuzt ist.

Ich beiße fest die Zähne zusammen, um zu verhindern, dass ich jetzt etwas Dummes sage. Es muss an diesem tiefen Unruhegefühl liegen, das sich die letzten Stunden immer weiter in mir aufgebaut hat. Wie eine Welle, die so viel Druck in sich trägt, dass ich ungern noch im Wasser sein würde, wenn sie platzt. Luisa scheint es damit ähnlich zu gehen. Sie wirft einen Blick zur Uhr, als hätte sie dringend noch etwas Wichtiges zu tun. Etwas, das wichtiger ist als das hier. Ich balle meine Hände zu Fäusten, als könnte ich das heiße Rauschen in meinem Kopf damit auch nur ein wenig ableiten. Dabei bringt alles nichts.

Ich verlasse Luisas Büro, bleibe noch einen Moment im Schulflur stehen und hole tief Luft. Aus dem Klassenzimmer nebenan dringen dumpfe Geräusche. Soweit ich weiß, findet in den Räumen hier oben nur der Kunstunterricht statt. Das erklärt auch die vielen Bilder, die beidseitig den Flur säumen.

Klassen 8a & b, Thema: »Die Macht unserer Gefühle«, lese ich stumm die Notiz daneben.

Nachdenklich überfliege ich die Namen der Schüler, von denen ich bereits mehr als die Hälfte kenne. Lisa Sophie Amrich, »Die bunten Farben der Freude«. Mit feinen Pinselstrichen hat sie das Motiv einer Sonne aufs Papier gebracht. Es ist keine klassische Sonne, denn von jedem einzelnen Strahl geht eine andere Farbe aus. Ich bin ehrlich erstaunt, wie viele Details und vor allem welch ausgeprägten Charakter das Bild besitzt. Trotzdem lasse ich meinen Blick über die restlichen Rahmen fahren. Angst. Scham. Trauer. Hoffnung. Ekel. An dem letzten Bild bleibe ich schließlich hängen.

Man sagt über Dinge, die aus einer Masse herausstechen, dass sie ein bunter Fleck in einem Schwarz-Weiß-Bild sind. Doch hier ist genau das Gegenteil der Grund, weshalb ich nicht aufhören kann, es anzustarren. Es ist schwarz. Durch und durch schwarz. Einfach nur schwarz.

Als ich einen Schritt näher herantrete, um den Namen des Schülers zu lesen, ist es, als würde ich die Antwort bereits kennen.

Karl Julius Peters, 8b, »Wut«.

45. Kapitel

Alicia

In der Bahn angekommen, quetsche ich mich auf einen Sitz am Fenster und gehe gedanklich die wenigen Gespräche durch, in denen wir über Julians Mutter gesprochen haben. Aus irgendeinem Grund habe ich angenommen, dass »nicht mehr da sein« eigentlich »gestorben« bedeuten soll.

Meine Augen beginnen zu brennen, und ich beiße die Zähne so fest zusammen, dass ich aufsteigende Tränen gerade noch verhindern kann.

Wieso verdammt noch mal habe ich nicht nachgefragt?

Wenn Julians Mutter vor sechzehn Jahren abgehauen ist, dann muss das kurz nach unserem Umzug passiert sein. Die Schuldgefühle beginnen wie dicke Blutegel durch meinen Körper zu kriechen.

Oh Julian ... Ich entsperre mein Smartphone und tippe mich durch meine Bildergalerie. Das letzte Bild mit Julian ist an dem Abend des Liedersingens entstanden. Das ist jetzt etwa zehn Tage her. Zehn Tage, die mir viel mehr wie zehn lange Monate vorkommen.

Unser gemeinsames Bild ist leicht unscharf, was entweder

an der schlechten Beleuchtung im Raum oder Georges zittriger Hand liegt. Obwohl der Abend so anders verlaufen ist, als wir es eigentlich geplant hatten, sehen wir ziemlich glücklich aus. Julian hat dieses Lächeln auf den Lippen. Dieses breite, beinahe schelmische Lächeln, das er viel zu selten zeigt. Und ich? Ich habe meinen Kopf leicht an seine Schulter gelehnt und die Augen nur zur Hälfte geöffnet. Der Schnaps hat mich erst einmal ganz schön müde werden lassen. Wie der Abend geendet hätte, wenn wir nicht dieses Gespräch geführt hätten? Wenn wir ganz normal nach Hause gegangen und uns am nächsten Morgen verkaterte Selfies geschickt hätten? Wäre dann jetzt noch alles wie immer? Ich sehe ein letztes Mal auf das Bild, bevor ich es schließe und wenig später aus der Bahn steige.

Als die Glastür zur Agentur mit einem Pling aufspringt, überlege ich für einen Moment, auf dem Absatz kehrtzumachen. Ich habe keine Ahnung, wie ich Nicolas erklären soll, was am Samstag passiert ist. Will ich das überhaupt?

»Alicia! Gut, dass ich dich treffe.« Ich zucke so heftig zusammen, dass mir die Glastür aus den Fingern gleitet und Johannes sie im letzten Moment abfängt.

»Mich?« Verdattert werfe ich einen Blick nach links und rechts, als stünden noch zig weitere Leute im Eingang.

»Hast du einen Moment Zeit? Wir sollten kurz sprechen …« Ausgerechnet jetzt wird Johannes von einem Anruf unterbrochen. Er nickt in meine Richtung, als wolle er mir sagen, dass ich bereits vorgehen kann, und meldet sich dann am Telefon. Was war denn bitte das?

Stirnrunzelnd gehe ich an dem großen Tannenbaum neben der Anmeldung vorbei in Richtung unseres Großraumbüros.

Ob Nicolas schon da ist? Hat er den anderen etwas erzählt? Ich beiße die Zähne fest zusammen und versuche, ruhig ein- und auszuatmen. »Morgen!«

Emily sieht als Erste auf. Ihre Augen weiten sich, als habe sie noch nie etwas Furchteinflößenderes als mich gesehen. »Girl, du ziehst ja ein Gesicht wie der Grinch höchstpersönlich.«

Erleichtert stelle ich fest, dass zwar Nicolas' Computer eingeschaltet, er selbst aber nicht im Raum ist. So habe ich wenigstens ein paar Minuten, um tief genug in meinem Schreibtischstuhl zu versinken.

»Halb so wild. Ist eine lange Geschichte«, presse ich hervor und setze mich auf meinen Platz. Wenn ich nur lange genug ihrem Blick ausweiche, wird Emily sich hoffentlich wieder der Arbeit zuwenden.

Ich habe mir die letzte Aktualisierung meines Konzepts per Mail geschickt, um sie gleich in der Früh ausgedruckt auf Johannes' Schreibtisch zu legen. Und genau das werde ich jetzt auch tun. »Bin gleich wieder da.«

Ein wenig geduckt eile ich zum Drucker und warte ungeduldig, bis er die letzte Seite ausgespuckt hat. Ordentlich sortiere ich die Blätter in meine Mappe. Johannes ist nicht in seinem Büro, vermutlich steckt er noch in dem Telefonat. Mit einer kurzen Notiz hinterlasse ich ihm meine Arbeit und husche zurück an meinen Schreibtisch. Von Nicolas ist auch jetzt noch keine Spur zu sehen. Immer wieder spähe ich unauffällig zu seinem Platz rüber, als müsse ich mich vergewissern, dass er auch wirklich nicht da ist.

»Ist mit Johannes im Gespräch«, murmelt Emily, ohne aufzusehen.

»Wer?« Ertappt schlucke ich.

»Na, wer wohl? Nicolas natürlich. Du schaust doch andauernd zu ihm.«

Doch nicht so unauffällig, korrigiere ich meinen Gedanken peinlich berührt. Dann bohrt sich mir ein noch viel bittereres Gefühl in den Bauch.

»Weißt du, warum?«

Emily zuckt mit den Schultern. »Nein. Aber schien wichtig zu sein.«

Verdammt. Könnte es sein, dass es in dem Gespräch um mich geht? Kann es sein, dass Johannes mich deshalb so irritiert begrüßt hat? Hat ihm Nicolas etwas von dem Abendessen erzählt?

So ein Blödsinn! Ich nehme mich mal wieder viel zu wichtig. Zum Glück merkt niemand, wie sehr ich mir dennoch den Kopf über den Inhalt dieser Besprechung zerbreche.

Ich schüttele mich so heftig, dass Emily tief Luft holt und ihre Kopfhörer aufsetzt, als könne sie in meiner Anwesenheit unmöglich so weiterarbeiten. Dabei sind es ohnehin nur noch zwei Stunden, bis die offizielle Weihnachtsfeier in der Agentur beginnt und das ganze Team sich am Eingang versammelt.

Auf diesen Tag habe ich mich gefreut, seit ich mein Praktikum begonnen habe. Zusammensein. Die Erfolge des Jahres feiern. Und vor allem: dazugehören. Dazugehören zu der Spitzenagentur CGN viral. Diese Vorstellung fühlt sich auf einmal gar nicht mehr so gut an. Denn ich weiß genau, dass ich spätestens dort Nicolas begegnen werde. Spätestens dann werde ich mit ihm reden müssen.

Die Zeit vergeht, während ich so tue, als könne ich mit den hochaufgelösten Google-Fotos von Hotelketten vor mir auf dem Bildschirm auch nur irgendwas anfangen.

Verbringen Sie Ihren Traumurlaub im schönsten Hotel Singapurs.

Gibt es in Singapur Männer im heiratsfähigen Alter? Ja? Vergessen Sie es. Ich bleibe zu Hause.

»Willst du hier sitzen bleiben, oder kommst du mit, Grinch?«

Es ist vierzehn Uhr, als Emily mir von hinten auf den Rücken klopft. »Falls du hierbleibst, würde ich mich nämlich für dein Glas Sekt opfern.«

»Das kannst du auch so haben«, murmele ich und stehe auf. Allein bei dem Gedanken an Alkohol zieht sich in meinem Magen alles zusammen. Vielleicht liegt es aber auch daran, dass ich am anderen Ende der Eingangshalle plötzlich einen blonden Haarschopf entdecke. Nein, nicht irgendeinen Haarschopf. Sondern den von Nicolas. Aber er ist nicht allein. Eine Armlänge von ihm entfernt steht Johannes und schenkt den Umstehenden Sekt ein.

»Willst du stattdessen einen Saft? Oder Wasser? Oder ... Oh Gott, was ist das denn? Das riecht, als hätte hier jemand die Altglassammlung ausgeschüttet.« Emily stellt das Glas naserümpfend zurück aufs Buffet und senkt die Stimme. »Wenn du mich fragst, sind die beim Alkohol immer recht geizig. Dafür, dass hier sonst alles so elitär ist, meine ich. Andererseits ... vielleicht ist es auch ganz gut. Sich auf einer Firmenfeier unter Sekteinfluss mit dem Chef zu unterhalten, ist ungefähr das Gleiche, wie den Lehrer während einer Klassenarbeit in dein Heft schauen zu lassen. Du bist danach psychisch erledigt.«

»Ich nehme Orangensaft«, sage ich und klinge hoffentlich nicht ganz so abwesend, wie ich es tatsächlich bin. Was macht Nicolas direkt neben Johannes?

Die Antwort lässt nicht lange auf sich warten. Mein Chef wirft einen Blick auf die große Uhr über der Eingangstür und lässt anschließend mithilfe eines Besteckteils sein Glas klirren.

»Habt ihr einen Augenblick Zeit für mich?«

Die Gespräche klingen ab, und es wird ruhiger um uns herum.

»Ich würde gerne ein paar Worte sagen, bevor jeder von uns in seine wohlverdienten Weihnachtsferien geht.«

Jemand drückt ihm ein Mikrofon in die Hand, sodass wir nun alles klar verstehen können.

»Für CGN war dieses Jahr sehr ereignisreich. Wie die meisten von euch wissen, hat auch uns die Inflation hart zugesetzt. Die erhöhten Preise sind für jedes Unternehmen mit Schwierigkeiten verbunden. Ihr könnt euch sicher vorstellen, dass es einfachere Zeiten gibt, um als Junior die Firma des Vaters zu übernehmen. Vor allem dann, wenn der Herr Papa jeden Fehler schon sieht, bevor er geschehen ist.«

Ein Lachen geht durch die Runde.

»Umso wichtiger ist es, ein zuverlässiges Team im Rücken zu haben. Ein kompetentes, zielstrebiges und kreatives Team, das CGN dahin geführt hat, wo wir heute stehen.« Johannes lächelt und holt tief Luft, bevor er weiterspricht. Mindestens fünf Minuten vergehen, in denen ich unruhig auf meinen Füßen hin und her trete und mehr aus Nervosität als aus Durst drei Gläser Orangensaft inhaliere.

»Zusätzliche Hilfe leisteten dieses Jahr auch mehrere Praktikanten und Praktikantinnen, die einigen von uns bereits sehr ans Herz gewachsen sind.«

Als ich merke, dass die ersten Blicke auf mich treffen, schießt mir sofort die Röte ins Gesicht.

»Ich freue mich auf eine tolle Zusammenarbeit im neuen Jahr und hoffe, dass wir jede Chance ergreifen werden, als Agentur weiter zu wachsen. Vielen Dank und frohe Weihnachten!«

Als Emily mir das leere Saftglas aus der Hand nimmt und mir stattdessen einen Keks in die Hand drückt, beiße ich schnell hinein. »Holy Shit. Schmeckt das gut!«

»Die Dinger sind eine Droge, ich sag's dir!« Emily hat sich gleich fünf auf einmal genommen. »Ich glaube, Nicolas hat sie mitgebracht. Wenn die selbst gebacken sind, kannst du ihn ja mal nach dem Rezept fragen.« Sie wirft mir einen vielsagenden Blick zu. Als ich nicht darauf reagiere, seufzt sie beleidigt. »Du hättest ja wenigstens mal ein bisschen was erzählen können. Wie das Date war … Ob er gut küssen kann.« Sie streicht sich die Krümel aus den Mundwinkeln und verdreht die Augen.

Die Tatsache, dass sie auf jenes Date anspielt, das mit einer Nacht bei Julian geendet hat, lässt mein Herz auf einmal wieder schwerer werden. Julian. Ob er einen philosophischen Spruch für mich hätte, der in Situationen wie dieser passt? So was wie: »Es ist leichter, Probleme zu lösen, als mit ihnen zu leben.«

Als sich auf Emilys Lippen ein auffällig professionelles Lächeln abzeichnet, ist Albert Einstein schneller aus meinem Kopf, als mir lieb ist. Johannes hat sich zu uns gesellt.

»Super Rede!«, flötet Emily und strahlt Johannes an, als sei er mindestens so was wie ihr Lieblingslehrer.

»Vielen Dank, Emily. Freut mich sehr, das zu hören. Bist du mir sehr böse, wenn ich Alicia für ein paar Minuten für mich beanspruche?« Er wendet sich an mich. »Ich schätze, wir sollten einmal kurz unter vier Augen sprechen.«

Bevor ich einen klaren Gedanken fassen kann, schüttelt Emily den Kopf. »Ganz und gar nicht. So isst mir wenigstens niemand diese Kekse weg.« Sie lacht, dreht sich um und wirft mir im Vorbeigehen einen betretenen Blick zu.

Wie in einem Nebel gefangen, folge ich Johannes in sein Büro.

»Nimm doch bitte Platz!« Die Stimme meines Chefs klingt kühl. Hart. Distanziert. *Irgendwas stimmt hier nicht.*

Als er noch einmal meinen Namen sagt, ist seine Stimme so weit weg, dass ich mich kurz frage, wie hoch die Chancen stehen, das alles hier nur zu träumen.

So wie vor drei Monaten. Nur dass mein Gefühl mir sagt, dass wir das Genre in Richtung Albtraum gewechselt haben. Johannes' tiefes Seufzen legt sich wie ein schwerer Stein auf meine Brust.

»Ich führe so ein Gespräch das erste Mal. Umso wichtiger ist es mir, dass wir die Situation sachlich klären und ich mich vor allem darauf verlassen kann, dass du mir die Wahrheit sagst.«

Atmen.

Atmen.

Atmen.

Erstes Mal.

Die Situation.

Wahrheit.

Wie durch einen Störsender dringen einzelne Begriffe in meinen Verstand.

»Ich ... ich ... worüber möchtest du denn reden?«

Für den Bruchteil einer Sekunde meine ich etwas wie Enttäuschung in Johannes' Blick zu sehen.

»Du weißt also nicht, weshalb ich so spontan mit dir sprechen wollte?«

Ich schüttele schwach den Kopf.

»Gut, dann zeige ich dir den Grund am besten direkt selbst.« Johannes räuspert sich, greift in ein Fach unter seinem Schreibtisch und zieht eine Sammlung Papiere hervor. Ich erkenne meine Notizen sofort. Schließlich ist es keine zwei Stunden her, dass ich sie ein letztes Mal nervös in den Händen gehalten habe.

»Kannst du mir sagen, was das hier ist?« Er schiebt die abgehefteten Papiere auf meine Seite des Schreibtischs und sieht mich abwartend an.

»Das ist die Ausarbeitung für die MatchMe-Kampagne.« Ich bemühe mich, ruhig zu klingen.

»Richtig. Und von wem stammen diese Papiere?«

»Von wem?«

Was soll diese Frage? Ich habe, abgesehen vom Deckblatt, auf jede Seite meinen Namen gesetzt. Alicia Hanser, dahinter das Datum von heute und meine E-Mail-Adresse.

»Das ist von mir. Die Idee, also das Konzept, habe ich geschrieben.«

Ich schlage die erste Seite auf und stelle verwirrt fest, dass an der Stelle, an der ich eine Times New Roman, Schriftgröße zwölf erwarte, nichts ist. Gar nichts.

»Eigentlich müsste hier mein Name stehen«, murmele ich und versuche weder an das Stolpern in meiner Brust zu denken noch an den kalten Schweiß, der sich auf meinem Rücken gebildet hat.

»Nein, du meinst sicher diese Ausdrucke.«

Johannes legt einen Schnellhefter auf den Tisch. Es ist mein Schnellhefter.

»Ja, richtig. Entschuldigung. Das sind doch die gleichen Texte, oder?« Ein paar Blicke genügen, um zumindest die ersten Zeilen zu vergleichen.

»Richtig. Das sind die gleichen Texte. Die gleichen Texte mit der gleichen Idee für die gleiche Kampagne. Mit einem großen Haken.« Sein Finger schwebt über dem Stapel Papiere rechts von mir. »Diese Blätter habe ich bereits gestern Abend zugemailt bekommen. Und zwar nicht von dir.«

Johannes' Gesicht verschwimmt vor meinen Augen.

»Das kann nicht sein.«

»Genau das hat Nicolas eben auch gesagt.«

»Nicolas?«

Johannes nickt. »Es tut mir leid, Alicia. Aber weder Nicolas noch ich können uns erklären, warum du seine Idee eins zu eins kopiert hast.«

• • •

Ich brauche Nicolas nicht einmal zu suchen. Er hat sich die letzten Minuten keinen Zentimeter von seinem Platz entfernt. Er scheint in ein Gespräch verwickelt, als ich mit rasendem Herzen auf ihn zusteuere.

Damit wird er nicht durchkommen. Das kann ich nicht zulassen.

Nicolas bemerkt mich bereits aus dem Augenwinkel, wendet sich von seiner Unterhaltung ab und scannt mich mit einer Mischung aus Überraschung und Misstrauen.

»Alicia, wow! Ich habe nicht damit gerechnet, dass du kommst.« Er tritt einen Schritt vor, als wolle er verhindern, dass jemand von unserer kommenden Auseinandersetzung etwas mitbekommt. »Du hast seit gestern ja nichts mehr von dir hören lassen.«

»Vielleicht sollten wir das dringend nachholen. Ich habe da eine ganze Menge Gesprächsbedarf. Zum Beispiel würde ich gerne wissen, warum du mich verarscht hast.«

Nicolas legt die Stirn in Falten. »Was?« Überraschung blitzt in seinen Augen auf.

»Das ist Betrug. Du weißt genau, wovon ich spreche.« Ich verschränke die Arme vor der Brust und bündele all meine Energie, um seinem Blick standzuhalten.

»Lass uns das im Büro besprechen. Hier ist es viel zu unruhig.«

Zu unruhig, oder sind es zu viele Menschen, vor denen sich herausstellen könnte, dass Nicolas Hohenfeld meine Arbeit geklaut hat?

»Und vorher solltest du erst mal was trinken. Du kippst ja jeden Moment um.«

Ohne auf meine Zustimmung zu warten, setzt Nicolas sich in Bewegung. Eilig gehe ich ihm nach. »Stopp! Bleib stehen! Wir können das auch hier klären. Hier ist genug … Ruhe.« Ich spucke ihm die Worte beinahe vor die Füße.

»Jetzt beruhig dich doch erst mal und sprich ein wenig langsamer. Bist du sicher, dass du nichts trinken willst?«

»Das Einzige, was ich will, ist wissen, warum du Johannes meine Arbeit als deine verkauft hast.«

Zu meiner Überraschung bleibt Nicolas ruhig. Nein, nicht nur das. Er behält sogar dieses unverschämte Lächeln mühelos bei. »Moment, wir reden über die Kampagne?«

Seine Frage bringt mich aus dem Konzept.

Ich hatte eine halbe Minute Zeit, mich auf dieses Gespräch einzustimmen. Eine halbe Minute, die es gedauert hat, Johannes' Büro zu verlassen und Nicolas zur Rede zu stellen. Eine halbe Minute ist lang, wenn das, was man zu sagen hat, bereits in der ersten Sekunde druckreif im Kopf aufgeploppt ist. Doch scheinbar ist sie zu kurz, wenn man auf die Reaktion seines Gegenübers so gar nicht vorbereitet ist.

»Wir reden darüber, dass Johannes mein Praktikum für beendet erklärt hat, weil ich angeblich deine Arbeit für meine ausgegeben habe.« Meine Stimme bebt vor Wut.

Nicolas zieht hörbar Luft durch die Zähne ein. »Shit. Das ist wirklich blöd gelaufen.«

»Blöd gelaufen? So nennst du das?«

»Die Sache ist vollkommen anders, als du denkst. Ich habe mich vor einigen Tagen mit Johannes über die Kampagne unterhalten und nur grob unsere Richtung erklärt.«

»Unsere?«, wiederhole ich fassungslos.

»Hey, ich dachte, wir arbeiten beide daran.« Er streckt die Hand aus, als erwarte er wirklich, dass ich auf diese Ausrede einsteige. »Ich dachte, es wäre unser gemeinsames Projekt. Du hattest die Idee, und ich habe mich um den Rest gekümmert. Ich meine, komm schon, ich habe die Bilder klasse bearbeitet. Johannes war ganz begeistert. Er hat mir die Blätter förmlich aus der Hand gerissen. Da hatte ich kaum Zeit, die Sache genauer zu erklären, und wenn ich ehrlich bin, dachte ich auch nicht, dass es so wichtig ist.«

Jegliche Antwort bleibt mir in der Kehle stecken.

»Komm schon, am Ende ist es doch total egal, welcher Name da steht. Wir haben ein geiles Konzept entwickelt, und Johannes ist zufrieden. Du hast einen guten Job gemacht.«

»Ich wurde gekündigt!«, zische ich.

»Dein Praktikum wäre im Januar doch ohnehin vorbei gewesen. Und falls es dir um dein Praktikumszeugnis geht, da werde ich mit Johannes reden ...«

»Wie großzügig von dir.« Mir entfährt ein bitteres Lachen. »Hörst du dir selbst überhaupt zu? Das alles war meine Arbeit. Ich habe wochenlang alles dafür gegeben.«

Nicolas nickt bestürzt. »Ich verstehe deinen Ärger. Aber ich habe es dir so oft gesagt: Dein Talent ist unglaublich. Das wissen alle hier. Was bedeutet da ein einziger Job, wenn du sie irgendwann alle haben kannst?«

»Das sagst ausgerechnet du? Du hättest nicht einmal diesen Praktikumsplatz nötig gehabt. Für dich ist das alles hier doch nur ein dämliches Spiel. Für mich geht es um meine Zukunft!«

»Ein Spiel.« Nicolas lacht trocken auf. »Du hast keine Ahnung von meinem Leben. Keine Ahnung, wie es ist, ein Hohenfeld zu sein.«

»Stimmt«, sage ich mit Nachdruck. »Ich habe keinen Vater, der mir einen goldenen Lebenslauf drucken könnte.«

Nicolas' Blick verfinstert sich. »Und du hast nie zu spüren bekommen, wie viel Druck auf einem lastet, wenn der eigene Vater das Wort ›Erfolg‹ erfunden hat. Wenn du dir jeden beschissenen Tag anhören darfst, dass du ohne ihn nie etwas gepackt kriegst. Ich scheiß auf deine Idee. Wenn dieser Job mein Ticket in ein Leben außerhalb der Kontrolle meines Vaters bedeutet, dann tut es mir leid, dir sagen zu müssen, dass ich diesen Preis zahlen werde. Was dich angeht, kannst du dir überlegen, was du machst. Mir helfen, diese Kampagne zum Laufen zu bringen, und mit einem Praktikumszeugnis hier rausgehen, das dir die Türen zu allen Agenturen Deutschlands öffnet, oder versuchen, dich als ein Opfer gegen mich zu stellen. Ich hoffe nur, dass dir bewusst ist, was für dich auf dem Spiel steht, denn ich sage es ungern, aber ich habe nie behauptet, dass ich fair spiele.«

Die Fahrstuhltür springt auf. Ich habe den Blick zu Boden gerichtet und trete wie in Trance in den Flur. Ein Bein nach dem anderen. Vollkommen ungläubig, dass das hier gerade wirklich passiert ist. Erst als der Aufzug sich schließt, realisiere ich, dass ich eine Etage zu früh ausgestiegen bin.

Nicolas hat meine Arbeit geklaut.

Ich tippe eine Nachricht an Maggie, nur um sie dann wieder zu löschen.

Die Stimmung zwischen uns ist seit gestern Nacht sowieso schon angespannt. Und was um alles in der Welt soll sie darauf auch antworten? »Oh, das tut mir leid«? »Was ein Mistkerl«?

Wie auf Watte gehe ich zu der großen Treppe und lasse mich auf die oberste Stufe sinken. Meine Beine zittern ohnehin zu sehr, als dass ich mich jetzt direkt auf den Weg zur Bahn machen könnte. Johannes' Worte hallen immer wieder in meinem Kopf nach.

»Ich kann es mir einfach nicht erklären. Du bist wahnsinnig

talentiert. Was ist mit deinen Ideen? Denkst du wirklich, dass du das nötig hast?«

Die aufgestauten Tränen platzen endlich aus mir heraus. Nachdem Johannes mich für die letzten Praktikumstage im Januar freigestellt hat, bin ich wortlos aus seinem Büro gegangen. Habe nicht einmal versucht, mich zu erklären.

Freigestellt. Freigestellt. Freigestellt, dröhnt es in meinem Kopf. Freigestellt bedeutet nichts anderes als »fristlos gekündigt«. Ich habe meinen Praktikumsplatz verloren.

Es ist, als würde mir die Bedeutung der letzten Minuten erst jetzt so wirklich bewusst. Ich habe alles verloren.

Zuerst Julian, dann die WG und nun auch noch die Aussicht auf meinen Traumjob.

Mein Herz rast wie verrückt. Ich lehne mich vorsichtig gegen die Wand, beiße die Zähne fest zusammen und versuche, Luft zu holen. Doch die Panik sitzt so tief, dass sich die Welt um mich herum weiter auflöst. Genau wie Timon es immer gesagt hat. Mit unserer Trennung ging alles nur noch den Bach hinunter. Weil ich die Dinge allein nicht in den Griff bekomme. Noch nie bekommen habe. Weil ich verdammt noch mal zum Scheitern verurteilt bin.

Ich bin selbst schuld. So wie Nicolas es gesagt hat. Ich habe seine Hilfe in Anspruch genommen. Bin naiv davon ausgegangen, dass er sich meinetwegen für die Kampagne interessiert.

»Alles in Ordnung?«

Eine Frau, ich nehme an, sie gehört zum Reinigungsteam, steht direkt hinter mir. Ich muss so mit mir beschäftigt gewesen sein, dass ich sie vorher nicht bemerkt habe. Sie hat in der linken Hand einen Staubwedel, in der rechten hält sie einen Eimer mit Putzwasser.

Schnell stehe ich auf und mache Platz, um sie an mir vorbeizulassen. »Entschuldigung. Ich brauchte nur eine Sekunde.«

Sie nickt freundlich, hält einen Moment inne und reicht mir dann eine Packung Taschentücher. »Du kannst sie haben.«

Ehe ich reagieren kann, ist sie an mir vorbei die Stufen hinunter und um die nächste Ecke verschwunden.

Ich betrachte die Packung Taschentücher in meiner Hand, drücke sie fest zusammen, als fürchte ich, sie könne ansonsten verloren gehen. Es gibt sie, schießt es mir durch den Kopf. Es gibt die Menschen, die nicht vorbeigehen. Denen andere nicht egal sind.

Die sich unbemerkt in dein Leben schleichen und es mit Kleinigkeiten bereichern. Die sich Sorgen machen und immer nur dein Bestes wollen. Es gibt sie überall und häufiger, als man vielleicht denkt. Ich fürchte, ich habe sie oft einfach nicht wahrgenommen. Oder eben erst dann, wenn es zu spät war, ihnen genau das zu sagen.

46. Kapitel

Julian

Ich muss dreizehn oder vierzehn gewesen sein, als Michael mir verkündete, ich wäre von nun an alt genug, um eigenes Geld zu verdienen. Den einzigen Job, den ich relativ zeitnah fand, bot mir ein kostenloses Reklameblatt. Vier Jahre lang habe ich Zeitung ausgetragen, bis ich siebzehn wurde und seither hin und wieder die Gelegenheit hatte, in 16+-Clubs Musik aufzulegen.

Die Schultern bis zu den Ohren hochgezogen, fühle ich mich zurückkatapultiert in die Zeit, in der die Kälte sich zweimal wöchentlich durch meinen Körper fraß. Ob es Kalle ähnlich geht? Von Ronja weiß ich, dass er hier jeden Mittwoch die Zeitungen austrägt. Vielleicht deshalb, weil es die einzige Möglichkeit ist, sich und seinen Geschwistern einen neuen Schulranzen oder die Klassenfahrt zu ermöglichen.

Ich wechsele auf die andere Straßenseite und überlege, mich ein paar Minuten an die windgeschützte Bushaltestelle zu setzen und zu warten. Von hier aus dürfte ich früh genug sehen, wann Kalle auftaucht.

Ich habe meinen Rucksack gerade auf dem Sitz an der Haltestelle abgestellt, da sehe ich aus dem Augenwinkel eine Bewegung. Bei dem Wetter ist nicht viel los in der Gegend, weshalb ich tatsächlich Glück habe. Der Junge, der in einen viel zu dünnen Mantel gehüllt einen Karren über den Bürgersteig rollt, ist Kalle.

Ich schwinge mir den Rucksack zurück auf die Schulter. Es kann doch nicht wahr sein, dass ich mir all diese Gedanken wegen eines pubertierenden Schülers mache! Eines Schülers, der mir die letzten Monate meines Referendariats mehr oder weniger zur Hölle gemacht hat.

Weil es sein Weg war, zu rebellieren, hämmert es in meinem Kopf.

Ich habe die andere Seite der Straße erreicht, als Kalle den ersten Hauseingang ansteuert. Als er sich zu seinem Karren beugt, um einen Stapel Zeitungen herauszunehmen, sehe ich auf einmal nur einen Jungen. Einen Teenagerjungen, der alleingelassen und so verdammt wütend ist. Für ein paar Sekunden bin ich tatsächlich etwas unschlüssig. Ich frage mich, ob es ein Fehler ist, auf ihn zuzugehen. Nicht, weil er es nicht verdient hätte. Sondern, weil ich mir auf einmal nicht mehr sicher bin, ob ich ihm diese Wut wirklich nehmen sollte. Ich habe es sechsundzwanzig Jahre lang nicht geschafft, wütend zu sein. Und wer weiß, vielleicht hätte das von Anfang an etwas verändert. Vielleicht wäre ich heute nicht der, der ich bin. Wut setzt Grenzen. Wut bringt uns dazu, für uns einzustehen. Vielleicht ist es egoistisch, zu glauben, ich könnte ihm helfen, indem ich ihn zu versöhnen versuche. Vielleicht habe ich nicht einmal das Recht, einem Jungen das Leben zu erklären, wenn ich selbst so dermaßen aus der Bahn geraten bin.

Was hättest du dir gewünscht?, frage ich mich und balle meine Hände zu Fäusten. Meine Finger sind so kalt gefroren, dass ich sie kaum noch spüren kann. Nicht allein zu sein. Das hätte ich mir gewünscht. Jemanden zu haben, der sich für mich interessiert. Der den Schmerz in den Augen des kleinen Jungen sieht, den alle für »etwas zu schüchtern« halten.

Ich beschleunige mein Tempo, spanne Brust und Kiefer an, während ich an Kalle vorbei zu seinem Zeitungskarren gehe und mir einen Stapel herausnehme.

Ich kann spüren, dass er mich bemerkt hat, bin allerdings unsicher, ob er mich in meiner dicken Winterjacke und mit Schal auch erkennt. Also nehme ich mir den nächsten Briefkasten vor. Dann den übernächsten. Etwas unschlüssig, möglicherweise auch skeptisch, bleibt Kalle vor einem Haus stehen und beobachtet mich stumm. Als ich das vierte Haus mit einer Zeitung versorgt habe, weiß ich, dass er mich erkannt hat. Ein kurzer Blickkontakt, und er greift nach seinem Karren, rollt ihn zügig über den gefrorenen Asphalt. Wir brauchen keine Absprache, um uns auf ein eigenes System zu einigen. Kalle beliefert die linke Seite der Straße, ich bleibe auf der rechten. Als ich die ersten Ausgaben losgeworden bin, hole ich mir Nachschub.

Es dauert insgesamt etwa eineinhalb Stunden, die wir, ohne etwas zu sagen, nahezu synchron die Straßenseiten ablaufen.

Kalle kommt aus der letzten Einfahrt gelaufen und wirft einen prüfenden Blick in den Karren, als wolle er sich versichern, dass wir wirklich fertig sind. Er nickt unmerklich und beißt sich auf die Lippe. Würde ich ihn heute das erste Mal sehen, hielte ich ihn für einen unsicheren und beinahe schreckhaften Jungen, der keiner Fliege etwas zuleide tun würde.

Kaum habe ich den Gedanken im Geiste formuliert, schnauft Kalle. »Falls Sie das denken: Ich brauche keine Freunde oder so … Schon gar nicht Sie.«

Lächelnd nicke ich. »Ob du es glaubst oder nicht, aber ich habe sonst auch lieber Freunde in meinem Alter.«

Kalle verdreht die Augen. »Und warum sind Sie dann hier? Wollen Sie mit meinen Eltern sprechen?«

»Stehen deine Eltern hier auf der Straße?« Ich schüttele den Kopf. »Zu zweit g-geht es schneller.«

Fragend hebt Kalle eine Augenbraue.

»Na, so, wie wir es gemacht haben. Es geht zu zweit schneller, meinst du nicht?«

»Ich schaffe das auch allein.«

»Das weiß ich.« Aber ich möchte dir gerne helfen, ergänze ich stumm für mich. Ich bin nicht sicher, ob er sich auf das hier einlassen wird, bin aber noch viel weniger bereit, es einfach aufzugeben. »Nächste Woche um die g-gleiche Zeit?«

Ein misstrauisches Funkeln geht durch den dünnen Spalt, durch den er mich ansieht.

Kalle nickt. »Haben Sie vor, das Jugendamt zu rufen?«

Sofort verstehe ich, worauf seine Frage abzielt. Er macht sich Sorgen. Natürlich. In der Nachbarschaft wird viel über die Familie gesprochen, und der Junge kann sich denken, was für Folgen das haben könnte. »Denkst du, dass es das Richtige wäre?«

Er zögert, dann zuckt er zu meiner Überraschung mit den Schultern. »Ich gehe nicht in ein Heim. Ich bin alt genug, um auf mich selbst aufzupassen.«

»Und d-deine Brüder?«

Wieder ein Schulterzucken, bevor er sich von mir abwendet. »Meine Eltern sind keine schlechten Menschen. Sie sind nur überfordert.«

Das glaube ich ihm sofort. »Die meisten Eltern geben ihr Bestes, wenn es um ihre Kinder geht. Nur ist es eben manchmal so, dass dieses Beste nicht genügt. Für solche Fälle g-gibt es dann verschiedene Lösungen, weißt du?«

Ich bekomme weiterhin nicht mehr als sein Profil von ihm zu

sehen, doch das spielt keine Rolle. Es ist, als könnte ich sehen, wie es hinter seiner Stirn rattert.

»Nächste Woche gehe ich früher. Wegen der Ferien. So gegen zehn.« Er räuspert sich, wischt sich mit dem Handrücken über die Nase und greift dann nach seinem Wagen.

»Geht klar!«, rufe ich ihm nach und ertappe meine Mundwinkel bei dem Versuch eines Lächelns, das ich erst zulasse, als der Junge mit seinem Karren um die Straßenecke verschwunden ist.

47. Kapitel

Alicia

Ich sitze neben Oman im Wagen und fühle mich, als wären wir mit jedem Kilometer, den wir uns in den vergangenen Stunden von Köln entfernt haben, unserer Kindheit immer weiter entgegengefahren. Wie eine Art Zeitreise, von der ich mir nicht sicher bin, ob mir so recht danach ist.

»Freust du dich auf zu Hause?«, frage ich meinen Bruder.

»Schon. Am meisten, weil ich mich dort rund um die Uhr verwöhnen lassen werde. Ich kann Spülmaschinen und dreckiges Geschirr nicht mehr sehen.« Oman lacht und steuert das Auto in die Einfahrt. Hier, in diesem großen Haus, haben wir bis vor wenigen Jahren alle zusammengewohnt. »Und ich genieße mal wieder Zeit mit meiner Lieblingsschwester.«

»Hmm.« Ich seufze und steige aus. »Ich fürchte, mit mir ist gerade nicht viel anzufangen.«

Bevor Oman etwas erwidern kann, taucht unsere Mutter auf. Sie steht im Hauseingang und winkt so heftig, als hätte sie uns Jahrzehnte nicht gesehen. »Da sind sie ja alle. Alle meine Liebsten an einem Ort versammelt.«

Ich lasse mich von ihr in eine Umarmung ziehen und merke

sofort, wie ihr prüfender Blick zu meinen Haaren wandert. »Sind kürzer geworden, oder?«

»Ich brauchte eine Veränderung«, versuche ich es diplomatisch und bin überrascht, als sie lächelt.

»Steht dir sehr gut, mein Schatz.«

Erleichterung macht sich in mir breit. Erleichterung, die von einem schmerzhaften Stich in meiner Brust abgelöst wird. Zwangsläufig muss ich jetzt wieder an Julian denken. *»Du solltest kaufen und tragen, was dir gefällt«,* hat er gesagt. An dem Tag, an dem wir gleich mehrfach vor dem Regen geflüchtet sind.

»Danke.« Ich folge Oman ins Haus, begrüße den Rest der Familie und mache mich dann daran, meine Sachen nach oben zu bringen.

»Wisst ihr schon, wie lange ihr bleibt?«

»Lass sie doch erst mal ankommen«, ermahnt mein Vater sie schmunzelnd. Auf der einen Seite ist es schön, zu sehen, wie sehr sie sich auf uns gefreut hat. Auf der anderen Seite überkommt mich bereits jetzt ein schlechtes Gewissen, bald wieder zu gehen.

Oman bleibt nur bis zum Sonntag hier, da das *Krümelcafé* am zweiten Weihnachtstag wieder öffnet, und hat mir bereits angeboten, mich mitzunehmen.

»Du hast doch genug Angestellte, oder?«

Oman nickt. »Die habe ich gewiss, aber ich kann sie nicht ständig in meinem Laden allein lassen, Mütterchen.« Er nutzt diesen Kosenamen seit Jahren für sie und klingt dabei jedes Mal aufs Neue so sanft und liebevoll, dass meine Mutter lächeln muss.

Sie will das Beste für uns. Das wollte sie immer. Und der Gedanke, sie womöglich enttäuscht zu haben, glüht wie eine Stichflamme in mir auf. Dabei muss ich zugeben, dass ich nicht vorhabe, über Weihnachten von der Agentur zu erzählen. Viel lieber möchte ich die nächsten Tage so tun, als hätten die vergangenen Monate rein gar nichts mit der Realität zu tun.

Nach dem Abendessen helfe ich meiner Mutter beim Abräumen des Tisches und höre zu, während sie Tratsch aus der Nachbarschaft bei mir ablädt. Auch wenn mich nichts dergleichen interessiert, bin ich dankbar, dadurch weniger über mich sprechen zu müssen.

Erst als ich abends im Bett liege, ziehen die Gedanken wie ein stürmisches Unwetter über mir auf. Ich hatte gehofft, dass mir die Umgebung in meinem alten Kinderzimmer helfen könnte, mich von meinen Gefühlstornados zumindest einigermaßen abzulenken. Doch stattdessen scheint das Gegenteil der Fall zu sein.

Es ist fast Mitternacht, in wenigen Minuten haben wir den vierundzwanzigsten Dezember, und ich bin emotional so weit von Weihnachten entfernt wie lange nicht mehr. Aber auch das ist mir vollkommen egal. Für das große schwarze Loch, das sich in meine Brust gestochen hat, hat nichts mehr eine Bedeutung.

Der Wecker neben meinem Bett tickt unverhältnismäßig laut, und schwaches Mondlicht fällt in mein Zimmer. Schließlich kapituliere ich und setze mich auf.

Mein Hals ist trocken, als hätte ich stundenlang durchgehustet. Auf Zehenspitzen schleiche ich in den dunklen Flur. Die Tür zum Schlafzimmer meiner Eltern ist geschlossen, und auch bei Oliver scheint alles ruhig zu sein. Verwundert registriere ich, dass Omans Zimmertür einen Spaltbreit geöffnet ist. Ob er noch wach ist? Ich halte den Atem an, um bloß keinen Mucks von mir zu geben, und schiebe mich durch die Tür.

»Oman?«, flüstere ich und tapse zu seinem Bett, nur um ein paar Sekunden später festzustellen, dass mein Bruder überhaupt nicht da ist. Seine Matratze ist warm, das Bettzeug zur Seite geschlagen. Er kann noch nicht lange weg sein. Vielleicht im Bad? Ich will gerade zurück in mein Zimmer gehen, da höre ich von unten Geschirr klappern.

Vorsichtig gehe ich die Treppe runter. Gar nicht so leicht, im Stockdunkeln die Orientierung zu bewahren.

»Stehen bleiben!« Ich zucke so heftig zusammen, dass meine Hand abrutscht und ich mich nur im letzten Augenblick am Geländer abfangen kann. Verdammt!

Als die Taschenlampe eines Smartphones über mein Gesicht streicht, schlägt mein Herz so schnell, dass ich einen Moment brauche, um meinem Gehirn die Tatsache zu verklickern, dass es nur mein Bruder ist, der sich einen Scherz erlaubt.

»Spinnst du?«, fahre ich ihn erschrocken an.

»Die Polizei ist schon unterwegs!« Oman beginnt leise zu lachen. »Noch auf der Suche nach einer Henkersmahlzeit?«

Ich verdrehe die Augen. »Wenn, dann ja wohl eher du ... Oder was hast du vor?«

Oman lässt den Lichtstrahl in Richtung Küche wandern und zuckt dann mit den Schultern. »Konnte nicht schlafen.« Er deutet aus dem Fenster raus auf die verschneite Straße. »Weißt du noch, wie wir uns früher öfter rausgeschlichen haben?«

Ich nicke. Natürlich kann ich mich daran erinnern. Zu gut, um genau zu sein. »Wir waren wirklich schlimm, oder?«

»Nicht schlimmer als andere Geschwister, fürchte ich. Willst du auch einen Tee? Wasser ist schon fertig.«

»Okay.« Ich folge ihm in die Küche, setze mich auf einen der Holzstühle und beobachte, wie Oman zwei Tassen aus dem Schrank nimmt.

»Ich habe es gehasst, die Jüngere zu sein«, erinnere ich mich.

»Dabei hattest du es in vielen Bereichen so viel einfacher als ich. Nur eben, was das Auto angeht …« Ein Schmunzeln huscht über sein Gesicht.

Oman ist sechs Jahre älter als ich, weshalb wir nie die gleichen Freunde hatten, geschweige denn auf denselben Partys eingeladen waren. Andauernd haben wir uns um den einzigen Wagen gestritten, der uns für die Wochenenden zur Verfügung stand. Irgendwann kam Oman auf die glorreiche Idee, sich früher aus dem Haus zu schleichen, um heimlich loszufahren. In schwarzer Jeans und Glitzertop habe ich auf der Straße gestanden und ihm so lange nachgerufen, bis mir fast die Stimmbänder gerissen wären.

»Wir haben es Mama und Paps nicht leicht gemacht.« Oman schiebt die dampfende Tasse über den Tisch zu mir.

»Sag bloß so was nicht!« Ich seufze schwer. »Manchmal habe ich heute noch ein schlechtes Gewissen.«

Oman grinst. »Du machst dir mal wieder viel zu viel Stress, Schwesterherz. Dein Kopf ist viel zu klein, um über so viel unwichtigen Kram nachzudenken.«

»Vielleicht hast du recht«, gestehe ich und nehme die Tasse in beide Hände. Der Tee ist noch viel zu heiß zum Trinken.

»Große Brüder haben immer recht. Das ist das Beste an uns.« Es ist nur ein rasches Augenzwinkern. Nichts weiter. Das Lächeln ist ihm noch immer wie auf die Lippen gemalt. Ich kenne niemanden, der so viel lächelt wie Oman. Doch normalerweise sieht er dabei anders aus. Ungezwungener. Mehr wie er selbst. Jetzt erst wird mir klar, was ihn die ganze Zeit so fremd auf mich hat wirken lassen.

Es sind seine Augen, die von seinem Lächeln vollkommen unberührt bleiben. Warum ist mir die Leere in seinem Blick nicht vorher aufgefallen? Ist etwas mit dem Café nicht in Ordnung? Mir fällt so schnell kein anderer Grund ein, der Oman so zugesetzt haben könnte.

»Und weißt du auch, worin kleine Schwestern unschlagbar sind?«, bringe ich den Ball ins Rollen. »Sie können genau sehen, wenn man ihnen etwas vorspielt. Was ist los? Ist etwas passiert?«

Mein Bruder weicht meinem Blick aus. »Eigentlich keine große Sache«, versucht er die Situation herunterzuspielen. Dabei kann ich in seinen Augen lesen, dass diese Sache genau das ist.

»Schieß los!«

»Ich habe mich eine Weile mit wem getroffen. Wir haben uns beim Sport kennengelernt.« Er macht eine kurze Pause.

»Du hast dich verknallt?« Es ist Jahre her, dass Oman von jemandem erzählt hat. Eine ganze Zeit lang dachte ich, dass es mit seinem Coming-out zu tun habe. Zwar hat es für unsere Familie nie eine wirkliche Rolle gespielt, dass mein Bruder auf Männer steht, und doch hatte ich Sorge, er könne es unbewusst vermeiden, uns jemanden vorzustellen.

»Mehr oder weniger, ja. Wir haben uns eine ganze Weile getroffen, und jedes einzelne Mal kam es mir vor, als würden wir uns schon ewig kennen. Ich wusste, dass er sich noch nicht geoutet hat, aber ich hatte keine Ahnung, dass er noch mit einer Frau in einer Beziehung ist. Das musst du mir glauben. Ich hätte doch nie ...« Er fährt sich gestresst durchs Haar.

»Shit! Oh, Bruderherz, natürlich weiß ich das.« Schnell stehe ich von meinem Stuhl auf und trete von hinten an ihn heran. Fest entschlossen schlinge ich meine Arme um seinen Bauch und ziehe Oman an mich heran. »Er hat es ihr also nie gesagt? Fuck. Das ist aber nicht deine Schuld.«

Mein Bruder nickt. »Was nichts daran ändert, dass er mich belogen hat. Und das wiederum bedeutet, dass ich ihn verloren habe. Ich komme mir so dumm vor. Dass ich über Monate nichts gemerkt habe. Im Nachhinein sehe ich all die Alarmsignale und frage mich, wie man so blind sein kann.«

Mir entfährt ein Schnaufen. »Da bist du nicht der Einzige, dem es so geht, glaub mir.«

»Timon?«

Mein Ex-Freund ist noch so ein Thema, das wir die letzten Monate lieber gemieden haben. Ich wusste von Anfang an, dass Oman ihn nicht leiden konnte. Und das verstehe ich auch. Schließlich bekam er immer nur die Schattenseiten unserer Beziehung mit.

»Ich bin schon ein bis zwei Kapitel weiter«, murmele ich und bin selbst überrascht, wie schnell mir dieses Geständnis über die Lippen geht.

»Kapitel oder Typen?« Oman trifft mit seiner Frage direkt ins Schwarze.

»Ist das nicht das Gleiche?« Auf einmal bin ich unglaublich froh, dass das Licht in der Küche so schwach ist. Die Nacht lässt die ganze Welt so unwirklich aussehen, als fände alles nur hinter einem grauen Vorhang oder in einem tiefen Traum statt.

Oman nimmt einen Schluck aus seiner Tasse. »Liebe ist kompliziert, was?«

»Darf ich dich was fragen?«, rutscht es mir heraus. Dabei habe ich keine Ahnung, ob ich für ein Gespräch dieser Art wirklich bereit bin. Ob man jemals für so ein Gespräch bereit ist.

Als Oman nickt, zögere ich nicht lange. »Fragst du dich heute noch manchmal, warum sie dich nicht wollten?« Ich muss den Satz nicht präziser ausführen, Oman begreift sofort. Er wirkt nicht einmal sonderlich überrascht. Dabei haben wir nie viel über unsere Adoptionen gesprochen.

»Natürlich tue ich das. Immer wieder. Aber was würde eine Antwort an deinem Leben ändern?«

»Nun ja. Es könnte uns sicher helfen, die Dinge zu begreifen. Manchmal denke ich, dass es mir helfen könnte, zu akzeptieren.

Ich könnte aufhören, mir die Frage zu stellen, ob es an mir gelegen hat. Vielleicht war es einfach der falsche Zeitpunkt. Vielleicht waren sie nicht in der Lage, ein Kind zu lieben. Verstehst du das?«

Oman schüttelt den Kopf. Dann nickt er. »Also doch, ja! Ich weiß genau, was du meinst. Aber du solltest nie denken, dass deine leiblichen Eltern dich nicht geliebt haben. Hast du schon mal darüber nachgedacht, dass es womöglich genau andersrum gewesen ist? Dass sie dich so sehr geliebt haben, dass sie sich das bestmögliche Leben für dich gewünscht haben?«

Ein dicker Kloß bildet sich in meinem Hals.

»Du wurdest von so vielen Menschen geliebt. Denk an Mama und Paps! Sie haben sich für dich entschieden, da warst du noch zu klein, um überhaupt zu wissen, dass es so etwas wie Liebe gibt.«

Ein vorsichtiges, beinahe schüchternes Gefühl von Wärme fließt durch meine Brust und nistet sich in meinem Bauch ein. Ich weiß, dass Oman recht hat. Ein Teil von mir weiß es, seitdem ich denken kann. Doch seine Worte zu hören, bedeutet mir dennoch mehr, als ich beschreiben kann.

Oman wirft einen Blick in seine Tasse und sieht sich dann in der Küche um. »Glaubst du, es gibt hier irgendwo Kekse?«

Ich deute auf die Schublade rechts neben dem Kühlschrank. Schon in unserer Kindheit haben wir an diesem Platz den besten Süßkram gefunden.

»Denkst du, dass man sich absichtlich zu Menschen hingezogen fühlt, die einem nicht guttun? Zum Beispiel, weil man sich in ihrer Gegenwart unbewusst in einer Annahme über sich selbst bestätigt fühlt?« Hitze schießt mir in die Wangen, kaum habe ich den Satz vollendet. »Das klingt ganz schön schräg, was?«

Oman zieht nachdenklich die Augenbrauen zusammen.

»Wenn ich ehrlich bin, finde ich, dass das erstaunlich viel Sinn ergibt.«

Ich kann nicht sagen, ob mich seine Antwort erleichtert oder in meiner Unsicherheit bestätigt. »Es würde zumindest erklären, warum ich wochenlang nicht gemerkt habe, wie viel mir jemand bedeutet.«

»Geht es jetzt um diesen Nicolas?«

»Ganz bestimmt nicht. Ich rede von Julian.« In wenigen Sätzen fasse ich meinem Bruder zusammen, was in den letzten Wochen passiert ist. »Ich vermisse ihn. Ich vermisse ihn so sehr. Aber es ist anders als bei Timon. Bei Timon hatte ich ständig Angst, dass etwas in mir zerbricht, wenn er nicht da ist. Oder aber, dass andere Leute merken könnten, wie viel von mir schon gebrochen ist. Bei Julian ist es vollkommen anders. Ich vermisse es, mit ihm zu albern. Ich vermisse seine Stimme. Die Art, wie er mich ansieht. Ich vermisse es, in seinem Arm zu liegen.« Für ein paar Sekunden halte ich inne und bleibe an meinen eigenen Gedanken hängen. »Es mag kitschig klingen, aber ich weiß nicht, wann mir ein Mensch das letzte Mal so vertraut gewesen ist. Manchmal kam es mir vor, als hätten wir uns nie verloren. Und genau das ist irgendwie das Problem gewesen. Julian war von Anfang an perfekt. So perfekt, dass es beinahe schon unheimlich ist.«

»Und du hast wieder einmal nach einem Haken gesucht?«

Ich nicke überrascht, weil Oman mit dieser Frage direkt ins Schwarze trifft.

»Manchmal erkennt man erst, wie viel einem etwas bedeutet, wenn man kurz davor ist, es zu verlieren«, sagt er ernst.

»Genau das ist es! Ich wollte das nicht. Ich wollte nicht, dass es so weit kommt.«

»Das kann man sich leider nicht immer aussuchen.«

»Wem sagst du das?« Ich fahre mit der Zunge nachdenklich

über meine Oberlippe. »Ich habe dieses Jahr so viele Fehler gemacht, dass ich keine Ahnung habe, wie ich das jemals wieder glattbügeln soll.«

»Du könntest anfangen, mit ihm zu reden. Das wäre schon mal was, oder?«

»Es ist längst nicht nur das. Meine Probleme haben sich ... Nennen wir es einfach: Sie haben sich in den letzten Tagen verselbstständigt.« Stockend erzähle ich ihm von meinem Abend mit Nicolas. Von meinem plötzlich aufsteigenden Gefühl, mich wieder einmal zu verrennen. Und natürlich auch von meinem letzten Arbeitstag und den Vorwürfen, mit denen ich dank Nicolas konfrontiert wurde.

»Was ein Arsch! Das tut mir echt leid, Alicia! Diese Kampagne war dir so wichtig.«

»Das ist sie immer noch.«

Oman sieht mich entsetzt an. »Bitte sag mir nicht, dass du vorhast, dem Kerl weiterhin zu helfen?«

Unschlüssig zucke ich mit den Schultern. »Kurz habe ich es tatsächlich in Betracht gezogen. Aber ...« Bevor Oman mich unterbrechen kann, fahre ich direkt fort. »Aber mir ist eben noch etwas eingefallen, das in eine ganz andere Richtung gehen würde.«

»Eine neue Idee für euren Kunden?«

Ich nicke zögerlich. »Es ist eigentlich schon zu spät. Johannes hat das Team von MatchMe für Anfang Januar einbestellt, und über die Feiertage wird Nicolas' Idee wahrscheinlich noch präziser ausgearbeitet.«

»Nicolas' Idee? Es war deine Idee!«

Geistesabwesend nicke ich. »Meine erste Idee, die Nicolas gestohlen hat. Und weißt du was? Ich denke, er kann sie wirklich haben.«

Auf Omans Stirn hat sich eine dicke Falte gebildet. »Du willst aufgeben?«

Entschlossen schüttele ich den Kopf. »Auf keinen Fall. Denn jetzt kommt Idee 2.0 ins Spiel.«

48. Kapitel

Julian

Etwa zwei Monate nachdem meine Mutter uns verlassen hatte, tauchten in den Läden die ersten Lebkuchen auf. Kurz darauf fingen die Nachbarn an, ihre Lichterketten in den Fenstern aufzuhängen, und aus den ersten Häusern drang harmonische Weihnachtsmusik.

Ich kann mich daran erinnern, dass ich die Tage zählte, um mich zu vergewissern, dass meiner Mutter noch genug Zeit blieb, um vor Weihnachten heimzukehren.

Wenn ich nur artig genug wäre, würde sie wieder zu uns zurückkommen. Und dann ... dann würde niemand ihr irgendwelche Probleme machen. Papa würde aufhören, sich mit anderen Frauen zu treffen. Er würde weniger trinken und ihr zu Weihnachten den schönen Mantel kaufen, den sie Anfang des Jahres so unbedingt haben wollte.

In meiner Fantasie schien das Wiedersehen so selbstverständlich, dass mit jedem Tag, der weiter ohne sie verging, etwas in mir zerbrach.

Und so wurde jeder weitere Morgen zu einer Bedrohung, weil ich wusste, dass unser erstes Weihnachten ohne sie immer näher rückte. Dabei hätte ich mich nicht einmal fürchten müssen, denn Weihnachten verging in diesem Jahr genau wie in den darauffolgenden so spurlos, dass ich es kaum mitbekam. Fernseher an und Kartoffelsalat auf den Tisch. Genauso ist es auch in diesem Jahr, nur dass keiner von uns an eine Packung Toast gedacht hat und wir stattdessen Graubrot dazu essen.

Als Michael sich über irgendwelche Nachrichten aufregt, überkommt mich so eine Frustration, dass ich aufstehe und wortlos den Fernseher ausschalte.

»Was soll das?«, keift mein Vater und starrt mich an, als hätte ich den Verstand verloren. Dabei bin ich in meinem Leben noch nie so klar gewesen.

»Ich dachte, d-du willst es eh nicht sehen.«

»Was soll das heißen?«

Ich seufze schwer und lege die Fernbedienung auf das Fensterbrett. »Weißt du was? M-m-mach, was du willst. Ich geh nach oben.«

»Ja, geh nur! Lass deinen Vater an Weihnachten hier sitzen.«

»Dir ist wichtig, dass ich bleibe?«

Michael schnauft. »Als würdest du irgendwas machen, was ich dir sage.«

Ich habe die letzten Jahre ALLES getan, um nicht bei ihm anzuecken.

»Wenn du willst, dass ich bleibe, d-dann sag es mir!«

»Du kannst machen, was du willst!«, bellt er und nimmt die Fernbedienung vom Fensterbrett. »Hockst wohl gerne in deinem Loch da oben. Kein Wunder, dass die Frauen da das Weite suchen.«

Ich starre meinen Vater an und kann auf einmal nicht sagen, welches Gefühl mich zuerst packt. Entweder ist es die bloße Fassungslosigkeit oder das Erstaunen darüber, dass mich seine Worte nach all den Jahren noch immer treffen können.

Nach all den Jahren, in denen ich als Frustventil hergehalten habe, lässt sich die aufsteigende Wut nicht mehr einfangen.

»Du kannst mich mal!«, platzt es aus mir heraus. »Hör auf, so m-mit mir zu reden.«

Mein Vater hebt abrupt den Kopf, als könne er nicht glauben, was hier gerade passiert.

Als könne er nicht glauben, dass ich es tatsächlich wage, mich gegen ihn aufzulehnen. Ich. Sein verachteter Sohn. Der Nichtsnutz. Der, der nicht einmal vernünftig seine Meinung sagen kann. Weil er sich doch anstellt. Weil er ein Feigling ist.

»Wie rede ich denn mit dir?« Ich bin mir ziemlich sicher, aus seiner Stimme so etwas wie Belustigung herauszuhören. Oder ist es Faszination, weil sein Sohn endlich mal den Mund aufmacht?

Die Wut ist schnell und vor allem intensiv. Wie ein Gift, das sich in Sekundenschnelle in mir ausbreitet, jagt sie mir durch den Körper und Verstand.

»Hör zu, egal, wie sehr es dich damals getroffen hat, dass Mama gegangen ist, egal, wie sehr du dich dafür hasst, dass es deinetw-w-wegen war …« Ich hole tief Luft und ignoriere mein wild hämmerndes Herz. »Du hast kein Recht, so mit mir zu reden. Das hattest du nie. Niemand hat das verdient. Und erst recht k-kein Kind. Wann kapierst du e-endlich …«

Ich will weitersprechen, doch es ist, als habe ich den Bogen zu sehr überspannt. Die Worte sind mit so viel Druck aus mir herausgeplatzt, dass die Welle im nächsten Moment zurückschlägt. Die Blockade hat sich wie eine meterhohe Wand vor mir aufgebaut und lässt mich keine einzige Silbe mehr herausbringen.

Mein Vater schlägt mit der rechten Hand auf das Sofa und beginnt dann zu lachen. »War's das jetzt? Ich wusste ja gar nicht, dass so was aus deinem Mund kommen kann.«

Die Wut. Sie macht mich stärker, gibt mir den Mut, Dinge zu sagen, die ich mein ganzes Leben runtergeschluckt habe. Aber sie ist nicht die Lösung. Ich muss die Wut loslassen.

Mir fallen die Worte von Frau Emrich ein. Wir haben es in unseren Sitzungen so oft geübt.

Luft holen. Kiefer entspannen. Konzentrier dich und denk an das, was du gelernt hast. Atme!

»Nein«, bringe ich mit einem Atemzug hervor.

Siehst du? Es klappt! Wenn du ruhig atmest und dich weniger verkrampfst, dann kannst du es schaffen. Du weißt, dass du es kannst.

»Ich ziehe aus.«

Jetzt ist es raus. Es ist eine Entscheidung, die ich innerhalb von Sekunden getroffen habe. Doch kaum habe ich sie laut ausgesprochen, weiß ich, wie lange mir diese Worte bereits auf der Zunge lagen.

Es ist, als tränke ich einen Eimer Wasser auf einmal und merkte erst jetzt, wie durstig ich jahrelang gewesen bin.

Mein Vater legt die Stirn in Falten und zuckt dann mit den Schultern. »Viel Erfolg!«

Ich balle die Hände zu Fäusten und nicke knapp, bevor ich mich umdrehe, um das Wohnzimmer zu verlassen.

Ich stehe bereits im Flur, als ich höre, wie mein Vater mir noch etwas nachruft: »Du kannst die Schlüssel in der Küche liegen lassen!«

Es ist halb elf, als ich mich vollkommen bekleidet auf die Matratze fallen lasse. Ein leises Flöten dringt aus der Heizung. Es war das letzte freie Zimmer in diesem Hotel. Die Luft riecht nach strengem Reinigungsmittel, und die Schokolade, die auf meinem Kopfkissen liegt, schmeckt, als sei sie noch mit D-Mark bezahlt worden.

Wir haben den vierundzwanzigsten Dezember, und nichts ist mehr so wie in den letzten Jahren. Nein. Es ist viel besser.

Es braucht vierzehn Tage, in denen ich jede erdenkliche Mietanzeige durchgehe und mehr E-Mails schreibe als vermutlich in meinem ganzen Leben zuvor. Doch als ich kurz nach Neujahr in meiner ersten eigenen Wohnung stehe, kann ich mein Glück kaum fassen. Gut, streng genommen ist die Miete ziemlich überteuert und die Strecke zur Arbeit ab sofort eher ein Fall für die Bahn, und doch gibt es nichts und niemanden, der mir die neugewonnene Freiheit madig machen kann. Nicht einmal Michael, der kaum den Kopf hebt, als ich gemeinsam mit den Jungs meine Kisten aus dem Haus schleppe.

»Nette Bude, echt, Mann! Ich kann nicht glauben, dass du die so schnell gefunden hast.« Tarek grinst, als er sich auf mein Sofa fallen lässt und einen Schluck von seinem Bier trinkt. Ich habe einige Möbel vom Vormieter übernehmen können. Darunter auch die Couch, die das kleine Wohnzimmer bereits so viel wohnlicher wirken lässt.

»Es wurde Zeit für einen N-Neuanfang«, erkläre ich und sehe mich um. Es fällt mir schwer, abzuschätzen, wie viel Arbeit mich die nächsten Tage noch erwartet. Ich habe nicht viele Sachen und schon gar nichts, was einen ganzen Haushalt füllen könnte.

»Hast du was von ihr gehört?« Philipp ist es, der das ausspricht, was sich die anderen ohnehin bereits gefragt haben werden. Ich habe mit den Jungs nicht im Detail über Alicia gesprochen, und doch wissen sie genug, um zu spüren, wie hart die letzte Zeit für mich gewesen ist.

Ich schüttele den Kopf. »W-w-warum auch? Zwischen uns ist alles geklärt.«

Tarek schnauft. »Wer's glaubt, wird selig.«

»Lass ihn!«, mahnt Leo und legt besorgt die Stirn in Falten, bevor er sich an mich wendet. »Ihr solltet trotzdem noch mal reden. Früher oder später, meine ich. Euch geht es beiden nicht gut damit.«

Ich bin kurz davor, nachzuhaken, wie er das meint. *Euch beiden.* Hat er mit Alicia gesprochen?

Und wenn ja, soll das heißen, dass Alicia irgendetwas gesagt hat? Zum Beispiel, dass sie an mich denkt?

»Wir werden sehen. Gerade habe ich g-genug andere Dinge im Kopf.« Morgen ist der erste Schultag in diesem Jahr, was bedeutet, dass ich gleich in der Früh einige Pläne umsetzen muss.

Genau aus diesem Grund muss ich die Jungs heute auch früher rausschmeißen. Wenn ich vorhabe, meiner Idee eine Chance zu geben, braucht es nämlich noch einiges an Vorbereitung.

• • •

Ich habe gedacht, mein Herz müsse mir aus der Brust springen. Das letzte Mal, als ich vor dieser Tür stand, haben meine Knie beinahe unter mir nachgegeben, und ich fürchtete, nicht mehr lebend aus dem Gespräch herauszukommen. Heute habe ich keine Angst. In mir ist alles so ruhig, als wüsste ich genau, was in den nächsten Minuten passieren wird. Ich werde mich von dem Stuhl erheben, der Direktorin in ihr Büro folgen und mich ihr gegenüber auf den Sessel setzen. Ich werde freundlich lächeln und nicken, wenn sie verwundert fragt, ob es von meiner Seite aus noch etwas zu besprechen gibt.

Ich werde tief Luft holen und in meine Tasche greifen, um das Tablet herauszunehmen.

Ehe ich den Gedanken zu Ende führen kann, wird die Tür zum Direktorat von innen geöffnet.

»Guten Morgen!« Frau Tucher runzelt überrascht die Stirn und sieht mich an, als könne sie tatsächlich kaum glauben, dass ausgerechnet ich um einen Termin gebeten habe. »Wir haben ein Gespräch?«

»Hallo!« Meine Stimme vibriert vor Aufregung in meinem Hals, und doch klingt sie fester, als ich es erwartet habe.

Weil ich weiß, dass es hier nicht um mich geht. Das geht es längst nicht mehr. Denn so wie Alicia es bereits vor Wochen gesagt hat: *Erinnere dich, warum du genau das hier werden wolltest.*

Das tue ich. Ich wollte Lehrer werden, um anderen Kindern Mut zu machen. Sie spüren zu lassen, dass sie richtig und wichtig für die Welt sind. Dass sie Vertrauen in ihre eigenen Fähigkeiten haben dürfen. So wie ich es damals erlebt habe, als Herr Euling mich in seine Musik-AG einlud und ich zum ersten Mal kapiert habe, wie es ist, etwas zu können.

»Danke, dass Sie sich die Zeit nehmen. Ich würde gerne etwas mit Ihnen b-besprechen.«

49. Kapitel

Alicia

Würde mich jemand fragen, ob ich jemals in meinem ganzen Leben so viel geschrieben habe wie in den letzten Tagen ... bliebe mir nicht viel Kraft, um müde den Kopf zu schütteln.

Manchmal habe ich bis spät in die Nacht an meinem Schreibtisch gesessen. So lang, dass ich irgendwann nicht mal mehr wusste, wann ich zuletzt aufgestanden bin.

Meist ist es Maggie gewesen, die den Kopf durch den dünnen Türspalt gesteckt und mich zumindest daran erinnert hat, ab und zu mal etwas zu trinken. Nichts kam mir so unwichtig vor, wie eine Pause einzulegen.

»Darf ich mal ...? Oh mein Gott. Das bist aber nicht du, oder?« Heute Vormittag ist sie dazu übergegangen, sich in meinem Zimmer einzuquartieren. Seitdem sitzt sie mit mir in einem Chaos von Notizen, einem ausgedruckten Artikel über MatchMe, verstaubten Tagebüchern und Fotoalben.

Wie diese Dinge zusammengehören, ist schwer zu erklären, und ich sollte froh sein, dass meine beste Freundin sich mehr auf alte Fotos stürzt als auf große Antworten.

»Oh, natürlich bist das du. Ich erkenne deine Augen wieder.«

Sie kichert. »Und das hier ist Oman? Verrückt, wie alt ist er denn da?«

Ich nehme ihr das Album aus der Hand und prüfe die Seite, die sie aufgeschlagen hat. »Siebzehn, schätze ich. In dem Alter haben wir uns ständig gezofft.«

Gedanklich mache ich mir eine Notiz: Die Geschichte hinzufügen, in der Oman mich beinah mit Putzmittel vergiftet hätte, weil Mama das Zeug in eine Pfandflasche umgefüllt hat.

»Brauchst du noch lange mit deinem ... Projekt?« Maggie deutet auf das dunkelblaue Notizbuch. »Hast du nicht gesagt, die Kampagne für MatchMe ist fertig?«

Ich nicke. »Das hier ist etwas anderes. Erzähle ich dir später.« Mein Herz macht einen aufgeregten Hüpfer. Noch immer habe ich keine Ahnung, was ich mir bei meiner Idee gedacht habe. Können sich sechzehn Jahre mit ein bisschen Tinte wiederherstellen lassen?

»Was meine Präsentation angeht, bin ich tatsächlich fertig.« Ich drehe den USB-Stick, den ich für morgen vorbereitet habe, zwischen meinen Fingern.

Ungelogen, ich habe ihn schon eine Million Mal kontrolliert und kann trotzdem nicht aufhören, mich zu fragen, was fehlt. Warum dieses Gefühl, irgendetwas vergessen zu haben, partout nicht weggehen will.

»Das ist vollkommen normal«, versucht Maggie mich zu beschwichtigen. »Du baust dich morgen vor denen auf, streckst die Brust raus und ziehst dein Ding durch. Weißt du schon, was du anziehst? ... Und hast du geschaut, ob die Bahnen pünktlich kommen?«

Ihre Worte treffen genau ins Schwarze. Das ist es. Nicht die Sache mit der Bahn.

»Du wirst sie alle umhauen. Sag mir Bescheid, wenn ...«

»Ich muss noch mal los«, unterbreche ich Maggie.

»Was? Wieso? Oh Gott, stimmt. Denkst du, ich sollte schnell einkaufen gehen? Was ist, wenn es schon wieder keine Schokostreusel gibt?«

Verdattert sehe ich meine beste Freundin an.

»Für den Kuuuuuchen«, erklärt sie. »Die Rosinen waren eine beschissene Alternative.«

Ich wünschte, ich könnte ihr widersprechen. »Wir wissen noch gar nicht, wie es laufen wird. Wenn Wegstetter nicht auf meine Idee anspringt …«

»Hauen wir ihm den Kuchen um die Ohren.« Sie grinst. »Vielleicht nehmen wir doch Rosinen. Schokolade wäre dafür zu schade.«

»Danke für das *Natürlich wird er darauf anspringen, Alicia.*« Ich verziehe gespielt beleidigt das Gesicht, woraufhin Maggie zu prusten beginnt.

»Das war ein Scheeeerz.« Sie macht eine kurze Pause und setzt ein knallhartes Pokerface auf. »Natürlich nehmen wir Schokolade. Die klebt viel besser.«

50. Kapitel

Alicia

Schon lange bevor ich mich bei CGN beworben habe, stand ich vor diesem hohen Gebäude und stellte mir vor, wie es sich anfühlen würde, jeden einzelnen Morgen durch die große Eingangstür zu gehen. Ideen zu entwickeln, große Visionen zu verfolgen und der Kreativität dabei kein Limit zu setzen. CGN viral stand für mich jahrelang für ein Leben, zu dem ich im wahrsten Sinne des Wortes aufgesehen habe.

Dieser Gedanke kommt mir, als ich wie ein Einbrecher zu der Glastür schleiche, weil ich ganz genau weiß, dass mein Platz überall sein könnte, nur nicht mehr an diesem Ort. Sie halten mich für eine Lügnerin. Eine Betrügerin. Jemanden, der es nötig hat, fremde Ideen als seine eigenen auszugeben.

Ich beiße die Zähne fest zusammen und spanne den Kiefer an. Mein Herz wummert so kräftig gegen meine Rippen, dass ich den Ordner in meiner rechten Hand gar nicht fest genug gegen die Brust drücken kann.

»Du wirst dich jetzt verdammt noch mal konzentrieren«, stoße ich leise hervor und streiche die freie Hand am Stoff meiner Strumpfhose ab. Stressschwitzen ist die Hölle. Die Hölle, durch die ich gehen werde. Denn, was auch immer nun passieren mag ... Ich werde das Feld für Nicolas nicht räumen, ohne es mit meinem Plan zumindest versucht zu haben.

Die Eingangstür springt auf, und ich gehe hindurch. Einen Fuß vor den anderen setzend. Ohne den brennenden Zweifeln in mir auch nur einen Funken Aufmerksamkeit zu schenken. Es sind nur noch wenige Schritte, die ich überwinden muss.

Fahrstuhl. Einsteigen. Knopf drücken. Ungefähr bis zehn zählen. Und dann ... Pling.

Die Türen des Aufzugs öffnen sich, und ich stehe im Eingangsbereich, keine drei Meter vom Empfang entfernt. Mindestens zwei Augenpaare sind auf mich gerichtet. Sie fahren über meine Klamotten, bleiben eine Sekunde zu lang an der gestreiften Strumpfhose hängen, bevor sie wieder auf meinem Gesicht ruhen.

Was Johannes den anderen wohl erzählt hat? Es darf absolut keine Rolle für mich spielen. Ich habe einen Plan und werde daran bis zuletzt festhalten.

»Hi.« Meine Stimme ist nicht viel mehr als ein Krächzen. »Ich muss mit Johannes sprechen.«

Angelina sieht mich an, als läge ihr ein »Und ich bin der Kaiser von China« direkt auf den Lippen.

»Johannes?« Sie hebt irritiert eine Augenbraue. Ich brauche nur eins und eins zusammenzuzählen, um mir vorstellen zu können, was hier bereits über mich erzählt wurde. Unter normalen Umständen würde ich spätestens jetzt im Erdboden versinken. Doch dafür bleibt mir leider weder Zeit noch Energie übrig.

»Ja. Johannes. Etwa eins fünfundachtzig groß, dunkelblonde Haare, trägt meist helle Anzüge, keine Krawatte. Ach ja ... und er müsste hier der Chef sein.« Mein Puls schlägt jetzt mindestens doppelt so schnell wie eben noch. Doch meine sarkastische Bemerkung scheint Angelinas Überheblichkeit einen Dämpfer verpasst zu haben.

»Johannes hat jetzt gleich einen Termin.«

»Das weiß ich.« Genau deshalb muss ich ihn ja sprechen, du blöde Kuh. »Es ist dringend.«

Jetzt mischt sich auch Lea, die eigentlich in der Buchhaltung arbeitet, in das Gespräch ein. »Hör zu, Alicia, ich glaube, du hast hier schon für genug Chaos gesorgt. Johannes war wirklich sauer. Wenn ich du wäre, würde ich jetzt lieber gehen. Und das sage ich als gut gemeinten Rat.«

Autsch! Die Ungerechtigkeit schnürt mir beinahe die Luft ab. Es kann doch nicht wahr sein, dass Nicolas bei allen mit dieser dreisten Lügengeschichte durchkommt.

»Ich habe nichts Falsches getan.«

»Das sieht Johannes ganz offensichtlich anders«, flötet Angelina und dreht sich mit Schwung von mir weg. Wie ein Vorhang verdecken die langen braunen Haare das nun vermutlich schadenfrohe Gesicht.

»Wenn's wichtig ist, kannst du später mit ihm reden«, erklärt Lea jetzt und klingt, als würde sie mir gerade ein äußerst großzügiges Angebot machen. Leider ist es eins, mit dem ich absolut gar nichts anfangen kann.

Ich öffne den Mund, um ihr genau das zu sagen, da dringt das Geräusch schwerer Schritte in den Eingangsbereich. Ehe ich klar denken kann, steht Johannes direkt vor mir.

»Alicia? Hast du hier etwas vergessen?«

»Dass sie gefeuert ist«, höre ich Angelina hämisch flüstern. Anstatt mich zu ihr umzudrehen, bleibt mein Blick an meinem Chef haften. Ich habe nur wenige Sekunden Zeit, mir eine perfekte Erklärung dafür einfallen zu lassen, dass ich trotz vorzeitiger Beendigung meines Praktikums in der Agentur aufgetaucht bin.

»Ich habe eine Idee. Ein neues Konzept, meine ich. Für die MatchMe-Kampagne.« Hektisch greife ich nach meiner Tasche, um den Ordner herauszunehmen. Doch so weit komme ich erst gar nicht, denn mitten in der Bewegung werde ich von einem genervten Schnauben unterbrochen.

»Du scheinst mich missverstanden zu haben. Kann das sein?« Eine verärgerte Falte schiebt sich auf Johannes' Stirn. Shit. Vielleicht hätte ich diesen Teil meines Plans besser durchdenken sollen. Ich habe all die Kraft und Energie in einen bestmöglichen Pitch investiert und mir keine einzige Sekunde die Frage gestellt, ob ich überhaupt die Chance bekommen werde, diesen vorzustellen.

Wie habe ich mir das vorgestellt? Dass ich einfach in den Präsentationsraum hineinspaziere, als sei nichts gewesen?

»Das war alles ganz anders, als du denkst. Wenn du mir zwei Minuten Zeit gibst, erkläre ich dir, was wirklich passiert ist. Bitte!«

»Tut mir leid. Ich habe jetzt wirklich keine Zeit. Wie du weißt, erwarten wir jeden Augenblick Herrn Wegstetter.«

Mein Herz flattert vor Aufregung wild in meiner Brust. Das hier ist einfach nicht fair. Wegstetter wollte meine Idee hören. Meine!

Und die wird er auch bekommen, erinnert mich eine zynische Stimme in meinem Kopf. Nur dass er glauben wird, dass sie von Nicolas ist. Was vollkommen okay ist, denn ich weiß, dass meine neue Kampagne weitaus besser ist.

»Genau deshalb ist es so wichtig. Ich habe über all das nachgedacht. Die Idee, so wie ich sie ... Jedenfalls funktioniert sie nicht.«

Habe ich geglaubt, Johannes mit meiner Anwesenheit verärgert zu haben, so weiß ich jetzt erst, wie es ist, ihn tatsächlich aus der Bahn zu werfen. »Sag mal, was ist dein Problem? Glaubst du ernsthaft, dass ich dir nach der Aktion auch nur eine Minute länger zuhöre? Du machst dich lächerlich.«

Seine Worte treffen mich so direkt und ungeschliffen, dass ich einen Schritt zurücktrete.

Du machst dich lächerlich. Es sind nur Worte. Vier Worte. Dreiundzwanzig Buchstaben. Doch sie genügen, um mich in ein Gefühl der Ohnmacht zurückzukatapultieren.

Du machst dich lächerlich. Stell dich nicht so an. Es ist Timons Stimme, die mir so spitz wie Messerstiche unter meine Haut geht. Nur dass Timon nicht hier ist. Meine Beine beginnen vor Nervosität zu zittern, und ich weiß nicht, wie lange ich es durchhalten werde, hier zu stehen. Es ist genau so, wie Timon es immer gesagt hat: Ich bin lächerlich. Was mache ich mir hier wieder vor?

Halb verschwommen nehme ich wahr, wie Johannes sich abwendet. Er tauscht wenige Sätze mit Angelina am Empfang aus und deutet dann in meine Richtung. Was auch immer er sagt, ich nehme an, er will, dass ich aus der Agentur verschwinde. Keine Sorge! Das mache ich schon freiwillig. Ich halte es keine zehn Sekunden mehr zwischen diesen vier Wänden aus. Der Druck hinter meinen Augen steigt ins Unermessliche, und ich fürchte, im nächsten Atemzug in Tränen auszubrechen.

Raus hier. Nur weg. Meine Tasche dicht an die Brust gepresst, stürze ich zum Aufzug und hämmere mit der Faust gegen den Drücker. Schneller. Es kommt mir vor, als seien Stunden vergangen, als der Fahrstuhl endlich vor mir zum Stehen kommt und sich die Türen öffnen. Ich trete ein, drehe mich mit dem Rücken zum Empfang und beiße so fest die Zähne zusammen, dass es in meinen Ohren rauscht. Gegen die aufkommenden Tränen bin ich dennoch machtlos. Ich habe verloren. Endgültig verloren. Ich stürze aus dem Gebäude und komme erst auf dem Bürgersteig zum Stehen.

Meine Lungen brennen, als hätte ich einen ganzen Marathon hinter mich gebracht. Da soll noch mal einer sagen, dass Weglaufen der einfachere Weg ist!

Meine wilde Atmung hinterlässt Spuren in der kalten Luft. Und dennoch habe ich das Gefühl, nicht genug Sauerstoff in mich aufnehmen zu können. Kann man als vollkommen gesunder Mensch mitten auf einer Straße in der Kölner Innenstadt einfach so ersticken?

Bevor ich mir diese Frage beantworten kann, spüre ich die Vibration meines Smartphones in der Jackentasche. Kurz kommt mir der Gedanke, Nicolas könne mir eine höhnische Nachricht geschrieben haben. Doch dann lese ich Omans Namen auf dem Display.

> *Schau mal, du hast doch letztens die ganzen Fotoalben mitgenommen. Das Bild von Julian und dir hier habe ich noch gefunden. Karneval vor siebzehn Jahren! Wusste gar nicht, dass es die Bilder noch gibt. Liebe Grüße. Bin stolz auf dich!*

Das Foto, das mein Bruder angehängt hat, ist noch nicht geladen, und dennoch spüre ich die Gänsehaut überall.

Ohne diese Aufnahme gesehen zu haben, weiß ich, was darauf abgelichtet ist. Meine Vermutung bestätigt sich, als die Konturen klarer werden: ein kleiner Junge, der in seinem grünen Drachenanzug beinahe untergeht, und ein Mädchen im Glitzerkleid, dessen bunte Schminke überall im Gesicht verschmiert ist. Weil sie als Tiger gehen wollte und nicht als Fee.

Was auf diesem Bild nicht zu sehen ist? Dass das Mädchen wenige Minuten später aufgehört hat zu weinen. Direkt nachdem ihr bester Freund zu ihr gesagt hat, dass es kein Tigerkostüm braucht, um stark zu sein. Und mutig.

Das mutigste Mädchen, das ich kenne.

Die Uhr auf der anderen Straßenseite zeigt kurz vor zehn, als ich mich umdrehe und beinahe in eine Frau mit Einkaufstaschen hineinrenne. Eigentlich ist das die vollkommen falsche Richtung.

Aus dem Nichts ertönt ein Hupen. Ich reiße den Kopf hoch, nur um festzustellen, dass es sich bei dem Krach um einen Spinner im Sportwagen handelt. Mit quietschenden Reifen biegt er in die Straße ein, aus der ich eben so aufgelöst gelaufen bin. Mittlerweile habe ich die Agentur fast zum zweiten Mal erreicht.

Dieser Tag hier ist nicht der Untergang. Auch dann nicht, wenn es sich vielleicht so anfühlt. Auf einmal spüre ich das Gewicht meiner Tasche umso schwerer, die Träger beißen sich fester in meine Schulter, als wollten sie mir sagen, dass ich noch dringend etwas zu erledigen habe.

Unerwartete Energie flutet jede Zelle meines Körpers. Ich haste am Fahrstuhl vorbei, zwei Stufen auf einmal nehmend, die Treppe nach oben. Im vierten Stock angekommen, stolpert mein Herz wild in meiner Brust. Doch da ist eine seltsame Klarheit in mir, die sagt, dass endlich Schluss damit sein muss. Ich lasse mich nicht mehr so behandeln!

Ich zwinge mich, an das zu denken, was Oman noch vor einigen Tagen zu mir gesagt hat: »Mama und Paps haben sich für dich entschieden, da warst du noch zu klein, um überhaupt zu wissen, dass es so etwas wie Liebe gibt.«

Mein Leben lang habe ich mich durch den bitteren Glaubenssatz leiten lassen, nicht gut genug zu sein. Doch damit muss Schluss sein. Ein für alle Mal.

So tief sitzende Gedanken lassen sich nicht von jetzt auf gleich verändern. Und vielleicht werde ich noch eine ganze Weile davon überzeugt sein, es nicht verdient zu haben. Der feine, aber entscheidende Unterschied ist, dass ich inzwischen weiß, dass dieser Gedanke nicht wahr ist. Er ist nur ein Gedanke, einer von vielen, und kein Fakt, an dem es nichts zu rütteln gibt.

Ich sehe an mir herab und muss lächeln. Vielleicht bin ich auf diesen Moment hier vorbereiteter, als ich dachte.

Wozu sonst trage ich meine neue Lieblingsstrumpfhose?

»Sie haben Glück! Das ist die letzte in Ihrer Größe«, hat die Verkäuferin gesagt, als ich mit Maggie gestern Abend kurz vor Ladenschluss noch spontan in die Stadt gefahren bin. »Wir haben aber noch ganz viele andere.«

Ich habe entschlossen den Kopf geschüttelt. »Nein, es muss genau die sein. Genau die.« Meine neue Glücksstrumpfhose.

Ich ziehe den Ordner aus meiner Tasche, sehe ein letztes Mal auf die Überschrift »MatchMe-Kampagne« und drücke die Tür auf.

Diesmal bleibe ich nicht stehen. Ich würdige Angelina und Lea nicht einmal eines Blickes, reagiere nicht, als ich zuerst einmal, dann in einem Durcheinander immer wieder meinen Namen sagen höre. Wenn Wegstetter noch hier ist, wird er im Präsentationsraum sein. Genau den steuere ich jetzt auch an.

Vor der Tür komme ich allerdings dann doch ins Zweifeln. Ich kann unmöglich einfach in die Präsentation reinplatzen. Obwohl dies, wenn wir mal ehrlich sind, das Beste für alle Beteiligten wäre. Meine neue Idee ist gut. Sie ist besser.

Also lege ich die Fingerknöchel gegen das kalte Holz und zähle im Kopf die Sekunden, die ich brauche, mich zu einem Klopfen zu überwinden. Länger wird es wohl auch kaum noch dauern, bis einer vom Empfang hier aufkreuzt.

Als die Tür aufspringt, stolpere ich zur Seite. Mein erster Gedanke (Magie) verfliegt, als Wegstetter aus dem Raum tritt.

»Für mich ist die Sache damit beendet.« Die Tür fällt langsam zu und zerstört damit mein notdürftiges Versteck.

Wegstetters Augen weiten sich, als er mich erkennt. »Was machen Sie denn hier? Haben Sie den Kaffee vergessen?«

Perplex schüttele ich den Kopf, komme aber nicht zu einer Antwort, weil erneut die Tür aufgeht. Diesmal tritt Johannes heraus. »Es tut mir wirklich leid, dass der Pitch Sie nicht überzeugen konnte. Natürlich wären wir bereit, ein Gegenkonzept zu entwickeln. Dafür bräuchten wir nur wenige ...« Johannes bricht ab, als er mich nun auch bemerkt. »Alicia?

Mein Blick geht abwechselnd von Wegstetter zu Johannes.

Wegstetter hat nicht unterschrieben. Ich habe noch eine Chance, flüstert die Hoffnung.

»Ich dachte, wir hätten, was dich betrifft, bereits alles geklärt.« Johannes' Unterton ist diesmal mehr genervt als strafend. Die Präsentation scheint bescheiden gelaufen zu sein. Kurz spüre ich das schlechte Gewissen wie einen Schauer über meinen Rücken laufen. Doch dann erinnere ich mich, dass das hier nicht mehr in meiner Verantwortung liegt.

»Du hast dir meinen Pitch nicht angesehen.« Erst als die Worte aus meinem Mund gerutscht sind, wird mir klar, wie vorwurfsvoll ich klinge. Andererseits kann ich mir nicht vorstellen, dass irgendetwas Johannes' Meinung zu mir noch weiter verschlechtern könnte.

Schwer seufzend winkt er ab. »Damit bist du nun leider etwas spät.«

Ich kann den Drang, ihn daran zu erinnern, dass ich eben bereits hier gewesen bin, gerade noch unterdrücken, denn ich kann mir nicht vorstellen, dass mir das jetzt irgendwie weiterhelfen würde.

Dafür spüre ich auf einmal Wegstetters Blick nachdenklich auf mir ruhen. »Nun, wenn Sie mich fragen, kommen Sie gerade richtig. Ich würde Ihre Idee sehr gerne hören.« Er dreht sich zu Johannes um. »Wenn Sie also nichts dagegen haben …« Er deutet hinter sich zum Präsentationsraum. »Natürlich nur, wenn Sie noch Zeit haben.«

Für den Bruchteil einer Sekunde wage ich nicht zu glauben, dass das Lächeln auf seinen Lippen tatsächlich mir gilt. Doch dann erwidere ich es ganz automatisch. »Sehr gern!«

»Ich halte das für keine gute Idee!« Johannes räuspert sich. »Alicia arbeitet nicht mehr für diese Agentur. Wir haben das Konzept bisher nicht geprüft.«

Wegstetter winkt ab. »Lassen Sie das mal meine Sorge sein! Wenn es Ihnen allerdings lieber ist, können wir uns natürlich auch außerhalb der Agentur unterhalten.«

Falls dies eine Frage gewesen ist, dann benötigt sie zumindest keine ernsthafte Antwort. Johannes schüttelt den Kopf. »So war das natürlich nicht gemeint.«

Wegstetter nickt und geht an ihm vorbei zurück in den Präsentationsraum.

»Ich warne dich. Mach es nicht noch schlimmer …«, zischt Johannes und fährt sich nervös durchs Haar.

Mit schwitzigen Fingern wühle ich nach dem kleinen USB-Stick in meiner Tasche und stecke ihn schließlich an den Computer.

Mach es nicht noch schlimmer!

Du machst dich mit diesen übertriebenen Zielen lächerlich.

All diese Sätze bewegen sich irgendwo zwischen Herz und Verstand, graben tief, als suchten sie Halt bei einem Anteil, der ihnen viel zu lange geglaubt hat. Es ist, als könne ich förmlich spüren, wie sie sich vergeblich bemühen, irgendwo festzuhalten. Darauf warten, dass ich nachgebe. Dass ich diesen verdammten USB-Stick ziehe und von diesem Ort verschwinde, an dem ich von Anfang an keinen Platz hatte. Doch es passiert nichts. Sie schnappen nach mir, werden lauter und lauter und prallen schließlich auf eine ganz andere Kraft. Eine Kraft, die sagt, dass sie nicht die Wahrheit sprechen. Dass ich genau so gut bin, wie ich bin. Dass ich an mich glauben soll. Mutig sein darf. Mutig und stark. Und dass das hier mein Platz ist!

Und während Julians Stimme in meinem Ohr sagt, dass ich es schaffen kann, setze ich ein Lächeln auf und klicke mit der Maus auf »Öffnen«.

51. Kapitel

Julian

Ich kann mich nicht erinnern, wann es das letzte Mal in Köln so richtig geschneit hat. Ein paar Flocken vielleicht, aber eine zentimeterhohe Schicht, die knirscht, wenn man mit dicken Winterschuhen über den Bürgersteig geht, habe ich seit Jahren nicht erlebt. Der erneute Kälteeinbruch in den letzten Tagen lenkt mich davon ab, dass ich mich gleich mit den Jungs in Omans Café treffen werde. Wir sind erst wenige Male gemeinsam hier gewesen, lange bevor ich wusste, dass Alicia seine Schwester ist.

Es dämmert bereits, als ich die Ladentür öffne, den Schnee von meinen Schultern fege und ins Warme trete. Das *Krümelcafé* hat an manchen Wochentagen bis spät am Abend geöffnet, weshalb aus dem Ort für viele Studenten ein beliebter Treffpunkt zum entspannten Ausgehen geworden ist. Nicht zu laut, um sich zu unterhalten, und gleichzeitig locker und entspannt.

»Da ist er ja!« Kaum habe ich einen Blick über die gefüllten Tische schweifen lassen, winkt mich Philipp auch schon zu den anderen. »Na, sag schon!«

Ich lächele vorsichtig. »War deutlich besser als erwartet.« Heute Morgen hat eine meiner Lehrprüfungen stattgefunden, und ich kann noch immer kaum glauben, dass ich es überstanden habe. Vor allem, nachdem es ausgerechnet Kalle gewesen ist, der sich erstaunlich motiviert an der Diskussion beteiligt hat.

»Ich wusste, dass du das packst.« Leo klopft mir freudig auf die Schulter. »Darauf müssen wir heute definitiv anstoßen.«

»Von mir aus auch drei- oder zehnmal.« Tarek grinst und hebt die Hand, um einen Kellner auf uns aufmerksam zu machen.

»Ist Maggie h-heute nicht hier?«, frage ich und sehe mich verwundert im Café um. Die letzten Male war sie diejenige, die uns am Tisch bedient hat. Sie hat heute frei, ich kann in Leos Gesicht erkennen, dass er unsicher ist, ob er weitersprechen soll. Ich zwinge mich zu einem Lächeln, um ihm zu signalisieren, dass er sich meinetwegen keinen Kopf machen soll. Sicher, ich kann mir vorstellen, dass das ganze Thema »Alicia« für ihn komplizierter geworden ist, seitdem er von meinen Gefühlen weiß. Aber Maggie ist seine Freundin. Und Alicia ist nun einmal Maggies beste Freundin. Daran will und werde ich nichts ändern.

»Soweit ich weiß, wollen die Mädels heute gemeinsam etwas machen. Alicia scheint gute Neuigkeiten bezüglich ihrer Arbeit zu haben.« Leo weicht meinem Blick aus, sodass ich dem Drang, nachzufragen, gerade noch widerstehen kann.

Es ist besser, wenn wir nicht über sie sprechen. Nicht ausgerechnet hier, an einem Ort, an dem ich automatisch gezwungen bin, noch mehr an sie zu denken.

Es ist Oman persönlich, der uns die Getränke an den Tisch bringt. Ich versuche, in seinen Augen irgendwas zu lesen. Etwas, das mir verrät, über was Alicia mit ihm gesprochen hat. Hat sie mich überhaupt erwähnt? Sollte Oman irgendetwas über uns wissen, lässt er es sich zumindest nicht anmerken. Mit einem freundlichen Lächeln verschwindet er wieder hinter der Theke.

»Du wolltest uns doch noch etwas erzählen! Was ist jetzt mit diesem Projekt, das du planst?«

Philipps Frage reißt mich aus den Gedanken.

»Es ist ein-n-ne Art AG«, erkläre ich und konzentriere mich darauf, dass mein Herzschlag sich wieder etwas beruhigt. »Wir gehen erst einmal in eine Art Testrunde.«

»Eine AG?« Leo sieht mich neugierig an. »Und was habt ihr da vor?«

Ich nehme einen Schluck von meinem Cocktail und überlege, wie ich meinen Freunden am besten erklären soll, was ich vorhabe. Und vor allem, dass die Idee zu diesem Projekt durch einen Schüler kam, der mir monatelang das Leben zur Hölle gemacht hat.

Ich will gerade ansetzen, da dringt eine vertraute Stimme zu uns an den Tisch. Ich sehe einen blonden Haarschopf zwischen den neu eingetretenen Gästen. Einen blonden Haarschopf, der eindeutig zu Maggie gehört. Bedeutet das, dass Alicia auch hier ist …?

Ich komme nicht dazu, mir den Kopf zu zerbrechen, denn genau diese Vermutung bestätigt sich ein paar Sekunden später.

Die letzten Wochen habe ich mich gefragt, wie es sein wird, ihr irgendwann über den Weg zu laufen. Ich habe mich gefragt, ob es rein zufällig passieren würde. Mitten in der Innenstadt. Oder mehr oder weniger geplant auf einem Geburtstag. Ich habe mich gefragt, wie es sich anfühlen würde. Ob der Schmerz stechend oder brennend, die Enttäuschung warm oder heiß in meinem Körper lodern würde.

Doch als unsere Blicke sich treffen, wird mir klar, dass ich keine Ahnung hatte. Dass sich Momente wie diese nicht planen, geschweige denn kontrollieren lassen. Sie sind irgendwann einfach da.

»Was macht ihr denn hier?«, übernimmt Leo ruckartig. »Du hast gesagt, du arbeitest heute nicht.«

»Das tue ich auch nicht!« Maggie legt die Stirn in Falten. »Alicia hat eben ihren Pullover hier liegen gelassen. Ohne ist es draußen viel zu kalt.« Sie sieht sich besorgt zu ihrer Freundin um und senkt die Stimme, als sie sich wieder zu uns umdreht. »Ich habe gedacht, ihr kommt erst später. Tut mir leid.«

»Es ist fast neun. Viel später und wir können Oman beim Gläserspülen helfen«, raunt Leo angespannt.

Um ehrlich zu sein, bin ich mir plötzlich nicht sicher, was ich schlimmer finden soll. Die Tatsache, dass Maggie wirklich schuldbewusst aussieht, oder dass jeder um diesen Tisch glaubt, die Situation retten zu müssen.

»Wie dem auch sei, wir sind sofort wieder weg!« Maggie schenkt uns ein verkrampftes Lächeln, bevor sie gemeinsam mit Alicia zuerst hinter der Theke und dann durch eine Tür nach hinten verschwindet.

»Ufff! Sorry, Mann. Ich dachte echt, wir hätten drüber gesprochen«, entschuldigt sich Leo. »Seit wir den Umzug planen, ist Maggie wirklich verpeilt.«

Ich habe nur am Rande mitbekommen, dass die beiden zusammenziehen wollen. Ich war viel zu sehr mit meinen eigenen Problemen beschäftigt, um weiter nachzufragen.

Ich weiß nicht, was ich erwartet habe, aber dass Alicia wortlos abgehauen ist, hinterlässt in meiner Brust auf einmal doch so etwas wie einen brennenden Schmerz. Ein brennender Schmerz, der nicht nachlässt, als Tarek einen zweiten Versuch wagt, mich nach meiner Idee zu fragen.

»Ist alles noch nicht g-genau geplant«, sage ich knapp und hoffe, dass damit klar genug ist, wie wenig ich jetzt darüber sprechen möchte.

Am liebsten würde ich aufstehen, mir meinen Rucksack schnappen und direkt nach Hause fahren. Meine Wohnung ist noch lange nicht fertig, aber ein weitaus besserer Rückzugsort als dieser Ort hier.

Aus dem Augenwinkel bemerke ich, wie Maggie aus dem Hinterraum kommt. Unsere Blicke treffen sich kurz, doch ich habe keine Ahnung, was in ihr vorgeht.

Ich komme auch nicht dazu, darüber nachzudenken, denn plötzlich steht Alicia an unserem Tisch. Sie trägt eine bunte Strumpfhose, die fast genauso aussieht wie die, die wir damals im Laden gesehen haben. Ihre Haare sind feucht, was vermutlich am Schnee liegt. Erst jetzt fällt mir auf, dass sie einen viel zu dünnen Mantel trägt.

»Können wir reden?«

Einen Moment bin ich felsenfest davon überzeugt, mir ihre Frage, ihr ganzes Auftauchen nur eingebildet zu haben. Erst Tareks Räuspern versichert mir, dass das hier gerade wirklich passiert.

»Nur kurz. Wenn du nichts dagegen hast.«

Sie steht so nah an meinem Stuhl, dass ich nur den rechten Arm ausstrecken müsste, um nach ihrer Hand zu greifen.

Ich möchte etwas sagen, doch mein Herz schlägt so schnell in meiner Brust, dass ich nicht einen einzigen klaren Gedanken fassen kann. Ich möchte nichts mehr, als noch einmal neben ihr zu liegen. Einen Film zu schauen. Und zu versprechen, dass ich ihr der beste beste Freund sein kann, den eine Frau wie sie verdient. Auch wenn das bedeutet, dass ich sie nie wieder auf diese Weise ansehen darf, wie ich es in unserer gemeinsamen Nacht getan habe.

Ich will es so sehr. Ihr das geben, was sie haben möchte. Mir das nehmen, was ich haben kann. Doch in dem Moment, in dem ich mich von meinem Platz löse, weiß ich, dass ich es nicht kann. Ich werde nie wieder neben ihr liegen und so tun können, als sei sie nicht die einzige Frau, mit der ich bei Wind und Wetter stundenlang shoppen, in einem Café übers Leben philosophieren oder übers Eis schliddern will.

Die einzige Frau, mit der alle kitschigsten Liebesfilme dieser Welt einen Sinn ergeben würden.

Ich folge Alicia nach draußen. Es hat erneut zu schneien begonnen, und zarte kleine Flocken fangen sich in ihrem dunklen Haar.

»Du hast deinen Pullover nicht gefunden«, durchbreche ich die Stille.

»Er war nicht mehr da«, sagt sie leise und zieht die Schultern ein Stück höher. Allein der Anblick ihrer roten Wangen bringt mich zum Frieren. »Hör zu, ich muss mit dir reden. Ich hätte schon viel früher mit dir reden müssen, und das tut mir leid.«

Plötzlich wird mir schlagartig etwas bewusst: Ich möchte nicht, dass sie sich entschuldigt. Weder dafür, dass sie sich nicht gemeldet hat (ich hätte es genauso tun können), noch dafür, dass sie sich nicht in mich verliebt hat.

Ich habe in dem Bewusstsein mit ihr geschlafen, dass sie einen anderen Mann datet. Und je länger ich darüber nachdenke, desto klarer wird mir, welche Verantwortung ich ihr in den letzten Wochen zugeschoben habe. Eine Verantwortung, die mich meinen eigenen Schmerz ein bisschen weniger hat fühlen lassen.

»Du musst dich nicht erk-klären«, antworte ich und beobachte, wie meine Worte in der kalten Luft eine Spur hinterlassen.

»Das will ich aber«, beharrt Alicia. »Du hast keine Ahnung, wie häufig ich an dich gedacht habe. Wie sehr ich mir gewünscht habe, es nicht mehr zu tun. Weil es alles einfacher gemacht hätte, verstehst du?«

Nein. Das verstehe ich nicht.

»Julian. Mich in dich zu verlieben, hätte von Beginn an alles kompliziert gemacht, und ich fürchte, die ganze Zeit über hatte ich so große Angst, dass das passiert ... Das hier. Wir stehen uns gegenüber wie zwei Fremde. Oder nein, noch viel schlimmer. Als wir fremd füreinander waren, war es so viel einfacher, die richtigen Worte zu finden.«

Sie lächelt. Es ist ein trauriges Lächeln. Eins, das mich mit so viel Schmerz flutet, dass ich mich innerlich noch mehr verkrampfe.

»Ich erwarte nicht einmal, dass du das verstehst. Ich meine, wie soll einer verstehen, dass jemand verzweifelt gegen den Versuch ankämpft, sich nicht in die einzige Person zu verlieben, die einem je das Gefühl gegeben hat, richtig zu sein? Ich fürchte, das ergibt noch weniger Sinn, als jahrelang in eine Beziehung zu flüchten, die dich Tag für Tag verfallen lässt.«

»Lieber die Hölle, die man kennt«, murmele ich.

»Hm?« Alicia sieht mich irritiert an.

»Lieber die Hölle, die man k-kennt, als das Ungewisse.«

Sie nickt zögerlich, als müsste sie über diesen Satz noch einmal nachdenken.

»Ich schätze, das trifft es ziemlich gut.« Sie holt tief Luft. »Und gleichzeitig ändert es eben nichts daran, was ich fühle.«

»Sag es n-nicht, okay?« Es mag feige sein. Feige und schwach. Aber wenn sie nun weiterspricht, werde ich diese Worte nie mehr aus meinem Kopf bekommen. »Ich habe versucht, mein Leben zu sortieren. Die letzten drei Wochen ist viel passiert, und ich bin gerade dabei, so etwas wie einen Weg für mich zu finden ... Ich habe auch Fehler gemacht. Ich meine, wer nicht? Wir machen alle Zigtausende Fehler im Leben. Sicher schon viel zu viele an einem einzigen Tag. Doch der größte Fehler, den ich gemacht habe, war, für eine Millisekunde das Wichtigste aus den Augen zu verlieren: nämlich, dass es dir gut geht. Egal mit wem.«

Ein schwacher Glanz flackert auf einmal in ihren Augen auf. »Du bist viel zu gut für diese Welt, weißt du das?« Alicia geht einen Schritt auf mich zu. »Viel zu gut für jeden.«

Ich schüttele den Kopf. »Immer lieb und nett zu sein, macht dir dein Leben n-nicht leicht.«

»Das glaube ich.« Sie zieht die Nase hoch und streicht mit den Händen über ihre fröstelnden Arme.

»Du willst, dass ich es nicht sage? Was ich fühle, meine ich. Es tut mir leid, wenn das wieder alles durcheinanderbringt. Aber ich denke, dass du es trotzdem wissen solltest.«

Sag es nicht. Bitte. Ich will es verdammt noch mal nicht hören.

Ich will, dass sie glücklich ist. Ich will es mit jeder Faser meines Körpers. Aber ich kann es nicht ertragen, seinen Namen zu hören. Zu wissen, dass er etwas hat, was ich ihr nicht geben kann.

»Ich habe mich in dich verliebt.«

Ihre Stimme zittert, und es ist, als würden die einzelnen Worte in ihrem Hals vibrieren. Dennoch ist alles daran klar und deutlich. Und trotzdem bin ich felsenfest davon überzeugt, diesen Augenblick zu träumen. Anders kann ich mir all das hier nicht erklären.

Mit dem Fingernagel meines Daumens pikse ich mir in meine Handfläche. Das winzige Gefühl von Schmerz bohrt sich durch meine Venen in mein Herz, breitet sich dort aus und wird übermächtig.

»Ich denke, ich habe dich die ganze Zeit geliebt. Ich habe mir eingeredet, dass das normal ist. Dass sich deine Anwesenheit für mich so unglaublich gut anfühlt, weil wir Freunde sind. Doch die Wahrheit ist, dass ich noch nie in meinem Leben so sehr das Gefühl hatte, ich selbst zu sein, wie bei dir.«

Sie senkt den Blick und holt tief Luft, als koste sie dies hier enorme Kraft. Doch als sie mich wieder ansieht, weiß ich, dass da noch etwas ist.

»Ich werde gehen.« Ihre Stimme bricht ab, sodass sie sich leise räuspern muss. »Es ist unglaublich viel passiert. Ich weiß gar nicht, wo ich anfangen soll. Mein Chef hat mich aus der Agentur geworfen, doch Wegstetter war von einem meiner Konzepte begeistert und hat mir einen Praktikumsplatz in Berlin angeboten. Das kam alles ziemlich aus dem Nichts, aber ich habe beschlossen, zu gehen.« Sie schluckt.

»Das v-v-verstehe ich nicht.« Das alles hier ergibt doch überhaupt keinen Sinn. Warum sagt sie erst diese Dinge, nur um dann zu offenbaren, dass sie Köln verlassen wird?

»Ich will etwas verändern. Auf eigenen Beinen stehen. Wissen, wer ich bin, wenn niemand an meiner Seite ist, der es mir andauernd sagt. Du bist das Beste, was mir die letzten Jahre passiert ist. Bitte glaub mir das! Aber genau deshalb kann ich nicht zulassen, dass sich das alles wiederholt.«

»Das wird es nicht. Ich würde dir nie etwas vorschreiben!«

»Das weiß ich. Aber es geht nicht nur darum. Ich habe mein ganzes Leben lang versucht, anderen Menschen zu gefallen. Ich habe meinen Wert davon abhängig gemacht, was Männer über mich denken. Also bin ich von Beziehung zu Beziehung gesprungen, ohne mich auch nur ein einziges Mal mit mir selbst auseinanderzusetzen. Das kann so nicht weitergehen.«

Ich weiß nicht, was ich sagen soll. Mein Körper wird von so vielen Gefühlen gleichzeitig überschwemmt. Hoffnung, Sehnsucht, Glück und Traurigkeit. Angst.

Und doch habe ich so viel Verständnis für das, was sie mir zu sagen versucht.

»Sag es noch mal!«, flüstere ich und schlucke so fest, dass die aufsteigenden Tränen an Kraft verlieren.

Ich lese in Alicias Gesicht so viele Fragezeichen auf einmal.

»Das kann so nicht weitergehen?«

»D-das andere.«

»Dass ich gehen muss?«

Ich schüttele noch einmal den Kopf, ignoriere mein wild hämmerndes Herz und trete noch einen Schritt näher an sie heran, um nach ihrer Hand zu greifen. Endlich begreift sie, worauf ich hinauswill.

»Ich habe mich in dich verliebt, Julian. Ich habe mich Hals über Kopf in meinen besten Freund verliebt und Wochen gebraucht, um das zu begreifen.«

Da ist so viel Gefühl. Überall in meinem Körper. Ich kann nicht sagen, ob, geschweige denn wann ich jemals in meinem Leben so sehr glaubte, in Flammen zu stehen. Am liebsten würde ich sie bitten, die Worte immer und immer wieder zu wiederholen. So lange, bis ich vergessen habe, dass noch etwas anderes zwischen uns steht.

»Wann gehst du?«

»Schon nächste Woche.«

Ich streiche ihr über die kalte Haut und fasse ihre Hand schließlich noch fester.

»Du schaffst das! Das weiß ich.« Und während ich es sage, spüre ich tief in mir drin, dass ich jedes einzelne Wort genau so meine.

»Ich hoffe, dass du recht hast.«

»Ich war mir n-noch nie so sicher.«

Ein unsicheres Lächeln schleicht sich auf ihre Lippen. »Was ist mit dir?«

»Ich fürchte, das alles ist jetzt zu k-kompliziert, um es dir bei dieser Kälte zu erzählen. Ich sag mal so, wenn du irgendwann vorhast zurückzukommen, kann ich es dir vielleicht sogar zeigen.«

»Das würde mich sehr freuen.«

Ist das jetzt der Moment, in dem wir uns verabschieden?

Mein Verstand setzt für einen Herzschlag aus, und irgendetwas anderes übernimmt für mich. Ich kann sie nicht gehen lassen, das geht nicht. Alicia steht vor mir, wartet auf eine Reaktion, irgendetwas, das sehe ich in ihrem Blick.

Ihr Blick, der mich magisch anzieht, sodass ich nicht anders kann, als ihr Kinn zu heben. Ich überwinde die letzten Zentimeter, die noch zwischen unseren Mündern liegen, und presse meine Lippen auf ihre. In diesem Kuss liegt alles. Alles, was ich so sehr versucht habe zu unterdrücken. Es flutet mich wie ein Tsunami und beginnt, meine Mauern abzureißen. Stein für Stein. Überall. Und doch habe ich keine Angst mehr.

52. Kapitel

Alicia

»Julian. Warte.« Ruckartig löse ich meine Lippen von seinen und fahre zerstreut zurück. »Wir sollten das nicht tun.«

Obwohl es meine eigenen Worte sind, reißen sie mir Risse in mein Herz.

»Warum nicht?«

»Weil ich gehen muss. Ich werde meine Meinung nicht ändern. Das darf ich nicht. Diesmal nicht.«

Er nickt. »Nein, das wirst du auch n-nicht.«

»Dieser Kuss ...«

» ... war ein Abschiedskuss«, vervollständigt er meinen Satz. Es tut so weh, das zu hören. Es tut weh, aber gleichzeitig weiß ich, dass es das einzig Richtige ist.

»Du zitterst so sehr«, haucht er in die Kälte. »Nimm meinen Pullover. Es ist viel zu kalt mit diesem dünnen Mantel. Wenn du dir hier schon den Tod holst, wie willst du dann in Berlin durchhalten?«

Er pellt sich aus seinem Mantel, zieht den Pulli aus und drückt ihn mir in die Hand.

»Du kannst ihn behalten.«

Ein wenig unschlüssig nehme ich ihn entgegen. Ich zögere, bevor ich in meine Tasche greife und das dunkelblaue Notizbuch herausziehe. »Nimm das hier. Aber versprich mir, dass du erst hineinsiehst, wenn ich weg bin. Du verstehst es, wenn du es liest. Danke. Für alles. Aber vor allem dafür, dass es dich einfach nur gibt.«

»Immerhin eine Sache, die m-meine Eltern wohl nicht falsch gemacht haben.« Er schmunzelt, und obwohl die Situation alles andere als komisch ist, sieht es nicht erzwungen aus.

»Ganz und gar nicht«, stimme ich zu und schenke ihm ein Lächeln, das ich bis tief in mein Herz spüre. Ich kann nicht aufhören, mich zu fragen, wie es sein wird, ohne ihn zu sein. Nicht nur drei Wochen. Vielleicht drei Monate. Drei Jahre. Oder auch für immer.

»Pass auf dich auf!«

»Du auch!« Ich beiße mir fest auf die Unterlippe, als könnte ich nur auf diese Weise dafür sorgen, die Kontrolle zu bewahren.

Ich kämpfe gegen den Drang, ihm noch so vieles zu sagen, weil ich weiß, dass das den Abschied nur schwerer machen würde.

Plötzlich entdecke ich Maggie am Ende der Straße. Ich kann nicht sagen, ob sie die ganze Zeit dort gestanden und uns beobachtet hat, allerdings ahne ich, dass das hier der Augenblick ist, zu gehen.

Doch ich kann meine Beine nicht mehr bewegen. Sie sind so schwer, als gäbe es eine übernatürliche Kraft, die mich zwingt, genau an dieser Stelle stehen zu bleiben.

»Geh schon!« Er ist stärker als ich. Heute. Hier. Und jetzt. Egal, was er je behauptet hat: Er ist stärker als ich, als er sich mit Tränen in den Augen umdreht und sich mit ersten Schritten über den Bürgersteig von mir entfernt.

Und während ich mich frage, ob es sein kann, dass innerhalb eines Moments die Temperaturen um zehn Grad gefallen sind, erinnere ich mich an etwas, was er vor Wochen zu mir gesagt hat. Ich habe gemeint, dass die Liebe mich kaputtgemacht hat. Darauf sagte er, er sehe nur eine starke Frau, die wegläuft. Aus Angst, jemand könnte ihr etwas zeigen, was sie selbst nicht in sich sehen will.

Als ich heute gehe, bin ich auf einmal sicher, ihn korrigieren zu können.

Denn jetzt gerade, in diesem Augenblick, fühle ich mich wie eine starke Frau, die geht. Ich gehe, weil ich mutig genug bin, etwas in mir zu suchen und zu finden. Etwas, das ich vor langer Zeit verloren habe, als ich glaubte, jemand anderes könnte mir diesen Weg zeigen.

53. Kapitel

Alicia

Sechs Monate später

Als ich aus der Bahn steige und von einer Horde Schülern beinahe überrannt werde, bin ich eigentlich schon eine Viertelstunde zu spät. Es ist der letzte Tag vor den Sommerferien, und ich scheine den Andrang am Alexanderplatz maßlos unterschätzt zu haben. Meine bisherige Zeit in dieser Stadt hat nicht annähernd gereicht, um mich zurechtzufinden, sodass ich mich frage, wie es da erst Menschen ergehen muss, die zuvor nicht in einer Großstadt gelebt haben. Während Köln mir trotz seiner Größe immer sehr persönlich vorkam, empfinde ich Berlin vollkommen anders. Diese Stadt lebt von Trubel und Tourismus. Ein spezieller Charme, an den ich mich mittlerweile dennoch gewöhnt habe. Auch wenn ich alle paar Minuten von irgendwelchen Personen angequatscht und nach dem Weg gefragt werde.

»*Excuse me. Do you speak German?*«

»*Yes, I do.* Ähm, ich meine …«

»Können Sie mir vielleicht sagen, wie ich von hier zum Hauptbahnhof komme?«

Oder aber der Klassiker: die Frage nach der Innenstadt.

»Welche von allen?«

Als ich das Büro betrete, bin ich ganze dreißig Minuten zu spät. Eine Tatsache, die bei mir vor wenigen Monaten noch für Bluthochdruck und Schweißflecken gesorgt hätte. Seitdem ich für MatchMe arbeite, haben die Dinge sich ziemlich verändert. Und das meine ich durchaus positiv, denn Wegstetter, oder besser gesagt Frederick, wie ich ihn mittlerweile nenne, ist nach wie vor begeistert von meinem Engagement.

»Du bist intelligent, authentisch und kreativ. Ich danke dem lieben Gott jeden Tag dafür, dass du mir eine Tasse Kaffee übers Jackett gekippt hast.« Obwohl er mich nach wie vor mit Sprüchen wie diesem in Verlegenheit bringt, ist unser Verhältnis entspannt.

»Na? Gut in den Tag gestartet?« Melissa kommt mir am Treppenaufgang entgegen. »Frederick hat schon mindestens fünfmal nach dir gefragt.« Ihrem Lächeln nach zu urteilen, gibt es keinen Grund, mir deshalb Sorgen zu machen.

»Na, dann gebe ich ihm besser keinen Grund fürs sechste Mal, oder?«

»Ach was, keine Eile. Er will doch eh nur wissen, wie sie dir gefallen.«

Irritiert runzele ich die Stirn. »Wie mir was gefällt?«

»Na, die Plakate. Sag bloß, du hast sie noch nicht gesehen. Die Dinger hängen seit heute doch überall. Selbst meine Oma hat mich auf dem Weg hierher schon angerufen.«

Mein Herz macht einen Satz, als ich die Bedeutung dieser Aussage begreife. Natürlich wusste ich, dass es bald so weit sein würde, aber heute …?

»Okay, verstehe, du hast während der Bahnfahrt schon wieder in dieses kleine Buch geschrieben. Erfahre ich jemals, was du da reinkritzelst, oder willst du daraus für immer ein Geheimnis machen?«

Ich grinse. »Theoretisch müsstest du nur ein bisschen geschickt kombinieren. Dann kämst du ziemlich schnell darauf.«

»Ziemlich schnell? Ich glaube, ich frage dich seit sechs Monaten danach.«

»Und seit sechs Monaten liegt die Antwort direkt vor dir. Streng genommen hängt sie jetzt in ganz Deutschland.« Auch in Köln.

Ob er sie bereits gesehen hat? Vielleicht dauert es in den anderen Städten noch etwas länger. Ich telefoniere mehrfach die Woche mit Maggie. Am Anfang haben wir vereinzelt über ihn gesprochen. Ich wollte wissen, wie es ihm geht, was er macht. Doch jedes einzelne Mal, wenn sein Name auch nur kurz fiel, war es, als würde mir jemand ein Messer direkt in die Brust rammen. Genau aus diesem Grund hat Maggie schließlich aufgehört, mir von ihm zu erzählen, und damit das einzige Fenster geschlossen, durch das ich ihn ab und zu sehen konnte. Obwohl »sehen« auch schon zu viel behauptet wäre.

Es ist besser so. Jedenfalls hoffe ich das. Schließlich haben wir in meinen ersten Tagen in Berlin bewusst beschlossen, uns erst einmal den Raum zu geben. Keine Nachrichten. Keine Anrufe.

»Ich werde dem Geheimnis auf die Spur kommen!«, ruft mir Melissa nach, als ich in Richtung meines Büros gehe.

»Kann ich vorher noch meine Mails checken?«, frage ich lachend.

Ich habe hier meinen eigenen Schreibtisch. Und nicht nur das ... An der Wand hängt jetzt auch ein großes Bild, das Maggie mir überraschend zur Festanstellung geschickt hat.

Jedes Mal, wenn ich das lichtdurchflutete Zimmer betrete,

muss ich zwangsläufig an sie denken. An uns. Unsere gemeinsame Zeit in der WG. Alle Höhen und Tiefen.

Auch wenn ich meine beste Freundin unendlich vermisse, macht es mich froh, zu wissen, dass sie glücklich ist. Glücklich mit Leo und dem kleinen Hündchen, das sie im Frühjahr aus dem Tierheim geholt haben.

Der Kleine ist unglaublich süß, und ich kann es kaum erwarten, ihn irgendwann persönlich kennenzulernen.

Ich lasse mich auf meinen Schreibtischstuhl sinken und starte gerade den Computer, als Frederick im Türrahmen auftaucht.

»Na, wie fühlt es sich an? Deine erste eigene Kampagne.«

»Großartig!«, sage ich wahrheitsgemäß und strahle über beide Ohren. »Ich schätze, ich kann es erst glauben, wenn ich es mit eigenen Augen sehe.«

»Oh, das sollte machbar sein!« Er lacht. »Wir wollen nachher gemeinsam anstoßen. Bist du dabei?«

»Und wie ich dabei bin«, erwidere ich mit einem energischen Nicken und stelle das Fenster auf Kipp, um ein bisschen frische Luft in den Raum zu lassen.

»Super! Ich gehe schon mal Gläser besorgen. Keine Eile!« Mit diesen Worten schließt Frederick die Tür zu meinem Büro.

Ich bleibe für einen Moment am Fenster stehen und sehe nach draußen auf die Straße, auf der gerade ein Taxi hält. Wie immer ertappe ich mich für einen kurzen Augenblick bei der Vorstellung, es könnte Julian sein, der aus dem Nichts hier in Berlin auftaucht. Dabei weiß ich genau, dass er so etwas nie tun würde. Nicht, solange ich ihn gebeten habe, mir Zeit zu geben, meinen eigenen Weg zu finden.

Vorausgesetzt, er denkt überhaupt noch an mich. Ich wende mich vom Fenster ab und lasse meinen Blick durch den Raum schweifen. An der Garderobe hängt seit Wochen und Monaten der Pullover, den er mir Anfang des Jahres gegeben hat. Die ersten Tage habe ich ihn dauernd getragen. Nicht nur, weil es hier in der Hauptstadt tatsächlich verdammt kalt gewesen ist, sondern vor allem, weil es so guttat, einen Teil von ihm bei mir zu haben.

Der Stoff hat längst aufgehört, nach ihm zu riechen, und dennoch ist es schon häufiger passiert, dass ich im Vorbeigehen meine Nase in einen Ärmel gehalten und mir vorgestellt habe, er würde direkt vor mir stehen. Julian natürlich. Nicht nur dieser Pullover.

Als ich diesmal auf dem Weg zur Tür an ihm vorbeigehe, nehme ich ihn vom Haken. Es ist viel zu heiß für die dicke Baumwolle, also knote ich ihn mir nur um die Hüfte.

Vielleicht kann ich auf diese Weise ein bisschen mehr von ihm spüren. Ihn bei mir haben, wenn ich den größten Erfolg meiner bisherigen Karriere feiere.

»Willst du lieber trockenen oder den hier?«, fragt Melissa, als ich den ersten Fuß in unseren Besprechungsraum setze. Sie hat eine Sektflasche in der Hand und klirrt mit zwei Gläsern.

»Dieser hier ist perfekt.« Ich sehe zu, wie sie mir langsam einschenkt. Die meisten Kollegen arbeiten aktuell im Homeoffice, sodass die Runde im Büro äußerst klein ist. Klein, aber dafür ziemlich persönlich. Niemals hätte ich gedacht, dass mir die Arbeit an diesem Ort so guttun würde. Vor allem nicht, nachdem der Traum von einer Karriere bei CGN am Ende mit so vielen Enttäuschungen geendet hatte.

»Auf dich!«, prostet Frederick mir zu. »Auf dich, dein Talent als Texterin und deine Unfähigkeit, Kaffee zu servieren.«

Sofort beginnen meine Wangen zu glühen. »Und auf deine charmante Art, mich immer wieder an einen der unangenehmsten Momente meines Lebens zu erinnern.«

»Ach was.« Er lacht. »Wer weiß, ob du dich ansonsten so ins

Zeug gelegt hättest, mir zu beweisen, dass du diesen Job besser beherrschst als den im Café.« Mit einem Augenzwinkern geht er an mir vorbei zu dem Tisch, auf dem mittlerweile auch einige Snacks aufgebaut sind.

Die Sonne scheint in den Raum, als wolle sie diesen perfekten Tag mit ihrer Anwesenheit noch perfekter machen.

»Nächste Woche wird es sogar noch wärmer«, höre ich Melissa in meinem Rücken sagen.

Ich liebe den Sommer für seine Leichtigkeit. Für die hellen Tage und das Prickeln, das die Sonne auf der Haut hinterlässt. Doch ich fürchte, das Einzige, was mein sonst so erfülltes Herz nicht loslassen kann, ist nichts, was sich mit Sonnenstrahlen lösen lässt.

»Sieh mal!« Tessa, eine nur unwesentlich ältere Kollegin, hält mir ihr Smartphone unter die Nase. »Auf Social Media gehen die Postings echt ab. Vielleicht sollten wir die Mockups verlosen.«

»Wer hängt sich diese Dinger denn in seine Wohnung? Das sind doch wildfremde Menschen«, widerspricht Melissa.

»Manche sehen aber echt gut aus.« Tessa geht grinsend an uns vorbei.

Ich drehe mich in Richtung Tisch und nehme mir eine Hand voll Salzbrezeln aus der Schale, als Melissa wieder etwas sagt.

»Gehört das dir?« Ich bin nur mit einem Ohr bei ihr, bin viel zu sehr in meinem Kopf gefangen. »Erde an Alicia. Du hast da was verloren. Kann das sein?« Aus dem Augenwinkel sehe ich, wie Melissa ein Stück Papier vom Boden aufklaubt. »Hey, das ist doch dieses Kinderspiel, oder? Wie heißt das noch gleich? Irgendwas mit Hölle?«

Ich zucke zusammen. Himmel und Hölle. Wie elektrisiert starre ich auf das Faltspiel in ihren Händen. Es braucht keine Sekunde, und die Bilder durchfluten meine Erinnerungen mit der Wucht eines Tsunamis.

Julian und ich. Unsere dritte Begegnung. Der Regen, der uns zuerst in das Café und schließlich in die Einkaufsstraße getrieben hat.

Wortlos nehme ich Melissa das Origami aus der Hand und betrachte dieses Stück Papier, als könne ich nicht glauben, dass es wirklich existiert.

»Ist dir aus dem Pulli gefallen. Sag mal, ist es nicht etwas zu heiß für so einen Hoodie?«

Ich ignoriere ihre Frage, kann meinen Blick nicht von meinen Händen lösen. Er hat es bei sich getragen. Selbst zu der Zeit, in der wir nicht miteinander gesprochen haben. Wie kann es sein, dass ich es all die Monate nicht gefunden habe?

Ich habe diesen Pullover ständig getragen oder angesehen, aber natürlich bin ich nicht auf die Idee gekommen, die verdammten Taschen zu durchwühlen.

»Bin gleich wieder da«, murmele ich und bewege mich wie unter Hypnose aus dem Raum. Noch im Gehen schlüpfen meine Finger in die Papierlaschen, finden ganz automatisch in die vertraute Bewegung.

Ich spanne meinen Kiefer an und zähle stumm bis drei, bis ich die Hand öffne und auf die Wörter sehe, die unter dem Feld mit der Acht stehen.

Es ist nicht meine Schrift, die jetzt vor meinen Augen Buchstabe für Buchstabe ihre Bedeutung gewinnt.

Es ist keins der Felder, die ich beschriftet habe, sondern eins von Julian.

Julian, dessen Stimme ich höre, als ich den Satz leise flüsternd noch einmal lese.

»Tu, was du willst. Aber nicht, weil du musst.«

54. Kapitel

Alicia

Es sind mehr als sechs Monate vergangen, seit wir uns das letzte Mal gesehen haben. Während der gesamten Zeit in Berlin habe ich mich gefragt, wie es sein wird, ihn irgendwann wiederzusehen. Ich habe mich gefragt, ob es möglich ist, dass wir einander fremd sein können. Dieser Mensch, der mir einmal so viel Nähe geboten hat und mittlerweile viele Hundert Kilometer von mir entfernt lebt. Doch in dem Augenblick, in dem Julian die Rolltreppen runterkommt, lösen sich alle Zweifel auf, und es ist, als seien seit unserem letzten Treffen nur wenige Stunden vergangen. Stunden, die sich in meinem Herzen wie eine verdammte Ewigkeit und gleichzeitig nur wie ein Wimpernschlag anfühlen. Stunden, in denen das dunkelblonde Haar um einige Zentimeter gewachsen ist und seine Haut einiges an Farbe gewonnen hat.

»Alicia.« Genau so habe ich seine Stimme in Erinnerung gehabt. Na gut, unzählige alte Sprachnachrichten, die ich abends im Bett zigmal hintereinander abgespielt habe, machten es mir leicht, ihren Klang nicht so schnell zu vergessen. Aber live und in Farbe ist alles noch einmal anders.

»Julian.«

Die Luft ist unterirdisch deutlich kühler als auf den Straßen, und doch ist alles anders als letztes Jahr Ende September. Ich bin anders als noch vor einem Jahr. Wir sind anders.

»Du bist … d-du bist zurück?!« Es ist weder eine Frage noch eine konkrete Feststellung. Vielmehr klingt es, als könne er seinen eigenen Augen nicht trauen. Er hat es also nicht geahnt, als ich Leo gebeten habe, ihn unauffällig herzulocken. Wie denn auch? Wie sollte er davon ausgehen, dass ich es bin, die hier auf ihn wartet?

»Ja. Irgendwie schon«, sage ich und versuche, den wilden Herzschlag in meiner Brust zu beruhigen. »Aber erst mal nur für ein paar Tage.«

»Du siehst so anders … und gleichzeitig so sehr wie du selbst aus.«

Bei dieser Umschreibung muss ich lachen, denn ich weiß genau, was er meint. Die roten Strähnen, die mein kurzes braunes Haar zieren, stehen im vollkommenen Kontrast zu meinem gelben Sommerkleid. Ich habe es erst vor ein paar Wochen vintage gekauft, den Stoff unten gekürzt und für einzelne Schleifen benutzt. Melissa hat mir geholfen, sie anzunähen.

»Du auch. Anders und trotzdem wie Julian.« Das ist es, was ich mit Wimpernschlag und Ewigkeiten meine. Er ist mir so vertraut, dass ich an mich halten muss, die letzten Meter Distanz nicht in einem Hechtsprung zu überwinden und ihm in die Arme zu fallen. Und gleichzeitig gibt es etwas, das ihn verändert hat. Er strahlt diese unglaubliche Stärke wie ein helles Licht aus, das kaum zu übersehen ist.

»Ist das etwas Gutes?«

»Etwas sehr Gutes sogar.« Ich lächele und gehe einen Schritt auf ihn zu. Langsam, als müsse ich prüfen, ob das hier auch wirklich okay ist. »Hast du einen Moment Zeit?«

»Soll das ein Witz sein? Du tauchst nach sechs Monaten Funkstille hier auf und fragst mich, ob ich etwas Besseres vorhabe?«

Ich muss schmunzeln. »Sechs Monate sind eine lange Zeit. Vielleicht wirst du in vier Monaten Vater von Zwillingen. Oder du bist ein viel beschäftigter Schauspieler geworden.«

Julian nickt. »Habe ich d-das nicht erwähnt?«

Unsere Hände sind nur noch ein paar Zentimeter voneinander entfernt. Zentimeter, die darüber entscheiden, was das hier gerade ist. Ein Wiedersehen unter Freunden oder ...

»Ich will dir etwas zeigen.« Mein Puls rast so schnell, dass meine Knie weich sind. Das tun, was ich will. Nicht, weil ich es muss. Als unsere Finger sich vorsichtig berühren, ist es, als träfen zwei Magneten aufeinander.

Eine nie da gewesene Hitze strömt durch meinen Körper. Ich schließe meine Hand fest um seine und deute fragend um die Ecke, wo sich der Bahnsteig befindet.

»Willst du wegfahren?«, fragt er verwirrt.

Ich schüttele kaum merklich den Kopf, schließe die Augen und taste mich mit der freien Hand an der Wand entlang. »Du musst sie auch zumachen und darfst erst schauen, wenn ich es sage, okay?«

Ich nehme an, dass er nickt. Jedenfalls wird der Griff seiner Finger fester. Ganz langsam, um bloß nicht zu stolpern, führe ich uns blind auf den Bahnsteig, bleibe erst stehen, als ich das kühle Metall der Bank ertaste.

»Du kannst sie aufmachen«, flüstere ich und blinzele selbst vorsichtig, ehe ich die Augen öffne.

Es ist mein Gesicht. Meine Augen. Mein Mund. Mein Lächeln. Die Aufnahme ist mindestens zwei Jahre alt, doch es war das einzige Bild, dessen Auflösung gut genug war, um es so groß drucken zu lassen.

Ich drehe meinen Kopf zur Seite und warte, dass sich auf Julians Gesicht eine Reaktion abzeichnet.

»Das … das …«

Er legt den Kopf in den Nacken und sieht auf das Plakat, das ich über der Werbeanzeige befestigt habe.

»Ich will diesen Moment m-mit dir teilen«, wiederholt er die Worte, die ich gestern Abend daraufgeschrieben habe.

»Ich will jeden Moment mit dir teilen«, hauche ich ihm zu.

»Und ich mit dir.« Er nimmt meine andere Hand und drückt sie fest. »Ich wusste, dass sie von dir sind. Die Plakate und Anzeigen. Als ich sie g-gestern das erste Mal in der Stadt gesehen habe, wusste ich es einfach. Es ergab alles so viel Sinn. Sie trugen alle deine Handschrift. Die erkenne ich sofort, seit du mir das Notizbuch mit den Briefen gegeben hast.«

»Du hast es gelesen?«

»Ist das eine Frage? Du hast mir nachträglich Briefe für 16 Jahre geschrieben und denkst, ich lese es nicht?«

Meine Brust füllt sich mit so viel Wärme, dass ich von innen heraus glühe.

»Ich muss zugeben, dass die Briefe keinen Anspruch auf Vollständigkeit haben. Ich konnte nur das Wichtigste rekonstruieren.«

»Das Wichtigste? Dann sollte ich mir vielleicht Sorgen wegen des Jungens m-machen, den du in der s-siebten Klasse geküsst hast?«

»Hey, das war mein erster Kuss. Natürlich musste ich dir davon erzählen.« Ich grinse breit. »Und dass ich es nicht damals schon getan habe, ist einzig und allein meine Schuld.

Du hast als Kind gesagt, dass Briefe uns eine Möglichkeit geben, verbunden zu bleiben. Und das waren wir. Verbunden. Bis ich mich nicht mehr gemeldet habe. Du warst der bedeutsamste

Mensch in meinem Leben, und irgendwie hatte ich Angst, du könntest es andersrum nicht genauso sehen. Ich hatte keine Ahnung, was mit deiner Mutter passiert ist.«

»Mein Brief ist nie angekommen.«

»Du wolltest es mir erzählen?«

»Das habe ich. Ich habe dir alles erzählt. Weil *du* der bedeutsamste Mensch in *meinem* Leben warst. Aber wie gesagt, der Brief ist wieder zurückgekommen. Ungeöffnet.«

»Hätte ich das gewusst …« Ich breche ab, weil es nicht das ist, was ich eigentlich sagen will. Gerade geht es um etwas ganz anderes. »Als wir uns wiedergesehen haben, dachte ich, es wäre der größte Fehler gewesen …«

»Du warst neun, Alicia. Mit neun prügeln sich Kinder wegen einer Legofigur.«

»Trotzdem. Ich habe dich damals unglaublich vermisst. Aber weißt du was? Es war kein Vergleich zu dem, was ich gefühlt habe, als ich vor einigen Monaten dachte, ich hätte dich für immer verloren. Mir wurde klar, worauf es in der Liebe ankommt. Auf genau diese Momente. In Berlin hat es nicht nachgelassen. Manchmal wollte ich dir einfach nur sagen, wie schön das Wetter ist. Wie abgöttisch Erdbeermarmelade mit Käse schmeckt und wie viel ich dafür geben würde, dich einmal auf deinem Schlagzeug spielen zu hören.«

Die Aufregung schießt wie eine Fontäne hoch bis in meinen Hals, wo sie mir als rasendes Pulsieren beinahe die Stimme raubt. »Also habe ich angefangen, dir noch mehr Briefe zu schreiben. Zuerst auf richtigem Briefpapier, dann später in einem neuen Notizbuch, weil es zu viele wurden. Genau genommen sind es einhundertachtundneunzig Briefe, die du alle noch lesen musst.«

»Jeden Tag einen«, kombiniert Julian richtig.

»Du hast die Tage gezählt?«

»Jeden einzelnen. Und ich hätte nicht einmal damit aufgehört, wären es eintausendachthundertneunzig geworden. Weil es mir genauso ging. Nach meiner Lehrprobe war ich wirklich kurz davor, dir zu schreiben. Und nach jeder einzelnen Therapiestunde habe ich mich gefragt, ob du auch manchmal an unser Versprechen denkst.«

Er macht eine kurze Pause.

»Die Kampagne ist g-großartig geworden.«

Seine Worte sind wie ein warmes Kribbeln in meiner Brust. Doch etwas ist anders als vor einigen Monaten. Ich weiß, dass ich sie nicht mehr in mich aufsaugen muss wie die Luft zum Atmen. Ich brauche sie nicht mehr, um mich gut zu fühlen.

Denn ich weiß, dass in dieser Kampagne alles steckt, was mich als Texterin einzigartig und besonders macht.

MatchMe: *Mit wem teilen wir unsere Momente?*

In ganz Deutschland werden sich Menschen die Frage stellen, die Seelen berührt und Herzen hoffentlich zusammenführt. Ob für eine Nacht oder das ganze Leben.

Wen wollen wir anrufen, wenn wir eine gute Nachricht haben? Wen, wenn die Welt zusammenbricht? Wer fehlt uns, wenn wir uns einsam fühlen?

Es sind genau diese Fragen, die mich hierhergeführt haben. An die Hand eines Menschen, den ich nie wieder loslassen möchte.

Und dann, ganz wie von selbst, berühren seine Lippen meine. Als hätten sie nie etwas anderes getan und doch, als wäre es das erste Mal. Der Kuss ist zunächst zart. Wie Schnee in der Nacht legen sich unsere Lippen aufeinander. Sachte. Leise. Vorsichtig. Doch in Sekundenschnelle wird der sanfte Schneefall zu einem Flammeninferno. Die Hitze seiner Lippen springt auf mich über, bis ich buchstäblich brenne. Nichts ist von Bedeutung. Nur Julian und dieser Kuss. Und die Vollkommenheit dieses Augenblicks. Ich küsse meinen besten Freund, den ich liebe, und gleichzeitig den Mann, der mich liebt, so, wie es noch nie jemand getan hat. Aufrichtig. Selbstlos. Ohne Bedingungen.

Tu das, was du willst. Aber nicht, weil du es musst.

Ich küsse ihn und denke dabei an die hundertachtundneunzig Tage, an denen ich es nicht tun konnte. An die hundertachtundneunzig Tage, die ich von dieser Sekunde an nachholen werde.

Wir lösen uns voneinander, lassen die Gesichter aber nah zusammen.

»D-das war …« Er sieht aus, als würden ihm die Worte fehlen. Worte, die ich am liebsten laut in die Welt hinausschreien würde.

»Das war …« Ich beuge mich noch einmal vor, bis unsere Nasenspitzen sich berühren. »Das war nur der Anfang.«

55. Kapitel

Julian

Noch mal sechs Monate später

Als sich der Vorhang schließt, ist der Applaus so laut, dass er den Boden unter meinen Füßen zum Beben bringt.

Aus dem Augenwinkel sehe ich, wie die Schuldirektorin sich unauffällig die Nase putzt. Einige Eltern geben sich keine Mühe mehr, ihre Rührung zu verbergen. Ein Vater aus der ersten Reihe ist sogar aufgestanden, um seinem Sohn zuzujubeln. Wobei ich gestehen muss, dass ich nicht sicher bin, ob David sich diesen Moment nicht lieber erspart hätte.

Ein Blick hinter die Bühne verrät mir, dass ich mir dahingehend keine Sorgen machen muss. Die Schülerinnen und Schüler liegen sich förmlich in den Armen, die Erleichterung fällt so tonnenschwer von ihnen ab, dass ich es in ihren Augen lesen kann.

»Das ist euer Abend!«, rufe ich und strecke meine Hand aus, um Isabella abzuklatschen. Sie ist erst Anfang des Jahres auf die Schule gewechselt und hat sich zu Beginn sehr schwer mit sozialen Kontakten getan. In den letzten Wochen hingegen konnte man sehen, wie sie sich Stück für Stück weiter geöffnet hat.

»Na, was habe ich euch gesagt? Die Leute haben es gefeiert! Sie haben euch gefeiert!« Meine Stimme überschlägt sich beinahe vor Enthusiasmus.

»Vor allem die Tucher. Fehlte nicht viel und sie hätte geheult«, sagt Kalle und macht ein amüsiertes Gesicht.

Ich übergehe seinen Kommentar, muss aber zugeben, dass mich ihre Reaktion ebenfalls ziemlich überrascht hat.

Vor ein paar Monaten stand sie der Idee eines Impromusicals relativ skeptisch gegenüber. Als ich ihr dann noch offenbarte, dass ich die Projektführung übernehmen wolle, schien das Thema für sie vom Tisch. Die Schule habe keine finanziellen Mittel für solch eine AG, hieß es damals von offizieller Seite. »Die benötigen wir auch nicht«, erklärte ich. »Ich erwarte kein Honorar oder Ähnliches. Das Ganze soll eher ein soziales Projekt sein. Schülerinnen und Schüler aller Altersstufen können mitmachen. Vor allem diejenigen, die noch nie auf einer Bühne gestanden haben. Es geht darum, den Jugendlichen zu zeigen, dass sie genau richtig sind. Richtig auf ihre Weise. Egal ob schüchtern, introvertiert oder gar mit einer Beeinträchtigung.«

Ein zögerliches Schulterzucken genügte, um meiner Idee einen Startschuss zu verpassen.

Monate der Vorbereitung liegen hinter uns. Monate voller Anstrengung und Fleiß. Doch wie sehr sie sich gelohnt haben, ist im Hier und Jetzt nicht zu übersehen. Die Aula ist randvoll mit Schülern, Eltern und Lehrern. Das gespendete Geld wird, wie vereinbart, in den Förderverein fließen.

»Das war einfach unglaublich.«

Mein Kopf dreht sich automatisch zu ihr um. Ich würde Alicias Stimme immer und überall erkennen, denn nur sie schafft es, diese heftigen Gefühle in mir auszulösen.

»Überraschung!« Mit einem strahlenden Grinsen auf dem Gesicht steht meine Freundin vor mir. Genau die Freundin, die gestern für eine Besprechung mit ihrem Chef nach Berlin gereist ist und streng genommen erst nächste Woche wieder zurück sein wollte.

Erst auf den zweiten Blick sehe ich, dass sie eine extragroße Tafel Schokolade in der Hand hält. Eine Schokolade, um die eine rote Schleife gebunden ist. Als ich sie perplex entgegennehmen will, schüttelt sie lachend den Kopf. »Glaub ja nicht, dass das für dich ist.« Sie geht an mir vorbei, direkt in Kalles Richtung. Seine Augen leuchten, als er Alicia sieht.

Kopfschüttelnd nähere ich mich den beiden, lasse eine Hand auf Alicias Schulter sinken und kann nicht glauben, dass sie es schon wieder geschafft hat, mich aus den Socken zu hauen.

Sie ist hier. Hier. In der Schule. In Köln.

»Wie um alles in der Welt hast du das deinem Chef erklärt?«, raune ich ihr leise ins Ohr.

Sie verzieht ihr Gesicht zu einem unschuldigen Lächeln. »Da gab es nicht viel zu sagen. Frederick weiß eben, wo die Quelle meiner Inspiration sitzt.« Sie senkt die Stimme. »Komm schon, das konnte ich mir unmöglich entgehen lassen.«

Auf Zehenspitzen beugt sie sich vor und drückt mir einen Kuss auf den Mund.

»Wenn wir G-Glück haben, ist diese Aufführung nicht die letzte gewesen.«

»Das ist sie mit Sicherheit nicht.« Sie greift nach meiner Hand und drückt sie fest.

»Du bist trotzdem gekommen.«

»Na, ich habe es doch quasi versprochen.«

Ich betrachte sie mit einer Mischung aus Verwunderung und Unverständnis. Alicia ist es wichtig, an den Besprechungen in

Berlin teilzunehmen. Zumal ihr Chef uns häufig genug mit seinen Homeoffice-Angeboten entgegenkommt.

»Du hast gesagt, du wirst es mir zeigen, wenn ich zurück bin. Im Januar, vor Berlin. Und ich habe dir gesagt, dass ich es auf keinen Fall verpassen werde.«

»Das hast du dir gemerkt?«, frage ich überrascht.

Anstelle einer Antwort spüre ich ein Stück Papier in meiner Handfläche. Nein, es ist kein einfaches Papier. Es ist ein Origami, gefaltet zu dem Spiel, das Alicia und ich vor einer halben Ewigkeit gebastelt haben.

»Heute ist der neunte September. Du musst also die Neun wählen«, bestimmt sie und wartet gespannt darauf, wie ich die Finger zuerst in die Laschen stecke und sie dann schließlich bewege.

»Die Neun also.« Gespannt klappe ich das Papier auf und betrachte das kleine Feld. Es ist ganz offensichtlich, dass der ursprüngliche Text mit Tipp-Ex entfernt wurde. Doch dafür leuchten mir mit rotem Stift nun ganz andere Worte entgegen.

»Ich hab's auf dem Weg hierher geschrieben, und der Stift hat leider nicht bis zum Ende durchgehalten«, setzt Alicia zur Erklärung an. »Da fehlt noch so was wie ›sollen wir auch einhalten‹ oder ›dürfen wir nicht vergessen‹.«

»Es ist p-perfekt!« So wie die Worte für sich stehen, finde ich sie absolut perfekt und klangvoll. Ich streiche mit dem Finger über die Schrift, lese sie stumm noch einmal und beschließe, diesen Moment nie wieder aus meinem Herzen gehen zu lassen. Müsste ich diesem Moment einen Namen geben, dann würde es keine Sekunde dauern, mich für einen zu entscheiden.

»Was wir uns versprechen.«

Hilfsangebote

www.telefonseelsorge.de
Telefonnummer: (0800) 111 0 111 oder (0800) 111 0 222

Info: Die Telefonseelsorge ist rund um die Uhr erreichbar und bietet auch eine Mail- und eine Chat-Beratung an. Die Kontaktaufnahme ist immer anonym und kostenlos.

Für Kinder, Jugendliche und Eltern
www.nummergegenkummer.de
Telefonnummer: 116 111

Info: Erreichbar montags bis sonnabends von 14 bis 20 Uhr.

www.elterntelefon.info
Telefonnummer: (0800) 111 05 50

Info: Erreichbar montags bis freitags von 9 bis 17 Uhr
und dienstags und donnerstags von 9 bis 19 Uhr.